Piotr Rawicz

Piotr Rawicz

Blut des Himmels

Roman

Aus dem Französischen
übersetzt
von Heinz Winter

Mit einem Nachwort von
Verena von der Heyden-Rynsch

Matthes & Seitz

© 1996 Matthes & Seitz Verlag GmbH, Hübnerstraße 11, 80637 München.
Alle Rechte vorbehalten. © Für die Originalausgabe *Le Sang du Ciel:*
Éditions Gallimard, Paris 1961. Aus dem Französischen von Heinz
Winter. Copyright für die deutsche Übersetzung: © 1963 S. Fischer
Verlag GmbH, Frankfurt am Main. Herstellung und Umschlaggestaltung
Bettina Best, München, unter Verwendung des Gemäldes »Der Tote«
von Marc Chagall, 1911. © für die Reproduktion by VG Bild-Kunst,
Bonn. Satz: Wirth, München. Druck und Bindung: Spiegel Buch, Ulm.
ISBN 3-88221-807-X

ERSTER TEIL

DER SCHWANZ UND DIE KUNST

ZU VERGLEICHEN

» Woran wirst du ihn erkennen,
den Menschen?«
» An seinem Bellen ...«

1. KAPITEL

Ich hab Angst vor eurer Polente, vor eurem Stempelkram, vor eurer Gerechtigkeit, vor euch selbst. Den Schwanz im Titel verdeutsche ich euch später. Kraftausdrücke laß ich vorläufig weg. Mit der Zeit werdet ihr schon verstehen. Wer ohne reguläre Papiere ist, wer sich dem Zwielichtigen anvertraut, dem zum Zerreißen überspannten Doppelsinnigen, damit er eine letzte Chance hat, sich, wenn die Nacht kommt, in das Biwak der Menschen einzuschleichen, fordert den sprichwörtlichen Zorn der Zensoren besser nicht heraus. Wie dem auch sei, ich werde euch nicht hängen lassen. Den Schwanz im Titel werd ich euch schon noch verdeutschen.

Doch mag ich euch bedenkenlos enthüllen, was ich mit der »Kunst zu vergleichen« meine. Es hat damit nichts Zweideutiges auf sich. Zumindest nicht für die Behörden. Ich möchte nämlich die nun folgende Geschichte – die ich euch bitte antiphilosophisch, aphilosophisch aufzufassen – mit einem Vergleich eröffnen. Ich will mit ihm mein Spiel treiben, will ihn anwenden, mißbrauchen. Der Vorgang mag veraltet sein, vielleicht sogar vertrottelt, ich aber bin nicht zum Verzicht auf ihn bereit. Entblößt bis auf die Haut, ganz nackt und auf der Schwelle zum Erwachsensein – zu dieser übelriechenden Arme-Leute-Küche, wo der Verhöhnende sich auf Anruf zum Verhöhnten häutet – schrei ich's heraus, mit letzter Kraft: Ich habe das Verzichten über!

Ich will also das Leben mit einem Kellner im Café vergleichen, dem Kellner, der sich zu schaffen macht auf der Terrasse, wo ich meine Erzählung aufmache wie einen Kramladen. Es bleibt kerzengerade stehen, an einen x-beliebigen Tisch gelehnt. Es ist weder gänzlich kahl noch dicht behaart. Auf seinem miesen Kopf ein paar verschreckte Inselchen. Seine weiße Weste nicht ganz sauber, aber in Grenzen. Getränke austragend, verfehlt es den Rhythmus der Trinkenden, und die Getränke sind nicht warm, und auch nicht kühl, sind bald etwas zu bitter, bald etwas zu süß; trüb sind sie, trübend kaum. Faltig, müde, gelbsuchtfarben, wartet es auf das Trinkgeld, das es kalt läßt... Es hascht nach Würde, deren es sich brüsten möchte, und weiß doch, daß es keine Würde gibt. Es ist bleich und rüstet sich zum Sterben. Spinnt ihn nun aus, meinen Vergleich, so gut ihr könnt, und laßt euch nicht erst bitten. Er hat sich zwar noch nicht verbraucht, ich aber kann ihm keinen Reiz mehr abgewinnen.

Ich habe also die Erzählung aufgemacht wie einen Kramladen. Ein Rechteck. Seitlich die Kasse, im Rücken die Regale. Frisch gestrichen. Die Leere... wie ein Akkordeon. Sie läßt sich nach Belieben auseinander- und zusammenziehen. Ich möchte auf ihr spielen, nur ein kleines Weilchen lang. Es wird nun Zeit, daß die Waren, die Kunden, in Erscheinung treten. Einer von ihnen — ist es nun ein Kunde oder eine Ware? — zeichnet sich am Horizont ab. Apropos Horizont — da fällt mir doch gerade so ein winziges Gedichtchen ein. Ihr braucht darum nicht zu verzagen. Es ist gar nicht so lang, das Gedichtchen. Es sind ja nur zwei Zeilen, nicht mehr. Gewidmet einem ›Unsterblichen‹, einem Akademie-Mitglied, einem Glied... was denn...
Ein Körnchen Szenerie: Es erhebt sich, das Glied, es reckt sich, sein Auge schwingt nach allen Richtungen aus, es deklamiert:

»Horizont?
Welch Affront!«

Gefällt euch nicht, mein winziges Gedicht? Nichts zu machen. Nun, fahren wir fort: ich habe also meinen Laden aufgetan, am Horizont beginnt sich dieser Neuankömmling abzuzeichnen, über den ich mir vorhin nicht recht klar zu werden wußte. Ist er Ware? Ist er Kunde? — im Hinblick auf meinen Laden, meine Verrichtung, die Terrasse? Oder handelt es sich gar um ein Plakat, das der Sturm von der schützenden Mauer gefetzt, das Regen und die Blicke unzähliger Gaffer unkenntlich gewaschen haben? Ein Plakat, in Stücke zerflatternd, das mit den Flügeln schlägt... Das zu beurteilen, sei euch überlassen.
Er schwankt zwischen den Sesseln.

Die Terrasse ist vollgepfropft. Die Zeit ist grausam, wie nur je ein Spätnachmittag im Hochsommer auf dem Boulevard Montparnaß es sein kann. Um uns sind die Verdammten dieser Erde. Arme Hunde, die sich wichtig nehmen. Ein untersetzter Greis, seit vierzig Jahren der Ansicht, das Schicksal hätte sich geirrt. Eigentlich hätte er Laien-Corridas in Saint-Paul-de-Vence arrangieren, an der Börse spekulieren, sich junge, immer jüngere Frauen halten sollen, während es an dem Anderen, nur an ihm gewesen wäre, diese Jahre hindurch, auf immer dieselbe Theke gestützt, am Boulevard Montparnaß hängenzubleiben... Es fehlt auch nicht der Bärtige, den Soutines Ruhm nicht ruhen läßt. Er hätte Soutine sein und dennoch weiterleben sollen. Seine Bilder — geflohen vom Licht schon seit Jahrzehnten. Für alle Zeiten. Spricht irgendwer — ein Grausamer — von Picasso, verkündet er: »Diese Sorte Menschen, verstehen Sie, bekommt nie genug. Es sei ihnen vergönnt! Die kennen keine Scham. Haben sie unterwegs verloren. Um diesen Preis ist alles halb so schwer: sie machen vor nichts halt...« Er macht halt vor allem, und alles macht halt vor ihm. Wie in einem Traum. Er hält sich klug in seiner durchsichtigen chloroformgefüllten Eprouvette, die mit dem Fortschreiten seiner Entfleischung einen immer intensiveren Fleischgeruch annimmt. Wenn es zum Zahlen für den kleinen Braunen kommt, sucht er verzweifelt nach der kleinen, gelbgewetzten Münze, in einer Tasche, deren Inneres zu ergründen ich mir lieber vorenthalte. Nach Vogelart umkrallen seine Finger die fünfzig Francs. Und das Delirium hat ihn beim Kragen, er säuselt selig vor sich hin...

Ein einziger unter ihnen, dessen Brüderlichkeit mir nicht Angst macht. David trägt ein kleines, goldgetöntes Bärtchen. Seine Finger sind die zehn Segnungen und zaubern die entschwundene Welt zurück. Leichte Bleistiftstriche, die mein Erinnerungsvermögen demütigen. Er ist sauber. Er ist entpersönlicht. Wie ein Goldschmied: »Ich weiß es sehr wohl, ich bin einfältig. Aber sie, die Neunmalklugen, die Weltverbesserer, was haben die schon Großes erreicht?... Meine Hemden sind weiß...«

Seine weißen Hemden... Mein Gott! Mit feinen, klug verteilten Strichen zeichnet er alle Liebe auf, deren sich seine Haut und seine Seele zu entsinnen wissen, lebt er seine Erinnerung und die Erinnerung an seine Erinnerung nach. Sie aber, die Anderen, leben nicht mehr ihre Leben noch ihre Träume. Sie *sprechen* sie aus — auf der Suche nach ausgebliebener Erlösung, und ihre Worte sind wie ebensoviel Spritzer Kot. Wer aber den Bescheidenen, den Bewahrten und Beruhigten liebt, der wird auch für die Hochmütigen, Fleckigen und Unbändigen Platz in seinem Herzen haben.

Ein dritter, ein vierter... Sie hasten, sie drängen, sie schwitzen — zumindest jene, deren kraftlose Körper noch immer die traurige Gnade des Schwitzens bewahrt haben. Ein jeder von ihnen, bestellen sie ihren kleinen Braunen, ermorden sie alle Idiome des alten Europas.

Diejenigen, die keinen Hunger haben, formieren sich zu stolzen, jähen Inseln.

Die Ware, die ich Ihnen zum Kauf anbieten möchte... hier bitte, meine Herrschaften... da ist sie schon. Er kommt. Taumelnd, ausschreitend, fliegend. Erinnert er mich an eine Fliege, der man die Flügel ausriß? Oder etwa an eine gerade noch merkliche Bewegung, die sich nur danach sehnt, in Bewegungslosigkeit rückzufallen? Die Erschöpfung, die man verspürt, bevor noch das Werk begonnen, kündet sein Erscheinen an. Seine Beine schleifen über den Boden wie zwei bis auf die Knochen entfleischte Pferde. Sobald er mich gewahrt, steuert er auf mich zu, wie eine Magnetnadel auf ein Schiff. Blindlings, strauchelnd, aber zielbewußt.

Wie aus schwärzlichem Metall gestanzt, ausgemergelt und wie erstarrt, mochte er ehemals nicht häßlich gewesen sein. Da aber zwischen uns beiden das ›Jetzt‹ von Anfang an seiner Haut entblößt und nicht existent war und das ›Ehemals‹ aufblühte, ist er nicht häßlich. Nur daß er ein Fremdkörper blieb in dieser Umgebung. Paris hat ihn nicht in sich aufgesogen, wo es doch sonst der Dinge Vielfalt wahllos schlürft. Paris hat seiner nicht Herr werden können, es rächt sich, indem es ihn aushungert... Seine Haut ist trocken, grau wie Tabakasche. Sein Haar ist blond und schwer; das Weiß seiner Zähne ist ein totes Weiß. Seine langen Beine bewahren gegenüber dem Körper dieselbe erstaunliche Selbständigkeit, die sein Körper Paris gegenüber bewahrt. Sobald sich seine gedehnten, krankhaft gedehnten Lieder schließen — ist die Amputation, die unwiderrufliche Trennung, vollzogen. Und unausbleib-

lich drängt sich die Frage auf: Wird es ein Wiederfinden geben?
Ich werde euch nicht mehr von seinen Augen sprechen.

Nachdem der kleine Braune bestellt ist, bemerken wir, daß das
Jahr 1961 nur eine abgeschmackte, makabre Illusion ist. Die Gegenwart, die Gegenwart — wir sehen sie vor uns als eine Unmenge
trocknen Fleisches, dem die unerbittliche Sonne allen Saft entzogen
hat. Selbst der Fäulnis ist sie nicht länger fähig. Sie strömt keinen
Gestank mehr aus, diese tote Masse. Eine Substanz, in der es von
Würmern wimmelt, die uns die letzten Säfte entzieht und darum
nicht weniger trocken bleibt. Sie verkürzt unser Leben, und wird
doch nicht im geringsten aus ihrer Totenstarre und -stummheit
gerissen. Eine Illusion... auch Paris ist es mit seinem Gewimmel.
So wie das Haus gegenüber. Der Fleischerladen aber, der sich dort
befindet, ist es schon weniger. Und das rote Fleisch mit seinen
schwarzen Fliegen auf sich ist es gar nicht mehr.

> »Die Geschichte vom Schwanz kommt heran
> Wie ein Flugzeug
> am blauen Himmel«*

Der Schauplatz ist eine mittlere Stadt in der Ukraine.
Den zwölften Juli eintausend neunhundert... und vierzig.
Eine Arche. Eine kristallene Insel im Flug. So ist denn diese für
alle Zeiten geronnene Vergangenheit beschaffen, wie Menschen,
die man vors Gorgonenhaupt führte. Wir werden sterben, und mit
dem Blut unserer Hirne wird unsere Erinnerung versickern; der
Sand, den die großen Meere liebkosen, nimmt sie in sich auf. Die
Arche aber, auf der sich verängstigte, im Tau der Hoffnung ge-
badete und tote Gesichter drängen, Körper jeglichen Alters, schöne
und häßliche, die Arche wird lautlos einschneiden in die schnau-
bende, brandige Ewigkeit.
Und nie wieder wird sich die lampionerleuchtete Insel wieder-
einfügen in die Niederung, die wir Die Erde nennen.

---

* *Die Erzählung unseres Kunden beginnt unter Anführungszeichen. Ich
hoffe, daß sie sich unterwegs verlieren, diese Anführungszeichen.*

2. KAPITEL

Am zwölften Juli 194… befiehlt man uns, zu packen — zwanzig Kilo pro Kopf — unsere Heime unversperrt zu lassen, und auf dem großen Platz am Flußufer zum Appell anzutreten. Auf einem erzenen Aschenbecher Tausende blinkender Stümpfe die warten: über ihnen die Hand mit einem Stößel, wie eine Säule.

Es ist ein süßer Schmerz, siehst du die Stadt, in der du aufwuchsest, in der du deine Angehörigen zu Grabe trugst, vor deinen Augen Geschichte werden. In dem Gemetzel, das sich rüstete, uns zu empfangen, würde ich leben müssen, mutterseelenallein. Wem sich der Weisheit letzter Schluß entzogen hatte, für den blieb auch der letzte aller Tode unerreichbar. Eine jede ihrer Hoffnungen, letztlich dazu bestimmt, zu enttäuschen, schärfte nur den Stachel meiner Bosheit. Ehemals, als sie noch zu den Lebenden zählten, hatte ich sie geliebt, aber diese Liebe war nicht leicht zu ertragen gewesen. War sie nur allumfassend? Jahre-, jahrhundertelang hatten sie sich gemüht, meiner Liebe Bildnis zu verunstalten. Doch sie hatten es nicht zuwegegebracht. Und die gewichtige Liebe, die ich für sie empfunden hatte, war wie ein Vorgeschmack des Einmaligen gewesen, ein Vorgeschmack der nun heraufkommenden, wundersamen Epoche, in der es leicht sein würde zu lieben. Alle würden sie sterben, und ich empfand schon im voraus die Liebe der Toten, von der ich fortan überschwemmt sein würde, wie der Kinderschatten am Horizont bei einbrechendem Abend. Ich durfte schon vom nächsten Augenblick erwarten, daß er mir zugleich mit einem bitteren Leben ein ewiges Alibi anbot. Und ich bin viel zu schwach — ich war es immer —, fuhr mein Kunde fort, um ohne Alibi zu leben.

Nun, alle die guten Leute ringsum hatten die Hände voll von Papieren. Keine Männer, keine Frauen: Hände, nur Hände, vergleichbar ebensovielen Schreien, ein einziger Wald von Händen. Keine Hände — Papiere, Dokumente. Wunderkräftige Dokumente, wie sie dem Sterblichen bisher von keinem Imperium geboten worden waren. Ein jeder von diesen Geleitbriefen mochte als untrüglicher Beweis dafür gelten, daß das Tausendjährige Reich seinen Krieg nicht gewinnen, ja den Tag nicht überleben würde, da nur ein einziges Haar vom Kopfe seines Besitzers fiel.

Die schöne Apothekersfrau, schon etwas abgetragen, der ich früher schöne Augen gemacht hatte, goß mit eigener Hand Kanonenkugeln, damit der Kampf weiterginge. Und für die Macht, die uns zusammengescharrt hatte, war es von außerordentlicher, lebensentscheidender Bedeutung, daß man die Schöne selbst in höchster Not nicht von der Arbeit abhielte.

Ein kleines, blondes, dreizehnjähriges Mädchen sammelte Alteisen. Rührt sie nicht an — knurrte es aus ihrem Passierschein — sie genießt den allgewaltigen Schutz des höchsten Chefs des Ritterordens. Und Senator Gordon, der alte Gordon — von dem in unserer Stadt die Kunde ging — er sei sein Leben lang mit keiner Frau ins Bett gegangen, er, den die Schönheit abstieß, er, der die Häßlichkeit und Armut ausforschte, weil er sie stützen und erhalten wollte, er, der von trockenem Brote lebte — und es gab keinen Armen in der Stadt, der es nicht wußte —, der sich womöglich nur von Wurzeln und von Kräutern nährte, denn die Einkünfte aus seiner Rente wurden den echten und den falschen Hilfsbedürftigen zuteil... Sein Edelmut brachte ihm höchste Anerkennung ein, ja er wurde von den Okkupanten angestachelt, die ihn, Gordon, zum Hauptverantwortlichen der ›Gegenseitigen Hilfsleistung‹ in unserer Provinz ernannt hatten. Der alte Senator — ein Häufchen heulenden Elends mit einem klingenden Titel, eingenäht in die nichtendenwollende, vornübergebeugte Skeletthülle eines Postoffizials — der alte Senator, durch den ein heute wohl dreißigjähriger Irrtum den Schwanz einer Liste von national-messianischen Kandidaten verlängert hatte, woran mochte er denken? Hatten auch die Leichen ihren Anteil an der ›Gegenseitigen Hilfsleistung‹? Konnte man höflich und unhöflich verwesen? Ist die Verwesung ein bloßer Prozeß oder ist sie eine Persönlichkeit und hält sie gar einen Sack voll Almosen für meine Brüder bereit? Und sollten wir es hier tatsächlich mit einer Person zu tun haben, wie beschreibe ich sie, mit welchen Farben statte ich sie aus, für den Bericht, den ich eines Tages aufsetzen muß? Über die Zersetzung? Wird dieser Kalauer aus eigenem bestehen können, oder werde ich seinen Bestand mit dem Schwert durchsetzen müssen?...

Doch was auch zu erwarten stand, ich hatte mich bei dem Bemühen ertappt, die eigenen müßigen Gedanken in den entfleischten Schädel des Senators projizieren zu wollen.

Es gab hier saubere junge Dinger, zur Rundung ansetzend an Brust und Hüften. Grüne Früchte, die geerntet werden wollten. Ich war dem Ende, das sie finden sollten, ein eifernder und ohnmächtiger Nebenbuhler, der Flamme, die ihre Hüften, ihre Brüste, an meiner Statt zu Tode schlecken würde. Eine Eifersucht, stärker als jene, zu der mich ihre noch lebenden Leiber entfachten... Aus all diesen Mädchen eine Einzige zu formen, sie der Schleier und Gewänder nacheinander zu berauben, den herben Saft zu schlürfen; ihn auszuschlürfen bis zum Satz... Ich wurde trunken bei diesem Gedanken, trunkener noch als bei ›Asteroths Entjungferung‹ — einem Gedicht, an dem ich schrieb, oder vielmehr seit Jahren nicht mehr schrieb... Der Fund, der mir hier in den Schoß gefallen war, konnte sich sehen lassen: sie alle, Mädchen meiner jungen Jahre, würden für mich an Ort und Stelle Asteroths altertümliche und göttliche Gestalt annehmen. Würde sich die große Konkavität, die nun ihr Maul auftat, sie zu verschlingen, im gleichen Maße den Augen der Sterblichen entziehen können wie die Gefilde der Göttin?...

Ich hatte für jeden nur ein Lächeln. Ich fuchtelte nicht mit Papieren. Die Leere meiner beiden Hände roch nach Verrat, nach dem Verrat an den Hoffnungen der Anderen...

Auch Sulamiths Onkel, der Bucklige mit dem Knochengesicht, darin viertausend Jahre Geschichte verzeichnet waren, hatte sich eingefunden. Die Sprache der Bauern der Umgebung war ihm nicht minder fremd als die Sprache der Herren. Sein Haar war grau und schwarz. Zwei Farben, die das Ende heraufbeschworen, während mein Blondkopf, selbst wenn er keine Rettung brachte, eine Sprosse der jäh aus dem Nichts aufragenden Leiter des Überlebens darzustellen schien. Kein Himmel, der es dem buckligen Rabbi ermöglichte, zu verbergen, wer er war. Der Blick, der mich aus seinen Augen traf, wog schwerer als jedes Wort. Ein Blick, der den posthumen Rat abwies, mit dem meine nackte Grausamkeit ihn bedachte: »Beschaff dir falsche Papiere, gib dich als einen der ihren aus...« Ach, ich wußte ja nur zu gut, daß er ihn nicht befolgen konnte, meinen Rat. Später, wenn ich die Arche für immer aus den Augen verlor, würde ich meiner häßlichen Rede eingedenk sein, des arrogant-überheblichen Gebarens, wie ich's mir herausnahm, weil ich doch blond war und die Sprache des Feindes

nicht nur gut, sondern einwandfrei auszusprechen verstand...
Der Pfiff einer Lokomotive schrillte. Oder war es die ferne Sirene
einer Fabrik? »Das Gepäck ist am Gehsteig abzustellen. Gold,
Schmuck und Geld sind abzuliefern. Die Männer links, in Fünfer-
reihen, angetreten...« Warten, immer noch warten. Den Engeln
des Herrn gleich, behelmt und unwirklich, säumten Soldaten den
leise bebenden Platz. Man hatte die Taue gekappt, und langsam
und mit Bedacht kam die Arche ins Gleiten.

3. KAPITEL

Der moosüberzogene Stein, der mir als Kissen diente, war nur
ein Vorwand gewesen. Die Reglosigkeit meines Körpers im Schutze
des Felsens öffnete mir den breiten Königsweg in das Überleben.
Der zarte Husten der Maschinengewehre war verklungen, und
die Stunden liebkosten den Himmel wie schwarze Vögel. Plattge-
drückt wie eine Wanze, auf zwei Dimensionen beschränkt, wurde
ich, aus der Tiefe meines Schachtes, seinen ruhigen Atem gewahr:
den Himmel töten, das Blut des Himmels sehen... Die Bilder verschwimmen, und auch die ungesagten Worte. Wo mag die Bewegung ihren Ursprung haben, die unvermeidbare und unstatthafte
Bewegung, mit der ich nun meine Augen über die Ebene schweifen lasse? Ich sehe sie von weit her, wie durch das falsche Ende
eines Opernglases. Ein Paar Kinderschuhe, eine Puppe, die nicht
zu Schaden kam, ein Büstenhalter von Seide... Dort also drängt
die Quelle nach oben. Hinter verschlossenen Türen bleibt für den
Augenblick, was sich historisch begab, und ein Büstenhalter von
Seide rauscht auf und nieder, wie ein Schmetterling im Niemandsland, bis es Zeit geworden ist, das Museum aufzuschließen. Das
alles nur ein Familienphoto aus längst verflossener Zeit: die großen Puppen aus Fleisch, der Himmel, die Ebene. Der Zauber
weicht, das Überleben spritzt auf wie Kot.

Ich glaube unsterblich zu sein, nachdem ich, im Schutze der Nacht,
den Fluß schwimmend durchquerte. In den Straßen der verbotenen Stadt drehe ich meine nächtliche Runde. Die Türen sperrangel-

weit offen, geben sich menschliche Nistplätze, befangen in der vom Leben ausgetretenen Spur, in maßloser Theatralik, dem Luxus des Gaffens hin. Der klassischen Darbietung überdrüssig, gehe ich unter die Erde, wo mir allsogleich ein paar noch lebende Wesen über den Weg laufen. Noch funktioniert das System der so malerischen und feuchten, unterirdischen Schlupfwinkel, wenn auch, wie eine gebrochene Feder, gehemmt. Ich legte Zeugenschaft ab vor Zeugen, die ihrerseits — davon war ich überzeugt — nicht zögern würden, von dannen zu gehen und meine künftige Zeugenschaft zu bereichern. Das Leben, ein Dämon unter Dämonen, ist schwer zu töten. Es gelang mir, die wenigen Goldmünzen umzusetzen, die auf dem Grunde meiner Tasche von vergangenem Reichtum kündeten. Ein ›detaillierter‹ Bericht über das, was sich auf der Ebene zugetragen hatte, wurde mir abverlangt. Es war der Morgen, der Akt, auf den es ihnen ankam. In meinen Lungen waren noch die Schwaden der Dämmerung... Der große Stein und der Fluß erschienen mir unmittelbar gegenwärtig, und auch die Nacht. Die morgendlichen Maschinengewehre und die mich mit Fragen bestürmenden Menschen waren nur Bausteine zu einem Monument, das ich niemals errichten durfte.

Entschlafen und unberührt fand ich Noemi in ihrem Erdloch. Immer schon war es mir leichter gefallen, jemanden, dem ich gut war, zu töten, als ihn zu wecken. Dennoch galt es, diesen Schlummer zu zerreißen und der Liturgie der Wiederbelebung zu willfahren. Eine letzte Toilette — vorgenommen mit den bescheidenen Mitteln, wie sie das Ufer bot. Wir sollten in eine Welt hinabtauchen, die nicht die unsere war. Wie in ein Grab... Falsche Papiere? Noch stand der Dämon des Handels zu Diensten: ein Dokument, aus dem unmißverständlich hervorging, wie sehr der Endsieg gerade von uns abhing. Gegen eine lachhafte Summe war man bereit, uns als Arbeiter zu vermummen, deren Wert für die Wirtschaft des Feindes unzweifelhaft feststand. Die Stempel der Hohen Wächter und der Armee grinsten mich an. Auch das ordnungsgemäße Placet der offiziellen Polizei fehlte nicht... Alles Werte von gestern. Ein einziger, auf den Verlaß war. Sein Kurs an der Börse war beträchtlich gestiegen, doch wir waren ja ehemals reich gewesen. Mit einer galanten Verbeugung, als böte ich ihr ein kostspieliges Geschmeide, überreichte ich meiner Geliebten eine Phiole Cyankali.

4. KAPITEL

Leon L. — nennen wir ihn der Einfachheit halber L. L. — war der
mitreißendste Redner, den ich jemals erlebt hatte. Er war der Redner schlechthin. Unter den älteren Leuten war die Erinnerung an
die leidenschaftlichen Wortführer des großen Oktober lebendig geblieben. Als Junge von zehn Jahren traf ich noch auf so manchen
Großhändler, Krautjunker, Priester oder Rabbiner, die mir erzählten, es sei ihnen unter den Wortkaskaden eines Lev Davidovitsch
zumute gewesen, als hätte sich ihrer eine dunkle Gewalt bemäch-
tigen, als hätte eine gierige Bestie nach ihnen schnappen wollen,
darauf aus, ihre Interessen dem Erdboden gleichzumachen, ihre
Überzeugungen und verankerten Überlieferungen zu zerfleischen.
Ein Greis — Erbauer der Transsibirischen Eisenbahn, Pionier der
Urbarmachung in bis dahin unberührte Waldungen, vom Zaren
mit einer Baronie belehnt, zu einem Zeitpunkt, da die Dörfer der
Ukraine eben erst von einer Pogromwelle heimgesucht worden
waren — versicherte mir, er wäre nach einem Redesturm Trotzkis
bereit gewesen, sich der Partisanenarmee anzuschließen, einer
Armee, die gerade sein Schloß niedergebrannt und seine Renn-
pferde abgeschlachtet hatte.
Eine andere Geschichte: Detachements der Roten Kavallerie fallen in Odessa ein, um die Stadt vom Terror der Weißen zu befreien.
Lag es am Genius loci? Lag es am Feiertagscharakter oder war es
einfach die Wirkung der Unmengen Wodka, die sie auf nüchternen Magen durch ihre Kehlen gejagt hatten?
Die überkommenen Traditionen spülten die erst seit kurzem
gängige Doktrin fort. Als einige von den Befreiern in die Gäßchen
des jüdischen Viertels von Odessa geraten waren, standen sie plötzlich im Mittelpunkt einer Ovation, die sie nachdenklich stimmte.
Nikolai Ivanytch — wendet sich einer von den Befreiern an seinen
Sergeanten, dessen Miene umdüstert ist und dessen Pferd sich wie
trunken gebärdet — Nikolai Ivanytch, was machen wir jetzt mit
diesen unseren Mitbürgern aus dem Gelobten Land? Gehen wir's
an? — Aber sicherlich, Kinder, das versteht sich doch wie von selbst.
Ein kleiner Pogrom geht von statten, anderen tags gefolgt von
einem riesenhaften Skandal. Lev Davidovitsch schreitet die Front

der siegreichen Truppen ab. Er richtet das Wort an sie. Was er ihnen zu sagen hat, erscheint mir wortwörtlich gegenwärtig. Nicht ganz so gegenwärtig ist mir das Wie:

»Genossen, ich bin stolz auf euch, ihr seid der Stolz der Proletarier aller Länder. Als die Befreier Odessas habt ihr die Befreiung der Menschheit in ihrer Gesamtheit um ein gutes Stück vorangetrieben. Nichtsdestoweniger lassen es einige von euch noch immer an der erforderlichen politischen Reife fehlen. Das ist nicht schwer zu verstehen. Unter der zaristischen Ausbeutung und während des Bürgerkrieges kam die theoretische Ausbildung zu kurz. Ein paar unserer ruhmreichen Genossen haben sich, wie ich annehmen will, in der Verblendung des Sieges zu einer Aktion hinreißen lassen, die zu peinlichen Mißverständnissen Anlaß geben könnte. Die Rote Armee darf nicht Gefahr laufen, mit den Banden eines Petlioura oder Makhno verwechselt zu werden. Wir müssen daher ohne Gnade darauf bestehen, daß die Genossen, die an dem gestrigen kleinen Pogrom teilnahmen, noch heute auf dem Platz vor dem Rathaus den Tod durch Erhängen finden. Achtet bitte genau auf meine Worte. Es steht mir weder zu, sie zu begnadigen, noch einen Aufschub der Exekution für sie zu erwirken. Ich betone es noch einmal. Sie haben mein vollstes Verständnis, diese verirrten Genossen, ich entziehe ihnen keineswegs meine Sympathie oder Dankbarkeit, doch es könnte uns das Vertrauen der Welt kosten, wollten wir Milde am falschen Ort walten lassen. Ich kenne die Schuldigen nicht, meine Ordonnanzen vermochten nicht, sie zu identifizieren, doch sie werden zweifellos selbst einsehen, daß ich aus politischen Gründen gezwungen bin, durchzugreifen. Ich erwarte daher, daß sie sich selbst stellen...«

Wie gefällt euch das? — Nikolai Ivanytch und seine fünf Kameraden zögerten keine Sekunde... Trotzki drückte einem jeden von ihnen die Hand, und als man kurze Zeit später daran ging, sie aufzuknüpfen, herrschte allgemein eitel Freude. Krächzende Vögel — Raben mochten es sein, die sich den Anschein gaben, als seien sie geradewegs der Folklore entstiegen — zogen schwarze und bräunliche Kreise um ihre Köpfe. Und diese Kreise wurden kleiner und kleiner, weniger und weniger wirklich. Bis zuletzt Kreise wie Köpfe, und Köpfe wie Kreise, im Königreich der stenographischen Zeichen, im jähen Reiche der Punkte, Aufnahme fanden.

Als ein von aller Skepsis unbeschwertes Kind hatte ich diese Berichte in mich hineingesogen. Die Wunder, an die ich bereit war zu glauben, hatten nichts mit Rhetorik zu tun. Die messianische Doktrin, die meine Vorfahren hypnotisiert und sie hernach ihrer Ländereien und Gestüte beraubt hatte, ließ mich kalt. Ich hatte niemals Gelegenheit, Trotzki reden zu hören. Weil er an keinen Gott glaubte, malte ich ihn mir als ein Wesen aus, wie es fremdartiger nicht gedacht werden kann.

Als ich dann erstmals einer Kundgebung beiwohnte, bei der Leon L. als Redner auftrat, begann ich der Wahrhaftigkeit des Erzählten inne zu werden. Und mit einem Male hatte ich einen bis dahin unbeachtet gebliebenen, neuen Weg vor Augen, wie ihn die innere Kraft des Menschen bisweilen einzuschlagen vermag.

Seit meiner frühen Kindheit kannte ich unseren Tischgast L. L., der, aß er bei uns zu Tisch, mühelos zwei ganze Poulets und fünf Flaschen besten Weins zu konsumieren vermochte. Ein Freund meines Vaters, nahm er mich auf die Knie. Dicht schlang sich, nach Art einer Aureole, der bläuliche Rauch seiner Zigarre um seine Mähne. Erst nach längerer Zeit fand ich heraus, von welcher Farbe die Kraft war, die er — das konnte ich deutlich fühlen — verströmte, was er auch tat und wo er sich auch befand. Man kannte ihn allgemein als einen Mann, der sich gerne mit Frauen einließ. Er hatte eine unerträgliche Närrin geehelicht, um die Schulden seiner recht stürmischen Jugend begleichen zu können. Wie ich mir später sagen ließ, war sein Talent im Kollegenkreis als einigermaßen theatralisch verschrien. Seine wilden und schillernden Ausbrüche, die Faszination seines ungezügelten Temperaments — die darum nicht minder als Kunstwerke einzuschätzen waren — kosteten mehr als einem von den Klienten den Kopf, deren Rechte er vor den feindseligen, kleinbürgerlichen Geschworenen vertrat... Man schmähte ihn ob seiner Geldgier. Die Höhe seiner Honorare stand zwar mit der geleisteten Arbeit im Einklang, nicht aber mit der Wirksamkeit seines Beistands, meinten zumindest die Konkurrenten. Eine lange Zeit hindurch tat ich so gleichgültig, als ich konnte, sooft mir die alten Herren mit diesem Geschwätz zu kommen versuchten. Anschließend begann unsere Freundschaft.

Die Loge, in der mein Vater den Vorsitz führte, hielt ihre Versammlung ab. Es war ein Abend, der sich zu Beginn durch nichts von den anderen unterschied, der die Aufbringung eines Fonds für das stadteigene Theater bezweckte, auf dem unsere Klassiker aufgeführt werden sollten. Ich war mit dabei. Es lag mir daran, die frische Bedeutung meiner siebzehn Jahre auszutrommeln und möglicherweise auch daran, einigen von den Debütantinnen die Röcke zu schürzen, denen es — wie ich hoffte — nicht an Empfänglichkeit für meinen klingenden Namen fehlen würde, von meiner wohleinstudierten Melancholie und meiner Passivität in den Dingen der Liebe gar nicht zu reden.

Überlange Zigaretten rauchend, und von Zeit zu Zeit diskret auf meine Uhr blickend, hatte ich an die zehn Ansprachen über mich ergehen lassen, samt den dazwischen eingetretenen Pausen, in denen die Klassiker aufgesagt wurden, die man dem Publikum demnächst zum Fraße vorwerfen wollte — als uns der elfte, und mit ihm der letzte Sprecher, angekündigt wurde; Leon L. erklomm die improvisierte Tribüne, um es als unumgänglich hinzustellen, daß unsere Stadt ihr eigenes Theater bekam. Und mit einem Schlag strahlten mich aus der Erinnerung die alten Geschichten vom Lev Davidovitsch an. Und um die Schranken, die ich unter Mühen zwischen meinem vorfabrizierten Spleen und der Öffentlichkeit aufgerichtet hatte, war es geschehen. Dann war es also Theater, alles Theater? ... Die Wülste von Genialität auf Leon L.s hoher, gewölbter Stirn spien Flammen. Ich war eins geworden mit der verblendeten und gegängelten Meute. Ich war bereit, meinen Liebschaften, meiner Einsamkeit, meinem ganzen urpersönlichen Irrgarten zu entsagen, um die Stücke von Anski und Peretz in dem Theater, das *wir* bauen würden, zu hören. Ja selbst mein Pferd hätte ich gerne dafür gegeben. Und es hatte selten schöne Augen, mein Pferd. In ihnen war leuchtende Güte und Trauer, wie in den Augen einer philosophierenden Kuh, die in der Stunde der Dämmerung den Weg ins Schlachthaus antreten muß. Und es gab nichts, das ich über dieses himmlische Theater gestellt hätte, das zu beschreiben — in Bildern, von denen ein jedes das vorangegangene an Üppigkeit übertraf — der alte Freund meines Vaters nicht müde wurde. Lag es an dem metallischen Klang seiner Stimme, lag's an der Wahl der Bilder, oder an der straffen und überwältigenden Harmonie von Denken und Ausdruck? ... Ich wäre keiner Analyse fähig gewesen, es blieb mir nur die Gewißheit, geschlagen worden zu sein ...

Am Ausgang traf ich ihn wieder. Für Schmeicheleien war er nicht unempfänglich. Er freute sich sichtlich über meine Worte. Und es war nun an mir, den alten Herrn von der Wichtigkeit des Theater-Projekts zu überzeugen, dessen königliche Zurückhaltung ein boshaftes Grinsen krönte: »Wer hat schon etwas davon, wenn dieser Weiler hier sein eigenes Theater bekommt... Wir haben doch ohnehin, was wir brauchen: Armen-Spitäler, ein paar Waisenhäuser, eine Stiftung, der es obliegt, die entblätterten und heiratsfähigen Gänseblümchen mit der nötigen Ausstattung zu versorgen... Ein Theater, wie es sich ein paar Philantropen vorstellen, ihrem Geschmack angepaßt... Gestatte, daß ich lache. Nach Dantchenko und Meyerhold, nach Wakhtangoff und Stanislawski?... Freilich... Du hast das Petersburg der Jahrhundertwende nicht gekannt. Sei's drum! Sofern ein Junge in deinem Alter kein Brett vor dem Kopf hat, mag er sich ruhig für das Drama begeistern, für Literatur auf dem Theater, ich möchte, daß du mich richtig verstehst! Es ist ein Muß, daß er sich für die Schauspielerinnen erwärmt. Das Theater als solches aber...«

»Im übrigen würde ich vorschlagen, mein lieber Boris, daß wir zwei uns jetzt in den ›Weißen Bären‹ begeben. Nachhausegehen wäre im Augenblick das Letzte für mich. Mitunter vermag man sein trautes Heim nur als einen Zirkus zu betrachten. Und augenblicklich sagt mir dieser Zirkus noch weniger zu als *dein* Theater...«

Wir verbrachten die Nacht bei Zigeunermusik und begossen unsere neugeborene Freundschaft mit Martell. Dieser Martell schien mir in unseren nördlichen Landen durchaus am Platze zu sein.

Etwas später begann ich in dieser Freundschaft einen beträchtlichen Haufen von Dingen abzuladen, von denen ich annahm, sie seien das Beste, was ich zu geben hätte, ohne mir jemals darüber Rechenschaft abzulegen, ob all dies am Ende nur der Abglanz fremder Ideen sei; mein Beitrag war denn auch alles andere als frei von Anmaßung: ich verbreitete mich über Artsibatchev, die Modernisten, die Surrealisten. Ich entwickelte pansexuelle Theorien und beschrieb ›organische Landschaften‹. In diesem Falle beging ich ein Plagiat, zu dem ich mich übrigens offen bekannte. Das Neue Mittelalter, mein kabbalistisches Entzücken, waren dort ansässig. Aber auch meine Besuche auf aufgelassenen Friedhöfen, meine Ausflüge in verödete Landstriche, meine Reisen ad limina, die Wochen am Hofe irgendeines gottgesandten Wundertäters, und nicht zuletzt die Tage der Ausschweifung, der, wie ich glaubte, einzigen, dem Menschen möglichen Manifestation des Heiligen. Er brachte mich zum Sprechen. Er wandte viele Mühe auf, um mich zum Schreiben zu bringen. Die Bewunderung, die ich für ihn empfand, war kein Theater. Weil er das wußte, räumte er mir ohne Zögern einen Platz in seinem Herzen ein. Er hielt nicht viel von der Ironie, mit der ich mein jugendliches Ungestüm bedachte, sondern half mir, dessen eigentlichen Wert zu ergründen. Wenn einer von uns wider den Geist sündigte und der journalistischen Versuchung erlag, die Leidenschaften zu verhöhnen, dann war es sicherlich nicht der alte Rechtsanwalt. In seiner großen Bibliothek wurde uns üppig fremdartig parfümierter China-Tee serviert.

Als unser Land, das, solange es zurückzudenken vermochte, die Pogrome wie ein Magnet an sich gezogen hatte, auch dieses endgültige Pogrom über sich ergehen ließ, fiel die Sorge für unsere Gemeinde Leon L. zu. In seinem lächerlich prunkhaften, mit schweren Vorhängen und Schichtenteppichen von dunklem Rot ausgestatteten Kabinett erfreute sich der König der verbotenen Stadt der besonderen Aufmerksamkeit seitens der nach hier entsandten Spezialisten. Es oblag ihm die Lieferung von Gold und von Pelzwerk, von Porzellanservicen, ja sogar von echtem Tee und Kaffee, an denen in dieser Zeit der zwangsweisen Insularisation ein grausamer Mangel herrschte; und es oblag ihm die Lieferung von Männern und Frauen. Seine Amtsführung entbehrte nicht der Größe. — Worum wir Sie heute bitten kommen, ist eigentlich gar nicht der Rede wert — der kleine Sergeant servierte die Bagatelle mit einem Lächeln —, im ganzen nur achthundert Männer, alle älter als sechzig. Die Übernahme erfolgt morgen abend am Bahnhof. Sie haben alle erdenklichen Vollmachten und obendrein unser Vertrauen. Sie sind sich zweifellos darüber im klaren, daß wir es beide mit der Fabrik zu tun bekommen, wenn die Ware nicht pünktlich zur Stelle ist. In diesem Falle müßten wir uns selbst bedienen und unsere Forderung um einige weitere Hundertschaften hinaufschrauben.

Und der alte Herr tat, was die Stunde von ihm erforderte. Er konferierte mit seinen Mitarbeitern, er arbeitete Weisungen aus und unterschrieb sie, er stöberte unzählige Akten durch. Und mit

Unterstützung der internen Miliz vollzog sich des Wortes Fleischwerdung und des Fleisches — Räucherung.

Die rhythmische Progression des tödlichen Werkes, Leon L.s pathetische und stumme Buchführung verliehen dem alten Herrn eine Aura von angeborener Majestät. Sooft ich zu dieser Zeit mit ihm sprach, passierten vor meinen Augen die entscheidenden Abschnitte unserer langen Geschichte Revue. Betrat ich das Zimmer, in dem er sein Amt zelebrierte, umgeben von einer schmierenkomödiantischen Garde aus Angehörigen der Miliz — falschen Kriegern und Leichenbestattern reinsten Wassers, bewaffnet mit armseligen Prügeln — befahl er, mit mir allein gelassen zu werden. Und wir plauderten wie in alten Zeiten. Vor dem Hintergrund, den die Gegenwart dazu abgab, nahmen sich diese Plaudereien ebenso jämmerlich aus wie das mit Rücksicht auf einen bevorstehenden chirurgischen Eingriff kahlgeschorene Geschlecht einer schönen Frau im unbarmherzigen Lichte des Operationssaales... Wir teilten uns in die Empfindung, und es mag sein, daß uns beide das nämliche Bild beschlich.

Als er mich eines Abends eintreten sah, erhob er sich schwerfällig aus seinem Fauteuil: Ehe ich abtrete — und ich weiß, daß mein Leben so gut wie beendet ist — sagte er, habe ich nur diesen einzigen Wunsch: mich auf meinem Landsitz wiederzufinden, den müßigen Blick auf den großen Teich gerichtet und vom Duft der Wasserpflanzen umweht.

Was mich frappierte, war nicht so sehr seine plötzliche Schwäche für die Natur, sondern vielmehr die lakonische, unumwundene Ausdrucksweise, deren er sich bedient hatte. Die Mauern schlossen uns aus vom offenen Land, wir aber rächten uns — der uns aufgenötigten Verstädterung zum Trotz — und wurden unsererseits zum integrierenden Bestandteil der Natur, eine fühlbare Wandlung, wie wir sie ehemals nicht erträumt haben würden. Der tödliche Hunger und der Tod selbst waren in unseren Augen. Mitten auf der Straße stolperten wir über notdürftig in alte Zeitungen gehüllte Leichen. Die elementaren Prozesse, die Verwesung, die Verbrennung, die Wandlung des Markes zu einem Saft, beherrschten unsere Sinne. Das brüderliche Zusammenleben mit Ratten, Läusen und Wanzen öffnete uns die Augen für die Allnatur des Gewimmels — die nicht eben ruhmvolle Bestimmung, wie sie der lebenden Materie gemeinsam ist. Die physische Nachbarschaft des Feuers und der Fäulnis, die drauf und dran waren, unser Volk zu verschlingen, ließen uns mehr denn je am Atem des Alls teilhaben. Auch oblagen wir Anderen, die noch nicht Hunger litten, während dieses Belagerungszustandes mit dem Eifer von Besessenen dem Geschäft der Liebe. Mit jedem neuen Tag steigerte sich der Raubbau an den verborgenen Fleischvorräten einer Zeit, die schon im nächsten Moment über uns zusammenschlagen mochte. Jede Entjungferung — entsprach einem neuen Tag, war ein Nagel mehr, den wir durch die Haut unseres zähen Dauerns getrieben hatten. Niemals zuvor war der Himmel, dieser fahle Himmel unserer nördlichen Lande, so körperlich erschienen. Wir hätten ihm bei lebendigem Leib die Haut abziehen können, diesem Himmel, der die Unseren zu Tausenden hinmordete, der auch uns hinmordete, indem er uns mit seinen Pfeilen kalter Wollust durchbohrte. Und es verbrauchten sich ganze Welten und Dutzendschaften von Mädchen.

Im Frühling werden schmucke Veilchen sprießen,
sie werden zu unseren Häupten stehen,

versprach ein herbstliches Lied.

Es dauert nicht lang, dann steigt euch der Geruch der Veilchen von der Wurzel her in die Nase — versicherten uns, freundlich lächelnd, die Soldaten, und stießen mit uns darauf an, ehe sie, bald einen persischen Teppich, bald ein Stück alten Silbers davontrugen.

Als ich mich anschickte, meinem alten Freund auseinanderzusetzen, wie ich mir unsere intensive Beteiligung am Werk des Schöpfers und Zerstörers in einer Person ausgemalt hatte, tat er etwas für ihn ganz Ungewöhnliches; er schnitt mir das Wort ab:

Verzeih, lieber Freund, ich hab heute abend keinen Kopf für Variationen. Das Thema allein reicht mir, ich höre, was sich begibt, was wir tun, und was wir versäumen. Dieser Begriff der ›Verantwortlichkeit‹... Wie häßlich ist dieses Wort! Welches Glück, daß ich nicht an ihn glaube — an diesen Begriff. War ich so lange Verteidiger, um ihm jetzt in die Falle zu gehen... Warum setzen wir uns nicht zur Wehr, mit unseren bloßen Händen? Ich hab ein paarmal Dummheiten gemacht, vielleicht sogar Verbrechen begangen.

Mag sein. Aber gibt es denn ein ›mag sein‹? Ich könnte die auf-
rüttelndste Rede schwingen, die je gehalten wurde, eine Anklage
gegen das, was ich tue und was ich geworden bin. Zu meiner Ver-
teidigung hätte ich nichts vorzubringen, außer vielleicht einer Gewißheit, die sich bei mir etwas verspätet eingestellt hat: die Lebendigen haben keinen größeren Feind als das Leben selbst. Ich
befreie sie also, und zwar in erster Linie diejenigen, die meinem
Herzen am nächsten sind, ich befreie sie von dem Feind, der ihrem
Dasein den Namen gab.

Er machte eine Pause... Ehe ich auch nur ein Wort anbringen
konnte, führte er schon seine Gedanken weiter: wodurch verrät sich
ein menschliches Wesen, ein Homo sapiens? Durch die Vergeblich-
keit aller Anstrengung, sich selbst ins Gesicht zu spucken... Aber
lassen wir ihm doch Zeit, und es mag sein, daß er's schafft! Man
müßte den Mechanismus studieren, die Hydraulik, sich der notwendigen Speichelkraft versichern, eines Röhrensystems... Man
wird ja sehen...

Als ich ihn diese Termini technici nennen hörte, wurde ich mir
der außergewöhnlichen Fähigkeiten meines Freundes bewußt. Er,
der als Humanist auf Anhieb ein gutes Dutzend Sprachen aus dem
Ärmel schütteln mochte, erwies sich, wenn es darauf ankam, auch
bei seinen Streifzügen in die Domäne jener Wissenschaften, die als
exakt gelten, als unbestrittener Triumphator. Auf einen so gut wie
aussichtslosen Giftmordprozeß hatte sich Leon L. durch monate-
langes Studium der Chemie vorbereitet — nicht ohne vorher mit
der Angeklagten geschlafen zu haben —, und als es zur Verhand-
lung kam, gab es keinen noch so in der Materie beschlagenen
Experten, den er nicht verblüfft hätte.

Weißt du noch — fuhr er fort, — wie mir die Harvard-Universi-
tät ein Jahr vor Kriegsbeginn einen Lehrstuhl anbot. Ich könnte
heute drüben sein, damit befaßt, mir vorzustellen, was sich hier
abspielt, damit befaßt, einen Privatkrieg gegen den Dekan zu
führen. Ich bin von hier nicht fortgegangen, weil ich an einer Pro-
fessur kein Interesse hatte. Im damaligen Augenblick noch keines... Sie hatten mich zu früh berufen. Es lag an meiner Eitelkeit,
vielleicht auch ein wenig an der Gattin, die mir zuwider ist, die
ich gewohnt bin, zu mißhandeln — moralisch, versteht sich, nicht
physisch... In Amerika hätte ich nicht umhin können, sie in ein

Irrenhaus einweisen zu lassen, und das war nicht nach meinem
Geschmack: eine Verrücktheit zu verraten, die in der ehelichen Gemeinschaft Eigentum beider Partner wurde. Welche Niedertracht!
Nun, jedenfalls darfst du mir glauben, daß ich mit dem Verlauf
der Dinge, so wie er sich im Folgenden ergab, zufrieden bin. Und
damit, daß es mir gegeben war, hier zu bleiben, bei dir, bei euch
allen, bei *uns* allen. Ich möchte nicht ohne uns sein. Die Abwesenheit allein wäre ein Verbrechen gewesen, ein unverzeihliches Verbrechen. Und dann noch: auf meine alten Tage Theater zu spielen,
gutes Theater. Was sage ich, bestes Theater zu lesen, wie es die
Welt kein zweites Mal zu bieten hat. Denn von gewissen techni-
schen Unzulänglichkeiten abgesehen, spiele ich die Rolle, nein, ich
lebe sie, bin ich die Verkörperung des Obersten der Heiligen Gemeinde ... sagen wir der von Frankfurt zur Zeit der schwarzen Pest.
Das Neue Mittelalter. Und übertrifft die Ausstattung, die sich unsere Bewacher einfallen ließen, nicht unsere kühnsten Träume? ...

Er nimmt einen Band Heine zur Hand: ›Der Rabbi von Bache-
rach‹.

Als wir uns über dem Buch aufrichten, fordert mich seine Hand
zum Bleiben auf: Warte ... in dem Schrank da hab ich noch eine
Flasche.

So geschehen im Monat März, als dieser, kalt und gräulich, in
die Ewigkeit einging.

Jetzt, nach dem Morgen auf dem Platz am Flußufer, traf ich
von neuem mit L. L. zusammen. Den Großteil seiner Herde hatte
er verloren. Er wollte keine Details von mir. Sein Nachrichten-
dienst funktionierte noch, möglicherweise dank einigen jammer-
vollen Milizsoldaten, die dem Gemetzel entgangen waren und sich
ein Leben ohne die ›eingeführte Autorität‹, die für sie, nach wie
vor und ungeachtet der Ereignisse, von L. L. verkörpert wurde,
nicht recht vorstellen konnten. Wir kauerten alle drei in einer
komfortabel möblierten Höhle. Auf Armleuchtern von dunkel ge-
töntem Kupfer verzehrten sich Kerzen. Uns war zumute wie in
einem Tempel. Es schmeckte bitter und war grauenhaft schön. Die
Stunde drängte. Ich wußte, daß L. L. in dieser Welt, die zu verlassen ich mich bereitmachte, der Letzte sein würde, zu dem ich so
sprechen konnte. Unser Abschied hatte nichts Außergewöhnliches
an sich. Er küßte mich auf den Mund. Er küßte Noemi, nicht ohne

ihr flüchtig über die feste, gesegnete Brust zu streichen. Über seine Empfindungen breitete er den Mantel der Feierlichkeit. Und obgleich ich selbst meine Empfindungen kaum zu beherrschen vermochte, und meinen mit einem Mal rasselnden, stoßenden Atem nur mühsam bezwang, nötigte mir das Savoir-faire meines alten Freundes ein letztes Mal Bewunderung ab. Der alte Advokat brauchte das Pathos nicht zu fürchten:

»Ihr geht fort, meine Kinder, und bei Gott, ihr tut gut daran. Wir, die Zurückbleibenden, werden wohl, wie wir sind, schon in den nächsten Wochen verrecken. Ich müßte lügen, wenn ich behaupten wollte, daß ich unser Los nicht beklage. Wer weiß, es mag mir als dem Dompteur meines eigenen Unterganges wie auch des euren zuletzt noch beschieden sein, ihn zu formen, diesen Untergang, ihn gleich einer Ziege ans Haus zu gewöhnen. Und sie wird zu mir kommen, um mir aus den Händen zu fressen.

Einer oder der andere von euch Scheidenden mag überleben. Es gibt keine Sicherheit in derlei Dingen. Wen immer es treffen mag, er trachte, nichts von dem Geschehenen zu vergessen und sich auf alles genau zu besinnen. Euer Leben wird fortan kein Leben mehr sein. Fremdlinge, werdet ihr euch allem, ja sogar euch selbst entfremden. Nichts als die Reinheit derer, die Zeugenschaft ablegen werden, zählt. Achtet das Zeugnis und vertraut auf Gott...«

Geduldig, mit Händen, die nicht das mindeste Zittern durchlief, löste Noemi von meinem grauen Anzug und ihrem grauen Kostüm die gelben Sterne des Dichter-Königs.

5. KAPITEL

Der Zuhörer wirft sein Netz aus: Rundum ist die Terrasse daran, sich zu lichten. Meine umherschweifenden Augen treffen auf eine Gruppe. Vier oder fünf sind es, ein Wäldchen Ellenbogen, gestützt auf den Tisch. Die Hände gelblich getönt. Die Finger rissig, mit Knöcheln, die einer hinter dem anderen her sind, die einander verfolgen, die Sprünge vollführen. Die Hände von armen Teufeln. Von stolzen, aber entfiederten, tuberkulösen und traurigen Hähnen. Auf ihren Plätzen verharrend, umkreisen sie... Wen oder was? —

Den Strickwarenhändler. Er kam nach Paris als einer von ihnen, das mochte jetzt vierzig Jahre her sein. Doch ist er nicht so eckig wie sie, nein, er nicht. Aus lauter Rundungen bestehend, lächelt er zwielichtig, dieser Körper, sich verwirklichend und sich festigend mittels artiger Fältchen, zuvorkommender Hinterhältigkeiten. Ein Strickwarenhändler, der zwar in den eigenen Augen die Seele verwirkt, sich aber durchgesetzt hat. Seine kleine Fabrik läuft auf vollen Touren. Der Hunger ist für ihn eine bloße Erinnerung. Sein zwölfjähriger Sohn soll die höhere Laufbahn einschlagen. Ein Sohn, der sich heute schon sehen lassen kann. Was der Strickwarenhändler von der Malerei hält, entfernt sich vom Kern nicht um ein Jota weiter als ihre Gespräche unter sich. Sie wissen darum und dieses Wissen ist wie ein schimpfliches Übel. Ihre Anmaßung ist aggressiv. Die des Strickwarenhändlers verhalten; sie lächelt. Was wird er kaufen? Ein ganzes Gemälde oder die Hälfte davon? Vielleicht nur fünf Prozent? So weit ist man noch nicht. Eine Frühgeburt, diese Frage. Man scharrt mit den Füßen. Man steht im Begriffe, die Sakral- und die Profankunst zu definieren... Die abstrakte? meldet der Strickwarenhändler. — Schon Moses, der greise Bildhauer, der die Grabsteine unseres Städtchens schuf, hat sich in ihr versucht. Und glaubt mir, ihm lag sie mehr als den meisten eurer falschen Propheten, gleichwohl er dafür keinen Namen hatte...

Die Zuhörer werden unruhig. In ihrem Herzensgrunde stimmen sie überein mit dem Fabrikanten. Ihre Empfindlichkeiten kommen Zwillingen gleich... Wie schmerzlich aber ist es für sie, daß sie sich im Einklang wissen... Man übergeht es, schweigt sich darüber aus, kaut es von neuem durch. Man läßt sich herbei, mit ihm zu diskutieren. Der Strickwarenhändler errät ihre wahren Hintergedanken, Hintergefühle, läßt jedoch diese Wahrheit nicht gelten. Er suhlt sich in Mäzenatentum. Ein einziger unter den Malern scheint unbeteiligt an diesem aufderstelletretenden Rennen. Er, Georges, nimmt seinen Zeichenblock vor, um irgend etwas darauf zu griffeln, nicht für die anderen bestimmt. Und dann — tok! — springt er, wie von einer Trampoline, mitten hinein in die Konversation. Mit einer brüsken Bewegung reißt er ein Blatt von dem Block und überreicht es dem Strickwarenhändler: — »Ich habe von Ihnen, Verehrtester, ein kleines Porträt angefertigt. Ja, so aus dem

Handgelenk. Bei mir geht das instinktiv... Wenn ich untätig da-
sitze, indes die anderen schwatzen, zeichne ich eben drauflos. Was
immer. Wen immer.«

Das Lächeln des Strickwarenhändlers gerinnt, ähnlich dem Licht
einer milchigen Birne. Kein fröhliches Lächeln, das: —»Kellner,
alles auf meine Rechnung. Versteht sich.«

Die Finger des Strickwarenhändlers beginnen in seinem Porte-
feuille zu wühlen. Mit einer augenfällig diskreten Geste schubst
er Georges ein Papierröllchen zu. Es ist ein Fünfhundert-Franc-
Schein. Ich studiere die Augen Georges'. Ist darin Scham? — Ent-
lastung und lautere Freude brechen sich aufblitzend Bahn.

Die Träger feierlicher Gesichter erheben sich einer um den anderen, um, nach Überqueren der Straße, in einem schmutzverkrusteten Gasthof wiederzusammenzufinden und in ihrem ein halbes
Jahrhundert alten Gespräch fortzufahren. An einen Tisch gelehnt,
genießt der Kellner den verweilenden Augenblick. Seine Gegenwart irritiert. Ein kaum merklicher Hauch streicht liebkosend über
die Bäume auf dem Boulevard. Mein Kunde wirft einen unruhigen
Blick in die Runde: Ich habe Angst vor Kaffeehaus-Kellnern. Ich
habe vor allem Angst, ausgenommen vor dem Tod, und auch das
ist neuerdings nicht mehr so sicher. Das Leben hier? Dieses Leben
als solches? — Man ist bestrebt, die Gesten der anderen nachzu-
ahmen, und bleibt dabei immer mehr hinter den anderen zurück.
Und der Überdruß häuft sich...

Mit dem Ende des Auszugs der kleinen Alten sind wir zu einer
Insel zusammengeschmolzen, zu einem irgendwie schamlosen Häufchen williger Tragtiere, auf unseren Rücken die Geschichte, die erst
begonnen hat.

»Gehen wir woanders hin«, schlug mein Kunde vor.

So Paris eine Tugend hat, ist es die Gleichgültigkeit. Die Zeit
war gestorben. Die Häuser in der rue de Rennes waren Klavier-
tasten gleich, die von Anbeginn der Zeiten niemand angeschlagen
hatte. Das Geräusch unserer Schritte im Dämmerlicht war eine
Provokation. Auf der Île Saint-Louis, unterhalb des Hotels de
Lauzun, schleckte ein Gaslicht die Nacht auf, deren bittere Säfte
sich nach dem Nirgendwo hin ergossen. Wir hatten uns auf ein
bäuchlings liegendes Boot gesetzt. Der Fluß regte sich nicht. Ein

überdrüssiger, müdegewordener Fluß, dem die Luft ausgegangen war. Eine Kolonne verspäteter Ratten — mächtige Streitwagen — kehrte in ihre Garagen zurück. Meinen Kunden beneidend um dessen endgültigen und dauerhaften Verzicht, war ich, meinerseits, weit davon entfernt, mich der stummen Stimme der Stadt zu verschließen. Ich ertappte mich bei dem Versuch, das Hotel de Lauzun mit seit langem zärtlich gehorteten Bildern zu füllen. Eine Kollektion von Leibern und Seufzern darin anzulegen. Auf daß sich das Warten im Tode erfülle. Die Erfüllung des Wartens? Mein Kunde schien nicht daran zu glauben.

»Und das Ende eures Leon L. — —?« Er ließ sich Zeit mit der Antwort. Der Zug mußte erst wieder in Fahrt kommen.

»Nun, ich erlebte es nicht mit, dieses Ende, denn tags darauf waren Noemi und ich auf und davon gegangen, um niemals wiederzukommen. Doch als man mir später, sehr viel später, in einem anderen Kapitel, von seinem Ende und seinem Tode erzählte, vermeinte ich deren Zeuge gewesen zu sein.«

Nach dem Morgen am Flußufer, meinem letzten in unserer Stadt, rollten die Lastwagen an. Ein Sonderkommando unserer Miliz war damit betraut — unter Sonderbewachung — die Leichen zu fleddern, Haare und Goldzähne nicht zu vergessen. Die verbotene Stadt zählte nur mehr einige tausend Einwohner. Würmer, sich einwühlend in ein Stück Käse, das zu Hartholz, zu Stahl wird. Wie eh und je trat, ein Wasserkopf ohne Körper, der Rat der Gemeinde zusammen, beschirmt von den wenigen überlebenden Milizionären. Sie hatten ihre Knüppel behalten dürfen, doch gab es kaum mehr Leute, von ihnen geschlagen zu werden. Die grabsteinartigen Mauern fielen und wichen dem Stacheldraht. Die Winde bestrichen unsere letzte Blöße, die wenigen alten Häuser, die von dem Weiler verblieben waren. Sie, diese letzte Blöße, war nicht imstande, sich auch nur den geringsten Anschein von Dauer zu geben. Der Tempel, stammend aus dem fünfzehnten Jahrhundert, den nur ein paar Schritte vom Ratsgebäude trennten, war dazu bestimmt, die Kleider zu bergen, die man den Toten abstreifte. Fünfzig Männer, schwere Ketten an den Füßen, waren dort Tag und Nacht mit dem Sortieren beschäftigt. Das Klirren ihrer Ketten hörte man im Ratsgebäude, wo Leon L. inmitten seiner ›Zwölf‹ thronte... Man wollte wissen, daß er sich mit Rauschgift betäube. Niemand erwischte ihn jemals dabei. Die einzige Zyankali-Phiole, deren er habhaft geworden war, spielte er seiner Frau in die Hände. War es ein Akt höchster Selbstüberwindung, oder, in völliger Umkehr, ein solcher des Hasses? Wer könnte jemals mit Sicherheit darüber entscheiden? Der Wert des Zyans hatte sich damals jenen des Ruhms angeglichen.

Man hatte die Kleidungsstücke der Toten verschwinden lassen und die fünfzig mit den Fesseln an den Füßen umgebracht (verklungen war das vertraute Klirren, und die Große Stille, die Neue Stille, durfte sich in irgendein neues, ein unbekanntes Schneckenhaus verkriechen), als Wehrhahn, der Ordenshauptmann, in einer schwarzen Limousine angefahren kam und den Präsidenten zu sprechen verlangte. Was in Leon L.s Arbeitszimmer vor sich ging, kam nicht heraus... Das Ergebnis sprach für sich selbst: nach einer geschlagenen Stunde flitzte der Offizier aus dem Zimmer, von Leon L. mit dem Ausruf gefolgt: »Über Leichen bin ich Präsident, Herr Hauptmann, aber Sie irren sich, wenn Sie glauben, daß Sie mich mit diesem Amte betrauten. Es ist nun schon etliche Jahre her, daß ich mich selbst dazu ernannte, weil mir nichts anderes übrigblieb. Nichts anderes als dies. Desungeachtet schulde ich Ihnen Dank, Herr Hauptmann.«

Auf dem Balkon im ersten Stock henkte man die zwölf Ratsmitglieder. Sie nahmen sich aus wie eine Anekdote. Sie wiegten sich, wie es den Winden gefiel, wie zwölf schwarze Mäntel, von einem Schnürboden hangend, den man nicht sehen konnte. Wenig später befahl man, auf eine Weisung Wehrhahns hin, die Miliz zum Appell. Auf Zeit füsiliert, fielen sie Reihe um Reihe um, und einige ließen Wasser vor Angst, als sie ihre Kameraden fallen sahen. Der Urin mengte sich dem Blute, zu Lachen von unbestimmbarer Farbe... Leon L. sah es und wiederholte: »Desungeachtet, schulde ich Ihnen Dank, Herr Hauptmann...«

Da keine Milizsoldaten mehr übrig waren, denen man hätte befehlen können, gebot Wehrhahn dem Präsidenten, einen Lederkoffer aus seinem Wagen zu holen. Offenbar nach einem Zögern, das nur Sekunden währte. Sobald Leon L. mit dem Koffer zur Stelle war, öffnete ihn der Hauptmann mit einem winzigen Schlüssel und entnahm ihm — erraten Sie was? — entnahm dem Koffer

ein überweites und überlanges, ganz in Rot gehaltenes Prunk-
hemd, ein-Hemd-darin-einen-Glockenturm-einzukleiden.

»Ein Geschenk für Sie«, meint er zu Leon L....»Wollen Sie die
Güte haben, es gleich einmal zu probieren...« Auch eine Papp-
maché-Krone gab es für ihn, und sowie Leon L. die Kostümierung
beendet hatte, hieß man ihn tanzen. Seinem Eröffnungswalzer
folgte ein Tango, in Verlauf dessen Leon L. auf die überzeugendste
Art von der Welt zu erkennen gab, daß er eine Partnerin in seinen
Armen zu halten vermeine. Der Atem war ihm schon ausgegangen, als der Hauptmann etwas Volkstanz sehen wollte. Von da an
begannen die Dinge irre zu gehen. Während des Kosakentanzes
verfingen sich Leon L.s Beine in seinem Hemd. Er geriet aus dem
Gleichgewicht. Seinen verwunderten Augen bot sich ein über-
dimensionales Hühnerhaus. Das Metall seiner Stangen fluores-
zierte. Ein blendendes Licht verbreitete sich, wo aber befand sich
seine Quelle? Auf den Stangen saßen violette Hennen und tod-
ernste, beflügelte Erzengel. Sie verfielen allesamt in einen Choral,
setzten zu einer gellenden Symphonie an, die einschnitt wie eine
Klinge und — o Wunder — Leon L.s Kehle entsprungen war. Es
dauerte, ehe er merkte, daß aller Ohrenschmaus mit sämtlichen
Registern von seinem eigenen Wesen, seinen eigenen Eingeweiden
bestritten wurde. Es sei denn, daß er selbst ein Mittelpunkt für
jenes Hühnerhaus gewesen wäre, von Stangen eingeschlossen, die
über seine Netzhaut liefen?!

Wenn ich das Hühnerhaus in mir trage, dann bin ich groß, größer noch als der Planet, sagte er sich. Es ist im Grunde das, was
mir schon immer vorschwebte. Befinde ich mich jedoch meinerseits
im Inneren dieser Höllenmaschine, wer hätte mich dann darin ein-
gekerkert und wann sollte sich dies ereignet haben?

Der Hauptmann war nicht mehr der einzige, der Wünsche hatte.
Die Ordonnanz und ein paar Unteroffiziere mischten sich ein. Einer
von ihnen versteifte sich auf eine russische Kamarinskaja, während
andere eine Polonaise bevorzugten und einige Feinschmecker um
jeden Preis einen echt jüdischen Tanz sehen wollten: einen Mayou-
feß oder einen Rikoudekle. Das bleiche Antlitz des Advokaten
wurde rot wie sein Hemd, und die Adern auf seiner Stirne liefen
azurblau an wie das Mittelmeer an einem sonnigen Tag. In solchem Freudentaumel ließ es sich nicht mehr feststellen, wer den

ersten Pistolenschuß abgab, ernüchternd und an die Vernunft appellierend, gleich einem Psst!, mit dem ein ermatteter Lehrer eine Klasse von tobenden Rangen zu beschwichtigen sucht.*

6. KAPITEL

in dem wir um sechs Monate zurückfallen

Hätte man davon abgesehen, die Seine einzumauern — sprach mein Kunde — dann wäre Paris mir vertrauter...

In meiner Jugend bin ich einem Bild begegnet, ohne je die Kraft zu finden, mich seiner zu entledigen, aus ihm eine Erzählung, ein Gedicht zu machen, es zu bannen. Ich war vom Übel des Vergleichenwollens geschlagen. Als ich zum ersten Mal das Konzept ›Menschheit‹ durchdachte, vermeinte ich, ein gläsernes Modell

* *Viel später, sehr viel später, kommentiert mein Kunde, als der Krieg von einer trügerischen Windstille auf Erden abgelöst wurde, ging mir die Bedeutung jenes Augenblicks auf, den ich vorhin um Ihretwillen heraufbeschworen habe. Seine Pistole abfeuernd, wähnte der Feind einer vergleichsweise unbedeutenden Verrichtung zu genügen, indem er eine Zelle mehr unter Millionen Zellen eines Organismus tötete, den zu vernichten er sich vorgenommen hatte. Ohne darum zu wissen, hatte er gut gezielt, hatte er der Gefahr mitten ins Herz getroffen. Als man Jahre danach in einer der altehrwürdigen Städte in Feindesland über die Zukkungen der Epoche richten wollte, meldeten sich die unzähligen Volksstämme zu Wort, die noch kurz zuvor die Zwangsherrschaft der letztlich doch Bezwungenen ausgestanden hatten. Noch ehe sie zum Galgen schritten, mußten die Angeklagten auf ihren Bänken das Jammern erdulden, das aus den Wunden dieser Völker auf sie eindrang. Auch war — weil es sich doch gehörte — von jenem Laboratorium die Rede, durch das wir anderen, Angehörige des vertilgten Volkes, getrieben worden waren. Doch unser Volk war in dem feierlichen Prunksaal nicht zugegen. Es fand sich keine Schallplatte, die etwas seiner Stimme Nahekommendes hätte wiedergeben können. Taub war der Wahrspruch und blind waren die Galgen. Die Anführer der Besiegten, die nun den Opfern ihres Unternehmens um so vieles näherstanden als ihren Richtern, verdankten diesen nachträglichen Sieg dem unbekannten Unteroffizier, der den tödlichen Schuß auf den alten Mann im scharlachroten Hemd abgefeuert hatte. Denn er allein hätte Zeugnis ablegen können.*

des Menschenhirns zu schauen. Dieses Modell enthält zwei Milliarden Zellen, die untereinander völlig identisch sind. Jede von diesen Zellen hält einen kleinen Wurm gefangen. Grünlich, blaßrosa, oder von anderer, ähnlicher Farbe. Der Wurm krümmt sich, verknotet seinen Körper, der aus zerbrechlichen Ringen gefügt ist. Er tut es seinen zwei Milliarden (minus eins) Doppelgängern gleich. Der Teufel mag wissen, warum er am liebsten die durchsichtige Wand durchbräche, die ihn von seinen Nachbarn trennt. Gelänge es ihm, er würde ihn schwängern, ihn vielleicht auffressen, oder sich von ihm auffressen lassen, oder gar alles in einem... Doch in alle Ewigkeit wird er das Glas nicht zu brechen vermögen, dessen Splitter ihn um sein grünliches Blut brächten. Sich ohne Ende in immer derselben absurden Gymnastik übend, wird er seiner Einsamkeit nicht entfliehen, obschon er sein Los mit seinen zwei Milliarden (minus eins) Parallelfällen und Nachbarn teilen wird.

Und dennoch, wird — so mich meine Religion nicht enttäuscht — die Große Hand (es ist die nämliche, die zu Beginn meiner Erzählung den Aschentöter in Form einer Säule schwang), die Große Hand also wird nach Ablauf der Zeiten das gläserne Menschenhirn aufheben und dieses, den Regeln eines Spieles gemäß (das die Indianer ›lila‹ nennen) zerschmettern... Ich ermangle des Odems (des poetischen Odems, versteht sich), um Ihnen das Schicksal der Einwohner zu schildern, sobald man sie einst aus ihrer großen, durchsichtigen gläsernen Kugel reißt. Nur ein Detail: der Pekinese vom göttlichen Dienst, der kosmische Pekinese, pißt sich auf sie aus, wodurch die Szene eine Bereicherung im physiologischen wie auch im malerischen Sinne erfährt.

Und der Messias? Begäbe er sich ohne Furcht in die hermetisch abgedichtete Zelle, in diese Einsamkeit, darin allein er teilzuhaben vermöchte an den Geschicken der Menschheit?...

Doch lassen wir diese Bilder der Apokalypse! Der Zwischenfall, über den ich Ihnen berichten werde, ereignete sich ungefähr fünf bis sechs Monate vor meinem und Noemis Verschwinden und mehr als ein Jahr vor dem Tode meines alten Freundes Leon L. Verzeihen Sie bitte meinen ein klein wenig epischen Tonfall. Das liegt am Thema:

Das Volk, das sich seit Jahrtausenden in der Vorstellung sonnt, es werde dereinst aus seinem Schoße der wahre Messias hervorgehen, hat in der Zwischenzeit aus dem Hut seiner Erwartung eine ganze Plejade von Falschen, Halbwahren und Suspekten gezaubert. Sie kennen ebensogut wie ich selbst die Geschichte vom Sabbatai Zevi und jene des Jakob Frank, gar nicht zu reden von einem gewissen Karl Marx wie auch von einem guten Dutzend Volkskommissare samt deren Unterkommissaren.

Und seien wir doch ehrlich: Wer von uns hätte sich nicht — und sei es auch nur für einen Augenblick — für den leibhaftigen Messias gehalten?... Als im siebzehnten Jahrhundert, auf Geheiß des Kosakenhetmans Bohdan Chmielnitzky, einige Hunderttausende von den Unseren erdrosselt, ertränkt und gepfählt worden waren, trat in Smyrna der herrliche Sabbatai auf, den Kadavern Gerechtigkeit und ein neues Leben verheißend; Millionäre, in weniger sturmgepeitschten Ländern, wie etwa in Holland, zuhause, verschleuderten ihre Besitzungen, um Ihm, der verheißen worden war, zu folgen. Sachliche, unternehmende Reeder, große Kaufherren, erklommen sie die Dächer ihrer Paläste, abzuwarten den Wind, den göttlichen Sturm, der sie — innert eines Lidschlags — vor den Füßen ihres Messias absetzen würde. Der gesegnete Wind wollte, scheint es, nicht kommen. Nach Sabbatais einmal begangenem Verrat und nachdem der Messias nun einmal vom Sultan mit einem grünen Turban bedacht und, zufolge den einen, zum Kämmerer am Hofe, zufolge den anderen, zum Gouverneur einer ägäischen Insel katapultiert worden war, zogen sich Reeder und Geschäftsherren zum Großteil davon und in ihre Geschäfte zurück. Sicher, es war ihnen möglich, ihren im Zeichen und, gewissermaßen, zu Ehren des Messias vergeudeten Besitz wiederherzustellen. Doch es blieb ihnen die Wunde, eine Wunde mehr, in ihren Kindern fortzuleben.

Einer von unserem Volke, ein Großer aus unserer Mitte, darf es sich zur Ehre anrechnen, den Golem geschaffen zu haben — das schreckliche Ungeheuer aus Ton, dessen tödliche Kraft als stellvertretend für die göttliche Seele angesehen wurde. Es ist nur gerecht, daran zu gemahnen, daß er seine rohe Gewalt prinzipiell nur zum Nutzen unseres Volkes und zum Verderb unserer Mörder entfesseln sollte. ›Prinzipiell‹. Denn sein Auftreten vollzog sich, wie Sie sicherlich wissen, nicht ohne gewisse, recht unangenehme Komplikationen. Anfangs ein williges Werkzeug in der Hand eines heiligen Mannes, verwandelt sich dieser Golem bald schon in eine ungebärdige Bestie, sich nicht zuletzt an jenen vergreifend, die ihrem Schutz anvertraut sind. Und warum? — Nun, aus blindwütiger Sehnsucht nach einer Seele, denn eine solche ward ihm anfangs verwehrt. Diese Sehnsucht, sein edles Leid an der Leere, sind sie denn nicht eine wahrhaftige Seele, eine fühlbare Seele wert? Im Grunde mordet der Golem aus einer Art Sentimentalität, aus einem geheimen Bedürfnis nach Güte. Der Golem wäre also als die Umkehrung, als ›zweites Gesicht‹, als ›sitra akhra‹ des Messias zu verstehen. So erhebt er gewissermaßen zu Recht Anklage wider seinen ehrsamen Schöpfer, den Großen Rabbiner von Prag, weil dieser ihn aus dem Nichts holte, ohne ihm jenes primäre Vermögen einzuverleiben, das ihm gestatten würde, das Dunkel vom Halbdunkel, die Grausamkeit von der Halbgrausamkeit und letztlich das Gute vom Bösen zu scheiden, wie es — alles was recht ist — auch der erbärmlichsten Kreatur zustünde. Angesichts dieses Zwiegespräches zwischen dem unter den Folgen seiner Schöpfung leidenden Heiligen und seinem bluttriefenden Golem gestehe ich freimütig, daß mein Erbarmen vorerst dem Golem gilt.

Derart entsteigen schon seit Jahrhunderten mehr oder weniger authentische Gesalbte und Golems unseren Eingeweiden; haben Sie aber jemals bedacht, was uns bevorstünde, wenn sie sich eines Tages kreuzten? Die einen wie auch die anderen häufen sich geradezu in den Zeiten äußerster Not. Hören Sie also:

Zu Beginn der Epoche, in der die Geschichte vom ›Schwanz und der Kunst zu vergleichen‹ beheimatet ist, gab es in unserer Provinz einen Mann namens Garin. War er ein Kaufherr oder ein Reeder? Über sein Vorleben sind mir nur recht dürftige Einzelheiten bekannt. Großen Transaktionen und Reisen galt seine ganze Leidenschaft. Er nahm sich des Goldes an und zugleich auch der Menschen und Gegenstände, die zum Gold in Beziehung standen. Er verstand es zu wägen, sein Gold, so wie sich gewiegte Musiker auf ihre Harfe, wie sich die Dichter auf ihre Träume verstehen. Er verstand es zu wägen, wie ein Traum, ein entschlossener Traum, seinen Dichter. Zu wägen gab es daneben auch Schecks (den Berichten nach auch solche ›ohne Provision‹), und Wechsel, Patente, Coupons, Devisen, Kurszettel und Telegramme — alles in allem eine unübersehbare Landschaft aus blinkendem Golde, ein Menschenleben widerzuspiegeln. All dies mit einer zweideutigen Sinnlichkeit überzuckert. Eine von jenen, die eine Birne für nichts anderes ansähen als einen nur oberflächlich veredelten Apfel. Gewaltige, dickleibige Kontobücher schliefen, die mächtigen, dunkelgrünen Rücken zum Beschauer — ein vorsintflutlicher Faun, Faun im Monde, beschäftigte er eine Armee von geschäftigen, verfließenden, schwarzen Gehilfen — auf ihren ausgreifenden Regalen den Schlaf der Heimsuchung durch Landschaften ohne Erbarmen und Horizonte ohne Ende.

Als sich, mit der Ankunft des Okkupanten, die ersten Leichen noch etwas unwirklich in den Straßen rings um das über der einstigen Hauptstadt des Landes thronende Schloß häufen, um nach dem überlieferten Ritus unseres Volkes und unter den Klagen der Weiber zu Grabe getragen zu werden, sagt mein Garin, wie er ist, seinem gewohnten Alltag und seiner geheimen Wunde den Kampf an. Wie Jakob kämpft er eine ganze Nacht lang gegen das, was er sein bisheriges Mittelmaß nannte und was ihm als grundfalsch, weil ihm von den anderen und einer maßlos geruhsamen Zeit aufgezwungen, erscheint. Zeitig am anderen Morgen ersteht uns ein Retter mehr. Garin, der Reiche, Garin, der Hochstapler, mobilisiert seine Millionen, um sich Einlaß beim Herrn Generalgouverneur zu verschaffen. Ein Kraftakt, außergewöhnlich auch damals, als das Gewohnte abhanden gekommen war. Der Generalgouverneur hätte mit Leichtigkeit Garins Millionen einstreichen können, ohne dem Unreinen das Betreten des Schlosses der einstigen Herrscher über das Land zu gestatten. Er hätte Befehl geben können, daß Garin auszurauben, zu töten sei, ohne darüber irgendwem Rechenschaft abzulegen... Ja, doch Garin winkte ihm nicht nur mit seinen eigenen Millionen, sondern darüber hinaus mit dem Versprechen unschwer zu beschaffender Milliarden. In Verfolg seines Zieles bestach er die Lakaien und die Lakaien der Lakaien. Das Resultat übertraf seine kühnsten Erwartungen: Im Audienzsaal, unter Porträts von Ahnen, die nicht die seinen waren, flößte der Pseudokönig dem Pseudomessias eine Irrlehre ein: Nur die Arbeit, ja, ganz richtig, die Arbeit allein kann sie retten, Sie und die Ihren — meint er. — Weder Sie noch Ihre Väter noch Ihre Altvorderen kannten den Adel der Arbeit, ja, ganz richtig, der Arbeit, einer guten Verrichtung. Holen Sie das nach, und meine Leute werden davon ablassen, die Ihren zu töten... Das glatte Gesicht des Gouverneurs glich einer sonnenbeschienenen Lichtung inmitten eines bislang nicht erforschten Waldes. — Hört damit auf, Parasiten zu sein, oder ihr sollt in Bälde aufhören zu *sein!* — sagte der Gouverneur, ehe er Garin entließ, der noch am gleichen Tage eine Kassette voll altertumswertiger Pretiosen aufs Schloß sandte... begleitet von einem Aide-mémoire über den Arbeitseinsatz des mit der Vertilgung bedrohten Volkes.

Und Garin, der wähnte, auf diese Weise die persönliche Sicherheit einiger Monate erkauft zu haben, tat das Mögliche und das Unmögliche, um die Seinen der ihm vom Generalgouverneur eingeflößten Gewißheit teilhaftig werden zu lassen. Mit imponierenden Geleitbriefen und seinem blinden Eifer bewehrt, bereiste er, wie ehemals die Zentren der Alten und Neuen Welt, die winzigen Ortschaften unserer Provinz. Er durchquerte das Flachland, wo haßvolle Bauern die Messer schliffen. Im Gefolge der seinem Namen vorauseilenden Legende graste dieser nicht abzuwimmelnde Commis voyageur in falschen Hoffnungen ein vergessenes Städtchen um das andere ab, und es traten die Alten, die Prominenten, die Reichen in seine Dienste, um als seine Agenten die Arbeit als das einzige, das unfehlbare Mittel des Überlebens anzupreisen.

Allerorten schossen, wie die Pilze in den feuchten Wäldern Polesiens, Garins Arbeitszentren aus dem Boden. Ein volles Register mehr oder weniger unnützer Gegenstände wurde dort produziert: Körbe und Bürsten, Handschuhe und Fetzenpuppen, deren Wert über dem von Smaragden, Perlen und Gold lag. Es bedurfte des Einflusses, der Macht und des Geldes, um den eigenen Sohn, und vor allem die eigene Tochter in diese Heilsgemeinschaft einzuführen. Die wohlbehüteten Töchter, die wohlgeratensten aus dem Schoße des Tausendjährigen Volkes, sie wurden von ihren Eltern in die Garinschen Gemeinschaftshäuser verbracht, wo man mit dem Tropfenzähler und für viel Geld das Elixier der zum Überleben notwendigen Dokumente an sie ausgab. Den Garinschen Stempeln, den Garinschen Zertifikaten war es gegeben, die Gaskammern mit reiner Luft anzufüllen, der feindlichen Hand die Pistole zu entwinden. Für die Armee arbeiten ist gut, sagte man. — In einer Kaserne des Ordens Latrinensäubern und Spucknäpfeleeren ist besser. Doch die Gewißheit, die Garantie, man fand sie allein bei Garin... Man zahlte Unsummen, man stellte die eigenen Maschinen, Schafwolle, Baumwolle, Holz zur Verfügung, um der Teilnahme an dem Gottesdienst des Überlebens willen, den Garin in seinen Arbeitszentren abhielt.

»Sollte ich mich meines Weitblicks rühmen?« fragt meine Kunde. Es war nicht Weisheit, eher noch... Mangel an Erfahrung. Meine Augen waren durch kein Zuviel an Bildern aus der Vergangenheit getrübt, ich hielt eine ausweglose Situation, einen hermetisch abgeschlossenen Raum, der über keine Fenster und nicht das kleinste Loch verfügte, durchaus für möglich. Im übrigen frage ich mich — ich glaubte das Aufblitzen eines Lächelns in den mongolisch anmutenden Augen meines Kunden gewahr zu werden —, ob nicht das Fenster, die bloße Vorstellung von einem Fenster, der von einem Haus auf die unversöhnlichste Weise entgegengesetzt ist? Dann wäre die Hoffnungslosigkeit ein Haus...

Was immer dafür sprach, ich für meinen Teil zweifelte, allem und allen zuwider, am Zauber der Sendung Garins. Und meine gotteslästerliche Skepsis war nicht geeignet, die Zahl meiner Freunde zu mehren.

Indes ich selbst beharrlich abseitsstand, bewog ich andererseits Noemi zum Eintritt in das Arbeitshaus. Diesem Vorgehen wohnte zweifelsohne eine gewisse Bosheit inne. Die Prinzessin Israels mit den Alabasterhänden mußte tagsüber, die Nadel führend wie die letzte Näherin, an einen Tisch gekettet bleiben. Schalt sie mich darob, brachte sie sich in der ›öffentlichen Meinung‹ in den Verruf der Ketzerin. Man war sich einig darin, daß ich, mein eigenes Heil aufs Spiel setzend, zu ihrem Besten handelte. Zugleich konnte ich über meine Tage und selbstverständlich auch über die Nächte frei verfügen. Meine verschwiegene Berechnung, mein schlechterdings argloser Macchiavellismus (da es ja im Grunde keine Abhilfe gab, konnten auch Garins Arbeitshäuser keinen ernstzunehmenden Schaden anrichten) waren jedoch nicht ohne Fehl. Nach der ersten zwölfstündigen Dauersitzung am Nähtisch bekam Noemi einen Weinkrampf. Sie schrie mich an: »Du hältst an deiner Freiheit fest, am Nichtstun, am Schreiben undurchsichtiger Gedichte — leugne es nicht! Sie sind alle gegen mich gerichtet, das weiß ich, ohne sie zu lesen. Und mich schickst du in die Fabrik, die schlimmer ist als alle Gaskammern zusammen. Ich will nicht mehr!«

»Es ist doch nur zu deinem Besten. Solange ich am Leben bin, möchte ich nicht, daß du um irgendeine Chance kommst. Und alle deine Freundinnen sind dort: die Tochter des Oberrabbiners, die Tochter des Anwalts V. ... die Baronesse von G. ... Lebten deine Eltern noch, sie wüßten auch nichts Eiligeres zu tun, als dich dahinzuschicken...«

Die von mir aufgezählten Namen erschienen mir als die wirksamste Linderung des kollektiven Zwanges, dem sich Noemi auf mein Drängen hin, erstmals und mit sechzehn, unterwarf. Doch sie erwiesen sich als denkbar ungeeignet, die schwarze Flamme, haßspeiend, zischend, einzudämmen. Die Namen der Gefährtinnen Noemis beschworen für mich in Wahrheit anderes herauf: seidige Leiber, verschwiegene Fältchen, der Achselhöhlen säuerliche Süße, kundiges Aufhaken der Korsetts, kurz eine ganze Kollektion von Momentaufnahmen, deren eine jede vormals die Ewigkeit für mich bedeutet hatte.

Es fiel mir, freilich erst sehr viel später, nicht schwer, Noemis Gedanken zu erraten: er ordnet mich also ein, er katalogisiert, er vergleicht mich...

Meine Sorgen für ihre Sicherheit stellten eine Art Verrat gegenüber der Gemeinsamkeit unseres Schicksals dar, das in ihrer Gedankenwelt notwendig von dem der anderen abwich. An einem Abend im November — einem schwarzen und leeren und sehr stillen Abend, der nicht ganze drei Wochen zurücklag — hatte ich dieses kleine Mädchen zur Frau gemacht, die sich nun aufbäumte gegen das, was sie für meinen ersten Verrat hielt.

Ich preßte die Gußform meiner Handfläche auf ihre Brust: *du mußt* bei Garin bleiben. Es ist ja ohnehin nicht für lange.

Und wahrlich, es währte auch gar nicht lange: ein paar Wochen später stieß, gleich einem Sperber, die Kunde hernieder. Die ›Große Aktion‹ stand vor der Tür. Die Mitarbeiter L.L.s fertigten fieberhaft endlose Listen an: von Alten und Jungen, Produktiven und Unproduktiven, Arbeitern und Intellektuellen. Welcher persönliche oder gesellschaftliche Vorzug konnte einem diesmal davor bewahren, was man schamhaft ›Transport nach dem Osten‹ nannte. Darüber gab es nicht eine, nein, tausend Versionen, und sie alle standen im Widerspruch zueinander. An einem Tag hieß es, die Sozialhilfe-Nehmer würden zur großen Reise antreten müssen. Der hungernde Haufe, der noch zwei Tage zuvor um eine kärgliche Mahlzeit gewinselt hatte, belagerte nun das Ratsgebäude, auf seinen erdichteten Reichtum pochend, und in dem Begehren, aus den Karteien dieser noch gestern erflehten Fürsorge gestrichen zu werden. An einem anderen Tag wieder erinnerte irgendein Gutinformierter an den unverhohlenen Haß, mit dem die Besatzer hinter den Begüterten her waren. Die reichen Kaufherren verkleideten sich als Arbeiter, schlüpften in Kittel und stülpten sich Kappen auf. Dann wieder ging das Gerücht, man würde die Kinder in Ferienkolonien verbringen, aus denen es keine Rückkehr gab: am selben Tag noch ergoß sich ein Strom von Bittstellern auf das Standesamt, um die Geburtsurkunden frisieren zu lassen. Fortan fanden sich in unserer Stadt keine Kinder unter sechs Jahren. Wenn es darauf ankam, erbrachte sogar ein Säugling den Nachweis dafür, daß er aus der Zeit vor dem Kriege stammte. Eine Woche danach war der gesamte Henna-Vorrat aufgebraucht, da es verlautet hatte, daß man den Alten besondere Ruhequartiere anweisen würde. Hanswurst, Amokläufer... Nacht für Nacht ging ich, L.L. zu befragen... der mir seine Unwissenheit eingestand: Die ›Große Aktion‹ ist in Vorbereitung, — erklärte er mir — doch ich weiß nicht zu sagen, wer daran wird glauben müssen. Vielleicht ein jeder von uns? Vielleicht noch nicht? Und er verfiel wieder auf das Motiv des Theaters, das mir wie ein Leitstern für unsere Freundschaft erschien: welche Dankbarkeit sind wir ihnen doch, bin ich ihnen doch im Grunde schuldig, ich unseren Todesengeln... Dieses ›kosmisch‹, wie ich es verabscheue, und doch ist es manchmal schwer zu umgehen. Kurz, ich bin sicher, daß wir ihnen Dankbarkeit, ja weit mehr noch, daß wir ihnen Unterwürfigkeit schulden für dieses ganze Drum und Dran einer ›kosmischen‹ Inszenierung.

Er spann seine Allegorie mit einer Beredsamkeit aus, die um ein Gran zu dick auftrug: Das gesamte Universum, mit seiner Milchstraße und seinen internen und externen Astronomien, mit unseren ›Erkenntnissen‹ und unseren ›Empfindungen‹ im Ausverkauf... welch unermeßliche, verbotene Stadt, was sage ich, welch kleines Getto mit Gott als seinem obersten Capo, als dem Doyen der Unseren und derer, die um uns sind. Man beklebt dich mit einer Etikette; diese Insekten nennen es deinen Beruf und deinen Namen. Und sogar dein Gesicht: der Professor, der Rabbiner, der Herr Doktor so und so. Und sieh deine erste Maske. Und sie ist die grotteskeste nicht. Dein eigener Körper — ist die zweite. Sodann deine

Seele. Und alles was rund um sie ist oder nicht ist. Bis an die Grenzen der Zeit, des Raumes, der Existenz und der Nicht-Existenz und des Nichts. Welche Fülle von Masken! Und das Nichts selbst, ist es denn mehr als eine Maske des Nichts?...

Leon L.s Augen hinter den dicken Brillen aus hellem Schildpatt waren kaum mehr sichtbar. Sie hatten aufgehört zu bestehen, sie verschwammen mit seinen Gläsern, die kaum mehr da waren. Er nahm das Wort auf: All das, all dieses Theater des Nichts, diese Hanswurstiade, die immerhin nicht so verlogen wie alles übrige ist, sie haben sie uns vor die Augen gerückt, und um sicher zu gehen, daß wir sie sähen, haben sie unsere Lider beschnitten. Ihr Modell dient der Wahrheit; es ist die Wahrheit. Keine Dankbarkeit wird übertrieben sein und auch kein Opfer. Selbst das eines Körnchens Bequemlichkeit nicht. Mein Bad taugt nichts mehr. Sie haben das Gas abgedreht. Was das Gas anlangt... sie haben dafür zweifellos eine bessere Verwendung gefunden als die, unsere Knochen anzuwärmen.

Ich will dir ein kleines Geheimnis verraten: Was mich ihnen nahebringt und mich euch entfremdet, auch dir, ist eure Einbildung, im Akt des Tötens, der Selbsttötung und der anderer etwas Bedeutsames, etwas Dramatisches zu sehen.

Und er zog mich mit sich vor eines der Bücher Zohar.

Eines schönen Nachmittags verließ ich die Einfriedung, um einen mir befreundeten Psychiater zu besuchen. Da er nicht zu den Unseren zählte, wohnte er im freien Teil der Stadt. Der Junge liebte mich. Sooft wir uns trafen, mußte ich gegen seine wahnwitzige Opferbereitschaft ankämpfen: Er zielte darauf ab, Haut und Geschick mit mir zu tauschen. Hartnäckig verwahrte er sich gegen den Vorwurf der Großmut: nach seinen Worten konnte dieser Austausch seinem Stolz, wenn nicht gar dem Inhalt seines Lebens nur zuträglich sein. Nach seinen Worten würde mein Schicksal, unser Schicksal, über dem seinen, über dem Gottes stehen.

War ich eigentlich überzeugt von den Argumenten, die ich ihm entgegenhielt?... Unbeschwert rüstete ich mich für einen neuerlichen Disput, der nicht ohne mehrere Flaschen von gutem Wein abrollen würde. Das Viertel, das man uns angewiesen hatte, war damals noch nicht zur Gänze von der Mauer umschlossen. Wie gebannt im Anblick der Sonne, verlor ich für einen winzigen Augenblick das Bewußtsein vom Stern, der auf dem Rücken meiner Weste prangte. In Gegenwart des ewig-jungen, grauen, bodenlosen Himmels empfand ich die Erde und was immer sich darauf fand, wie auch mich selbst, schwerelos, ohne Inhalt, ohne Substanz. Geradewegs über die von unserem schweren, gelblichen und frühlingshaften Lehm bedeckten Straßen ziehend, hatte ich uns beide vergessen: mich und meine seltsame Bestimmung. Ich hatte sogar die Angst vergessen, die uns, was immer ich heute sagen mag, unausgesetzt mit eiserner Zange anpackte. Es gab für mich nichts als diesen Frühling, greifbar und unerreichbar zugleich, wie die Liebe oder wie Tropfen von Tau.

Noch ehe ich meinen Blick rundum schweifen ließ, fühlte ich in meinem Leib die Last einer fremden Gegenwart, wie einen leblosen Fötus. Ein Lastwagen kam mir entgegen. Indem er vorbeifuhr, kreuzten sich unsere Blicke: der meinige und derjenige der Soldaten, die auf den Bänken saßen. Aus ihren blauen und leeren Augen sahen sie auf den gelben Stern wie auf ein niederzumähendes Feld.

Als ich ins Getto zurückgekehrt war, ging mir ein, daß ein jeder Bescheid wußte: Die Spezialbrigade des Hauptmanns H.... war zur Stelle, um morgen mit der ›Großen Aktion‹ zu beginnen.

Die Nacht mit Noemi mochte die letzte sein. Vom Portwein war noch ein Restchen übrig. Ich hörte Noemi ein seltsames, altes Lied vor sich hinträllern:

Ich sitze in einer Barke aus Wasser
Wie stellt sie es an, das Holz deines Sees zu teilen?
Woher wird mir die Kraft, zu rudern?
Muß ich doch dir entgegeneilen.

Mit Rudern von Wasser
Wie sollt' ich mit diesen die Holzflut teilen?
Meine Kräfte verlassen mich, und meine Seele schreit:
Wie bring ich es fertig, dir in die Arme zu eilen...?

Dein See, Geliebter, ist aus Wasser
Dein Holz, Geliebter, wirklich Holz
Ich werde sterben und erstehen
Ich werde teilen deinen Stolz.

Unsere nackten Leiber aufeinandergepreßt wie zwei Münder, hörten wir beide den Herzschlag der werdenden Dämmerung. Vereint, maßen wir unsere beiden zu abgeschiedenen Einsamkeiten.

7. KAPITEL

Aufgeschreckt in der Morgenfrühe, erhob ich mich eilends, äußerst mißtrauisch gegenüber der deutlichen Grenze zwischen der Nacht und dem Tag. Mich packte das Grauen, als ich das weite Feld der Mittler-Wolken vermißte, die Zone des Nirgendwo, die Brücke, auf der ich zu allen Zeiten und noch heute morgen den Weg aus dem schwarzen Lichte der Träume in die Welt der harten Gegenstände genommen. Das Bett war leer. Seit Monaten schon wurden die Gewohnheiten der Prinzessin von der feinmaschigen und schwindelerregenden Routine des Hauses Garin geprägt. Noemi war schon an der Arbeit.

Beim ersten Blick aus dem Fenster wurde mir klar, daß die Große Nummer — die unmittelbar bevorstehende — noch nicht begonnen hatte. Man stak noch in den Präambeln. Kaum daß ich die Straße betrat, ging ich in einem Gewimmel unter, wie es zu so früher Stunde nicht alltäglich war. Die Leute waren nicht etwa bemüht, das Unvermeidliche abzuwenden, sondern letzte Verfügungen zu treffen, die Bande zu kappen, die zwischen ihnen und ihrem früheren Leben bestanden. Ein Schiff, das im Begriffe stand, unterzugehen. Sein Kapitän, dem dies bewußt ist, formiert die Bücher auf den Regalen seiner Bibliothek. Dieser Vergleich gibt zwar das Bild nicht erschöpfend wieder, wird ihm jedoch im wesentlichen gerecht. Wie die Gewebszellen unter dem Mikroskop waren die Gruppen von Menschen in ständiger Umbildung begriffen. Es wurde mit Goldrubeln, Bonbons, Zyankali und Zigaretten gehandelt. Ein Gift-Händler, ehemals Apotheker, kahl, abgezehrt, sanft und verloren sein Blick, rühmte im Flüsterton die Qualität seiner Waren: Sehen Sie mein wohlassortiertes Lager! Diese winzige Pille hier wirkt einschläfernd wie ein Wiegenlied. Die hier besitzt die Gewalt eines Blitzschlags. Die Wirkung ist wissenschaftlich erprobt. Es dauert nicht länger als drei Sekunden. Und hier haben wir eine

Mischung besonderer Art. Ich hab sie ›Pralinees‹ getauft. Sie sind so süß wie der Honigkuchen, den meine Großmutter für das Purim-Fest buk. Die ihr eure Kinder liebt, laßt sie an diesen Genüssen teilhaben…

Ich lief dem Doktor Hillel in die Arme — dem unerreichten Gelehrten, was die nachbiblische Geschichte betraf. Seine Sammlung von Werken, die zu den Quellen des Talmud vorstießen, zählte zu den wertvollsten der Welt.

»Sprecht ein wenig miteinander. Ich ehre und schätze die Überdrehten« — mit diesen Worten hatte mich mein Cousin, der junge Baron L., vor Zeiten dem alten Hillel empfohlen. Und wir reihten denn wirklich Gespräch an Gespräch, Abend für Abend, den Winter lang. Nachdem mich der Doktor mit seiner köstlichen Kollektion pornographischer Bilder bekanntgemacht hatte, führte er mich in den Irrgarten der Sanhedrin-Abhandlung ein, deren Enthüllungen über das Leben des Nazareners und seiner Apostel von der offiziellen Version der Kirche abwichen. Von der Leidenschaft abgesehen, mit der er seinem Geschichtsstudium anhing, kannte die Geilheit des alten Doktors nicht ihresgleichen. Die Räume, in denen er mich empfing, waren erdrückend wie eine überreife Frucht. Die dunklen Vorhänge, die Regale aus Eichenholz, die Bücher, der halb-taube Lakai schufen ein homogenes Königreich der Schwere, zu der die maßlose Agilität des Gastgebers nicht recht passen wollte.

Er hielt mich nun mit einer Handbewegung an:»Ich nehme dich nicht lang in Anspruch. Ich bin ganz allein. Meine Tochter ist geflohen, um sich auf die andere Seite der Front durchzuschlagen. Ich habe Nachrichten erhalten. Man hat sie erwischt. Mein Lakai wurde im Zuge der letzten Razzia von *eurer* Miliz verschleppt. Was mich betrifft, so bin ich bereit, heute abend zu sterben. Ohnmacht eines Greises? Ehe ich gehe, möchte ich ein paar Worte mit irgendwem wechseln. Warum nicht mit dir? Du weißt ungefähr, wo ich mit meinen Nachforschungen stehe. Es war mein Ziel, den Großen Namen aus der Vergessenheit herauszuführen, um die Zukunft zu erschließen. Ich hatte mich dafür entschieden, ein Tagebuch der Zukunft zu führen. Ich schreibe im Augenblick den Juli des Jahres Siebentausend. Perverse Abweichung eines Historikers. Es ist alles hineinverwoben: meine Jugend, meine Frau, die Liebe, die ich für

meine Tochter empfand, und auch das Geld, Unmengen davon...
Es ist mir übrigens bekannt, daß du mit ihr geschlafen hast. Du
warst nicht der einzige. Doch ich komme vom Wege ab... Als ich
mich entschloß, Historiker zu werden, war es — edle Naivität —,
um mich zu erinnern, um die Vergangenheit heraufbeschwören zu
können. Die abgelaufenen Jahrhunderte ruhen wohlverwahrt in
irgendeiner Kiste, auf einem Speicher, glaube ich. Sie haben den
Brand. Die Mäuse tanzen zu ihren Häupten. Es genügt, sie zu finden und aufzuschließen, die Kiste. Das war die unterste Stufe...
Später, mein Vorspüren — es brachte mich in den Ruf eines Narren — es sollte eine Vorschau auf die Zukunft sein... Eine Stufe
höher; und doch so weit unten, so weit unten. Immer noch Über-
drehtheit, kein göttlicher Wahn... Das darfst du mir glauben! Mit
jedem Augenblick schlägt das, was wir ›Leben‹ nennen, in Vergangenheit um. Sollen wir das Leben als einen festen Körper betrachten? Die Vergangenheit als eine Flüssigkeit? Doch die Kelter,
wo ist sie nur, die Kelter, die Kelter?! Meine Nächte waren rand-
voll von diesem absurden Fragen. Nunmehr weiß ich Bescheid. Es
geht hier um andere Dinge. Alter Esel, der ich war, erfuhr ich es
durch unsere Soldaten-Freunde; und das zu spät. Dennoch werde
ich eurem Hauptmann H. Dank wissen... Es gilt das eine und das
andere, Vergangenheit und Zukunft auszulöschen, ihre Durchdrin-
gung in der einziggültigen Gegenwart herbeizuführen. Man könnte
vom jähen Aufblitzen einer übermäßig zugeschliffenen Klinge
sprechen! Nichts sonst geht augenblicklich vor sich. Und es ist die
Ewigkeit, die Unsterblichkeit. Es geht hierbei um nichts anderes!«
    Der flüchtige Schatten eines alten Bettlers löste sich aus der
Gruppe, die uns einschloß. Das gab meinem Herzen einen Stich.
Diese ausgehungerte Silhouette, es war der Dichter Isaak D....
Zwischen ihm und dem Doktor Hillel war es vor Zeiten zu schweren Zerwürfnissen gekommen, deren wahre Natur ich nicht zu ergründen vermochte. Die Stimme des Isaak D.... schien uns von
weit her zu kommen. Er stand am anderen Ufer des Ozeans aus
Hunger, den wir nicht überquert hatten. Noch nicht:
    »Hör nicht auf den alten Narren, Boris. Sein Gehirn ist zerfres-
sen, und was sein Herz betrifft... Herz hat er niemals gehabt. Er
versteht nichts von der Ewigkeit. Er ist Sammler. Er ist es noch
heute, da wir sterben müssen. Die Ewigkeit... Mich hat es nach

ihr gehungert wie nach dem Brot. Hast du jemals bemerkt, daß die ›Immoralität‹ und die ›Immortalität‹ nur durch ein ›t‹, ein unbedeutendes ›t‹, voneinander getrennt sind? Was will das besagen? Die einen sprechen von ›Theologie‹, die anderen von ›Theater‹ ...

Und weißt du noch, daß sich ›Lächeln‹ am besten auf ›Verröcheln« reimt? Wäre dir gar nicht eingefallen, wie? Soll dich nicht hindern, mich mit einigen Rubeln oder ein paar Erdäpfeln zu beglücken ... Du bist nicht hartherzig, geh, ich kenne dich doch. Es ist nur gerecht, daß dieser Tag der Trauer für mich ein klein wenig heiterer verlaufe als für die übrigen. Sieh mich an ... Meine Läuse sind besser daran als ich. Finden sie weder Fleisch noch Blut vor, dann halten sie ihren Hunger mit meiner Haut zum Besten. Und ich? ... Ich will nichts umsonst. Ich will dir ein kleines Gedichtchen aufsagen, ein munteres kleines Poem, das ich verfaßte, während ich, vor dem Ratsgebäude, um die Volkssuppe Schlange stand, als man diese noch ausgab. Es ist genau eine Woche her. Das war die gute Zeit.

Sein Gesicht zur Fratze verziehend, hob er an, sein Gedicht aufzusagen:

> Die Menschen vergehen
> ohne die Spur
> eines geologischen Stratums.
> Wo ist das Land, von unseren Leiden
> ge-düngt zu wer-den?
>
> Die Augen zerreißen das Land,
> das ihnen nichts schuldig bleibt.
> Einige Schritte noch und noch ein paar Schritte
>   in das Gewölk.
>
> In die definitive Immobilität
> In die immobile Definition
> Definitive Definition
>   Wesen, keuchend, eingeengt ...«

Er brach in ein irres Gelächter aus, und unversehens hatte er sich seiner Seiltanztricks begeben und warf mir einen verschwörerischen Blick zu. In tiefem Ernst:

»Das Leben tut für unsere Träume, was in seiner Macht steht.

Auch für die grausamsten Träume. Hab ich nicht recht, Boris? Das Universum ist eine Krankenschwester, die unsere Leidenschaften entfacht, um sie hegen zu können. Doch ist's ein übles Mensch von einer Krankenschwester. Wo bleiben meine Rubel? Meine Kartoffeln?«

Meine Taschen waren leer. Sachte entschlüpfte ich ihm. Sekundenlang sah ich noch Doktor Hillels graue, struppige Mähne, dann wurden wir durch die Menge getrennt.

Ich traf den Senator Gordon. — »Boris«, sagte er zu mir, »das ist das Ende der Welt. Gestern ging ich in den freien Teil der Stadt, zu den Herren vom Sozialfonds. Ich wollte über unsere Waisenhaus-Verwaltung Rechnung legen. Von den dreihundert Kindern, die ich anfangs betreute, wurden zweihundertundzweiundzwanzig im Zuge der bislang durchgeführten Aktionen verschleppt. Der Rest blüht und gedeiht. Die sind mein ganzer Stolz. Mein hehrster Stolz. Sie haben nicht Hunger zu leiden. Ich habe den Ältestenrat angezapft, die Direktion des Spitals, ja selbst die Miliz. Ich habe gebettelt, wie ich mein ganzes Leben lang bettelte. Hätte ich mehr tun können? Nun, der Beauftragte des Sozialfonds tat gestern so, als wüßte er von alledem nichts; er sah mich prüfend an und forschte: ›Gordon, sag mal, was stellst du mit den Kindern an? Die sterben ja wie die Fliegen! Wahrscheinlich verschacherst du ihre Rationen auf dem Schwarzen Markt und hältst dir dafür eine Mätresse...‹ Das Schandmaul! Er selbst hatte die Kindertransporte verfügt... Wenn ich ihn nicht erschlagen habe, dann ist es nicht Angst gewesen, die mich davon abhielt. Es geschah um der Kinder willen, die uns noch bleiben...

Hören Sie, Boris, könnten Sie nicht L. L. überreden... daß er sie gegen die Alten austauscht, sobald die Aktion beginnt? Wie kann man denn Kinder deportieren, kleine Kinder?... Ich wäre selbst bereit, mich verschicken zu lassen. Als einer der ersten. Wer aber sollte mich hier vertreten...« Er hob resignierend die Hand.

8. KAPITEL

Den Bewohnern unseres Reservats war ein einziger Park übriggeblieben: der alte Friedhof, dessen älteste Gräber aus dem dreizehnten Jahrhundert datierten. Er war dicht verwachsen. Wollte man in die entlegenen Winkel dringen, mußte man gegen wahre Armeen von Farnen und Unkraut ankämpfen. Es war ein Anmarsch gleich dem eines Tauchers auf dem Meeresgrund zwischen den Algen. Ehemals fanden sich rings um die Grabsteine der Großen und Heiligen Tausende kleiner Kartons, bekritzelt mit den geheimsten Wünschen frommer Bittsteller. Sie beschworen die Toten um Fürsprache vor dem Hohen Gericht des Drüben. Von einer Neugierde getrieben, an der beileibe nichts Gotteslästerliches war, war ich selig in dem Gedanken, daß ich den kleinen Leuten hinter die großen Geheimnisse kommen könnte, indem ich insgeheim ihre frommen Wünsche entzifferte. Ich entsinne mich noch der Bitte einer Witwe, die ihrer einzigen, unter unsäglichen Nöten großgezogenen Tochter den Tod wünschte, weil sie der Liebe zu einem Abtrünnigen schuldig geworden war.

Diese kleinen, vom Wetter verwaschenen Kartons, es gab sie nicht mehr auf dem jahrhundertealten Friedhof. Verrichtete unser Volk seine Gebete an einem anderen Orte? War sein Glaube an den übermächtigen Einfluß der Großen Toten erloschen? Oder der an ihre unendliche Güte? Doch es brannten noch ein paar ärmliche Kerzen auf dem granitenen Grabmal des Tori Zahav, Verfassers eines der grundlegenden Kommentare. Und auf dem Grabe der goldenen Rose, der es, vor vierhundert Jahren, kraft eines Wunders und durch ein Opfer gelungen war, den Zorn eines Häuptlings der Tataren von unserem Städtchen zu wenden.

Mein Bewußtseinszustand in diesen Stunden: der eines Reporters, der sehen und hören will, um eine sensationelle Nachricht an seine Zeitung zu kabeln. Doch welches war meine Zeitung? ... Durch widerstrebendes Kraut bahnte ich mir einen Weg zur Leichenhalle. Einige Bettler sangen Psalmen über einer Hundertschaft Leichen. Der alte Yaakov, mir ein guter Bekannter, dank den unzähligen Flaschen Wodka, die ich vormals an seine bettelnde Gilde gesegneter Rezitatoren zu verteilen gewohnt war, raunte mir zu:

»Achtundfünfzig Selbstmorde, allein in der letzten Nacht. Und wo sind sie zu finden, die Hand an sich legten? — frage ich Sie. Nicht unter den kleinen Leuten. Nicht unter den Hungerleidern. Allein unter den großen Herren, unter jenen, die es heute noch warm haben und derzeit mehr Lebensmittel aufzutreiben vermögen, als wir anderen zu erträumen wagten, ehe diese Engel des Todes kamen.«

Aufgebracht, doch sichtlich stolz auf den gesellschaftlichen Rang ›seiner‹ Leichen, führte er mich durch sein Reich:

»Hier sind Professor Caro und Gattin. Sie haben das Gas aufgedreht. Sie hatten nicht zu leiden. Hier der Bankier Urias. Es ist drei Jahre her, daß er für den Wiederaufbau der Großen Synagoge drei Millionen springen ließ... Den hier, erkennen Sie ihn? Der Dichter Tarnovski. Er hat sich erhängt. Ein schönes Violett! Er hatte kein Geld, um sich Gift zu kaufen.«

Ich gedachte der feinsinnigen Übertragungen der Werke Homers und Dantes, und ich entsann mich der Brücke, die Tarnovski über den Bosporus schlagen wollte, zwischen dem Berge Olymp und dem Berge Sion. Er hatte mir diese Brücke der Zukunft beschrieben, und wie er sie ausschmücken wollte, mit Chimären und Grotesken von Speiern.

Ich konnte verhindern, daß ich zusammenfuhr: Sulamith, tot, gestreckt auf ein schmales Gestell aus Eiche. Der Körper, zerbrechlich und weißer denn je, in das schwarze Geflecht eingerahmt. Ich erkannte die Falte unter der linken Brust.

Diese weit geöffneten Augen, reglos und wie aus Glas, spiegelnd die gelbe Kerzenflamme, hatten sie eine Botschaft für mich? Den Bruchteil einer Sekunde lang fand ich mich wieder in unserer ersten Nacht, im Anblick der Flecken von Blut auf dem Leintuch bei unserem ersten Erwachen, ein Abgrund verlorener und gewichtiger als die Nacht. Beide waren wir noch nicht zwanzig. Der von uns vollzogene Akt, die von uns begründete und ausgelotete Zweisamkeit, was uns an Neuem und Seltsamem band, was galt uns davor das eigene Ich? War es Sulamith, die ich geliebt hatte, war es ihre Jungfräulichkeit oder war es die anonyme Gewalt, die mich hieß, sie zu nehmen? Mit allen Fibern meines Körpers brach ich von neuem den erbitterten Widerstand verborgenen Fleisches, von einem Willen, mich zu behaupten, erfüllt, der — das fühlte ich — nicht ein Teil meines Selbst war, den vielmehr eine äußere Macht in mich hineintrug.

Die Wochen auf den Bergen folgten, bei den Hammeln und den Mutterschafen, deren Blöken uns weckte. Die versilberten Wasserfälle, die Bäume, die schwer zu findenden Hochsteige der Karpaten, auf denen zwei Jahrhunderte früher Baal Shem Tov, der Meister des Guten Namens, mit Dovbusch, dem Bandenführer der Berge, zusammengetroffen war, um ihm das Mysterium des göttlichen Willens zu offenbaren.

Geübt im Schweigen, wie du es warst, Sulamith, mußt du mit auf die Reise, vor der ich stehe. Im Schweigen allein werden wir dort uns selbst, dem, was wir gewesen sind, treu bleiben können.

Ich hatte die Hand ausgestreckt, um Sulamith über die Flechten zu streichen. Der alte Yaakov war mir in den Arm gefallen: »Herr Boris, es steht Ihnen nicht zu, die Leichen anzurühren. Sie sind vom Stamme der Priester und würden sich durch eine solche Berührung beflecken. Ist es an mir, Sie die Gesetze zu lehren?

In normalen Zeiten wäre es Ihnen nicht einmal gestattet, an diesen Ort vorzudringen und die Toten zu schauen. Doch ich nahm diese Sünde auf mich. Denn Sie glauben an Gott und verteilen Almosen. Nun ist es jedoch an der Zeit, daß Sie uns verlassen, und, so es uns aufgetragen ist, diesen Tag zu überleben, gedenken Sie meiner. In Zeitläuften wie den unseren findet nur schwer sein Brot, wer nichts als Psalme zu rezitieren weiß. Ich hab noch zu arbeiten. Erst wenn sie alle gewaschen sind, dürfen sie Anspruch erheben auf die Beisetzung der Gerechten nach dem geheiligten Ritus unseres Volkes.«

Ich ließ Yaakov — diese schwarze, geschäftige Spinne — mit seiner Arbeit allein, mein Besuch im Park aber war noch nicht zu Ende. Nachdem ich den Tod der Menschen geschaut hatte, geriet ich, im Hinausgehen, an den der Steine.

In der Hauptallee regte ein Dutzend großer, ausgemergelter Hampelmänner, unter der Aufsicht eines grau-grünen Wachtpostens, die eigenen Knochen und schwere Hämmer. Eine zweite Gruppe war am Karrenschieben. Man zerschlug alte Grabsteine. Unter den dumpfen und blinden Schlägen des Klöpfels zersplitterten die geheiligten Schriftzeichen der vor einem halben Jahrtausend, zum Lobe irgendwelches Heiligen oder Philosophen gesetzten

Sprüche. Ein *Aleph* kam links zu liegen, indes ein *He*, in einen anderen Teil des Steines gehauen, rechts aufschlug. Ein *Gimel* wurde dem Staube vermählt, in seinem Sturze gefolgt von einem *Nun*. Mehrere *Sin*, Symbole des Wunders einer Rettung durch Gott, lagen zerschmettert und getreten unter den Hämmern und unter den Füßen dieser dem Tode geweihten Arbeiter.

Würde der aufgelöste Haufe der Zeichen, einmal ihrem Wortlaut entsprungen, in die Welt der Lebenden, in die Welt der, wie es heißt, ›profanen‹ Gegenstände einfallen, auf der Jagd nach allem, was sich dort noch in Harmonie befand? Würde er blindlings tödliche Schläge austeilen, einer entfesselten Bande von Golems gleich?

Welche vernichtende Energie standen diese improvisierten Arbeiter im Begriff zu befreien! Würden die Grabsteinsplitter zu weißglühenden Granatsplittern werden? Würden sich die hinfort einsamen, heiligen Schriftzeichen, sobald sie ihren Umlauf durch Dörfer und Länder vollendet hätten, zu einer neuen Gemeinschaft zusammenschließen, zu einem nackten und grausamen Orden, jenem entgegengesetzt, dessen Zerstörung sich unter unseren Augen vollzog? Würde das heimliche Leben der gemordeten Grabsteine, verstreut über die Welt, vertragen in unbekannte Winkel, in diesen Splittern und in diesen Staubkörnern weiterbestehen?

Die Arbeiter stanken — selbst unter dem freien Himmel. Unter der Aufsicht ihres filzigen Wachtpostens wagten sie nicht, laut zu betteln. Der Tod hatte aufgehört, sie zu kümmern, jener der Menschen, jener der Steine und der eigene ebenso; nicht so der Hunger. Dem Pfeifen des Windes vergleichbar, mit Mühe vernehmlich, sagten sie Lekhem und meinten Brot. Ich hatte keines bei mir. Ich ließ meine Hand die Tasche durchstöbern und warf der Gruppe mit einer einzigen, jähen Bewegung ein kleines Stück Schokolade zu. Drei bis vier Arbeiter fielen wie Säcke zu Boden. Sie rührten nicht ihre Hände, sondern die langen und mageren Hälse und schluckten den an den winzigen Schokoladeteilchen haftenden Staub.

Die Furcht: Nicht werden wie sie!

Eine Stimme: Sich, ehe man starb, ihrem Zustand, ihrem Gestank vermählen. Die einmalige Gelegenheit nicht versäumen. Zum offenen göttlichen Tor hinaus. Auf den Grund kommen.

Die Grabsteine barsten unter den dumpfen Schlägen der Hämmer. Wie ein Kind, das unaufhörlich im gleichen Bilderbuch blättert, wußte ich die Reliefs in ihrer einfachen, hundertjährigen Sprache auswendig herzusagen:

Ein Leuchter: eine fromme Frau, Mutter und Gattin.

Zwei Handteller, erstarrt in der Erteilung des Segens, aus der Epoche des Ersten Tempels überliefert: unter diesem Stein ruht ein Priester.

Zwei Fische: während der Sintflut verkamen alle lebenden Wesen bis auf die Bewohner der Wässer. Die Sintflut des göttlichen Zorns löscht das Leben derer aus, die bösen Willens sind. Der unter diesem Stein ruht, war gerecht und wird wie der Fisch überleben.

Die Löwen Judas, die Hirsche, die geflügelten Drachen, die Bücher, gehauen in die Grabsteine der Doktoren des Rechtes, unter den Hämmern zerfallend.

Mich retten, den alten Friedhof retten... Würde ich ihn um den Rücken schlagen können wie einen schwarzen Mantel? Eingehüllt in diesen alten Friedhof sowie in den Himmel, meine Reise in ferne Lande zu wagen, damit man uns nicht erkenne. Damit uns niemand erkenne!

9. KAPITEL

»Nun, kleiner Boris — wir sehen uns auf den Regalen in Smiechowskis Laden wieder...« Mein Freund Abracha wiederkäute diesen schon recht abgeschmackten Scherz mit einem Lächeln, vor dessen Leuchtkraft die Düsternis aus dem Souterrainzimmer wich. Ich lächelte meinerseits. Smiechowski besaß eine Seifenfabrik und auf seinen Produkten waren in letzter Zeit drei mysteriöse Buchstaben aufgetaucht: ›RIF‹. Die Stimme des in der Auslegung von Anagrammen geübten Volkes deutete sie als eine Abkürzung für ›Rein Jüdisches Fett‹. Abracha war damals als Elektriker tätig. Im übrigen war er in jedem Handwerk zuhause und galt als der Freund der ganzen Stadt. Seine Fingerfertigkeit wurde von all denen gerühmt, die ihre unterirdischen Verstecke mit allen erdenklichen Anlagen ausstatten ließen.

Wo kam er her? Niemand konnte es mit Bestimmtheit sagen. Die ungezählten Versionen, die über seine Herkunft und Wanderschaft kursierten, widersprachen einander zu häufig, als daß man aus ihnen klug werden konnte. Er war auf Reisen gewesen, hatte in Frankreich und im Iran geweilt.

»Als ich in Frankreich ankam« — hatte er mir eines Tages erzählt — »und keinen roten Heller mehr besaß, mußte ich mir wohl oder übel eine Beschäftigung suchen. Nun, ich fand eine. In einer Spielwarenfabrik. Acht Stunden, mitunter auch zwölf Stunden täglich saß ich an meinem Tisch und füllte die Bäuche von kleinen Bären. Acht Monate lang ging das so. Schlimmer als eine Maschine. Nur, eine Maschine hat mal eine Panne. Ich hatte keine. Als die acht Monate um sind, kommt der Vorarbeiter zu mir und sagt in ihrer Sprache... ich hatte inzwischen einige Brocken von ihrer Sprache aufgeschnappt... er sagt also zu mir: ›Ich habe eine gute Nachricht für dich. Du arbeitest gut. Die Burschen, die vor dir hier waren, gingen stiften, sobald sie ein bißchen Fett angesetzt hatten. Auf dich kann man sich verlassen. Du bist geblieben. Dem Chef ist das angenehm aufgefallen. Ab morgen bekommst du einen höheren Posten. Du brauchst nicht mehr die Bäuche zu füllen. Du wirst die Ohren einsetzen!‹

Was soll ich dir sagen: Anderen Tags ging ich auf und davon. In Marseille fand ich Arbeit auf einem Schiff, das nach dem Iran auslief...«

»Und wie fandest du Persien? Schön?«

»Schön, wie schön. Jedenfalls war ich schön dran.« — Das Antlitz Abrachas spiegelte heftigen Widerwillen. — »Man sagt, der Iran sei das Land der tausendundein Wunder. Ich aber sage dir, daß es das Land der tausendundein Beschissenheiten ist. Nicht mal Wodka hatten die. Ein Liter Whisky kostete... wart mal... etwas wie eine Woche von meinem Lohn. Und im Vergleich zu den Burschen dort unten wurde ich wie ein Nabob bezahlt. Und nicht mal Wein gab es. Ich war selig, als ich mich von dort trollen konnte. Das war, Augenblick mal, das war im Jahre 193...«

...Er hatte in der roten Kavallerie unter Budjonny gedient und mußte also über vierzig sein, doch hätten die Behendigkeit seiner Bewegungen, der spöttische Ausdruck in seinen Augen, seine unerschöpfliche Fröhlichkeit viel eher zu einem Mann von kaum

Fünfundzwanzig gepaßt. Er duzte alle Welt und alle Welt duzte ihn. Was sich im letzten Jahr zugetragen hatte, vermochte ihm nichts anzuhaben, blieb ohne Einfluß auf seinen seelischen Grundumsatz. Er hatte sich nicht verändert. Er verdiente, was er zum Leben brauchte, das Sparen aber war ihm ein fremder Begriff. Den ewigen Zigarrenstummel zwischen den Lippen, mager und sehnig, in Zakouski und grobe Scherze vernarrt, ließ er an einen Verbindungsoffizier denken, der außer den vielfältigen Pfaden auch die diversen sozialen Schichten unserer rapide einschmelzenden Gemeinde koordinierte. So drollig er seine Neuigkeiten servierte, sie trafen doch immer ins Schwarze. Er war nicht verlegen um Schleichwege in die Kasernen der Okkupanten. Unser Ältestenrat hätte ihm nur zu gerne gewisse heikle Aufgaben übertragen. Abracha verfügte über Reserven an Charme und an Mut, die auf das Maß der jeweils drohenden Gefahr abgestimmt waren. Seine Verbindungen in dem für uns unzugänglichen Teil der Stadt stellten ein ernstzunehmendes Kapital dar, doch Abracha hatte es nicht eilig, sie der gemeinschaftlichen Kontrolle zu unterwerfen.

»Wenn es dir eines Tages an den Kragen geht, dann laß es mich wissen«, sagte er. »Ich bring dich durch alle Absperrungen und feindlichen Linien. Das gilt auch für deine Mädchen. In vernünftigen Grenzen, versteht sich.«

Ich wehrte ab: »Du weißt ja, daß ich nicht fort will. Kommt es zum Letzten, sind diese Stadt und ich mehr oder weniger eins. Einzig die Sterbenden kommen für mich als Weggefährten in Frage... Meine Familie, mein Land, mein Friedhof. Das klingt verrückt, aber ich fände es abscheulich, wenn ich nicht für all das bezahlen wollte, was ich von Gott bekam. Mit dir ist es etwas anderes. Abracha, ich kann nicht einsehen, warum du dich nicht aus dem Staube machst. Die Front ist nur dreihundert Kilometer entfernt.«

Nun packte er aus:

»Vom Reisen hab ich genug bis ans Ende meiner Tage. Ich habe mein Leben mit den Kasaken geteilt, mit den Tataren. In Taschkent hatte ich eine Frau. In Moskau saß ich zwei Jahre lang im Loch... Die Steppe des Großen Hungers ist dir wohl kein Begriff? Nicht weit von dort, nicht weit, das ist schließlich nur eine Redensart, sind die Tungusen zuhause, mit ihren Schamanen. Fä-

hige Burschen! Sie können nach ihrem Belieben die Sonne aufsteigen lassen und zum Verlöschen bringen. Aus den Mondstrahlen
bereiten sie Silbermilch, die sie ihren Gören zu trinken geben.
Dann die Uzbeken. Sie lassen ihre Herden grasen und wandern
von einem Weideplatz zum anderen. Wenn man zu ihnen gelangt
ist, offerieren sie dem Gast einen Kuskus. Bei Einbruch der Dunkelheit prahlen sie um die Wette und alles kriecht unter ein und
dieselbe Decke aus Schafshaut: die Großeltern, der Vater, die Mutter, die kleinen Mädchen. Ich habe mich nicht herausgehalten...
Noch weiter, auf der Straße nach Taschkent, stößt man, inmitten
der Wüste, auf Rosenplantagen. Die größten Plantagen und die
größten Rosen der Welt. Ihr Duft schläfert ein und bringt um. Und
durch die Büsche zwängen sich, weißgekleidet, die uzbekischen
Mädchen, lächelnd und schweigsam, mit ihren Scheren die Blumen
kappend. Sehr schweigsam. Nur ein Klicken dann und wann. Es-
senzen und Gören werden dort hergestellt... Das Wasser in den
artesischen Brunnen duftet nach Rosen. Selbst die Scheiße duftet
nach Rosen...

Dort könnte ich hin. Zweifellos. Ich könnte am Leben bleiben,
doch meine Alte will es nicht.«

Er hatte das gleichsam bedauernd gesagt. Eine Stille machte sich
zwischen uns breit, die er als erster überwand: — »Du kennst meine
Alte nicht. Niemand in dieser Stadt kennt sie, gleichwohl sie seit
Jahren unter euch lebt. Seit ihrem Unfall. Ihr seid schön dumm...
Es ist meine Schuld. Meine Schuld, wenn man will. Komm mit.
Es steht dafür...«

Die Front des Hauses bot einen kränklichen Anblick. Es zählte
nur zwei Fenster pro Etage. Im Treppenhaus war es eng und
düster. »Es ist auf der dritten«, sagte Abrascha. — »Sie geht niemals aus. Ich bin es, der ihr zu futtern bringt. Es fehlt ihr an
nichts. Warte...«

Er klopfte viermal an die Türe. Es hatte den Anschein, als hätte
sich nichts gerührt. Er fing zu schreien an: »Ich bin's, Abracha.
Schläfst du?«

»Du bist nicht allein?« fragte eine klare, tiefe Stimme.

»Ich hab einen Freund mitgebracht, Lena. Du wirst dich seiner
annehmen müssen.«

Die Tür erhielt einen Stoß von ihm und sprang unter nervenzerrüttendem Knarren auf. Wir standen in einem Zimmer, das von Kisten und Koffern überquoll, die den Dienst von Tischen, Sesseln und Kommoden zu versehen schienen. Ein ungewöhnlich breites Bett nahm die Hälfte des Raumes ein. Ich konnte die Züge der Frau nicht erkennen, die unter einer Vielzahl von himbeerfarbenen Decken lagerte, ihren reglosen Kopf zwischen zwei fette, träge Katzen gebettet.

»Hast du einen Wunsch?« fragte Abracha. »Wenn nicht, dann laß ich euch zwei allein. Viel Spaß. Ich muß noch auf einen Sprung ins Spital. Die hätten gerne ihren Röntgenapparat wieder in Gang gebracht. Auf bald.«

Mit einem Schlag durchzuckte mich die Empfindung des schon einmal Gesehenen und des schon einmal Gelebten. Am Bett sitzend, begann ich eine der schnurrenden Katzen zu streicheln und zwang mich zu einem Übereinkommen mit dem etwas bizarren Interieur. Was sprechen mit der ans Bett gefesselten Frau? Die Stille fing an, mich zu beschweren. Warum zum Teufel mußte Abracha darauf bestehen, mich in diesen Speicher einzuführen? Ich zwang mich, etwas zu sagen.

»Sie sind also seine Tante, Madame? Er hatte mir nie von Ihnen erzählt. Ich war der Meinung, er hätte niemanden in dieser Stadt. Kann ich irgend etwas für Sie tun?«

Sie blieb zunächst stumm. Mit einem Male erhellten die Strahlen der untergehenden Sonne ihr eingefallenes Gesicht, das sich bis dahin meinem Blick entzogen hatte. Der ikonenhafte Kopf trug zur Not die schwere Last der roten Mähne. Die Haut war weiß, von letzter Weiße. Die leicht aufgeworfene Nase widersprach dem Pathos der großen, tiefliegenden und wie erstarrten Augen.

Und es formte sich das Wort: —»Sie sind Boris, der junge Baron? Abracha hat mir von Ihnen erzählt. Sie machen Faxen, wie ich höre, Sie weigern sich, fortzugehen? Ist es so? Nun, es muß sein. Heißt es nicht in der Genesis: ›Also wird der Mensch seinen Vater und seine Mutter fliehen, um der Frau zu folgen...‹? Ich heiße Sie nicht, *einer* Frau zu folgen, sondern all jenen, die Sie noch haben sollen... Und dann, was ist denn eine Frau? Haben Sie sich diese Frage gestellt? Sie ist die Konkavität, die Leere. Und was Sie anlangt... hat sich die Leere noch nicht der Fülle vermählt. Keine Identifizierung gab es. Für Sie... *ist* die Leere die

Fülle. Von Anfang an. Ob Sie dieserhalb überleben müssen? ... Die einzige wahre Leere aber ist das Leben, das Sie nach unserem Tode führen werden. Sie sind beileibe kein Ausnahmefall. Ihre Bestimmung ist es ein wenig.«

Ich versuchte ein Lächeln: »Betrachten Sie mich nicht als ein Ausnahmewesen, Madame. Alle Welt glaubt das von sich ... Ich aber weiß, daß ich es nicht bin. Wäre ich es tatsächlich, dann wüßte ich darum. Und hätte ich dieses Wissen, wüßte ich um seine Nichtigkeit. Bleiben wir auf der Erde.«

Sie fiel mir verdrossen ins Wort: — »Ich will Ihnen keineswegs schmeicheln. Nicht Sie sind der Ausnahmefall. Es ist Ihr Geschick. Mag sein, daß es Ihnen an Reife fehlt, um an dem unseren teilzuhaben. Schlimmer noch: Sie sind dessen nicht würdig. Oder nein, das war falsch formuliert: Das Ausnahmegeschick, das Große, ist ein Anliegen der Masse, unser aller. Das Ihre ist staubig und banal. Sie sehen, daß ich Ihnen nicht schmeicheln will. Auf dieser Erde steht schon das Kleinkind mit irgendwem in Kommunikation. Sie nicht. Sie waren nicht imstande, eine Entscheidung zu treffen: Die anderen sind das Blut in unseren Adern. In Ihrem Leben fand sich dieser Saft nicht. Für Sie waren die anderen nur eine Bagatelle, ein Spielzeug; die anderen, wir alle. Selbst jene, die Sie zu lieben vorgaben. Sie treiben also Ihr Spiel mit ihrem eigenen Blut. Ich beneide Sie nicht um den Tag, da Sie dieses Spielzeugs ermangeln werden, und der Tag kommt. Der Abgrund wird dann Ihr einziger Freund sein, der Stein, die Kluft — Ihre einzige besitzende Geliebte. Und die Stadt wird ein Splitter sein in Ihrem Herzen. Der Splitter wird wachsen und in seinen Wänden wird die Stadt auferstehen mit ihren Häuschen aus Holz, mit ihren Häuschen in Flammen.«

Mit einem Ruck faßte sie nach meiner linken Hand. Nicht ein Wort. Ich ließ es geschehen ... Und dann:

»Nun, Boris, Sie stehen jetzt am besten auf, um aus dem Fenster zu schauen ...«

Vermochte ich ihr zu zürnen? Ich bin bei den Menschen niemals auf puren Mutwillen gestoßen. Ich hatte ihn niemals erlebt. Närrin oder nicht, Lena strahlte vor Güte. Auf ihr Geheiß trat ich ans Fenster. Das Haus kauerte am Fuße des Adlergebirges. Von den letzten Strahlen vergoldet, bot sich der alte Weiler meinem Blick, getreu seinem Bild aller Tage. Glockenstühle, die schwiegen. Firste vergleichbar gemordeten Vögeln. Der breite Fluß von Weiden umrahmt. Der Berg des Prinzen Daniel, der, ehe er noch zur Gründung der Stadt schritt, seinem über alles geliebten Bruder Michael die Augen ausdrücken ließ, um allfällige dynastische Komplikationen im Keim zu ersticken... Die Wälder, die alten Baracken. Häuser wie Gesichter enthäutet. Geblendete Fenster.

Ich kannte ihn auswendig, diesen Anblick, der sich wie ein ägyptisches Halb-Relief auseinanderzog. Keine Perspektive fiel ein, um diese Landschaft zu hierarchisieren, deren Elemente sich *gemeinsam* aus gleicher Distanz dem Auge darboten. Auswendig kannte ich, fühlte ich mit allen Fibern die Frische der Flußwellen, den Schatten der Eichenwälder, die Geschichte des Schlosses und — wie mir schien — selbst die Geschicke der Menschen in den alten Baracken; ihren Jubel und ihr Leid, ihre Liebe und ihren Haß, ihren Traum und ihr Erwachen. Zu schrankenlos, diese Hingabe meiner Sinne und meiner Seele. Zu gewaltig, diese Gnade, einströmend in mein Bewußtsein, hinter den schmutzigen Scheiben des staubigen Speichers. Eine überschäumende Gleichzeitigkeit, unzähmbar, Quelle wilden und schmerzlichen Reichtums, zwang mich nieder. Die Landschaft, flächenhaft, wie ein Halb-Relief, wie primitiver Zierat, holte zum Schlag gegen mich aus, mit ihrer ganzen Pracht und all ihrem Elend. Da war ihre Gegenwart und ihre Vergangenheit. Hier waren die Trupps der Waräger durchgezogen, die Karawanen der Byzantiner und der Araber. Hier biwakierend, hatten die skandinavischen Händler mit den zwiefach nomadischen Juden die Habe getauscht. Aus dieser Stadt war — jeden Samstag abend — Dov Baer, der Heilige Bär von Mezritch, zum Wald aufgebrochen, um Auge in Auge mit Gott zu reden.

Gleichzeitigkeit zu vieler Bilder; eine mächtige Treppe gleich einer Ziehharmonika, die man zu besteigen sich anschickt und die sich jählings vor dir zur ragenden und unbezwinglichen Vertikale aufbäumt. Eine Kaskade, mit einem Schlag starr und sperrig.

Die Stadt tief unten und außer Atem, rothaarig wie ein Dachshund, läuft mit ihrem eigenen Schwund um die Wette. Siehe die Stadt zur Stromschnelle werdend, die Strömung — zur Schlange. Blutarme Schlange, sich schlängelnd zwischen flammenden Büschen. Nichts verbleibt von der Schlange als etwas vertrocknete

Haut, in der sich die Sonne spiegelt. Nichts als etwas Haut, eine einzige Haut, sich krampfend in bitterem Erinnern.

Meine Beine versagten. Schwindlig geworden, fiel ich auf Lenas Bett zurück. Stille. Um uns herum summten, schwarzen Insekten gleich, die Sekunden.

Mit der sanftesten Stimme: — »Verzeihen Sie mir, Boris. Schluß damit. Ich ahnte, daß es in Ihrem Falle nicht ohne Hilfe der Landschaft abgehen würde. Anderen spielte ich den gleichen Streich mit nur einem Tintenklecks oder einer Kerzenflamme. Ich bin eine alte Frau. Vor Jahren noch war ich von aller Welt überlaufen. Selbst Großherzöge fanden den Weg zu mir. Das war in Orlowsk, nahe der einstigen Hauptstadt. Ich war es, die Grischka Rasputin seinen Todestag prophezeite. Es ist schwer, andere diese Dinge zu lehren. Dennoch: es genügt, einmal empfunden, richtig empfunden zu haben, daß die Zeit *eins* ist, und nicht zu vergessen, was man empfand... Das nämlich, was man ›Zukunft‹ nennt, man wird es gewahr, wie man die Abzweigung einer Straße gewahrt, die man vormals Tausende Male durchlief. Denn nichts vergeht und alles besteht. Abraham, Isaak und Jakob sind bei uns, in diesem Zimmer. So auch das Blöken ihrer Schafe. Wozu es gut sein soll, sich zu schlagen? Sie werden fortgehen, werden sich häuten. Sie werden nicht länger der Herr Baron sein... Diese Stadt, von Ihnen geliebt, die Sie erst vorhin mit solchem Schrecken erfüllte, sie wird zu Asche werden, doch sie wird nicht vergehen... Letzten Endes wird es sie immer irgendwo geben. Machen Sie sich nichts daraus. Eines Tages finden Sie auf den Weg zurück, der zu ihr führt. Hätte ich noch die Kraft, würde ich Ihnen eine Fabel erzählen, die traurigste Fabel von allen, eine Fabel von Ihnen: von einem Manne, der sich nicht schlagen will und sich dennoch schlägt. Er schlägt sich mit seinem eigenen Sternbild. Und dieses Sternbild, möglicherweise um sich an ihm zu rächen, verflucht ihn und zieht ihm die Haut ab...«

Sie hüstelte: »Haben Sie zufällig eine blonde Zigarette bei sich? Die Machorkas, mit denen mich Abracha stopft, beginnen mich anzuwidern.«

Der Rauch aus ihrem Munde baute im Zimmer Schlösser, Brükken und Türme, zu dauerhaft, zu festgefügt, um meinem müden Blick zu entkommen. Fortgehen? Weshalb? Lag mir denn so viel

am Leben? Die Konfrontation mit meiner neuen Haut, die mich
— wollte man Lena glauben — irgendwo außerhalb meines gegen-
wärtigen Seins geduldig erwartete, machte mich unruhig. Meine
Haut aller Tage? Es war gar nicht so leicht gewesen, sich in sie
einzugewöhnen. Ich hatte nichts von einem Abenteurer an mir
gehabt. Darum wohl hatten die Abenteuer auf mich abgezielt.
Mein Weg erschien vorgezeichnet: sehr kurz, aber breit — zum
Massengrab, wo ich das Los der Meinen teilen durfte.

Und noch etwas anderes war da; eine keinesfalls unbedeutende
Einzelheit, die den Ausgang in jenes ekelerregende Draußen ver-
sperrte. Ein Vorwand, der Stich hielt. Mehr als ein Vorwand.

Lena schien meine Gedanken zu lesen:

»Ich weiß, woran Sie im Augenblick denken: an die Geschichte
vom Schwanz. Sie ist bedenklich und schwerwiegend. Ein großes
Leid erwartet Sie. Hinauswachsend über Körper und Seele. Doch
im gegebenen Augenblick wird Sie das nicht zurückhalten... Ihr
Leid, es ähnelt jenem des schwarzen Feuers, es ist das der Dunkelheit, das der Wandung des Abgrunds. Nicht das des Lichts. Denn
die Dunkelheit leidet, und das Licht, es ist gleichermaßen dem
Schmerz unterworfen. Und das Leid selbst muß leiden. Wie die
Gestirne, die Strahlen und die Linien.

Hören Sie, wovon mir vor Zeiten einer gesprochen hat: Das Dreieck, es kann nicht verwinden, daß es verdammt ward, leiden zu
machen, mit seinen Winkeln in alle Ewigkeit das Universum zu
ritzen, es blutig zu reißen.

Das ist alles sehr kompliziert, zu kompliziert für meinen alten
Kopf. Doch bin ich nur Mittlerin. Und der Tag wird kommen —
dessen bin ich gewiß — da Sie sich meiner Worte erinnern...

Ich möchte Sie nicht verletzen, aber es ist nun einmal so: Sie
verdienen nicht, hierzubleiben.«

Auf der Straße vor Lenas Haus fand ich ein verschmutztes, zer-
knittertes Stückchen Papier. Es war ein Geburtsschein auf den Namen Georg Goletz, getauft am vierten August 192... in der St. Ba-
silius-Kirche zu Svanovo. Beruf des Vaters: Knecht auf einem Hof.
Ich hatte mir sagen lassen, daß man Papierchen von der Art mitunter in Dollars bezahlte. Mechanisch rollte ich das Blatt ein und
tat es in meine Tasche.

10. KAPITEL

Wurden Sie jemals bei einem Verhör unter elektrischen Strom gesetzt? wollte mein Kunde wissen. Ich weiß nicht, ob das hierzulande üblich ist. In den fortschrittlichsten unter allen Ländern, die ich kennenlernte, ist es an der Tagesordnung. Der Strom allein tut's jedoch nicht. An gewissen Instituten, die vom Menschen mehr als alle Fakultäten wissen, findet man in den Handbüchern für die interne Führung Hinweise darauf, *wie* man es anstellen muß, bei Anwendung des Stromes den wirkungsvollen Widerstand des zu Verhörenden auszuschalten. Es ist sehr einfach. Ein Stahlring schließt sich um ihr Glied. Ich wüßte nicht zu sagen, wie es bei den Frauen vor sich geht, doch verfügen sie wohl ihrerseits über eine demgemäße Zone der Anfälligkeit... Sie spüren nichts außer der Kälte, die keineswegs unerträglich erscheint. Das Zimmer ist hübsch möbliert, frisch getüncht, vorzugsweise in hellem Grau. Höchst angezeigt, ich möchte sagen, unabkömmlich ist das Bild des Chefs an der Wand. Sein Schnurrbart spricht schon im vorhinein von allen Sünden frei.

Der Sie verhört, setzt sich an seinen Schreibtisch und fingert an einem Knopf. Sie mögen Gleichgültigkeit an den Tag legen, doch sind Sie außerstande, die Augen von diesem Kerl zu nehmen. Er aber behält nicht Sie, sondern einzig den Knopf im Auge. Sowie sich sein Finger diesem nähert, nehmen Sie alle Kraft zusammen: Widerstand leisten, Widerstand leisten um jeden Preis! Sie wappnen sich vorweg mit Ihrem undurchlässigsten Panzer. Sie versuchen und verhöhnen den unmittelbar bevorstehenden Schmerz. Er mag mir das Herz aus dem Leibe reißen, ich werde nicht schreien, nichts gestehen. Mir kann nichts passieren. Die Kraft, die Sie aufbieten, ist unüberwindlich, stolz reckt sie sich wie ein Berg, trotz allem aber schielen Sie nach dem Unterbrecher. Und dann: tok! Der Kerl hat auf seinen Knopf gedrückt. Der Schock? Wo bleibt der Schock? Hat sich nicht eingestellt. Sie haben sich in der Erwartung verausgabt, Ihre Maschine hatte Leerlauf. Sie sind stark wie ein Löwe gewesen, unbeugsam wie ein Märtyrer seines Glaubens, und all das für nichts. Und gerade dann, wenn Sie sich sagen: wie schade, ich hätte ein Vorbild sein können, stellt sich der Schock ein, reißend und wild, sich stärker erweisend als Ihre Entschlüsse, als Sie selbst. Sie haben aufgehört zu bestehen. Dann, und nur dann brüllen Sie los, und ... legen die Karten auf den Tisch.

So stehts in den Handbüchern. Es ist das Übliche und das Bewährte. Doch gewöhnlich verfährt man auf diese Weise mit Individuen. An dem Tag, da ich den alten Friedhof aufsuchte, behalf sich jener, der unserem friedvollen Alltag feind und unserem friedvollen Jenseits freund war, mit der gleichen Methode im kollektiven Bereich. Er drückte auf seinen Knopf. Unsere Stadt sah es mit an. Der Strom aber war nicht durchgeschaltet. Noch nicht. Der Pogrom fand nicht statt. Zerfallen mit mir selbst und ermattet fand ich mich am Abend in meinem kalten Souterrainzimmer wieder. Aus Garins Werkstatt zurück, gab mir Noemi von ihrer Wärme, Haar in Haar, Haut auf Haut, Mund auf Mund.

11. KAPITEL

Goldene Berge

Es geschah nichts, auch nicht an den sechs folgenden Tagen. Die Rotte des Hauptmanns H. lagerte längs der Absperrung. Sie hatten gerührte Blicke für die Häuser, für die Milizsoldaten und für die Mädchen jenseits der Mauer. War es die schwingende Komplizität, die den Künstler der rohen Materie verbindet, ehe der schöpferische Prozeß einsetzt?

Sie sangen fröhliche Soldatenlieder und wuschen sich unter den Pumpen. —

Der Ältestenrat war verzweifelt bemüht, die Ruhe zu wahren: der Hauptmann werde in andere Gegenden ziehen. Der Hauptmann habe sein Ehrenwort verpfändet. Man werde einen Tribut entrichten müssen, dessen Höhe noch nicht feststünde...

Am Abend des Donnerstag flitzten die Boten des Ältestenrats durch die Höfe: alle Frauen, die auf den Familiennamen ›Goldberg‹ hören, haben sich vor dem Hauptportal einzufinden.

Ich kannte sechs von ihnen, die sich versteckt hatten, nicht ohne die boshaften Mahnungen der Nachbarinnen ausgestanden zu haben. Ein Kreischen hatte eingesetzt: Sie wollen uns verderben. Und sei es nicht abwegig, in Zeiten wie diesen, einen so anmaßenden und so plutokratischen Namen zu führen? Sein Gold vor *ihren* herausfallenden Augen auszubreiten? Wegen solcher Leute müssen wir leiden...

Siebenundfünfzig Goldberglerinnen standen vor dem Eingang zum Blockhaus der Miliz. Abgesehen vom Namen und von der Blässe, kein gemeinsamer Zug. Zu einer langen Reihe aufgefädelt, zerbrechliche Tasten eines Spinetts, zählte die Jüngste vier Jahre und zwei Monate, war die Älteste Neunundachtzig. Fünf Frauen von Kleinhändlern, relativ wohlgenährt. Eine militante Kommunistin, zuckend, mit flammendem Haar, eine Schneiderin, eine Dirne, die auf sich hielt. Ihre Einbeziehung in das Los der besseren Leute galt ihr mehr als das Los selbst, über dessen Inhalt sie ebensowenig wußte wie ihre Gefährtinnen.

Leon L. — kaum ohne etliche Schoppen Wein inhaliert zu haben — bestand darauf, eine kleine Rede zu halten:

»Ach ihr Goldbergischen Frauen... Die Bande, die euch zusammenschmiedet, mögen euch dürftig, rein zufällig dünken. Ich möchte wetten, daß der Großteil von euch niemals einen Gedanken an jene geheimen Schwingungen, an jene kaum wahrnehmbare Aura verlor, die von einem Namen ausgehen, sobald man ihn ausspricht oder auch nicht. An jene Schwingungen, die des Schicksals verborgene Räder in Bewegung setzen. Welche unter euch hätte die Namen und ihre Träger auch nur der flüchtigsten Überlegung wert gefunden? Und dennoch... Ich will euch nicht erst von Wahrheiten sprechen, die man als ›wissenschaftlich‹ zu bezeichnen pflegt. Die Größe der Zeit, in der wir leben, hat sie entwaffnet, was sage ich, hat sie entwertet und überholt.

Ihr habt eine neben der anderen das einfache Leben gelebt, ohne eurer unterirdischen Verbundenheit auf die Spur zu kommen, ohne euch jemals die versteckten Pfade des Schicksals vor Augen zu halten, das euch heute — wer weiß das schon? — zum Großen Werk der Erlösung unserer geheiligten tausendjährigen Gemeinde bestimmen mag. Es sei denn, ihr solltet eine noch höhere Stufe erklimmen, jene des unnützen Opfers. Doch euer Opfer ist nicht umsonst.

Ich wünsche und hoffe es jedenfalls... Möge sich meine letzte Vermutung als ganz und gar grundlos erweisen!

Und ihr, Goldbergische Männer«, ergoß sich sein Redeschwall über eine verängstigte Gruppe des anderen Geschlechts, »wehrt der Trauer! Denn schon bald sollt ihr in den Genuß, wenn auch nicht eurer Frauen selbst, so doch in den ihres gesegneten Andenkens kommen...«

Er wollte fortfahren, doch fand er sich unter den Worten, die ihm der in der Türe aufgetauchte Adjutant des Hauptmannes einflößte, in die Schlußfloskel: — »Meine Damen, es bleibt mir jetzt nur noch zu sagen, wie sehr ich Sie um Ihr Los beneide, das zu teilen mir leider verwehrt ist. Niemals zuvor hatte ich *so* schwer unter der Last meines Namens und meines Geschlechtes zu tragen...«

Ein unbekannter Soldat las aufmerksam in den Gesichtern. Er schien zu zögern.

»Vorwärts, Marsch!«

Eine hinter der anderen verließen die Goldberglerinnen das Gehege. Man sah sie nie wieder.*

12. KAPITEL

Die Aktion war erst acht Tage später, eines Samstag morgens, in Schwung gekommen. Ich will Sie nicht mit dem genauen Hergang ermüden. Ich bitte Sie, mangels Erinnerungen, Ihre Phantasie, einen bestimmten Teil Ihrer Träume ausloten zu wollen, in die zu

---

* So mancher Leser mag das hier Erzählte nicht besser begreifen als selbst der Autor. Mein Kunde ließ sich hierzu nur ein seltsames, unbestätigtes Gerücht entlocken: Einer der Mitarbeiter des Hauptmanns hätte sich von einem Fräulein Goldberg den Tripper geholt. In Anbetracht der Besatzer-Gesetze, die den Kontakt zwischen den Rassen — der reinen und der unreinen — bei Strafe verboten, habe der besagte Soldat das Motiv seiner Vergeltung nicht offiziell verlauten können. Andererseits sei es ihm freigestanden, sie im weitesten Sinne zu üben. Andere Gerüchte wollten wissen, daß man einer Verwechslung aufgesessen wäre. Der Soldat Handtke hätte sich mit einer Goldstein eingelassen und infolge angeborener leichter Schwerhörigkeit die beiden so ähnlichen Namen vertauscht...

vertrauen ich gerne bereit bin. Um auf Noemi, auf mich selbst und ein paar von den anderen — die in meinem Bericht über die vorausgegangenen Tage Erwähnung fanden — zurückzukommen, nun, wir alle waren bis dahin verschont geblieben — sogar der alte Yaakov und seine Truppe der Psalmen-Rezitatoren. Alle, mit Ausnahme Doktor Hillels, der sich am Abend unseres letzten Beisammenseins in seiner Bibliothek erhängt hatte.

Mut und Feigheit, sie sind ein unzertrennliches Duo, ein Dvandva, ein Tandem wie Leere und Fülle? Die Wahrheit gesagt und ohne mich brüsten zu wollen, hatte ich keineswegs versucht, der Großen Aktion zu entkommen. Das Sterben erschien mir zu dieser Zeit als ein Leichtes und Süßes. Und der Tod hatte mich auf klassisch weibliche Art angeführt. Sobald ich ihn nicht mehr floh, kehrte er mir den Rücken. Für Stunden verschwand ich in Verstecken, die als nicht eben sicher galten. Ungeschützt durch Dokumente verließ ich sie mitten im Gewühl blindlings losschlagender Razzien, eine nützliche Verbindung schaffend unter jenen, die das jähe Einsetzen der bislang so häufig hinausgezögerten Aktion auseinandergerissen hatte. Mein Blondhaar, mein sorgfältig geschneiderter Anzug, mein ungeniertes Verhalten zogen die Recken des Hauptmanns H. offenkundig nicht an … Dennoch gab es genug Augenblicke der Angst, des eisigen Schreckens. Sie überfielen mich gewöhnlich des Abends, wenn die Soldaten, nach Erfüllung des Tagespensums, ein Lied auf den Lippen aus unserem Viertel in die Kasernen abzogen.

Wenn die Alte recht behielt, wenn ich eines Tages aus diesem Reigen geriet, wie sollte ich dann leben? Wer war ich dann? Ein Mann, der sich einem kosmetischen Eingriff unterzogen hatte, empfand wohl die gleiche Furcht vor dem Spiegel, in dem er erstmals die neue Form seiner Nase erkennen sollte. Ein wühlender Maulwurf, wie sollte er Gebirgsluft atmen?

Ist einmal die Zeit der Jugend verstrichen, die Zeit der ›sozialen Reife‹ aber noch ausständig, bewohnt man ein Niemandsland, die Siedlung der Unangepaßten und Unseligen … Meine Befürchtungen sollten sich eines Tages, sehr viel später, bewahrheiten, wie aber sag ich's? Schon in den Augenblicken, von denen ich hier berichte, ahnte ich bereits die Gegenwart dieses vergifteten und unheimlichen Landes. Das Leben inmitten von Feinden ist nichts im Vergleich zu einem Leben unter Gleichgültigen.

Von der Straße her steigen Schreie, das Krachen von Schüssen herauf. Ich stöbere in alten Aufzeichnungen. Die Häßlichkeit meiner eigenen Verse läßt mich erschauern. Sollen die Soldaten doch kommen! Mein ganzes Wollen ist auf sie gerichtet, sie sind die Boten einer Entscheidung, gegen die es für mich keine Berufung gibt. War es dieses gespannten Wollens wegen, daß sie nicht kamen? Denn die Entscheidung, gegen die es keine Berufung gibt, ist nicht vorhanden. Vergebens suche ich sie in meinen vergilbten Notizen, für die ich einstehen muß, und deren Häßlichkeit mir einen Schauer verursacht:

Durch die Zeit
Gelangst du ans schwarze Loch
Durch die Zeit
Wirst du kommentiert
(kein Kommentar)
Durch die Zeit
Wirst du skalpiert
Von der Haut — ihrem Glanz,
Von den Knochen — ihrer Haut,
Vom Nicht-Faulenden
Verwesender Knochen.
Der Glanz — der Glanzlosigkeit
usw.

oder zum Beispiel:

Ich führe die Vergangenheit
An der Leine
Hinter mir drein,
(Offensichtlich)
Wie eine Hündin
Wie eine Hündin an der Leine
Führe ich die Vergangenheit
Hinter mir drein.

Und die Vergangenheit winselt
Wie eine wunde Hündin,
Und ich schlecke ihr Blut

(offen — offen — offen — offen — offen —

sicht-

lich.)

Die Schreie und das Krachen der Schüsse dringen zum Fenster
herein. Sie kommen näher. Ich hebe zu schreiben an, mit Bedacht
und der sorgsamen Schrift der Vernunft:
»Fänden sich Boris' Gedichte in einer eigenen Sammlung wieder,
verbissen sie sich ineinander bis aufs Blut, schlügen sie Lärm, frä-
ßen sie eines das andere auf. Doch seien Sie unbesorgt! Boris' Gedichte finden sich niemals in einer eigenen Sammlung wieder. Es
wird keine Sammlung geben. Es wird die Gedichte nicht geben.
Es gibt keine Dichtung. Auch Boris nicht.«
Ist es um dessentwillen, daß die Soldaten nicht kamen?

Ein Wurm, ein vom Schicksal begünstigter Wurm, verbannt in eine
weiche und faulige Birne, dem die Überführung in einen harten
und unreifen Apfel droht, mag Ähnliches auskosten. Doch lassen
wir ab von diesen allzu persönlichen Erinnerungen. Im Grunde
dürften diese Kapitel nur drei Helden kennen: eine Brücke, eine
Mühle und ein Spital. Das lebende Frachtgut — lebte es denn? —
es häufte sich in der Mühle. Die Brücke führte zum Verschiebebahnhof. Das Spital — seine Zeit ist noch nicht gekommen. Was
den vierten Helden angeht, Herrn Garin, den weiter oben erwähn-
ten falschen Messias, so erschien er in unserer Stadt, als die Raserei
auf dem Höhepunkt war. Jenen, die abtreten mußten, die so und
so abtreten mußten, bescherte er ein paar Tage der Hoffnung. Seinen Auftrag von Oben — er bezahlte ihn mit seinem Leben und
seinem Tode. Ich habe seine Leiche gesehen. Der Tod hatte sein
Angesicht aufgeschlossen, das ich, solange er lebte, auf ewig versperrt hielt. Ich werde mich hüten, Herrn Garin Übles nachzusagen. Das Präsent, das er meiner Stadt überbrachte, war das einzige, das sie zu empfangen gewillt war.
Herr Garin sah sein Werk zerstört, als zu Beginn der Aktion
Hauptmann H.s Schwadronen in die Werkstätten einfielen. Es geschah nicht der Werkstätten wegen und nicht um ihretwegen, die,
kraft ihres Glaubens, dort eine Zone der Scheinsicherheit schufen: es geschah der Meinungsverschiedenheit wegen, die, einen

flüchtigen Augenblick lang, Hauptmann und Bürgermeister entzweite.

Dieser wackere rheinische Bürger, den die für den Endsieg rollenden Räder als Bürgermeister in unserer heimischen Ebene abgesetzt hatten, war er nicht verpflichtet zu halten, was er dem ihm ehrfurchtsvoll lauschenden Ältestenrat unserer Gemeinde versprach: »Die Arbeitskräfte des Bürgermeisters stehen unter meinem Schutz. Sie werden den Krieg überleben! Mein Wort darauf. Das ist amtlich!« Und in der Tat waren es die Männer Hauptmann H.s und nicht die des Bürgermeisters, die, acht Tage nach diesem feierlichen Schwur des rheinischen Zivilverwalters, aus den Werkstätten zweitausend junge Mädchen und Männer verschleppten.

»Ich pfeif auf das Wort des Herrn Bürgermeisters!« — verbrüllte der Hauptmann den schüchternen Einwand des Personalchefs. Und nach vollbrachter Tat strafte der Uniformträger den weichherzigen Bürokraten mit tagelanger zackiger Verachtung. »Was zum Teufel fangen wir mit solchen Leuten in unserer Zivilverwaltung an!« — empörte er sich vor seinen Mitarbeitern. »Die wollen nichts in diesem barbarischen Lande begreifen. Rein gar nichts begreifen die!« Und zur Versöhnung kam es erst am Vorabend des Abzugs von Hauptmann H.s Kommandotrupp, als der Herr Bürgermeister zum Abschiedbankett im Offizierskasino lud.

Garins weiträumige Werkstätten vibrierten neuerdings von Leere. Ein paar Dutzend Davongekommener, Gemälde, ungerahmt und gegenstandslos, waren im Begriffe, Trauerpsalmen anzustimmen, als ich mich, heimlich wie ein Dieb, in die Umfriedung einschlich, darin ein Nachtasyl zu finden. Was ich dort antraf, sei für später aufgespart. Mein Tag war nicht minder bewegt verlaufen als der des Hauses Garin. Von einer Dame in den Fünfzigern, einer vormaligen Kokotte, die uns gegen wohlklingende Münze gastlich bei sich aufgenommen hatte, ward ich um sechs Uhr morgens aus dem Schlaf geschreckt:

»Herr Boris, ich muß Sie bitten, auf der Stelle zu gehen. Desgleichen die junge Dame. Es fällt mir nicht leicht, doch es sind Streifen unterwegs, die allerorten nach den Ihren suchen. Man hat die Hauswände mit neuen Aufrufen beklebt: wer einen der Euren beherbergt, wird augenblicks erschossen. Sehen Sie doch selbst!«

Wenn ich daraufhin gähnte, dann nur, weil ich vor Nervosität nicht aus noch ein wußte. Nicht aus Verschlafenheit. Zum ersten Mal in meinem Leben hatte mich jemand aus dem Haus gewiesen. Ich rasierte mich mit Händen, die nicht mehr ganz die meinen waren. Noemi verlegte sich aufs Verhandeln: »Ich bin so schläfrig, Frau Olga, nur eine Stunde noch... Es mag doch sein, daß die Streifen aus diesem Viertel abgezogen werden! Es ist so schön warm bei Ihnen, so heimelig...«

Ich wagte einen verstohlenen Blick durchs Fenster. Die von Rentnern bevölkerte kleine Vorstadt gab sich ländlich. Welche Ruhe! Ein Eichhörnchen turnte im Geblätt einer Ulme.

»Herr Boris, Fräulein Noemi... Ich hätte Sie niemals bei mir aufgenommen, auch nicht für tausend Goldrubel, wenn ich das Unheil hätte kommen sehen, das Sie über mein Haus brachten... Schließlich... Wenn das Fräulein hierbleiben möchte... sie hat ja ihre Papiere in Ordnung, man kennt sie hier nicht. Ich werde sie als meine Cousine aus Rostov ausgeben. Die Rostover Mädchen sind brünett. Kein Mensch würde dahinterkommen. Rostov ist jenseits der Front. Ich hab's mir zurechtgelegt, während Sie schliefen. Doch Sie, Herr Boris, sind ein Mann. Und was für einer...«

Ein flüchtiges Lächeln erhellt ihr welkes Gesicht. — »Mit den Männern ist das etwas anderes. Man reißt ihnen — verzeihen Sie — die Hose runter, und wir sind sämtlich vogelfrei.«

Die Geschichte vom Schwanz nahm also die Farben der Wirklichkeit an.

Ich verbrauchte alle Reserven an Überredungskunst, um Noemi zur Annahme dieses Angebots zu bewegen, dem es in jenem Augenblick weder an Großzügigkeit noch an gesundem Menschenverstand gebrach. Sie hatte recht, die gute Frau: sah man von meinen blonden Haaren und meiner scheinbaren Ungeniertheit ab, war es vor allem meine Gegenwart, die ihrem friedfertigen Häuschen die Vernichtung bringen mochte. Das Zeichen des Bundes, von Kindheit an in meinen Körper eingeritzt, wie auch in jenen meiner Ahnen und Altvordern, war für die Teilnehmer an der Treibjagd in unserem Revier mit Leichtigkeit zu deuten. Der letzte bayrische Bauernsohn würde imstande sein, die Hieroglyphe zu entziffern, womit für mich, Noemi und unsere gütige Quartierfrau die letzte Stunde kam.

Mein Redeschwall hatte nichts anderes zur Folge, als daß Noemi

70

mit ihrer Toilette rascher fertig wurde. »Du gehst nicht allein«, entschied sie. Um hinzuzusetzen: »Vielen Dank auch, Madame Olga, Sie hatten es gut gemeint…«

Die alte Dame zögerte. Sie rechnete mit einer Abwehr unsererseits. Möglicherweise auch mit unserem Flehen. Mit unserem Fortgang verringerte sich nicht nur die Todesgefahr, sondern versikkerte auch die sagenhafte und leichte Verdienstmöglichkeit. Mit uns floh nicht nur der Tod, sondern auch das Leben ihr Haus. Hinfort blieb Madame Olga allein mit ihren glanzvollen, aber schon zu verbrauchten Erinnerungen, und der endlosen Routine ihres Rentnerinnenalltags.

Ein Körnchen Koketterie, für mich bestimmt. Ein Lächeln: »Gehen Sie doch nicht so plötzlich. So eilig ist's nun wieder nicht. Der Samowar steht schon bereit.«

Ausgeworfen von einem Interieur, worin uns die Muffigkeit einer Fremden zum Schutz gereicht hatte, getaucht in die Straße — die helle und nackte Straße, sahen wir im Zittern des eigenen Körpers einen Verräter, den ersten Verräter. Wäre doch Madame Olgas Haus wie ein Kleiderstoff zu verwerten gewesen! Daraus einen weiten Mantel zu schneiden, der uns unsichtbar machte. Zu Staub werden, nicht länger sein, ohne aber den beklemmenden Gang antreten zu müssen, der auf uns wartete, von dem wir uns angezogen fühlten — allwo und überall her.

Auf dem Gehsteig gegenüber patrouillierten die Grau-Grünen. Sie besahen sich den Himmel. Suchten sie dort oben das Wild, von dem es, ganze fünfhundert Meter von ihnen, hinter den Wällen der verbotenen Stadt, nur so wimmelte?

Ihnen oblag es, in diesem von guten Christen und guten Slawen bewohnten, beschaulichen Viertel nach jenen Unreinen zu fahnden, die den Einschließungsring aus Mauern und Menschen durchbrochen hatten. Eine Art Durchkämmen, das — alles in allem — fruchtlos verlaufen mochte. Neideten sie es ihren Kameraden, daß diese im selbigen Augenblick nur hineinzugreifen brauchten ins volle Menschenleben?

Schlagartig erfaßte uns ein lässiger Blick, wie um uns unzüchtig abzutasten. Und siehe da. In einem Abstand von zwei Sekunden kam auch schon die Frage, unpersönlich und höflich: Ihre Papiere?

71

Noemi verkrampfte sich in meinen Arm, und schon steuerten wir zu zweit die Patrouille an: »Wie spät ist es eigentlich, Herr Gefreiter? Meine Uhr hat wieder mal so ihre Launen.«

Ein Sekundenbruchteil verstreicht. Der Blick aus den Blauaugen zieht unsere Umrisse nach. Und dann kommt die Antwort: »Sieben Uhr vierzig, mein Herr. Nein, sieben Uhr siebenunddreißig. Ihre Uhr geht vor.«

Bedächtig hatte ich ein Zigarettenetui aus Tula-Silber gezückt, das mein Großvater seinerzeit von seinem Bruder, dem Wundertäter von Miropolie, erhielt. Nichts Verteufeltes an diesem Ding, es sei denn sein unschätzbarer Wert. Es wich keineswegs vom Üblichen ab. Da aber für heilig galt, was sein Besitzer jemals in Händen gehalten, hatten mir die Eiferer des Tsaddiks Unsummen für dieses Stück aus altem Silber geboten.

›Der Löwe von Miropolie‹ war unter seinesgleichen und zu seiner Zeit ob seiner Inbrunst und ob des Ungestüms berühmt gewesen, die sein Verhältnis zu Gott bestimmten. Ehrfürchtig gaben seine Jünger seine Worte unter sich weiter — was eine Quelle ewiger Herausforderung an seine Widersacher darstellte. Eines Abends, vor dem Großen Fest, hieß der Rabbi die Getreuen zum Herrn flehen, daß er unser Volk nicht eher erlöse, als nicht alle übrigen Völker der Welt der Erlösung teilhaftig geworden seien. — »Was wäre ich selbst, was wären wir alle«, klärte er seine bestürzten Jünger auf, »ohne die Liebe zu unserem Volk, mit der unser Wesen getränkt ist? Sie ist die unvergleichliche Gabe, die uns von Oben vermacht ward. Wie aber könntet ihr den Gesättigten lieben, so die Hungrigen ihn umschwärmen?«

Und zur Versinnbildlichung seines Schlusses beschied er sie mit der folgenden kleinen Parabel: »Eine Frau, die zum Markt muß, hinterläßt ihre Kinder in der Obhut der Nachbarin, die gleich arm und mit gleich zahlreicher Nachkommenschaft gesegnet ist. Die betreffende Nachbarin verteilt an die untereinander spielenden und sich hierbei lärmend gebärdenden Kinder Leckereien. In ihrem Hause gibt es nicht viel davon. Sie mögen gar nicht für alle reichen. Wen soll die arme Frau als ersten bedenken?« fragte der Heilige lächelnd seine Getreuen. »Etwa eines von ihren eigenen Kindern?«...

Gottes Zwiesprache mit dem ›Löwen‹, zu der Er sich am Vorabend großer Festlichkeiten herbeiließ, verlief zumeist äußerst stürmisch.

In seiner Rolle eines Anwalts der Seinen, erging sich der Rabbi mitunter in Plädoyers von solcher Bitterkeit, daß sie an Gotteslästerung grenzten.

Einer von diesen Dialogen fand Aufnahme in die Sammlung, die einer von seinen Jüngern nach seinem Tode veröffentlicht hat:

Nachdem Ihm der Rabbi das seinem Volk auferlegte Leid vorgehalten hatte, zählte Gott diesem die Ungerechtigkeiten auf, deren die letzten Generationen schuldig geworden waren: die Hartherzigkeit der Reichen, den unmäßigen Hochmut der Gelehrten und die Verachtung, die sie für die Menschen simplen Geistes empfanden; die zahllosen Übertretungen geschriebener und mündlich überlieferter Gesetze.

Da fiel der Rabbi dem Herrn ins Wort: All das ist wahr. Ich kenne die Sünden meiner Brüder wie auch die meinen nur zu gut. Wer aber hat sie verschuldet? Von wem steht geschrieben, daß er sowohl das Gute als auch das Böse schuf, daß er den Samen des Bösen in die Herzen der Menschen versenkte?... Wer also ist der Autor, der Alleinautor dieses gottlosen Stückes, das auf dieser gottlosen Bühne gespielt wird? Außerdem: Du hast leicht das Gute, die Freizügigkeit und das Mitleid predigen, wo Du doch auf Deinem Marmorthron sitzen bleibst, unter geflügelten Löwen, Engeln und Flammen. Die Klagen des Universums, der Rauch von unseren Opfern steigen von weit her und aus den tiefen Abgründen zu Dir auf. Und Du zürnst ob der Übertretungen seitens Deiner Geschöpfe, die Du ihren Schwächen, ihrer Verzweiflung und ihrem Elend überließest? Wie wäre Dir zumute, wenn Du den Unterhalt der Deinen tagtäglich auf Märkten und Messen ausfechten müßtest, wo der Bauer, der Deinen Ramsch kauft, schon im nächsten Moment seine Würgefratze hervorkehren mag? Wenn Du, schwindlig geworden von verdammenswerten aber doch unvermeidlichen, schimpflichen Drehs, einem Gutsherren entgegenzutreten hättest, der Dich aus Deinem nichtswürdigen Bau zu vertreiben droht, Dich und die Deinen, falls Du nicht die seit langem fällige Miete bezahlst, gleichwohl Du nicht wüßtest, wo Du den ersten Groschen hierfür hernehmen solltest? Wenn Du die ständige Zielscheibe allen Spotts und jeglicher Grausamkeit sein und trotz alledem überleben müßtest? Überleben, und das nicht etwa aus Liebe zum Leben, denn groß ist die Müdigkeit, sondern aus bloßer Treue, damit er überlebe, der Deinen Gesetzen wenn irgend möglich Achtung verschafft. Wenn Du den Hunger Deiner Kinder ertragen müßtest, ohne sie mit dem Geringsten versorgen zu können, wenn Du, Ohnmächtiger, ihrem Todeskampf und ihrem Verrecken beiwohnen müßtest?«

Nun aber war es an dem Herrn, dem Rabbi ins Wort zu fallen: —»Nimmst du tatsächlich an, Verblendeter, daß ich das alles nicht weiß? Daß ich's nicht wahrhabe, nicht empfinde? In meinem Fleisch und in meinem Blute leide ich mit einem jeden von deinen Brüdern. Ich bin der fahrende Händler, der, auf der Jagd nach dem täglichen Brot, sich durch die Ebene schleppt, bis er, bei Anbruch des Abends, merkt, daß sein armseliges Bündel von Waren seit dem Mittag nicht leichter, daß seine Börse nicht voller geworden ist. Ich bin bei dem Vater, der sein Kind sterben sieht, und ich bin bei dem sterbenden Kind. Ich bin dieser Vater und dieses Kind. Ich bin dieser Tod. Ich bin bei dem wehrlosen Greis, den die Mörder verhöhnen, eh sie ihn erschlagen, und ich selbst bin der Pächter, den der Junker verjagt, weil er den Zins nicht rechtzeitig abführen konnte. Ich bin bei dem Gotteslästerer, der sich gegen mich kehrt, weil er nicht mehr anders kann, und ich bin der Gotteslästerer und die Lästerung selbst. Ich bin im Staub aller Straßen eures Unglücks und eurer Sündhaftigkeit zu finden. Ich bin bei dem Dieb, bei dem Betrüger, der Reue empfindet, und ich bin bei ihm, der nicht bereut...«

Und es war an dem Rabbi zu erwidern: — »Es ist wahr. Und dennoch: Du bist bei ihnen allen, bei uns allen, gleich einem König, der im Gewand eines Bettlers oder Briganten dem Leben und dem Tod seines Volkes nachspürt. Wie ein Prasser bist Du, der die Nacht im Asyl zubringt, wohl wissend, daß er, nach vollendeter Maskerade und nach genützter Erfahrung, der Lumpen entledigt, in seinen Palast heimkehren wird, wo ihn ein heißes Bad vom Ungeziefer befreit und ihn die fürsorglichen Bediensteten alle Anstrengungen vergessen lassen. Und selbst in härtester Prüfung bewahrst Du Dein Wesen, das Wesen Deiner Göttlichkeit. Gelassen nimmst Du all unser Leid auf Dich, denn es erwartet Dich Deine Herrlichkeit, die endlose Flucht Deiner Reiche wie auch Deiner Paläste, denn es erwarten Dich Unendlichkeiten an Freude und die Freude an der Unendlichkeit.«

Gott aber hatte entgegnet: — »Und du? Und ihr anderen? Stehen euch nicht jenseits der schlimmsten Not die nämlichen Privilegien zu und die nämlichen Paläste offen? Ist nicht der Geringste von euch jener Prasser verkleidet als Vagabund?«

Von dieser Aussprache, so scheint es, konnte sich mein Großonkel lange Jahre hindurch nicht erholen. Er erkrankte; seine Hoffart wich unbegrenzter Milde und Demut. Er beschwor den Herrn, ihn durch einen anderen Anwalt seines Geschlechts, durch ein anderes Sprachrohr aus den Reihen der ihm Gleichgestellten zu ersetzen. Doch diese Bitte blieb unerhört.

Würde er uns nun retten, der Wundertäter?

Mein Hirn, mein gesamter Leib rüstete, bäumte sich auf gegen die entscheidenden Sekunden. Du sollst diesem Soldaten des Todes keine deiner Zigaretten anbieten. Du sollst nicht den Anschein erwecken, als buhltest du um seine lausige Gunst. Denn du hast sie nicht nötig. Bist was Rechtes, aus gutem Haus!

Argwöhnisch sind die Blauaugen meiner Hand auf der Spur geblieben. Ob meine Hände zittern? Ob das Blut mein Gesicht flieht?

»Hätten Sie Feuer, Herr Gefreiter...«

»Selbstverständlich, mein Herr. Hier bitte...«

Die kleine, vom Schild seiner klobigen Finger beschirmte Flamme, war sie vergänglicher als unser beider Leben? *Unsere* Flamme hatte zu seiner heimlich Verbindung aufgenommen. Es durfte nicht sein, daß *er* sie ausblies...

»Ja, geht schon. Danke, Herr Gefreiter...«

Seine schweren Tritte verhallen im Mittagsdunst, sind schon weit weg und entfernen sich immer mehr. Gierig sauge ich an meiner Zigarette. Ist es vielleicht die letzte?... Noemi raucht nicht. Wie stell ich's an, daß sie meine Wollust teilen kann. Ich wende mich um. Kein Mensch weit und breit. Und ich versenke mich in die schweren, roten und feuchten Lippen Noemis.

Wohin mit uns?... Die Sperren der Stadt, der *ganzen* Stadt, sind streng bewacht. Ein Ausbruchsversuch erscheint zwecklos. Jedermann wird nach seinen Papieren gefragt. Den Männern zieht man die Hosen herunter. Und so geht es seit Tagen, seit der Ankunft der Sonderverbände. Sich bei Freunden im christlichen Stadtteil verbergen? Die Soldaten sind gerade daran, die Mauern mit Anschlägen zu bekleben: Wer Flüchtlinge von jenseits der Mauer in seinem Hause versteckt, wird auf der Stelle erschossen. Wer sie ans Messer liefert, erhält zwanzig Rubel in der Notenwährung der Besatzer und obendrein ein Kilo Zucker. Und Zucker ist rar.

Auf einem friedvollen Platz gewahrten wir einen kleinen Jungen, der einen Grau-Grünen heftig am Ärmel zog: »Dort unten, hinter der Gartenpforte, sah ich mit meinen eigenen Augen drei von denen türmen. Kommen Sie. Kommen Sie schnell, Herr Soldat...«

»Was tun, Noemi, wohin mit uns?«

»Wohin mit uns, Boris?«

Posten durchkämmten den öffentlichen Park, Liebespaare nach deren Papieren fragend. Die Kirchen waren verrammelt. Alle Welt war verrammelt.

Wir machten kehrt.

Hinter der Schloßruine, wo die Soldaten am zahlreichsten waren, wußte ich eine ausgetrocknete Grube. Einige Ältestenratsmitglieder hatten vor Zeiten, in aller Heimlichkeit und für alle Fälle, einen alten unterirdischen Gang instand setzen lassen, der das Souterrain ihres Versammlungssaales mit dieser gottverlassenen Grube verband. Die Arbeit war zu Beginn des Krieges ausgeführt worden. Die Leute, denen dieses fortan untaugliche Geheimnis bekannt war, weilten nicht mehr unter den Lebenden. Ich wiederhole: dieses Geheimnis war fortan untauglich, da anfangs niemand voraussagen konnte, wie feindselig, aktiv feindselig sich die andere Stadt, *ihre* Stadt später verhalten würde. Man hatte von Massenausbrüchen, von Partisanenausfällen geträumt. Diese Hoffnungen waren nicht minder tot als die, welche sie hegten. Ein Paar sonntagstrunkener Bummler, beugten wir uns über den Grubenwall. Niemand ringsum. Über dem Fluß die Sonne, leicht verschleiert vom Dunst. Ich sprang als erster hinab, und sobald ich Sekunden darauf Noemi in meinen Armen fühlte, fiel ich mit ihr auf den Grund der moosüberzogenen, mit Kieseln und unaussprechlichen Dingen gespickten Grube. Fieberhaft mühte ich mich, die dürftige Ziegelverkleidung zu sprengen, hinter der sich der Durchschlupf verbarg. Von oben her drang Geräusch auf uns ein. Es brauchte sich nur ein Kind über den Erdwall zu beugen. Als ich noch ein Knabe war, hatte ich da nicht selbst eine krankhafte Sehnsucht verspürt, in tiefe Gruben hineinzuhorchen? Das dumpfe Rollen der Leere zu hören? Wir können nicht sehen, was sich zu unseren Häupten tut. Wozu auch? Mit meinen bloßen, verschmutzten und blutigen Händen versuche ich die wenigen Ziegel aus der Mauer zu reißen, deren Unbeweglichkeit für uns die Vernichtung bedeutet. Unser Leben baut auf den Ort, den eine winzige Pflanze gewählt haben mag, um zwischen zwei wasserspeichernden Ziegeln Wurzeln zu schlagen... Die Ziegel gaben nach. Der Gang war hoch, jedoch zur Gänze in Dunkel getaucht. Ein unbestimmbares Piepsen, ein verdächtiges Rascheln. Ich ging voran, mit aller Kraft Noemis Hand festhaltend. War es die Feuchtigkeit? War es der Wind? Unmöglich, das Feuerzeug anzufachen. Etwas Schweres, Weiches klatschte mir auf den Fuß. Die Ratten. Die Erde zu unseren Füßen wurde von Schritt zu Schritt glitschiger. Wir drohten im Morast zu versinken. Jede Bewegung, mit der man seinen Fuß der klebrigen Masse zu entreißen vermochte, war ein Sieg. Ein jeder Schritt vorwärts — tappend der Fuß und nicht fähig zu schweben — ein Wagnis.

»Rasten wir«, sagte Noemi. »Nur eine Minute.«

Ein schriller Schrei, momentan unterdrückt: »Es war eine Ratte, eine Ratte, die mir auf die Schulter sprang. Falls mich jemand schreien hörte, dann verzeih mir bitte, Boris!«

Unmöglich in diesem vertrackten Gang reglos zu bleiben. Ratten hielten dich für das Gemäuer, die Steine, die festen Bestandteile ihres Habitats, das für sie gewiß nur ertastbar und nicht ersichtlich war. Sie sprangen dich an, lebende Trauben, beseelt von dem Gefühl, im Recht zu sein. Da stellte ich mich bei Noemi mit einer kleinen Geschichte ein, die ich dereinst einem zoologischen Handbuch entnommen hatte (aber war es denn wirklich ein Handbuch gewesen?):

»Sicher kennst du jenes allerliebste Tierchen, das die Wissenschaftler Ratten-König, königliche Ratte nennen.

›Es mag sein, daß im faulen Gebälk eines alten Speichers ein Pfeifen und Piepsen und Japsen anhebt, das sich nicht allein durch die größere Lautstärke von dem üblicherweise durch Ratten verursachten Lärm unterscheidet. Deine Geduld ist am Ende. Du greifst zum Beil, um den fauligen Balken zu spalten. Und es entsprudelt diesem ein Ungeheuer, das sich, der Krankheit oder dem Hunger gehorchend, in diesem schmutzigen engen Nest zusammentat: an die zwanzig ausgemergelte, bis auf die Knochen entfleischte Ratten haben sich mittels der Klauen und der langen Schwänze derart miteinander verrottet, verschweißt und verknotet, daß sie sich fortan nicht mehr voneinander zu lösen vermöchten; der Kreislauf des Blutes in diesem kollektiven Gebilde ist zur gemeinsamen Sache geworden, das Blut nimmt seinen Weg durch die Schwänze und durch die verknoteten Klauen. Niemals wieder könnte eine von ihnen für sich existieren. Sie müssen in der Gemeinschaft bestehen, jene höchste Glückseligkeit genießen, die aus der Selbstaufgabe erwächst. Eine lebendige Gruppe von Hügeln, hüpfend von Ort zu Ort, piepsend und gierig auf frische Luft aus...‹ «*

»Gibt es denn wirklich nichts, woran dich diese kleine Fabel erinnert, Noemi? An unser Leben an der Oberfläche etwa?...«

Sie verbohrte sich mit ihren Nägeln in mein Handgelenk. Sie murmelte: »Nicht fallen, nicht fallen...«

Im Rhythmus dieser Sprachbrocken hielten wir Schritt.

»Wir müssen trotzdem voran, Noemi; schneller. Es kann nicht mehr weit sein.«

13. KAPITEL

Das Spital

Sie waren alle drei alt, seit Jahrhunderten in den Winternächten dem säumigen Säufer, an vom Frühjahrsparfum trunkenen Abenden den Verliebten als verläßliche Stützpunkte dienend. Die Mühle, die Brücke und das Spital meiner Stadt, sie bestehen nicht mehr. Als die Armee zwei Jahre nach den Ereignissen, von denen ich hier berichte, unaufhaltsam nach Westen zurückflutete und neuerdings unsere waldige Ebene überzog, versanken die drei im Feuer von Flammenwerfern.

* *B. Lesmian.*

Ehe sie aber vergingen, in den Tagen, die unserer Flucht durch die verlassenen unterirdischen Gänge folgten, mochten Spital, Brücke und Mühle die köstlichsten Stunden ihrer irdischen Existenz erleben.

Ich sagte es weiter oben schon: Die Brücke führte zum Verschiebebahnhof.

Statt schweigsamen Korns war in die alte Mühle lebendes, an Ungeduld krankendes Fleisch eingelagert.

Das Spital — dereinst ein Kloster orthodoxer Basilius-Schwestern — war fast von Anbeginn unserer großen Prüfung zu einem bedeutsamen Treffpunkt, zu einem Umschlagplatz der Gerüchte, der Politik und des Handels geworden. Die dort zu Dutzenden drängenden Kranken waren um nichts todgeweihter als die Tausende anderer, die in Höhlen oder gar auf das Pflaster gestreckt vegetierten, in Säcke oder vergilbte Zeitungen eingeschlagen, unter die Toten gemengt. Innerhalb des Spitalsgeviert waren das Leid und die Krankheit kaum dichter gewoben als im Draußen. Hier und dort gab es die gleichen Wunden, die gleichen vom Tode geprägten Gesichter, die gleichen glasigen Augen und den gleichen grünlichen Teint ausgetrockneter Häute. Zwischen dem Leid im Draußen und jenem innerhalb des Spitals gab es gewiß keinen Gradunterschied. Und dennoch glich das Spital einer verzauberten Insel, einem Quell golden schimmernder Illusionen: denn im Bereich des Spitals gewann die im Draußen geschmähte und verachtete Krankheit Namen und Bürgerrecht zurück. Die Ärzte, die Pflegerinnen, bis hin zum letzten Pförtner, sie alle wiegten sich in der unbezahlbaren Vorstellung, einer normalen Tätigkeit nachzugehen, in ihrem früheren Leben fortzufahren und das der anderen retten zu können. Was lag schon daran, wenn ein Kranker, den man soeben einem gefährlichen und erfolgreichen Eingriff unterzogen hatte, eine Stunde nach seiner Entlassung einer Razzia in die Arme lief? Was lag schon daran, wenn dieser oder jener Typhuskranke, der unter Einwirkung der bei tödlichem Risiko aus einer Lazarettapotheke entwendeten Impfstoffe mit dem Leben davongekommen war, tags darauf, noch völlig entkräftet, der Zwangsarbeit oder den Schlägen im Hof einer Kaserne erlag?

Im gesegneten Bereich des Spitals versahen die Kranken gewissenhaft ihr Metier. Die Ärzte blieben Ärzte. Wer sonst, außer den professionellen Bettlern und Leichenträgern, hätte das von sich sagen dürfen?

Mit Hilfe eines Fingerhutes versuchten die Ärzte dem unermeßlichen Meer des Leides beizukommen, und mehrere unter ihnen lebten echter und ausgefüllter als je zuvor. Der Beruf der Pflegerin war zur beneidenswerten Errungenschaft geworden. Die Töchter aus reichen Häusern, die Aristokratinnen, die sorgsam gehüteten und vom Schauspiel der Not in jeglicher Form ferngehaltenen Kinder vergruben sich in diese für sie neue und fremde Welt. Man schüttete Geld aus, Unmengen Geldes, um als Tellerwäscherin unterzukommen. Man schlief mit dem fetten, glatzköpfigen, pausbäckigen Chefarzt.

Die Kranken selbst fühlten sich aus einer Art von Instinkt, Vorurteil oder legendärer Verblendung vom Spital angezogen: »In einem Bett sterben!« Dies blieb im übrigen häufig ein bloßer Traum, ein selten verwirklichtes Hirngespinst, denn es fanden die Massen kaum Platz auf den Fußböden aller Säle und Gänge dieses Spitals.

Doch es bestand vor allem ein Mythus, mehr als ein Mythus — eine reale Gegebenheit: der Schutz vor den Henkern. Die Soldaten, Gendarmen und Angehörigen der Polizei des Feindes überschritten die Schwelle des Spitals nur in besonderen Ausnahmefällen. Geschah es einmal, dann legten sie eine seltsame Zurückhaltung an den Tag. Dieser Bezirk, der weiterbestehen durfte, weil es ihnen gefiel, diese von ihnen auf Grund einer verschwiegenen Berechnung geachtete Institution, mochte sie auch aus der Sicht der von ihnen geplanten etappenweisen totalen Vernichtung völlig absurd erscheinen, erlangte bei ihnen trotz alledem kraft ihres objektiven, beruflichen und seit langem bewährten Charakters ein gewisses Ansehen.

›Das Spital‹ war eine greifbare und respektheischende Einrichtung. In den Augen der Soldaten hatte es nichts gemein mit dem Arbeitsdienst oder dem Ältestenrat, die sie aus eigenem, nach dem Bild ihrer Träume, geschaffen, geformt und herausgemeißelt hatten. Ein Gendarm, der ohne Bedenken eine eiternde Wunde und den Menschen rings um diese Wunde mit dem Stiefelabsatz zertreten hätte, wären ihm beide, der Mensch und die Wunde, in der benachbarten Straße begegnet, er zeigte sich höchst interessiert am Verlauf einer schwierigen Kur und wand sich behutsam zwischen zwei Bettreihen durch, um den Schwerkranken jede Erschütterung zu ersparen, »weil es ihm Schmerzen bereiten könnte«.

Die Arbeit der Ärzte, so vollkommen sinnlos sie erschien, was deren eigenes Überleben und das der Gemeinde betraf, entlockte dem Feind Bekundungen unverhohlenen Respekts, die in krassem Gegensatz zu der Haltung standen, die sie allem jenem gegenüber einnahmen, das bei uns nicht mit dem ›Spital‹ gleichbedeutend war.

Zweifellos gab es auch banalere Gründe für diesen Respekt. Die Damen der Polizei und der hohen Verwaltung gerieten bisweilen in Situationen, die einen verläßlichen und diskreten chirurgischen Eingriff erforderlich machten. Im Spital konnte man Äther und Morphium organisieren, ohne befürchten zu müssen, daß man darum bei seinem Vorgesetzten verpfiffen wurde. Die Ärzte und Apotheker kannten den Preis auch der geringsten Indiskretion.

All das verwandelte unser Spital in eine Brutstätte für falsche und wahre Gerüchte, wie auch den Schleichhandel mit Waren und mit der Liebe. Meine dortigen, wenngleich nur wenig genützten Verbindungen blieben auf drei Personen beschränkt. Niemals fand ich Unglück, Genie und Macht in so vollkommener Weise verkörpert wie in Tamara, David G. und Doktor Cohen, dem Spitalsdirektor und Diktator über die dortselbst zusammengezogenen Truppenverbände.

Tamara spielte den Part einer Pflegerin erst seit wenigen Monaten. Ihrer Anstellung im Spital waren die Legende von ihr bestandener Abenteuer und der unbestrittene Ruf ihres Reichtums und ihrer Schönheit vorausgeeilt. Wie beschreib ich bloß ihre Augen, die an antike, versilberte Springfluten denken ließen, wie ihre schwarzen Tressen, schwerer noch als die Zeit, und wie die gesegneten und kühnen Umrisse ihres Körpers? Ich war ganz und gar nicht verliebt in Tamara. Die flüchtigen Stunden, in denen ich in einem leeren und nach Formol riechenden Operationssaal mit ihr schlief, waren herzzerreißender als das Unheil selbst. Der Tod war zugegen, lauerte hinter der Mauer, dem Greifen nahe. Wollte Tamara ihrer unerträglichen Einsamkeit entfliehen? Doch welche Anhöhe war es, auf der ich mich fand, eine Anhöhe, deren Anstieg und Abschüssigkeit ich nicht für mich beanspruchen durfte? Mein

Kopf war grauenhaft kühl. Ich hakte die weiße Schürze auf und den kastanienbraunen Rock. Die Haut an der Innenseite ihrer Schenkel bot sich mir glatter dar als selbst das Nichts. Sie würde mich niemals lieben können. Diese armselige ›Inbesitznahme‹ ihres Körpers war wie geschaffen, mich fühlen zu lassen, daß ich sie niemals besitzen würde. Nun, ich selbst schenkte mich ihr um nichts mehr. Eine Art gewichtiger Indifferenz, untermischt von ironischer Zärtlichkeit, griff zwischen uns Platz. Als ob sie mir hätte sagen wollen: Dies ist mein Körper, dies bin ich zur Gänze, so wie ich geworden bin. Und danach?

Als ob ich ihr hätte sagen wollen:

> Ob wir sie aufzeichnen oder auch nicht
> Welche Bedeutung (hätte es schon)
> für diese schwarzen Linien — unsere Töchter
> die unsere Hirne in Flammen
> sich zu verschlingen bereiten
> ohne sie bis an den Akt der Schöpfung
> erschaffen zu haben?

Um ein Haar, um eine mikroskopisch kleine Verschiebung in der Zeit und in unser beider Geschick hätte dieser Augenblick — wir wußten es beide — das Mark unserer Eins-Werdung bedeutet. Wären wir zu einem Wesen verschmolzen. Doch diese Verschiebung fand nicht statt, konnte nicht stattfinden. Zwischen dem, was ist, und dem, was nicht ist, nur ein Detail: das Sein an sich. Tamara, sie wußte um jene, die ich in der schwarzen Spiegelung ihrer Augen, im silbrigen, schimmernden Licht ihrer entblößten Haut suchte. Ich, der ich nicht jener war, der ihr die unheilbare Wunde beigebracht hatte, jene Wunde, zu der Tamara selbst geworden war, ich wußte, daß ich für sie bis in die Ewigkeit nichts als ein vager Gefährte einiger verlorener Augenblicke, einiger letzter Augenblicke sein würde.

Als Tamara in das Spital gekommen war, um sich vorzustellen, hatte die alte Mirele, die ergraute und herrische Oberpflegerin, die nichtsahnende Neue bei der Hand genommen: — »Komm, mein Kind! Ich möchte ein wenig plaudern mit dir. Oder, besser gesagt, ich möchte dir eine Frage stellen, eine einzige Frage: Willst du, daß man dich hier als eine Grande-dame oder als eine Pflegerin ansieht?... Ich will deutlicher sein: Wir alle wissen, was dein Vater — möge seine Seele bei dem Herrn für uns einstehen — für unser Spital getan hat. Wir haben nicht vergessen, *wer* er gewesen ist und wie er starb. Wenn es dir nur darum ginge, einen Ausweis, ein Arbeitszertifikat zu erhalten, müßtest du nicht deine Hände verderben. Du könntest im Sekretariat sitzen bleiben, um den Herren zuzulächeln, die unser Herr Direktor empfängt. Wie dem auch sei, unsere Sicherheit ist auch die deine. Und es gibt sie nicht, soviel Doktor Cohen auch von ihr halten mag. Was das Tragen von mit Fäkalien angefüllten Töpfen betrifft, so haben wir Dutzende von Mädchen, die hierzu geboren sind, die glücklich sind, es zu tun... Genier dich nicht. Du hast ein Recht auf einen Platz unter uns, auch wenn du keine Fingerspitze regen solltest. Das ist keine ›Günstlingswirtschaft‹ meinerseits. Wie könnte ich, Mirele Youdin, eine einfache Frau, der Tochter des Großen Reb Elie, der den Propheten ebenbürtig war, eine ›Gunst‹ erweisen? Falls es dir aber um andere Dinge geht, nun dann... steck ich dich auf der Stelle ins Bad. Du hast es nicht nötig, wie ein blindes Kätzchen im Kreis zu gehen...«

Also sprach die alte Mirele, immer autoritär und keinen Widerspruch duldend, gefürchtet und geachtet selbst von den Ärzten, und Tamara stand ihr in einem Zug Rede und Antwort:

»Wissen Sie, Mütterchen, daß es mir sehr wohl um andere Dinge geht. Und ich bestehe gar nicht so sehr darauf, daß meine Hände weiß bleiben.«

Anderen Tags hatte Mirele damit begonnen, Tamara in die Hauptstadt menschlichen Leides einzuführen. Tamara assistierte bei Amputationen, bei Trepanationen ohne Narkose. Sie wusch die eiternden Wunden und wachte über das verlöschende Leben der von der ›Brigade zur Bekämpfung des Schwarzhandels‹ massakrierten Kinder. Sie wurde zu einer perfekten Pflegerin, zu einer übermenschlichen Pflegerin. Die wenigen Monate bis zur Liquidation waren alles in allem die am wenigsten schmerzhaften ihres Lebens.

David G. stand auf der untersten Sprosse der Personalhierarchie. Ganz rußverschweißt fütterte er die Heizungskessel. Die bauchigen, höchst lebendigen Kessel füllten, vergleichbar vorsintflutlichen

Ungeheuern, das kleine Geviert, in welches David seinen Strohsack gepfercht, nahezu aus. Jeglicher Zärtlichkeit bar, mit der man einer Katze oder einem Hund zu fressen gäbe, stopfte er mit offenkundiger Genugtuung die nimmersatten Schlünde der Heizungskessel des Spitals.

In den rotgeränderten Augen des rothaarigen, untersetzten, flinken David G. glaubte man einen Buckligen zu erkennen. Die Leute, die ihn sich erstmals von einer Bank erheben sahen, vermißten mit dem immer gleichen, im Handumdrehen kaschierten Staunen den Buckel auf Davids sehr geradem Rücken... Er war nicht älter als achtzehn, pflegte beharrlich die ihm angeborene Häßlichkeit, und die wenigen Mädchen, denen er auf seine brutale und beleidigende Weise zu hofieren suchte, ließen ihn unfehlbar nach einem ersten Beisammensein fallen. Mit bewußt zur Schau gestellter Schamlosigkeit bezeichnete er seine Onanie-Orgien, denen er ›um in Form zu bleiben‹ leider viel zu selten fröne, als die wahrhafteste und ergiebigste Quelle der Lust, die er kenne. Besessen vom Tod, in dem er nicht die Erlösung sah — eine Erlösung gibt es nicht —, sondern das Endresultat, die einzige und letztliche Krönung des Verfalls, der Kette von Niederlagen, die er mehr an sich selbst liebte als an den anderen, delektierte er sich bewußt an den Früchten der feindlichen Okkupation unserer Stadt.

Er hatte die eigenen Eltern mit einer Leidenschaft gehaßt, die den Autor der ›Vipère au poing‹* hätte vor Neid erblassen lassen.

Schon vor dem Kriege war David ihr Schrecken gewesen. Ehrbare Bürger, die sie waren, konnten sie sich aber nicht entschließen, ihren Sohn ein für allemal in ein Irrenhaus abzuschieben... Auf einer Torte, von Mama anläßlich seines fünfzehnten Geburtstages in den Ofen geschoben, ließ er eine Katze den Hitzetod sterben... »Es ging mir keineswegs um das Tier«, erklärte er mir später. »Die Katze war mir total schnuppe. Es ging mir um die liebe Mama und um mich selbst. Ich wollte unsere Beziehungen klarstellen. Eine kleine Familienangelegenheit. Kapiert?«

Mit sechzehn hatte er zweimal versucht, seine Mutter zu vergiften, und ich erlebte ihn niemals so außer sich vor Freude wie an dem Tag, da die angeschirrten Gendarmen gekommen waren, um

* von Hervé Bazin.

seinen Vater zum Zug in die Gaskammer abzuführen. Den rituellen gelb-weißen Schal um die Schultern, stimmte David die Totenklagen an, ein Schauspiel der Mutter zum Hohn, die ihn und sich selbst zu überzeugen versuchte: »Sie fahren zur Arbeit. Dein Vater wird wiederkommen. Hör auf zu lästern.«

Kundig, eiskalt, führte er den geschwächten Geist seiner Mutter in die erklärte Umnachtung, und er lächelte glücklich, als er mir eines Tages das Resultat seiner Therapie verriet: »Das wär's, meine kleine Mama schluckte gestern endlich ihr Zyankali. Hatte sich ganz schön Zeit gelassen. Aber glaub ja nicht, daß ich ihr die Kapsel mißgönne, bin gar nicht so. Ich gestehe sie ihr von ganzem Herzen zu, gleichwohl sie sich in ihrem Alter mit etwas weniger Luxuriösem hätte begnügen können. Auch ich besaß eine Kapsel für den Eigengebrauch. Welchen Gebrauch? Ich warf sie auf den Mist und hätte sie doch so teuer verkaufen können... Es war mir geglückt, sie meinem Vater zu entwenden, eine Stunde bevor die Gendarmen ihn holten. Er muß recht drollig dreingeschaut haben, als er sie im Zug vergeblich suchte. Wenn ich mir so überlege, daß er sich bis dahin in Sicherheit wähnte! ›Die kriegen mich nicht mit ihrem Gas!‹ — hatte er immer wieder versichert. — ›Ich habe vorgebaut!‹ Ich gab ihm eine kleine Lektion. Auf der Fahrt mag er seines teuren, einzigen Sohnes gedacht haben. Ich hätte viel darum gegeben, in diesem Augenblick seine Visage zu sehen. Was sein Gift angeht, hielt ich es, wie ich schon sagte, als Idealist: ich warf es auf den Mist. Ich selbst würde keines schlucken. Keinen Selbstmord — für mich. So steht es auch in meiner kleinen ›Chronik‹. Der stickige Dampf von Lyrik, in den man den Selbstmord zu hüllen pflegt, macht mich kotzen...«

Ich hatte mich zu der kleinen, vertrockneten Leiche von Davids Mutter begeben und mit den Ältestenratsfunktionären und dem alten Yaakov die Bestattungsformalitäten geregelt. — »Wenn du dich unbedingt dreinmengen willst«, sagte David, »dann tu's doch. Ich versteh mich auf alle Geschmäcker. Auch auf die krankhaftesten. Mich aber laß aus dem Spiel.«

Als die vier schwarzen Männer des rituellen Kondukts seine Mutter — eine gelbe Wachspuppe in einem Pappkarton — fortschafften, blieb David auf der Schwelle seines Elternhauses stehen und folgte nicht dem erbärmlichen Leichenzug. Noch am selben Abend übersiedelte er seine sieben Sachen in den Kesselraum des Spitals. Sie werden mich fragen: Warum diese Freundschaft mit David, mit David dem Gescheiterten, mit David dem Unerträglichen, mit David dem potentiellen Mörder? Ich will Ihnen mit einer Frage antworten, gemäß der bewährten Tradition unseres Volkes: Wie entstehen denn Freundschaften im allgemeinen, was ist denn Freundschaft? Diese hier war wenigstens ein Stück Wirklichkeit, wirklicher noch als die Wirklichkeit, die wir lebten. Während der Nächte im Spital, voller Geflüster, Feilschen und hastiger Liebeleien, schwatzten wir zwei von Dingen, die im Zuvor oder Danach kein dritter jemals von mir erfahren hätte. David hatte seine Augen überall. Im übrigen hatte sich dieser geborene Spion, dem seine Heizerpflichten viel Zeit ließen, einer Aufgabe verschrieben, die ich für vornehm und schön hielt. Er hatte das Amt eines Chronisten des letzten Spitals unserer Stadt übernommen. Von einem Tag zum anderen trug er die äußeren Geschehnisse und seine eigenen Gedanken in ein dickes gelbes Heft ein, und dieses — wie nenn ich es schnell — Bordbuch eines Schiffes, das am Versinken war, hatte einen kupfernen, unleugbar mannhaften Klang. Später, dank gewissen Umständen, auf die ich noch zurückkomme, fand ich Gelegenheit, Davids Heft durchzusehen. Hier einige Proben.

Ich vergöttere die Landschaft. Ich verabscheue die Landschaft. Ich verbreite mich über die Landschaft. Ich denke mich, fühle mich immer im Innern der Landschaft, niemals im Äußeren. Selbst hier. Ich blicke durch die Fensterscheiben. Die Landschaft erscheint mir, schlägt mich wie eine ungeheure Spucke. Ich existiere im Inneren dieser Spucke, die, sich verhärtend, einen durchscheinenden Schild um mich formt.

Montag: Sobald ich meine Kessel mit Kohlen gefüttert hatte, wurden sie rot und begannen zu ächzen. Es gelang mir nicht, die Melodie zu erhaschen. Einige fette Fliegen — von blauer und grüner Farbe — waren durch eine Ritze in mein Zimmer geschwärmt. Sie kamen vom Leichenschauhaus, prall gefüllt mit dem Saft der Kadaver. Ich erkenne sie an ihrem feierlichen Gebrumm, an ihrer Schwere. Ich fing eine von ihnen, riß ihr einen der Flügel und alle vier Füße aus und setzte sie mit Bedacht auf einem Stück Scheiße ab. Dort mag sie noch lange ihr Dasein fristen, sofern die Scheiße nicht austrocknet und für die Kauwerkzeuge einer Fliege zu hart wird. Da ich sie doch am Leben lasse, die Fliegen, ist dies eine menschliche Art und Weise, sie von ihrem aufreizenden Nomadentum abzubringen.

Die kleine Yenta, dreizehn Jahre alt, die ihren Spitalsaufenthalt einer Mittelohrentzündung verdankte, war von einem Verrückten entjungfert worden (er mußte verrückt gewesen sein, denn Yenta roch übel), der sich, während sie schlief, auf ihre Matratze geschoben hatte. Sie traute sich nicht um Hilfe zu rufen, denn Mirele hatte ihr untersagt, die Leute aus dem Schlaf zu reißen. Am Morgen habe ich gierig ihre Visage studiert. Ein Jammer nur, daß ich keinen Photoapparat bei mir hatte.

Ich gab dem Chirurgen V. meine letzten zwei Zigaretten im Austausch für den Stumpf eines Beines, das man meinem einstigen Gymnasiallehrer amputiert hatte. Ich nenne nunmehr ein herrliches Spielzeug mein eigen. Ich ziehe seinem Fuß den Schuh an und aus. Ich biege den Stumpf ab und auf. Ich rede den Stumpf per ›Herr Professor‹ an. Ich führe Gespräche mit ihm. Ich ergötze mich dabei wie eine Göre. Warum aber sagt man, sie hätten dem Professor sein Bein amputiert und nicht dem Bein — seinen Professor? Ich trennte mich von dem Bein nicht eher, als bis es zu sehr zu stinken begann. Ich habe ein irres Verlangen zu rauchen, aber es ist mir um meine Zigaretten nicht leid. Es hat sich gelohnt. Der Geist hat die Materie überwunden.

Ich verschwende ein Gutteil meiner Zeit auf die Mülleimer. Was selbst in diesen Zeiten der Not als ›wertlos‹ abfällt, aller Bruch und Kehricht, führt ein intensives Leben, ein erstaunliches Eigenleben. Das scheint mir symbolisch, *äußerst* symbolisch zu sein. Das Universum selbst samt jener Hündin von Ewigkeit, ist es denn mehr als nur der Abfall eines offenkundig nichtexistenten Dinges? Und Gott sitzt dort oben wie ein riesenhafter, in der Sonne entschlummerter Träumer.

Auf jeden Fall machte ich mich daran, eine Hymne zu schreiben, die Nationalhymne der Mülleimer.

Vergangene Woche ist der Unteroffizier Bach beim Direktor gewesen, um sich ›vier Angestellte des Spitals — zwei Ärzte und zwei Pflegerinnen — für eine unaufschiebbare Verrichtung‹ auszuleihen. Cohen hatte unter den besten Pflegerinnen Chaja Krol und Annele Gouzman ausgewählt. Er hatte mit beiden geschlafen und wollte sich ihrer entledigen. Was die Ärzte betraf, so waren sie nicht interessant: zwei ausgepowerte Typen, die zu nichts mehr zu gebrauchen waren. Man hatte denn alle vier abgeführt. Anderen Tags verlangte der Direktor von den Ältestenräten fünftausend Rubel, um sie, wie er sagte, freizukaufen. Der Ältestenrat bewilligte ihm davon ganze zweitausend, und Bach lieferte dem Direktor in aller Heimlichkeit die Leiche eines der Ärzte aus. Mir war bekannt, daß Bach und der Direktor unter einer Decke gesteckt und sich in die zweitausend Rubel geteilt hatten. Ich spreche hier von der finanziellen Kehrseite der Angelegenheit, vom Rückkauf, denn für den Umstand, daß man sie verschleppt hatte, konnte man den Direktor wohl kaum verantwortlich halten. Man hatte sich ihrer zu einer streng vertraulichen Auskratzung bedient, die sie auf keinen Fall überleben durften. Als der Eingriff vollzogen war, gab ihnen der Vater des Fötus zu verstehen: »Ich danke Ihnen für Ihre Hilfe. Was hätte ich bloß getan, wenn Sie nicht gewesen wären. Sie haben Großartiges geleistet. Das im Vertrauen gesagt. Amtlich gesprochen: Sie haben ein Kind reinen und vornehmen Blutes getötet. Sie müssen sterben.«

Sie schienen dies anfangs als einen Scherz aufzufassen.

Ich erfuhr diese Einzelheiten von dem alten Sanitätsgehilfen Hans, der zu sprechen begann, als ich ihn unter Alkohol setzte.

Was die zweitausend Rubel betraf, war ich Zeuge einer grotesken Auseinandersetzung zwischen unserem Direktor und dem alten Leon L. — dem Vorsitzenden der Gemeinde. Leon L. redete sich in Wut und sagte etwas von »öffentlichen Geldern«. »Es ist verbrecherisch«, brüllte er, »für einen beschissenen Kadaver Geld zu verschwenden, während die Kinder in den Waisenhäusern Hungers sterben. Haben Sie denn kein Schamgefühl? Das ist kein Handel. Das ist Diebstahl.«

Und unser Direktor erwiderte: »Ich bin nicht Handelsmann, sondern Arzt. Und ich tue, was in meinen Kräften steht, um zu retten, was zu retten ist, und seien es die Leichen. Dank meinen Beziehungen konnte mein unseliger Kollege zumindest nach dem Ritus bestattet werden. Und das auf unsere Kosten, auf Kosten des Spitals, weil ihr Herren Ältestenräte so knauserig seid.«

Mitunter gefiel es mir, an die Kranken zu denken, an unsere Kranken:

> Ihre Hirne sekretieren
> Gelbes Fett
>> (nichts an Gedanken,
>> nichts an Gedanken)
> und bleiche Furcht
> animalische Furcht, wie es heißt,
> und Flüssigkeit,
> die Füße am Himmel,
> den Kopf auf Erden stehen zu lassen
> dich auf die Spitzen deiner Haare stellend,
> daß du den Himmel trittst mit den Füßen
> in alle Ewigkeit.
> Ihre Gerippe sind wie die Schneeflocken
> Ihr Leben ein schwindender Strich.

Was mich angeht, so unterwerfe ich mich nicht. Was auch kommen mochte, dem gelben Fett, das ihren Hirnen entquoll, zutrotz, zutrotz auch ihrem Gestank, stellte ich immer noch die Kranken über die Ärzte. Mein Gott, wie war ich doch angewidert von diesen Aposteln, diesen berufsmäßigen Predigern des ›Liebet die Schwachen!‹, strotzend von Wichtigtuerei und von Heiligkeit. Zu welcher Fratze hätte sich ihre erhabene Menschlichkeit verzogen, wären sie nicht vom Direktor einer Doppelration an Brot und Kartoffeln versichert worden?

Angestrahlt von einer Petroleumlampe, besah ich mir gestern abend ausgiebig meine Sommersprossen im Spiegel. Ich trachtete sie den Gestirnen am Himmel anzunähern. Doch all meinem Streben zutrotz fand ich nirgendwohin.

Vorgestern nacht, von Freitag auf Samstag, hat Boris wieder einmal mit Tamara im Operationssaal geschlafen. Warum tun sie es bloß? Warum sollten sie's nicht tun? Wenige Stunden danach, als Boris aus dem Spital verschwunden war, hörte ich Tamara schluchzen. Sie sprach den Namen ihrer jüngeren Schwester und bat sie, ihr zu verzeihen. Es handelte sich um jene Schwester, die man im Zuge der ersten Razzia verschleppt hatte und in die anscheinend Boris verliebt war. Boris bleibt immer höflich und diensteifrig, auf eine anzügliche Art. Es gehörte sich, daß ich sie eines Tages alle beide vom Direktor überraschen ließe.

Feststeht, daß alle Welt, mich ausgenommen, von Sinnen ist. Vorausgesetzt, daß ich sie bewahre, daß ich sie bewahre, die Klarheit meines Geistes.

Des öfteren kommt mir der Gedanke, es sei das ganze Universum (nicht etwa die Erde allein, sondern der Kosmos in seiner Gesamtheit, der Raum, die Zeit usw.) nicht mehr als der Hintern einer hysterischen Katze, die um ihren Schwanz rotiert. Ich möchte die Fresse von dieser Katze sehen, ein Haar ihres Schnurrbarts... ein einziges Mal nur! Wer ist ihr Herr? Ich kenne ihn nicht, kann mir jedoch vorstellen, wie ihm die Katze die Hände blutig kratzt... Mit ihren Krallen bringt sie auch recht hübsche Zeichnungen zustande. Seht sie doch, diese Zeichnungen!

Wäre ein jegliches Wesen (menschlich und nicht-menschlich) nur ein Symbol, eine Verallgemeinerung (Platon auf den Kopf gestellt)... welche grausige Vielfalt, welches Gewimmel unter unseren Füßen!

> Ein Affe hatte seinen Alp
> Ein Alptraum hatte seinen Affen
> Die Kreuzung dieser beiden Gaben
> Ließ grünfarbene Funken sprühen.

Gestern mittag brachten unsere Milizsoldaten den Dichter Horvitz vom Polizeirevier ins Spital. Er blieb bei uns nur vierzig Minuten am Leben. Ich erkannte ihn nicht wieder. Sein vormals längliches, pferdhaftes Gesicht kam einer Kuhflade gleich. Ein einziger Blutfleck. Ein von der Sonne gedörrtes Geschwür, hart wie Stein. Die Augen waren ausgestochen... Nach seinem Tode machten sich zwei

unserer Ärzte einen Spaß daraus, seine Wunden und Knochen-
brüche zu zählen. Sie kamen auf achtundfünfzig. Das war gar
nicht so schlimm. Ich hatte seine sogenannten Gedichte nicht rie-
chen können.

Die einzige Form des Konstruktivismus, zu der ich mich bekenne
und deren ich fähig bin: Ich spucke auf alles. Ich spucke somit
auch auf die Spucke, die meine und die der anderen. Und ich
spucke auf die Spucker.

Ohne dieses Unmaß an Verbohrtheit, an Drillverbohrtheit, käme
es hart an, diese Zeit zu überbrücken. Ich aber *will* sie überbrücken.

Sie lernen dieses Tagebuch, das schon nach wenigen Monaten auf
Hunderte von Seiten anschwoll, nur bruchstückweise kennen, kommentiert mein Kunde. Es erscheint sonderbar, daß mein Freund
David seine Tage nicht als Mörder, sondern als Ermordeter be-
schließen sollte. Im freien Teil der Stadt, außerhalb der Mauer,
besaß er einen undurchsichtigen Gefährten — von Beruf Pseudo-
Pianist und Pseudo-Autor elender Sketches — Sohn eines Hausmei-
sters. Während der Großen Aktion, als sein über alles geliebtes
Spital der Zerstörung anheimfiel, flüchtete David zu diesem Gefährten, der ihm, gehörige Münze vorausgesetzt, ein Dach zu bieten versprach, solange die Zeiten nicht besser wurden. David hatte
sein Tagebuch bei sich.

Nach dem Kriege veröffentlichte der Hausmeisterssohn einen
langen Roman, der ihn verhältnismäßig reich und verhältnismäßig
berühmt machte. Als ich diesen Roman — die Geschichte der letzten Tage eines Spitals — durchging, stieß ich darin auf die getreue
Wiedergabe Hunderter von Seiten aus Davids Tagebuch.

In der Hauptstadt des Landes vergab man feierlich einen Lite-
raturpreis an jenen Hausmeisterssohn, der David vormals beherbergt hatte. In dem zum Bersten gefüllten Saal waren sorgfältig
die Gedecke ausgelegt.

»Was ist nun eigentlich aus unserem gemeinsamen Freund David G. geworden?«

Der Preisträger nahm mich aufs Korn, einen kaum deutbaren
Schimmer von Heiterkeit auf dem Grund seiner Augen: »Wissen

Sie es denn nicht? Er hat sich doch umgebracht, hat sich doch umgebracht, der Ärmste. Er tat es bei mir, in meinem Hause. Seine Nerven versagten. Er schluckte eine Zyankalikapsel. Es ist richtig schade um ihn... Um mir die Leiche vom Hals zu schaffen — es gab damals zu viele Neugierige unter den Nachbarn — mußte ich unseren armen David wohl oder übel zerstückeln und sackweise vom Haus fortschmuggeln... Ein Glück, daß mein Kommen und Gehen niemandem auffiel. Sie hätten mich denunziert... Ich werde ihn niemals vergessen können. Der Gedanke an ihn erfüllt mich mit Zärtlichkeit. Er war, es läßt sich nicht leugnen, ein recht verschrobener Kauz. Doch so begabt, so begabt. Ich möchte sagen, fast ein Genie. Ich habe doch recht, nicht?«

Mir fiel auf, daß man zwei kurze Sätze mit Vorbedacht aus dem Band entfernt hatte: »Die Zyankapsel, die ich meinem Vater entwendet hatte, ich warf sie sogleich auf den Mist. Niemals würde ich Hand an mich selbst legen.«

Die Worte, mit denen das Buch schloß, prägten sich meinem Gedächtnis ein. Stammten sie von David? Stammten sie von seinem literarischen Erben? Ich werde es niemals mit Sicherheit wissen. Hier sind sie:

»Nun, da meine Seele befriedet ist, gedenke ich gerne meiner Revolten. Nachts, mitunter, jubiliert mein Herz. Dann schlüpfe ich aus meinem Bau, um über der Brücke meines Schiffes (Spital *ist gleich* Schiff) zu meiner Rechten den Großen Bären und zu meiner Linken den Polarstern zu schauen. Wohin segelt das Schiff?«

14. KAPITEL

Ein leidiger Regen über der Stadt. Ich versinke in einen bequemen Fauteuil im Arbeitszimmer des Spitalsoberen, Doktor Cohen, und mein Kopf konjugiert: Ich bin eine Kröte. Du bist eine Kröte. Wir alle sind Kröten. Ihr seid alle Kröten. Alle, Männlein und Weiblein, sind Kröten. Das leitet sich nicht aus irgendeinem moralischen Schock her. Das rührt von der Körperlichkeit meines liebenswürdigen Gegenübers, die etwas Weiches, Abstoßendes heraufbeschwört... ›eine Kröte‹. Eine Kröte, die Erde verschleimend, verunreinigend.

»Nun denn, verehrter Doktor, Sie sprachen von Ihrer Philosophie und von Ihren Obliegenheiten. Das ist erregend. Ich bin ganz Ohr.«

»Hören Sie, Boris, ich weiß nur zu gut, was man in der Stadt von mir sagt und über mich denkt. Man hält mich für ein Schwein, für ein käufliches Subjekt. Man erzählt sich, daß ich mich an den Leichen bereichere. Daß ich mich rückversichert habe, und daß ich das Weite suchen werde, sobald es mir an den Kragen geht. Teilweise stimmt es. Doch trifft all dies nur teilweise zu, wie ich betonen möchte. Es ist ein eingefleischtes Übel unseres Volkes, daß wir uns in der Selbstbeschauung üben. Ich will Ihnen ein Geheimnis verraten: Ich hatte mich in meinem früheren Leben nie richtig ausgelebt. Das fand sich alles erst in diesen letzten zwei Jahren... Der Dreckfink, der Parvenu, das Schwein, der Glatzkopf von Doktor. Den Kindern unseres Volkes war selbst der Kahlkopf des Propheten Elisa nicht heilig. Sie mußten teuer dafür bezahlen... In Ihrer schönen Welt liebte mich kein Mensch. Das ist heute nicht anders. Doch ich werde geachtet. Man geht vor mir in die Knie. Und das ist nur der Anfang...«

Meine Hand war emporgefahren, doch ich kam nicht zu Wort.

»Sie werden mir vorhalten, daß es unmöglich sei, ohne eine Moral zu leben. Nun, ich habe eine. Sie ist leicht zu beschreiben. Ich führe Buch über das Blut unseres Volkes. Nicht über seine Ehre *. Es ist Arithmetik: Wenn ich zwischen neun und zehn Toten zu wählen habe, wähle ich neun. Und die Sippe der ›9‹ verachtet mich, denn sie wissen darum. Und die Sippe der ›10‹ verachtet mich ebenso, denn sie sind ahnungslos... Gilt es den Tod eines Greises oder den eines Kindes zu wählen, entscheide ich mich für den des Greises. Gilt es den Tod dessen, der zahlen kann, oder den eines Mannes zu wählen, der ohnedies Hungers stirbt, entscheide ich mich für das Leben des Reichen. Ich könnte die Wahl auch verweigern und selbst in den Tod gehen. Das liegt auf der Hand. Doch — im Vertrauen — ich fürchte mich vor dem Tode. Besonders heute, da mich das Leben verwöhnt. Und vor dem Leben, das mir die Zukunft verheißt — noch viel mehr. Ich habe mich in die Gegenwart eingegraben. Die Zukunft wird, was immer mir blüht, nicht meine Sache sein. Das weiß ich. Für den Augenblick halte

* *Dworshetzki.*

ich mir einen kleinen Hof. Ich trinke. Ich ficke. Was meinen Hof betrifft—Ihren kleinen Freund David, ich las ihn auf und knöpfte ihm doch keinen roten Heller ab. Und Sie werden mir zugeben, daß ich seinen Posten in ein paar hübsche Goldmünzen umsetzen könnte, die unser mageres Budget dringend nötig hätte. Das liegt auf der Hand. Doch es beruhigt mich, einen gewissenhaften und— was noch wichtiger ist — verrückten Chronisten an meiner Seite zu haben. Es fehlt ihm nicht an Talent. Im übrigen stelle ich fest, daß Sie uns viel öfter mit Ihren Besuchen beehren, seit wir Tamara in unsere Dienste genommen haben. Ich freue mich darüber. Ich, der kleine Doktor Cohen, bin heute in der Lage, dem jungen Baron D. und seinen Liebschaften ein Dach über dem Kopf zu gewähren... Nur daß mich, offen gesagt, eine Art böser Vorahnung quält. Doch, was geht das mich an. In Ordnung, in Ordnung... Um wieder von *meiner* Moral zu sprechen, würden Sie wohl die Freundlichkeit haben, ein wenig in diesem Büchlein zu blättern?!«

Das dicke Buch war grün eingebunden. Abend für Abend war darin peinlich genau der Saldo gezogen worden: Der Doktor Cohen hatte bis dahin 679 Personen gerettet und davon 561 geliefert. Benefizium: 118 Überlebende. Er hatte vom Ältestenrat und von seinen Patienten 67.000 Goldrubel erhalten und davon 44.000 verausgabt. Verfügbares Kapital: 23.000 Goldrubel, die Wertgegenstände mit einbezogen. Jeder gerettete Kopf entspricht einer Summe von soundsoviel.

Der gute Doktor hat wohl eine Frage, ein zweifelndes Lächeln auf dem Grund meiner Augen entdeckt. Er berichtigt seinen Beschuß:

»Natürlich liegt es mir fern, dieses Geld als mein Eigentum anzusehen. Ich bin nur sein Treuhänder. Ich sehe darin das Betriebskapital für mein Unternehmen, ein Unternehmen zur Erhaltung des Lebens. Allfällige Spesen wie Wodka, Morphium und, hin und wieder, ein Saufgelage, verrechne ich gar nicht. Wir dürfen nicht kleinlich sein... Ich hätte noch eine Bitte an Sie, lieber Boris. Unserem gemeinsamen Freunde Leon L. erzählen Sie besser nichts über meine Buchführung. Sein Durchschnitt muß etwas unter dem meinen liegen, pro Kopf selbstverständlich. Doch braucht Sie das nicht zu verwundern: sein Umsatz ist ja auch um so vieles höher als meiner.«

Während der ersten zwei Tage der Aktion schien das Spital—ein jäher Fels in der Brandung — sieghaft dem feindlichen Ansturm zu trotzen. Es war die Absurdität der Situation selbst, die den Menschen eine Art Hoffnung einflößte: Der Feind, der vorgibt, nur unnütze Esser vertilgen zu wollen, war daran, Tausende junger und kerngesunder Leute auszulöschen. Nur zu wahr. Da sein Haß jedoch einer sichtbaren Stütze bedarf, sollte er da nicht erst recht darauf aus sein, diesen Knäuel aus unseren Wunden und unseren Schmerzen zu erhalten, als der sich ihm das Spital darbietet? Er wünscht uns schwach, häßlich und krank. Warum also sollte er diesen lebenden Nachweis, diese einmalige Schau unserer Deformiertheiten und üblen Ausdünstungen beseitigen wollen?... Die Spekulanten auf ein noch so flüchtiges Überleben erhöhten ihre Vertrauensvorschüsse an Doktor Cohen. Die Jagd auf den Menschen hatte die Tollkühnen nicht davon abgehalten, das Gebäude einer Belagerung auszusetzen. Geschwind wie die Schwalben schnitten sie Sackgassen, Straßen, Alleen, um die Spitalspforte zu berennen. Sie aber blieb verschlossen.

»Alles an die Arbeit, alles an seinen Platz!« brüllte der kleine Doktor Cohen, in dessen rotem Gesicht die blaugeschwollenen Adern hervortraten. »Falls einer von euch die Aktion erwähnt, schmeiß ich ihn raus, und mag er verrecken«, fuhr er seine Kollegen an. »Warum ist dieser Krepierer hier nicht gemessen worden?« nimmt er sich Mirele Youdine vor, indem er auf einen ausgemergelten, gelblich getönten, schweißtriefenden Typhuskranken weist.

»Er schlief, Doktor, ich wollte ihn nicht wecken. Und wozu auch? Er hat nicht mehr lange zu leiden.«

»Sind Sie denn wirklich so hochgradig blöde, Mirele? Auch Sie? Ich pfeif auf den Kranken. Mir geht es lediglich um die Leistungskurve. Die Kurve! Ich möchte, daß dieses Spital *funktioniert*. Wem das nicht paßt, der soll gehen! Ich halte niemand zurück...«

Er war allgegenwärtig, der kleine Doktor, Befehle brüllend, atemlos, wichtig, allmächtig.

»Doktor, auf ein Wort nur. Ein einziges«... Es war Ginsburg, der Nestor der Ärzte unserer Stadt, der es auf sich nahm, in das administrative Wüten seines Chefs einzubrechen und diesen am Ärmel in eine Mauernische zu ziehen.

»Mein lieber Doktor Cohen, ich hätte es mir niemals einfallen lassen, Sie um etwas zu bitten, nicht wahr? Heute ist es etwas anderes. Ich bitte nicht für meinen Sohn und nicht für meine Schwiegertochter. Sie sind erwachsen. Sie mögen selbst dazuschauen, wie sie weiterkommen. Aber lassen Sie mich meine Enkelin zu mir holen. Was tut es schon, daß sie erst fünfzehn ist. Sie wird eine passable Pflegerin abgeben. Mein Wort darauf. Ich werde sie selbst unterweisen. Schließlich, hören Sie mich an, Herr Kollege: Spielen wir doch nicht Komödie. Es ist nicht die Arbeit, um die es geht. Es geht ums Leben. Wenn man mir das Kind nimmt, überlebe ich das nicht.«

»Sagen Sie, Ginsburg, schämen Sie sich denn gar nicht? Auch Sie nicht? Sie waren mein Lehrer. Ich hab's nicht vergessen. Deshalb nahm ich Sie auch zu mir, denn im Vertrauen, in Ihrem Alter... Sie wissen es selbst. Ich brauche *junge* Ärzte. Ihre ganze klinische Erfahrung ist für mich wertlos... Es läßt mich kalt, wenn Sie beteuern, daß Sie Ihre Enkelin nicht überleben werden. Keiner von uns ist außerstande, irgendwen zu überleben. Das zumindest hat man uns gründlich beigebracht... Wenn nun ein jeder anfinge, seine Schwiegermütter und alten Tanten hierherzuverfrachten, dann hätten wir hier das reinste Bordell, und ich müßte jede Verantwortung ablehnen. Lassen Sie mich gefälligst in Frieden und sorgen Sie sich um Ihre Tuberer...«

»Und Doktor Hirsch, und Hirsch? Hören Sie, Cohen! Er ließ seine Frau und seine drei Gören kommen. Ist Ihnen doch bekannt, Cohen, nicht? Falls meiner Enkelin, meiner Myriam, etwas zustößt, dann bring ich Sie mit meinen eigenen Händen um. Man kennt Ihre Drehs. Sie bekamen von Ihnen Ausweise zu dreitausend Rubel das Stück. Sagen Sie mir, was Sie verlangen? Spielen wir mit offenen Karten!«

Man hörte den Knall einer Ohrfeige. Die Brille des Doktor Ginsburg zersplitterte auf dem Zement. Und der Doktor Ginsburg lief, zwischen zwei Bettreihen hindurch, taumelnd dem Ausgang zu.

David näherte sich dem Doktor Cohen, seine Miene verriet nicht das geringste Empfinden: »Herr Direktor, der alte Wahl, Mitglied des Ältestenrates, ist da. Er möchte Sie unverzüglich sprechen.«

»Sag ihm, daß ich eine unaufschiebbare Operation vorhabe. Daß ich im Begriff stehe zu operieren. Erzähl ihm was immer, aber halte mir diese Leute vom Halse...«

Ein langer schwarzer Bart, ein großer, gebeugter Körper, ein Graukopf, das Ratsmitglied Wahl steht schon im Zimmer: – »Doktor Cohen, Sie haben doch sicher ein paar Minuten für mich übrig?«

In Doktor Cohens Arbeitszimmer läßt sich Wahl in den Fauteuil aus braunem Leder fallen. Er ringt nach Luft. In seinen blinzelnden, feuchten Augen hat Cohen etwas gesehen, das er nicht wahrhaben will, eine Realität, die er vor allem und jedem zu leugnen entschlossen ist: das Bild der Straßen, durch die das alte Ratsmitglied kam.

Cohen brach das lastende Schweigen als erster:

»Also gut, Wahl. Ich will Ihnen nicht verhehlen, daß mir Ihr Besuch äußerst peinlich ist. Die uneingeschränkte Autonomie meines Spitals hochzuhalten, ist mein heiligstes Anliegen in diesen Tagen. Es ist Ihre Sache, wie Sie mit Ihren Soldaten und Ihrer Spezialbrigade zurechtkommen. Ich kann Ihnen da nicht helfen. Ich trage selbst eine schwere Verantwortung; gegenüber meinen Kranken und gegenüber meinem Personal. Ich nahm sie auf mich. Das reicht für einen Menschen allein... Sie müssen sich über eines klar sein: falls einer von denen Ihr Kommen bemerkt hat, könnte er das Spital für eine Art Dépendance, eine Filiale Ihres Rates halten. Und Sie wissen sehr gut, daß ich alles tat, um eine solche Verwechslung unmöglich zu machen. Es hat mich nicht wenig Geld und große Mühe gekostet. Ich möchte nicht prahlen, doch meine Tätigkeit hier erwies sich als fruchtbarer und intelligenter als die Ihres LL. Dieser Mann war ein Unglück für unsere Stadt. Aber lassen wir das... Sie sehen das Ergebnis: Nicht ich laufe zum Ältestenrat. Sie sind es, der an meine Tür klopft.«

»Du sollst durch den Mund deines Nächsten, nicht deinen eigenen prahlen« – zitierte das Ratsmitglied das Wort aus der Bibel in dessen Ursprungstext. – »Die Intelligenz spielt keine Rolle in dem, was hier vorgeht. Was das Ergebnis Ihrer Bemühungen anlangt, wäre es besser, den Tag nicht vor dem Abend zu loben. Doch Sie haben richtig geraten. Es macht mir wirklich kein Vergnügen, zu Ihnen zu kommen. Ich komme in einer Mission, mit der mich der versammelte Rat betraute. Nicht um uns geht es. Unsere Todesengel stehen dafür ein, ich möchte, daß Sie mich recht verstehen, Cohen, sie stehen mit ihrem Wort für die Sicherheit der Ratsmitglieder ein. Der Leutnant Ulbricht nämlich — Gott streiche seinen Namen aus dem Buche der Lebenden —, unser Leutnant also hat uns versprochen, sich bei Hauptmann H. — soll er verrecken wie ein räudiger Hund — für uns zu verwenden. Sie begreifen, was ›sich verwenden‹ bedeutet. Was uns das kostete? Eine Bagatelle... Und wir haben amtliche Garantien erhalten. Sehen Sie nur diese Bestätigung, ja... Doch wir haben Ehefrauen. Wir haben Kinder. Und ihre Sicherheit? Keiner von uns möchte sie überleben. Wehe der Ziege, deren Junge erdrosselt wurden... Ich will mich kurz fassen, Cohen: Der Präsident unserer geheiligten Gemeinde, bitte verstehen Sie mich recht, er *befiehlt* Ihnen, unsere Familien aufzunehmen. Schließlich ist das Spital für die Gemeinde da und nicht die Gemeinde für das Spital. Es handelt sich, alles in allem, um nicht mehr als siebenunddreißig Personen. Erschweren Sie uns unsere Aufgabe nicht noch weiter...«

»Nun, dann richten Sie Ihrem Präsidenten aus, daß ich mich weigere...«

»Was denn, *unser* Präsident? Ist er denn nicht auch der Ihre? Stehen Sie denn außerhalb der Gemeinde?«

»Davon ist hier nicht die Rede. Wir haben ganz einfach keinen Platz. Sie erwarten doch nicht etwa, daß ich meine Kranken auf die Straße setze? Oder meine Ärzte? Oder meine Pflegerinnen? Sie selbst haben mich in den Ruf eines Diebes gebracht, eines Kerls, den man für alles haben kann, vorausgesetzt daß man ihn entsprechend bezahlt... Diesmal aber mach ich nicht mit. Verstehen Sie mich recht: Meine Ärzte hätten sehr wohl in Ihre Miliz eintreten können. Meine Pflegerinnen und Krankenwärter hätten sich ohne weiteres zur Arbeit in den Kasernen verpflichten können. Das ist nun Monate her. Ich habe ihnen Vertrauen in die Sicherheit des Spitals eingeflößt. Sie haben an mich geglaubt. Ich habe recht behalten. Die Waggons auf der Verladerampe sind mit Funktionären des Ältestenrates und mit Küchenmaiden aus den Kasernen vollgepfropft. In meinem Hause weiß man von keiner Aktion. Mein Spital funktioniert. Und Sie würden es nun begrüßen, falls ich die Leute, die an mich glauben, zum Teufel jagte... Im übrigen wäre es Ihnen ja ganz und gar unmöglich, Ihre siebenunddreißig Personen bis hierher zu schleusen! Auf der Straße ginge Ihre Karawane gleich an der ersten Ecke in die Falle...«

Der Doktor hielt den Atem an. Von draußen hörte man Maschinengewehre bellen... »Andererseits könnte ich ja ruhig darauf eingehen. Ihr Plan ist so und so nicht zu verwirklichen.«

»Ich habe verstanden, Cohen. Das also ist Ihr letztes Wort. Ich werde Leon L. von Ihrer Antwort unterrichten, es sei denn, daß mein Passierschein bei den Soldaten nichts mehr fruchtet. Kann man denn wissen? Nun noch eine Frage privater Natur: Wären Sie bereit, meine Frau und meine zwei Töchter bei sich unterschlupfen zu lassen? Ich biete Ihnen zehntausend Rubel. Gott allein weiß, ob sie nicht verschwendet sind. Ihre Sicherheit, Sie bauen auf sie, Sie auf Ihre Sicherheit, ich nicht. Doch man muß etwas tun. Ich kann sie nicht gut zu dritt in meinem Hause zurücklassen oder im Ältestenrat einquartieren. Wer sich im Ratsgebäude aufhält, ohne dem Rat anzugehören, soll auf der Stelle erschossen werden. Also?«

In Doktor Cohens Augen war ein winziges Feuerchen aufgeflackert. Er liebte die Macht noch mehr als das Geld. Der Handel, den man ihm vorschlug, lag im Bereich seiner üblichen Abschlüsse. Er ließ auf seine Weise erkennen, daß das Leben weitergehe. Und dann: Wozu sich diesen Wahl zum Todfeind machen, den man vielleicht noch einmal bitter nötig haben würde?

»Ich habe keinen Platz, Wahl, wirklich keinen Platz. Doch ich will sehen, ob ich es einrichten kann, Ihnen zuliebe. Um sieben Uhr abends dürfte die Aktion eine Unterbrechung erfahren. Da gehen die Herren zum Essen. Das wäre für Ihre Familie der gegebene Augenblick, um durch das Hintertürchen ins Spital zu kommen. Ich werde es aufschließen lassen. Und daß Sie ja nicht vergessen, die Rubel mitzubringen... Ich habe die Ehre, Herr Rat!«

Er überschlug etwas im Geiste, der ehrenwerte Doktor Cohen. Er zündete sich eine Zigarette an, er verhielt vor den Betten, auf denen die Kranken zu zweit und zu dritt gehäuft lagen. Er setzte sich neuerlich in Bewegung. Mit einem Schlag war es beschlossen: Betriebsversammlung! Es spricht Doktor Cohen:

»Bestimmte Überlegungen, die ich für mich behalten muß, lassen es geboten erscheinen, daß zwei Pflegerinnen uns verlassen... für ein paar Tage. Sie werden es mir nicht verargen, meine Damen, daß ich hierzu jene bestimme, die sich in letzter Zeit mehr ihren, sagen wir, Herzensangelegenheiten als ihren Pflichten gewidmet haben…«

Sein Blick glitt die Reihe der Frauen im weißen Kittel entlang, die Habachtstellung wahrten und den Atem anhielten. Wie die Maturaklasse, die sich zum Schulabschluß noch rasch dem Photographen stellt.

»Olga Bieriezovskaja und Sarah Levitt! Ich denke, daß sich meine Wahl rechtfertigen läßt. Die beiden Damen befassen sich hier mit allem möglichen außer ihren Kranken. Im übrigen… sollte sich die Situation in den nächsten paar Tagen bessern… bin ich gerne bereit, ihre Wiedereinstellung ins Auge zu fassen.«

Schmal, klein, verschreckt, wagte Olga Bieriezovskaja nicht aufzublicken. Es war nicht Angst, sondern Schüchternheit. Die Tochter eines armen Schreiners, sah sie ihren Spitalsaufenthalt jedenfalls als ein stetes Wunder an. Der Doktor Cohen hatte seit ihrer Indienststellung zweimal mit ihr geschlafen. Sie hatte nicht den Mut besessen, ihn abzuweisen. Nun fehlte es ihr an Mut, diesem Manne ins Auge zu schauen, der sie in den so gut wie sicheren Tod schickte, der sie von dieser neidumlagerten Insel des Friedens verjagte. Er hatte recht. Ihr stand es nicht zu, hierzubleiben. Sarah Levitt, bräunlicher Teint, mager, schwarz, muskulös, eine Pfadfinderführerin, üppiger Busen quellend unter der weißen Bluse, stieß ein einziges, gellendes Wort hervor: Dreckskerl!

Der Doktor zog es vor, nicht zu hören: — »Na denn, meine Mädels… viel Glück.« Seine Augen schienen noch jemanden in dem schreckhaften Haufen zu suchen, als sich plötzlich die matte und lässige Stimme Tamaras erhob: — »Nun, Doktor, ich hoffe, daß Sie mir gestatten, mit meinen Kameradinnen zu gehen.«

Die Dämmerung kam herauf. Gemeinsam tauschten die drei Mädchen die sichere Festung gegen die völlig menschenleere Straße ein. Lange verfolgte sie durch das Fenster Davids stumpfer Blick.

In seinem Arbeitszimmer eingeschlossen, schenkt sich Doktor Cohen ein Glas Kognak ein. Ein zweites noch. Eine Zehntelsekunde lang erstarrt der bernsteinfarbene Strom der Flüssigkeit zwischen der Flasche und dem Glas… Hatte er diesen letzten Streich wirklich nicht vermeiden können? Die kleine Olga, die arme Olga… Warum zum Teufel hatte er sie bloß zu sich genommen? Im anderen Falle wäre sie längst verreckt, und er brauchte sich nun keine Vorwürfe zu machen. Als Olgas Vater, der Schreiner, eines Tages zu irgendwelchen Reparaturen ins Spital gerufen worden war, kam er dem Doktor von der sentimentalen Seite.

»Hören Sie, Doktor, jetzt, da meine Frau fort ist — sie haben sie in die alte Mühle verschleppt und sie ist nicht mehr heimgekommen — bleibt mir nicht mehr lange zu leben...«

Er glich einem großen, gerupften Vogel. Er hatte mehr Leben in seinem Adamsapfel als in seinem Gesicht. — »Alle wollen sie leben. Ich nicht. Doch da ist meine Tochter Olga. Dieser Krieg kann doch nicht ewig währen. Ich habe Verwandte in Amerika. Sie werden sie hinüberholen. Sie könnte noch ein wenig Freude am Leben haben. Ich bin arm und kann nur mehr leichte Arbeit verrichten. Ich will nichts von Ihnen, Doktor, nur einen Rat... Was tu ich mit meinem Kind?«

Da hatte der Doktor Cohen gemeint: — »Schicken Sie mir Ihre Tochter, Naum, ich werde aus ihr eine Pflegerin machen. Ich kann Ihnen nichts versprechen, doch wird sie es hier besser treffen als sonst irgendwo.«

Und in den tiefen Gründen seiner Seele schwor sich der kleine Doktor Cohen: — »Soll es wenigstens einmal sein, daß ich etwas für nichts und wieder nichts tue.«

Tags darauf erschien die Kleine, schüchtern und stumm. Sie hatte Angst vor allem und jedem, selbst vor den kranken Bettlern und vor den Kindern. Demütig leerte sie stinkende Nachtgeschirre, wusch sie blutverkrustete Linnen.

Und eines Tages dann entflammte sich Doktor Cohen für etwas, das von diesem Mädchen ausging. Was war es nur, dieses Etwas? — er hätte es nicht mehr zu sagen vermocht. Der goldige Schimmer ihrer großen, reglosen Augen? Die harten Umrisse ihrer Brüste, die sich, unmerklich noch, unter dem Leibchen abzeichneten? Ihr Gang, der eines schüchternen Knaben?

Kurzum, es ergab sich. Immer noch besser, ich tu's, als ein Soldat im Armeebordell, dessen Insassinnen sowieso sterben müssen. Hätte er etwas so Nichtiges wie die Entjungferung der kleinen Olga vor sich rechtfertigen wollen, er wäre zweifellos auf eine solche Begründung verfallen. Aber gab es denn überhaupt etwas, das eine Rechtfertigung lohnte? Ringsum war, überall, fühlbar, der Tod. Er war davon überzeugt, ihn, den Tod der anderen, wenn nicht bezwungen, so doch zumindest gebändigt zu haben. Dieses Spiel war nicht ohne Reiz. Die Zukunft war — wenn es sie geben würde — überall außer im Fleische der kleinen blonden Olga zuhause.

Doch das flüchtige Abenteuer hatte dem Doktor Cohen einen leicht bitteren Nachgeschmack hinterlassen: im Ozean seiner Heilsmission war seither kein Tropfen völliger Uneigennützigkeit festzustellen gewesen. War es um dessentwillen, daß er die kleine Olga heute ins Dunkel des Draußen verstieß?

Der Kognak tat ihm entschieden nicht gut. Es wäre in Zeiten wie diesen gefährlich gewesen, sich in den Morphiumrausch zu flüchten. Man mußte Klarheit, eine vollkommene Klarheit bewahren.

Der Doktor Cohen empfand nicht die mindeste Schwäche für die Literatur. Doch, banal und belebend zugleich, kam ihm mit einem Mal dieser Vergleich in den Sinn: Ich bin ein Lokomotivführer, der in wahnwitzigem Tempo über eine Strecke jagt, deren Weichensteller in festgelegten Abständen getötet werden. Um den Mördern zuvorzukommen, bedarf es einer sicheren Hand. Um sieben Uhr abends kommen die Damen Wahl. Es ist sechs. Will man sein Gleichgewicht wiedergewinnen, geht nichts über einen wakkeren, sauber geführten chirurgischen Eingriff. Der Doktor fegt durch die Säle. Er verhält vor dem Bette Arons, Sohn des Bäckers, zwölf Jahre alt. Der Bäcker liefert, seit er den Sohn im Spital weiß, tagaus tagein zwanzig Weißbrotwecken. Aron ist sauber und gepflegt.

»Hast du Schmerzen, mein Kleiner?«

»Nein, Doktor. Seit heute mittag geht es mir besser. Was gibt es Neues in der Stadt?«

»Nichts Neues. Gar nichts. Wir werden dir jetzt den Appendix entfernen. Hab keine Angst. Du wirst gesund sein und hundert Jahre zu leben haben... Mirele, hat der Kleine hier vom Morgen an nichts zu essen bekommen, wie ich's verfügte? Gut so. Schaffen Sie ihn in den Operationssaal und lassen Sie's Doktor Ginsburg wissen...«

Aron hat Angst davor, Angst zu haben. Er versagt sich das Mienenspiel, beißt die Zähne zusammen und lächelt. Wenn der Doktor operieren will, droht dem Spital keine Gefahr. Solange das Leben hier seinen Lauf nimmt, muß es auch anderswo weitergehen. Die Hände Arons zittern, kaum daß man es merkt. Der Operationssaal. Die Maske. Das weiße Licht. Das alles hat sich oftmals bewährt und verfehlt nicht, nervenberuhigend auf Doktor Cohen einzuwirken. Aron schläft. Der Doktor Cohen, der Doktor Ginsburg und Mirele gehen schweigend zu Werke. Man tut gute Arbeit... Als sie so gut wie beendet ist, schiebt sich David ins Zimmer. Der Doktor Cohen ist dabei, sich die Hände zu waschen. David flüstert in sein Ohr: »Frau Wahl und ihre zwei Töchter sind da.«

»Ist gut. Laß ihnen weiße Schürzen zuteilen. Und sorge dafür, daß ihnen die Sekretärin um einen Monat zurückdatierte Ausweise ausstellt.«

Der Doktor summt einen Refrain. Er ist zufrieden. Die Operation ist geglückt. Die Damen Wahl bringen zehntausend Rubel mit. Man ist im Trockenen, mag auch der Sumpf ringsum steigen. Ich habe gut daran getan, die ›37‹ nicht aufzunehmen. Mein Personal ist in Sicherheit. Um so schlimmer für Olga und für die zweite. Um so schlimmer für diese Närrin Tamara. Sie waren nicht die ersten und werden auch nicht die letzten sein. Sie haben sich wenigstens noch ein paar Monate lang satt essen und nützlich machen können... David erscheint von neuem: — »Doktor, vor dem Hauptportal hat ein Lastwagen gehalten.«

Man hört die Kolben gegen die Türe hämmern. Und hört die Rufe: »Aufmachen! Wird's bald?!«

Die für gewöhnlich ziegelfarbigen Wangen des Doktor Cohen werden blaß: Ich habe es kommen sehen, von allem Anfang an kommen sehen. Wenn doch bloß dieses verfluchte Ohrensausen nicht wäre...

Jemand läuft durch die endlosen Gänge. Die Lichter sind verloschen. Der übermächtige Widerschein eines Brandes steigt himmelan.

Ein gesunder, schattiger Baum wuchtet zum Zimmer hinein: es ist Doktor Striglitz, der Stabsarzt: — »Guten Tag, mein lieber Kollege Cohen. Wie ist das werte Befinden?«

In seinem grünen und silberverzierten Waffenrock, auf seiner Schildkappe einen Totenkopf, wirkt Striglitz peinlich berührt. Er bietet Cohen eine von seinen Zigaretten an und läßt den Blick — gleichsam bedauernd — durch den Operationssaal wandern, über die weißverkleideten Tische, die Lampen, bis zu einem der schlummernden Kranken hin.

»Es heißt für uns Abschied nehmen, mein lieber Cohen, diese Baracke muß binnen dreißig Minuten evakuiert sein. Es geht mir nahe, glauben Sie mir. Ich wußte unsere Zusammenarbeit sehr zu schätzen, doch eines Tages muß alles ein Ende haben, in diesem Jammertal. Die Wagen warten...«

Und ganz leise in Cohens Ohr: — »Ich bedaure es, mein Alter, doch diesmal vermag ich nichts dawider. Befehl aus der Hauptstadt. Machen Sie es so kurz wie möglich.«

Der Doktor Cohen bezwingt sich: eine letzte gewaltige Anstrengung. So, genau so, habe ich mir dieses Ende ausgemalt. Die Maschinerie funktioniert bis zum letzten.

Versammlung des Personals. Die zweite an diesem Tage:

»Die Kranken sollen herunterkommen. Sie werden in ein anderes Spital überführt. Wer nicht gehen kann, ist zu stützen. Der Hauptmann erlaubt jedem Kranken, eine Decke mitzunehmen...«

Der Sumpf hebt zu brodeln an. Irgend jemand stöhnt auf. Die Nachbarn beschwichtigen ihn: Sch! Kein Gezeter. Soldaten!

Die Soldaten betrachten die Wände, unentschlossen, lässig, korrekt. Der Doktor Cohen muß eine Geste der Zufriedenheit unterdrücken: wenn sie korrekt sind, dann ist das mein Verdienst... Ich war's, der sie es lehrte. Es hat mich nicht wenig gekostet. Und dann, die Methode, ja — die Methode... Die Methode war einwandfrei.

Die Festung zerfällt. Die Kranken kommen die große Freitreppe herab, die sie bislang nicht betreten durften. In ihre sackleinenfarbenen Decken gehüllt, humpeln sie schmerzverzerrt über das Pflaster im Hof. Ein aufgelöstes Orchester im Taumel. Einige haben militärische Haltung angenommen. Sie versuchen in Tritt zu fallen. Einige stimmen die Trauerpsalmen an. Ihr Klagelied, das nicht mehr menschlich klingt, ist bis in das kleine Büro zu hören, in dem Doktor Cohen mit seinem Kollegen Striglitz plaudert. Ein Saal ist schon geräumt. Im großen und ganzen geht das alles mit erstaunlicher Ruhe vor sich.

Der Doktor Striglitz kommt auf die Darmkrämpfe zu sprechen,

an denen er schon seit geraumer Zeit laboriere. Er trachtet seiner Geniertheit Herr zu werden. Nein, es gehört sich nicht, einem Kollegen, der in zwei Stunden sterben muß, meinen Gesundheitszustand zu erläutern. Unmerklich schweift er vom Thema ab. Die Aussprache wird zur Fachsimpelei. Es deute alles darauf hin, daß es den Ärzten in der Hauptstadt geglückt sei, ein Mittel par excellence gegen den Rotlauf zu finden...»Und wenn ich bedenke, Doktor Cohen, daß ich während meiner Dienstzeit im Infektionsspital nichts gefürchtet habe, weder Typhus noch Scharlach... nur den Rotlauf. Jetzt wird das besser. Die Jungen haben ihre Chance. Es sei ihnen vergönnt.«

Der Doktor Cohen denkt an sein Gold, das er im Keller des Spitals verscharrte. Wer würde es finden? Und wann? Möglicherweise der gleiche Striglitz. Er ist nicht so dumm, wie er tut, selbst wenn er darauf besteht, über den Rotlauf zu sprechen. Sie haben die Technik erkundet. In anderen Städten...

Die Soldaten, anfangs noch etwas geniert, sind mittlerweile ausgeschwärmt und haben ein wachsames Auge auf das Personal, das den Schwächsten der Kranken voranhilft. Die Ärzte tun desgleichen. Alles vollzieht sich fließend und lautlos. Der erste Wagen fährt ab. Früher, als man erwartet hat. Viel Stroh in den Sälen und auf der Treppe. Die Doktoren Cohen und Striglitz durchmessen gemeinsam den jählings wiedererhellten, weiten und leeren Korridor.

Man müßte das Stroh entfernen und die Wände überkalken, denkt Doktor Cohen und wird sich sogleich der Unangebrachtheit einer solchen Überlegung bewußt... Nicht zittern. Es ist nun an ihm, sein Etui zu zücken und Striglitz eine Zigarette anzubieten.

Es bleibt nur noch die Chirurgie, die schwere, postoperative Fälle beherbergt. Hier wird es nicht möglich sein, die Kranken zu ›stützen‹, ja sie ließen sich nur mittels Spezialtragen abtransportieren. Die Kranken sind alle in Gips, zur Bewegungslosigkeit verurteilt. Ein paar Augäpfel regen sich, drehen langsame Kreise um eine unsichtbare und dennoch unleugbare Achse. Der Saal ist nur spärlich belegt. Siebenunddreißig Fälle alles in allem. − Ebenso zahlreich wie die Verwandtschaft der Ältestenräte, die ich zurückwies, und die überleben mag, dank meiner ablehnenden Haltung, dank mir − denkt Doktor Cohen. Sein fragender Blick fällt auf Striglitz, der die Türe zum Saal aufreißt und einen freundlichen, blonden Gefreiten heranwinkt: — »Müller, helfen Sie mir ein wenig Ordnung in diesen Saal zu bringen...«

Striglitz bleibt vor dem ersten Bett stehen. Er überprüft die Fieberkurve, zieht diskret seinen Browning und setzt dem Kranken den Lauf an die Stirne: — »Das wäre geschafft. Du hast ausgelitten, mein kleiner Bruder« — äußert er mit einer Zärtlichkeit, an der nichts geheuchelt ist. Er setzt seine Wanderung fort, von dem Gefreiten gefolgt. Ein massiger Gärtner, von seinem zarten, baumlangen Gehilfen begleitet, der seinem Meister blindlings vertraut. Als ob sie gemeinsam einen stummen Ritus vollzögen. Die Waffen verursachen kaum ein Geräusch. Die Kranken erwarten sie, längliche Puppen, verpflastert und weiß. Ihre Augen — Maikäfer, schwer, schwarz und glänzend, fliegen zur Decke auf und fallen zurück, tiefer und immer tiefer, die Flügel geknickt.

Die Stimme des Doktor Striglitz wird schneidend. Er ist jetzt kein schweigsamer Engel der Ausrottung mehr. Zum Teufel mit dem Theater. Es gilt dem ein Ende zu machen: »Lassen Sie Ihre Pflegerinnen dieses Fleisch aus dem Saal schaffen!...« Doktor Cohen wiederholt die Anordnung in autoritärem Tonfall. Er denkt: Das ist das Ende. In den dreißig Minuten, die mir noch bleiben, werde ich nur mehr Striglitz' Medium sein. Sein Schatten. Von meinem Sein, das mir bisher so komplex, so einmalig und so vielfältig erschien, bleibt mir nur dies bis zum Sterben, nicht mehr. Kein Gedanke, kein Willensentscheid, es sei denn, sie kämen von Doktor Striglitz. Ich wußte nicht, er wird es nicht wissen, wie sehr ich ihn liebte. Werde ich in diesen Minuten bestraft? Oder belohnt? Und seht, schon nähere ich mich einem Lande, in dem alle Widersprüche sich einander vermählen und sich aufheben, wie *sie* behaupten. Ich glaube es nicht.

Schon heute abend wird Striglitz mein Gold suchen gehen. Er wird es finden. Besser er als ein anderer. Er ist korrekt. Hat mich nicht wenig gekostet, ihn das Korrektsein zu lehren. Und die Methode... meine Methode war nicht die übelste. Das Resultat konnte sowieso nicht anders sein.

Unter den Pflegerinnen, die in den Saal fluten — die drei Frauen der Familie Wahl. Sie sind durch gewissenhafte Arbeit bemüht, sich der neuen Gemeinschaft einzufügen. Hat man für nichts Zehntausend geopfert? Durch die winzigen, von den Kugeln des Hauptmanns geschlagenen Löcher versickert das Blut... Granatfarbenstreifen ziehen zaghaft ihre Spur im Beton des Krankensaales. Der Frau des Ratsmitgliedes, ist sie auch dick, grau und wichtig, versagen jählings die Beine den Dienst. Sie fällt auf ein leeres Bett zurück und stößt einen schrillen Schrei aus.

»So bringt sie doch zum Schweigen, bringt sie zum Schweigen«, sagt Cohen.

Das letzte Geschäft ist verrichtet. Das Spital ist geräumt.

Betriebsversammlung im Hof. Einmal mehr. Das ist schon die dritte heute, überlegt Cohen. Niemand ist da, das Gruppenbild aufzunehmen.

Striglitz: »Der Abtransport des Sanitätspersonals ist miteinkalkuliert. Warum steigen Ihre Leute nicht ein?«

Zwei Lastwagen warten, unter grünen Planen. Der Doktor Cohen klettert als erster nach oben. Er tastet nach der kleinen Phiole in seiner Westentasche. Durch einen Schlitz in der Plane beobachtet er die stumme Einschiffung seiner Kollegen und Helfer, die er in das Überleben führen wollte... Ich führe sie in das ewige Leben... berichtigt er sich und schneidet hierzu eine Grimasse, doch er empfindet die Billigkeit dieses Scherzes und würde sich hüten, ihn vor welchem seiner Gefährten auch immer laut auszusprechen.

Ein Unteroffizier zählt das Pflegepersonal und die Ärzte. Er nimmt sich die Mühe, in einem kleinen Heft nachzulesen, das er auf Cohens Schreibtisch gefunden hat: vier Pflegerinnen und drei Ärzte sind abgängig. Der Unteroffizier bekommt einen roten Kopf.

»Nun, wir können nicht die Nacht über hierbleiben«, ruft Striglitz seinen Soldaten zu. »Rührt euch, Kinder. Wir fahren ohne sie.«

Dem Doktor Cohen fällt auf, daß auch David unter den Abgängigen ist. Und die letzten Lastwagen treten den Marsch durch die schweigende Stadt an, durch eine Allee von Kastanienbäumen, deren Kronen über dem Zuge zusammenschlagen.

15. KAPITEL

Der Erzähler erhebt sich, einem unbestimmbaren Gefühl erliegend; ein Wechsel der Ausstattung kündigt sich an. Ob uns hierbei eine Rolle zufällt? Die Steine beunruhigen sich und treten zum Angriff an. Der Fluß geht in einen anderen Zustand über. Zu unseren Füßen ist nicht mehr Wasser, ist schwarzer Rahm, Teer, kleine, gelbliche Lichter aus dem Nirgendwo spiegelnd. Zu dicht ist die Nacht und doch wie von Würmern zerfressen. Säumige Ratten in festlichem Aufzug betrachten die Szene, auf der sie den Mond erwartet haben. Er liefert den Wolken einen Kampf, den er im voraus verloren wußte...

Boris' Stimme wird heiser, ist lang nicht mehr das, was sie noch eben gewesen.

Wir gehen unter den Fenstern des einstmaligen Ministers vorbei. Ein Polizeimann in Uniform und vier in Zivil lauern der zaudernden Dämmerung auf. Sie läßt auf sich warten. Sie ziert sich, gehorchend einem so menschlichen Lampenfieber, daß man diese Baby-Sonne, diesen Sonnenfötus zu lieben versucht ist, es sei denn, er wüchse heran, er würde er selbst. Zahlreich sind die Misanthropen, deren Liebe den Babys, und nur ihnen, gilt.

O Sonne — du schamloses, reifes Geschwür
Einer von uns wird abtreten müssen
Narren verehren dich als ihren göttlichen Polizisten
Das langt mir, um dich zu hassen.

Paß auf, eines Tages werde ich reich sein
Und Milliarden Plakate werden in meinem Auftrag gedruckt,
Und der Himmel wird überklebt sein
Mit meinen schönen, antisolaren Plakaten.

Und Volttrillionen werden die
Schon überfällige Anti-Sonnen-Kampagne entfesseln
Diese Trillionen von Volt — das sind wir: Trillionen von Polizisten
Singend ein seltsames Lied ehe die Nacht weicht.

In einer der zahllosen Sprachen seiner komplexen Vergangenheit rezitierte Boris dieses Gedicht, das meine Übersetzung nicht hinlänglich wiedergibt.

Ein Fenster geht auf in die Nacht. Eine dumpfe und eine schrille, mißtönige Stimme huschen hindurch.

DIE DUMPFE STIMME: Eine Nacht lang hat sie gebellt und geheult, eine Nacht lang...

DIE SCHRILLE STIMME: Ja, wer denn, Professor?

DIE DUMPFE STIMME: Luna! Im Ernst, Christiane, hast du sie denn nicht gehört?

DIE SCHRILLE STIMME: Nein doch, Professor, ich habe geschlafen.

DIE DUMPFE STIMME: Sie bellte... Die Hunde verstummten. Es beeindruckte sie. Sie brachte sie um ihr tägliches Brot. Sie liefen bei mir zusammen, mit hängenden Schwänzen. Wie um sich zu beklagen.

DIE SCHRILLE STIMME: Und was geschah weiter?

DIE DUMPFE STIMME: Nichts weiter. Ich suchte sie zu beschwichtigen. Ich nahm sie zu mir ins Bett.

DIE SCHRILLE STIMME: Und waren Sie allein, in Ihrem Bett, Professor?

DIE DUMPFE STIMME: Nicht ganz. Schließlich... Vor den Hunden war Lucie zu mir auf Besuch gekommen. Auch sie wollte befriedet sein.

DIE SCHRILLE STIMME: So waren Sie denn nicht allein? Sie hatten die kleine Bäuerin bei sich?

DIE DUMPFE STIMME: Ja und nein. Du kennst ja die Lucie! Sie war da und war nicht da; abwesend in der Anwesenheit. Ich empfand sie seit jeher ein wenig gotisch, etwas zu geometrisch, die Lucie. Dennoch mochte ich dieses Mädchen gerne. Im Bett aber kam ich darauf...

DIE SCHRILLE STIMME: Worauf?

DIE DUMPFE STIMME: Worauf, worauf?... Es gehört sich nicht, davon zu sprechen.

DIE SCHRILLE STIMME: Aber da wir schon davon sprechen...

DIE DUMPFE STIMME: Wirst du es auch nicht weitersagen? Auf dein Wort, Christiane? Nun, da wir schon davon sprechen: Ich dachte anfangs, Lucie sei geometrisch, dreieckig. Erst später fand

ich die Wahrheit heraus. Sie ist nicht dreieckig. Sie ist Dreieck. Sie
ist nicht geometrisch. Sie ist Geometrie... Doch laß uns von anderen Dingen sprechen, Christiane.

(Die dumpfe Stimme wird noch um einiges dumpfer)

DIE DUMPFE STIMME: Wie die Saat, wie die Saat soll deine Mühe
die fruchtbare Erde anwandeln. Vergeude sie nicht wie eine Bank-
note in einem Nachtlokal. An Stelle von ›Mühe‹ könnte vom Leiden oder vom Beten die Rede sein. In keinem Falle aber von
Glück... denn...

DIE SCHRILLE STIMME: Aber Professor, was soll das... Sie führen
sich in meine Träume ein mit Ihren Phantastereien − über Lunas
Miauen, den Aufruhr der Ameisen − und nun kommen Sie geradewegs durch die Lüfte, mir diesen niederträchtig vernünftigen
Vortrag zu halten. Ich bin überrascht, Professor *(sich zierend),* ich
bin enttäuscht...

Mit Boris entferne ich mich von dem verschwimmenden Fenster.

Ein Mann auf schwankenden Beinen, dem wir nicht ins Gesicht
schauen können, bricht mitten auf einer leeren Straße in Schreie
aus:

»Frauen, Männer, Hölle und Gott, rasch, rasch, rascher noch
kommt mir zu Hilfe, bewehrt euch mit all eurem Mitleid; mich
hat ein Übel befallen, wie man es bisher nicht kannte, ein Unheil
von allen am meisten beschämend und sonderlich: Ich wurde geboren. Ich existiere.«

Ich erkenne die Melodie nicht wieder, die Boris soeben zu pfeifen beginnt.

Welche Furcht gliche der unseren vor der Heraufkunft des Mor-
gengrauens, das ich nicht wünsche. Der neue Tag − ein Fötus, dessen Ankunft die Eltern abstößt − wird er seine Unzucht auf die
Nacktheit dieser Erzählung, auf die Nacktheit von Paris projizieren?

Mit Hilfe von Worten, die summen wie schwarze Insekten, diesen Augenblick abdecken, auslöschen. Ich fürchte Boris' flüssige
Rede, genau, aber noch mehr, was geschähe, ließe man die Sonne
nach ihrem Gutdünken walten. Wie sich rechtfertigen, wie sich zur
Wehr setzen, wie sich aus diesem unschicklichen Augenblick heraus und anderswohin projizieren. Ich bediene mich einer Finte:

»Und sofern noch ein Rest von Mitleid in Ihnen ist, Boris, will ich mich bei Ihnen verwenden, will ich bei Ihnen für jemanden einstehen, den ich liebe: In Archangelsk herrscht die Güte. Hier aber, in diesen idiotischen Breiten, ist die Nacht... eine jede der Nächte zu unabdingbarem Alleinsein verdammt. Keine von ihnen trifft jemals die andere, zerstückelt sind sie durch staubige Tage wie die wunde Landschaft durch Gräben. Keiner von ihnen ist es vergönnt, ihr Ebenbild zu umarmen, seine matte Haut zu befühlen... Eine jede Nacht verrinnt, läuft auseinander, in ihr Alleinsein. Helfen Sie ihnen, Boris.«

Da rührte Boris mit seinen langen und knochigen Fingern an den verblassenden Himmel. Mit einer raschen Bewegung schien er ganz leicht die aufgehende Sonne zu streicheln, sie von sich stoßend wie einen schwerelosen Ballon...

Neues Blut begann in den Adern der todkranken Nacht zu strömen. Mit einem scheuen und glücklichen Lächeln hieß sie die jüngere Schwester willkommen, die zu verfolgen sie bis dahin verurteilt gewesen, niemals imstande sie in die Arme zu ziehen. Mit einem schwarzen, seidigen, funkelnden Zauberstab stieß sie die Wiedergefundene an.

Wiederbeginnend, vervielfachte sich die Nacht.

16. KAPITEL

Das Notizbuch, das mir ein paar Monate nach unserem Zusammentreffen in der Anlage eines Schreibens zuging, klang mit den folgenden Worten an:

»Trillernd sich aufschwingend, jungfräuliches Ping-Pong, tänzelnd auf einer Zunge schäumenden, schwirrenden Wassers, liebenswürdige Meerschaumpfeifen... wie mein Herz euch beneidet!

Tauchend in diesen nichtendenwollenden Trubel ländlicher Lustbarkeit, wann endlich wird mein Herz zum Rang einer *Zielscheibe* erhoben werden? Ich bin nur Erwartung und Achtung des künftigen Augenblicks, belauert und flüchtig, worin sich endlich auch mein Herz zur Zielscheibe wandelt. Denn, meine Damen und Herren, ich wette, Sie wissen es immer noch nicht:

›Die Selbstmörder bilden im Drüben eine Elite, einen Exklusiv-Club par excellence.‹«

Ich führe sie an der Leine hinter mir drein, meine Vergangenheit, offenkundig wie eine Hündin. Und sie heult auf wie eine verwundete Hündin. Ich schlecke ihr Blut.

Die Spucke aller Tage tragend
Eine gewundene, muckende, schlissige Straße
Ausziehend und sich verlierend
Ansteigend zu verschlossenen, schwarzen Horizonten:
Bist ›Du‹ es?
Schwärzlich auch ihre Glieder, die es müde sind,
›Glieder‹ zu spielen, ›Glieder‹ zu sein
Zeitschaum verflüchtend ins Nirgendwo.
Eh sie vergeht, sucht sie das Nirgendwo
Unter den harten Schuppen räsonierender Augenblicke
Geprägt von der Einsamkeit, dein Gesicht, gemahnend an Erde
    und Wasser.
Knirschen von Automaten.
Der andere Lärm — ist Heimkehr, zuckende Einkehr der Dinge
    ins Plasma,
In den Keim, den ersten Gedanken, in den Teig, aus dem sie vor
    Zeiten auf Schleichwegen kamen.
Wenn ihre Träger vergangen sind, bleibt die Furcht einsam,
    unauslöschlich zurück.
Jauchzende Vogelscheuche, schlägt sie mit ihren Flügeln in hohen
    Räumen, die keiner betritt.
Wie lärmend vollzieht sich doch heute diese zwangsweise
    Sömmerung der Dinge zu ihren Quellen.
Selbst die Insekten verweigern dir ihre Brüderlichkeit.

Scheckige Keulen zerschlugen, was von seiner kargen Erkenntnis verblieb.

Der Schreibtisch, wacklig und bebend, brach in weittragendes Schreien aus:

    Die braune, rissige Straße,
    Schwer atmend

Den traurigen Frühling schlürfend
Gleich einem wunden Tier.

Der Spucknapf, grünlich, verträumt
(Wovon träumen die Spucknäpfe zur Zeit der Blüte?)
Der Anschlag, gefetzt von der brüchigen Mauer
Gebläht von Regen und Wind
Verwaschen von zahllosen, geblendeten Blicken.

Das regelwidrige Tätigkeitswort einer Sprache
Die nicht existierte
Opfer manischer und verballhornender Paradigmen
Fleischbrocken verwesend im klingenden Mülleimer.

Stadt, von keiner Seele bewohnt,
Es sei denn von Invasoren
Heimat der Invasionen, bewuchert vom Gras des Absurden,
Von einem Grase, tastend und taumelnd
Vom Gras — der Zielscheibe schimmernder Invasionen!...
Ich möchte dich beim Namen rufen
Oh, wie ich deinen Namen rufen möchte...

Die zweifellos nichtigsten, aller Bedeutung baren Angewohnhei-
ten des täglichen Lebens (wie etwa den Autobus von einer bestimmten und keiner anderen Station aus zu nehmen; diese, nicht
aber jene Zeitung zu kaufen) erscheinen mir um so viel gewichtiger, um so viel ›wirklicher‹ als ich selbst, der angebliche Autor
dieser Notizen. Daraus folgt eine Lähmung. Betet für meine Seele.

Ein ›Freund‹ besucht Boris. Der ›Freund‹ stellt sich ex definitione
als Anti-Boris heraus. Der Einfachheit halber sei er mit X bezeichnet.
    BORIS: I have to work now.
    x: ???
    BORIS: I have a novel...
    x: *starts to laugh.*
    BORIS: I have to buy the latest issue of a newspaper...
    x: And???

BORIS: The reading of my novel is not to be considered as ›work‹.
The reading of the newspaper — neither.
But the *choice*, the choice between them both...

Eins um das andere verwelken die Worte, alle Worte der Sprache
des Menschen, sie verlieren die Kraft, Bedeutung zu tragen. Und
toten Schuppen gleich, blättern sie ab. Alle Bedeutung verraucht.
Aber das ist ihr ›normaler Zustand‹. Der Mensch wird stumm.
Widerfährt solches einem Schriftsteller, hört er auf, ein solcher zu
sein. Und das ist sein ›normaler Zustand‹. Es knirscht und knirscht
immer wieder.

Mit rostiger Schere zerstückelte ich den Himmel. Verglich ich
die Wolken schmierigen Lappen, indes die Eier hart wurden...
Des Vergleichens, Umschreibens kein Ende. Zum Kotzen.

Können die Werte ohne ›Wertskala‹, ohne System, fortbestehen?
Kommt der Mensch ohne Liebe aus? Ohne die Liebe, die er nicht
verschmähen dürfte, wollte er in euer herrliches, planmäßiges
Universum einbezogen sein: (Ein Haufen Scheiße, der größer sein
will, und sei es auch nur um einen Daumen, als der Scheißhaufen
von nebenan — das ist das Leben in der Gemeinschaft, ist die ›Gesellschaft‹. Ein Scheißhaufen, der besser stinken will als sein Nach-
bar. Das zu erreichen, ist er zu allem bereit: selbst zur Erhaben-
heit...) Hochfliegendes, vor allem Hochfliegendes, mag ich nicht
mehr. Die Quelle ist somit versiegt. Einzig die Schwäche verbleibt
als mein Bundesgenosse, doch ist sie ein unsicherer Kantonist...
Trotz alledem schwört mein Körper auf einen Zauberspruch, auf
ein befreiendes Wort.

Ein Metier

Die schmausende, sonntägelnde Menge auf dem Damm, soweit
der Blick reicht. Geräuschvoll steigt eine Vogelscheuche auf, schlägt
mit den Flügeln. Panik. Die Menge flüchtet.

Sobald ich mich über ein Blatt Papier beuge, zieht sich die
Menge der Bilder zurück; schwinden sie wieder, verzichtend auf
eine ehrbare öffentliche Existenz.

Eine Gottheit, der besondere Ehrung zukommt, die Gottheit des

114

Nichtseins, eifersüchtig bemüht, mir die Arme zu binden. Immer weniger häufig trachte ich, ihr zu entrinnen. Denn die Nicht-Verwirklichung ist wie ein weicher Pelz. Meine Brüder im Nichts, bekämpft und zertretet darum die Realität, diese entwürdigendste von allen kollektiven Hypnosen!

Wird denn jemals zwischen dem Schrecken, den mir ein unbeschriebenes Blatt einjagt, und der Schmach, die das nämliche Blatt, mit ein paar Reihen hastiger Zeichen bedeckt, ausströmt, ein ›dritter Raum‹ offen stehen?...

Vor der Zerstörung der Stadt war Leon L. auf die Tugend derjenigen, die Zeugnis ablegen sollten, die einzige Tugend, die zählte, zu sprechen gekommen.

Heute wird die Erinnerung zum Verräter. Die Farben verlöschen. Die Stadt ist gestorben. Zum zweiten Male. Wir erinnern uns ihrer — ein lastiger Fötus, dem der Atem ausging.

Das ›Ich‹, das die verbotene Stadt und deren Drum und Dran erlebte, verströmt und versickert. Aus den rauchenden Trümmern der eigensten Heimat eine trockene und rationale Schlußfolgerung: wenn ein Sturm ausbricht, sollst du sogleich Profit daraus schlagen, sollst du ihn ausschlachten: unverzüglich beschreiben, unverzüglich verklären. Nur die warm aufgetischten Lügen sind überzeugend und eindrucksvoll. Meine Szene: die Birkenallee, die Silbergasse, die Quellenstraße — ein fälschliches Schwirren. Doch was auch immer kommt, kommen mag, erscheint so mikroskopisch, so nichtig, zumal wenn vom berüchtigten ›glücklichen Zufall‹ die Rede ist. Ein ehemaliger Milliardär, der seine Milliarden vergeudet hat, weigert sich, gleichwohl er am Hungertuch nagt, die wenigen ehrlichen Groschen aufzuklauben, die ihm das Schicksal beschert.

Der ›Literarische Schaffensprozeß‹ ist ein Stück Dreck ex definitione. Mehr noch durch die Elemente, die ihn konstituieren: der Prozeß, der Prozeß, ein Begriff wie die Wegstrecke, die ein hämorrhoidengeplagter Beamter auf seinem täglichen Gang vom Büro nach Hause durchläuft.

Die Literatur: die Würdelosigkeit erhoben zum System, zur einzig gültigen Verhaltensregel. Die mitunter lohnende Kunst, im

Auswurf zu wühlen. Und dennoch: *navigare necesse est,* wie es scheint. Man *muß* schreiben. Um die Einsamkeit, um die anderen zu überlisten. Doch vor allem anderen: Meiner Bestimmung getreu, ohne daß diese das gleiche von sich sagen könnte, muß ich meine Ähnlichkeit mit einem Insekt unterstreichen: Ist es Ihnen etwa entgangen, daß sein Spiel mit dem Schreiben den Menschen einem Insekt am ähnlichsten macht? Die Welt in winzige Bestandteile zerlegen, ein Stück Papier mit kleinen, geschwinden, für unwiederholbar geltenden Zeichen bemalen, das ist jene Haltung, in der sich die wahrhaft abscheuliche Verbrüderung von Mensch und Insekt in ihrer reinsten Form, in all ihrer Schmutzigkeit offenbart. Und diese Haltung, die Bewegungen des menschlichen Hirns während des Schreibens, sind es nicht die eines idealen, fleischigen, feisten, weichen und raumbeherrschenden Insekts, rational und den Idealen gehorchend, die aus der mächtigen Eisenhütte PHYSIOLOGIE hervorgehen?

Der Spiegel

Die letzten vier Nächte sind ein Schacht ohne Wall. Wohin sich wenden?

In Auflösung, Wollust der Auflösung, Boris' Gesicht. Absturz ist es, Absprung: dringliche Heraufkunft des endlichen Kalks, des Kalks der Erlösung, dem Blute im Hirn und den aus dem Körper weisenden Fibern und Wirbeln sich zu vermählen bestimmt.

Die Heraufkunft des festen Kalks, zu bespannen den Gipfel der Umkehr, den Gipfel des kopfstehenden Schachtes, der unser Herz, unser endliches Herz ist. Unsere Leiber rufen das Ende herbei.

Boris' Gesicht ist eine Rennbahn: tausend Gesichter im Wettstreit omnium contra omnes, um eines jeden ›persönlichen Ausdrucks‹, der den der anderen, aller nicht gelten läßt.

Unmöglich in der Stadt zu bleiben, die sich, glitschig und kalt, wie das Haus einer Venusmuschel, ihrem Leben verschließt.

Wird es ihnen möglich sein, sie zu finden, noch im letzten Moment die in Vergessen getauchte Geheimtüre auszuforschen? Die Stadt zu verlassen?

Motto: *Ja vsjo, ja vsjo wam rasskazhu*

W tjomnom rodilsja ja uglu
Die Upanischad, manisch und lebendig...
(Aber kann man sie ›Leben‹ nennen, diese Weise irren Schnaubens, uns vom Schöpfer auferlegt?)

Also stöhne ich unter der Last ewigen ›Aufzählenmüssens‹,
(Den Träumereien sogar fehlt es an Freizügigkeit,
Sie prägen sich ein in die Geleise, die tausendfach eingesenkt
sind in das verschmutzte Gewebe und ›Zeitrinnen‹ benannt von
denen ringsum)
Wenn du ›Geld‹ sagst, meinst du ›Genesis‹;
Wer ›Gewalt‹ sagt, meint ›tausend Jungfernhäutchen‹...

Diese Hinterhofsymmetrie, würfe ich sie auf den Mist
Wie sie es meines Wissens verdiente,
Bliebe ich einsam: oberhalb des Erträglichen.

Doch diesen Rhythmus tilgen bedeutet mehr, als sich selbst ›befreien‹. Es bedeutet die Demontage der Vergewaltigungsmaschinerie.
Wenn die Träumereien selbst nichts als Ketten sind,
Wenn die Säge frommen Aufzählenmüssens ohne Ende in den
warmen Körper dringt.
Im Rhythmus einer alten Leier,
Das Leid, das namenlose, wozu es vor den Fallstricken bewahren, vor dem Netz der Aufzählung?
(Sich ein Universum vorstellen, das ohne Aufzählung bestünde.
Ist das vorstellbar?)
Heute aber wird sich das Leid unweigerlich im Netz der Aufzählung verfangen.
Von mir hat es keine Hilfe zu erwarten. Aug um Aug. Und nun:

Wenn ich oberhalb durchquerter Räume schwebe
(Und diese unmeßbar scheinenden Räume, könnten sie nicht per
Zufall der Mittelpunkt eines geometrischen Ortes, das Innere eines
Flohhirns sein?)
Wenn ich die Vielfalt meiner Vergangenheit sichte,
Weiß ich mir im Kunterbunt der Lande

Nur dieses Eine, das ich (wenn's schon sein muß) Heimat zu nennen bereit sein mag:

Es ist die verbotene Stadt.

Und die verbotene Stadt, war sie es nicht, von der mir seinerzeit träumte,

Dem mageren Kinde, irrend durch fremde Einsamkeiten, saumselig in schläfrigen Gäßchen mit ausgefallenen Namen:

In der Gasse von Silber, der von den Quellen, jener der Kutscher.

Die Stadt ist ein leerer Schacht. Ich bin allein geblieben mit dem unwandelbaren Bild.

Mein früheres Bild ähnelnd dem traumhaften Später, darf man es also *Treue* nennen,

Dieses Gerippe, worüber Gott unaussprechliche Laken gebreitet, die ich — nach dreißigjährigem, demütigendem Alltag — als mein ›Ich‹ auszugeben gewohnt bin.

Ein Schrei bricht sich in der Stadt:

»Ihr alle aber, die ihr nicht ich seid, sollt tot sein, verrecken, vergehen!«

Gott hat mich erhört: ihr seid alle da, aufrecht und unverstorben. Ein Beweis also, daß ihr alle — *ich* seid.

An meine Feinde...

(und ihr seid es alle):

Lebt ewig. Und mir, mir allein gewährt die süße Gnade zu sterben. Gott hat sie dem Menschen in seinem Großen Mitleid verheißen. Er selbst erfährt, wie es scheint, die Unsterblichkeit, die grauenvolle Unsterblichkeit. Der Ärmste...

17. KAPITEL

worin von neuem der Autor zu Wort kommt

Nicht ohne ein Quentchen Ekel fraß ich mich durch Boris' Notizen. Ein Intim-Tagebuch wie das seine ist wie die Schmutzwäsche oder die Wäsche eines Fremden... mit dessen Mana behaftet. Man nimmt sie zwischen zwei Finger und wünscht, sich ihrer baldmög-

lichst entschlagen zu können. Doch eine Art Neugier bleibt wach ...
Nicht etwa, daß sein Manuskript fertig gewesen wäre. Im Gegenteil: die Seiten boten ein ordentliches, sauberes Bild. Die Schrift
ließ ein gewisses Streben nach Eleganz erkennen. Im großen und
ganzen eine hinlänglich gezügelte Schrift, da und dort zu kleinen,
ohne Zweifel gewollten, oder zumindest bewußten Exzessen geneigt.
Buchstaben von mittlerer Größe, darunter freilich ein paar — und
nicht immer die gleichen —, die groteske Formen und Proportionen
annahmen, gemäß der Willkür des Schreibers, der die zog. Suchte
mein Kunde also nach einem ergänzenden Ausdrucksmedium, weil
seine Worte und die Art, wie er mit ihnen verfuhr, für die Ver-
mittlung, für die Fixierung der Botschaft, die er als die seine an-
sah, nicht reichten?

Darf ich es eingestehen? Ich war auf den Schwanz und das Vergleichen, die Einzelheiten aus der verbotenen Stadt und das ›Übrige‹
aus, die übrigens in diesem Wust durchaus nicht überwogen. Zu
viele Fäden, zu viele Motive, aufgegriffen und größtenteils nur
halb verdaut, waren zu einem Bericht verwoben, den ich, bei Gott,
zusammenhängender wünschte. Ohne Gewissensbisse verwerfe ich
daher, was immer nicht unmittelbar auf die Geschichte Bezug
nimmt, die mir Boris in unserer ersten Nacht, in dieser einzigen
Nacht, auflud ... Zum Teufel mit der Parade der ›Seelenzustände‹
eines Gescheiterten. Doch streichen ist leichter als urteilen: Was
stand und was nicht in Beziehung zu der bewußten Geschichte, in
diesem Wortmeer? ... Von seiner conditio humana, zu umfassend
und unbequem, schien sich Boris mitunter in die spezifischere conditio seines Selbst abzusetzen, in die des wunden Menschen, des
Helden seiner Geschichte. War ihm die extreme Sündhaftigkeit
dieses fiktiven, rein geistigen Abstiegs nicht aufgedämmert: ›vom
Allgemeingültigen zum casus particularis‹?

Wie dem auch sei, meine Arbeit ließ sich nicht gerade bequem
an: Die Aufzeichnungen — auch die vom pseudo-lyrischen Ballast
befreiten — boten sich mir als ein rechter Irrgarten dar. Sprach er
von sich, bediente sich Boris bald der ersten, bald wieder der dritten Person. War diese Unschlüssigkeit Ausdruck des dumpfen Verlangens, die eigene Existenz zu objektivieren, eines Verlangens,
charakteristisch für jene, denen ihr Sein entkommt? Als entspräche
das Wort ›objektiv‹ in der Mühle des ›was-ist‹, des ›was-wird‹ und

des ›was vergeht‹ einer Vorspiegelung. Die Sprache der Aufzeichnungen selbst stellte sich als ein Volapük dar, in dem Brocken des Französischen, des Slawischen und anderer mehr nicht immer in gutnachbarlichen Beziehungen standen.

Ich bekenne mich offen zu meiner mangelhaften Vorbereitung für diese Art philologischer Exegese. Die Idole hatten mir einen bösen Streich gespielt. Trotz alledem erlag ich nach und nach der Versuchung, die Trümmer einer Erzählung zu retten, die keine war, fast keine. In ungeheuchelter Demut blieb ich an der Arbeit, lege ich nun deren Früchte vor. Ich greife auf das Manuskript zurück, wenn ich nicht anders kann. Ich fasse zusammen, wo es mir möglich erscheint. Im übrigen aber bin ich vor allem auf Kürzung bedacht. Und wenn ich auf die geringste Dankbarkeit eines einzigen Lesers Anspruch zu haben glaube, dann dürfte dies — dessen bin ich gewiß — auf meine Beschneide-Maßnahmen zurückzuführen sein. Und jetzt:

18. KAPITEL

Während der ›Großen Aktion‹, wie er sie nannte, fand sich Boris also in einem bestimmten Moment innerhalb der Werkstätten Garins. Kraft seiner Verbindungen oder kraft auch des Geldes, das er noch besaß, und vielleicht sogar kraft seines Namens, der die Herren des Hauses beeindruckte, wäre ihm schon vor Monaten eine rettende Planke in den Werkstätten sicher gewesen. Damals hatte er nicht auf seine Muße, auf das, was er seine Freiheit nannte, verzichten mögen. Er hatte Noemi in diesen rettenden Hafen befördert, und diese der Rettung von Menschenleben geweihte Stätte hatte seine Geliebte, die sich — wir dürfen es nicht vergessen — erstmals in ihrem Leben der eisernen Disziplin eines zermürbenden Arbeitstages unterworfen fühlte, wie er uns im ersten Teil seiner Erzählung selbst zu verstehen gab, zu Unmutsäußerungen veranlaßt.

Doch diese Insel der Glückseligkeit hielt nicht, was sie versprochen hatte. Und als sich die Scharen der Werktätigen so recht in der täuschenden Sicherheit sonnten, und als die Vorarbeiter die ihnen unterstehenden kleinen Mädchen dazu anhielten, Lippenrot anzulegen und fröhliche Weisen zu trällern, und als den Alten geboten ward, sich die Haare zu färben und sich in die Wangen zu kneifen, damit die Garinschen Betriebe nicht den Vorwurf der Verwertung *schlechten* Menschenmaterials auf sich lüden, fiel ein Rollkommando Soldaten in die Umfriedung ein. Daß graues Haar und bleiche Wangen ein untrügliches Zeichen moralischen Verfalls, einen unentschuldbaren Verstoß gegen das Lebensprinzip darstellen würden, diese Selbstverständlichkeit anzuerkennen, waren die älteren Arbeiter unter dem Einfluß ihrer Vorgesetzten bereit. Doch die Soldaten unternahmen nichts, um diese Selbstverständlichkeit zu bestätigen: sie entführten, innerhalb von zwanzig Minuten, zweitausend junge Mädchen, darunter ›die schönsten, die reichsten und die verwöhntesten‹.

Die Zurückbleibenden repräsentierten bestenfalls einen Generalstab ohne Truppe. Der messianische Mythus Garins, die Arbeit als Freibrief ins Überleben — das alles war unwiderruflich in sich zusammengestürzt, nicht aber das Vertrauen in die Zauberkraft der gestempelten Fetzen Papier. Der Feldwebel, der die Abteilung anführte, nahm sich einen letzten Scherz mit jenen heraus, deren Leben er noch ein paar Tage lang schonen sollte:

»Es wäre mir niemals eingefallen, Sie Ihres Jungdamenflors zu berauben«, sagte er, »falls die betreffenden Arbeitspapiere den vorschriftsmäßigen grünen Stempel getragen hätten. Aber zu meiner großen Enttäuschung waren sie alle nur mit dem roten Stempel versehen. Sie hätten für Ihre Arbeiterinnen besser vorsorgen müssen.«

Einer der Direktoren riskierte eine Entgegnung. Es war mehr als kühn von ihm.

»Aber, Herr Hauptmann! Der besagte Stempel bestätigt doch ausdrücklich, daß die Inhaberin dieses Ausweises den Schutz der Armee genießt und kriegswichtige Arbeit leistet. Daß sie unantastbar ist...«

Und etwas leiser: — »Sie selbst haben uns mit einer Sondersteuer belegt, ehe Sie diesem Wortlaut zustimmten. Und Sie selbst haben vor einer Woche die Ausweise mit einem roten Stempel versehen...«

Der Feldwebel schien die Verbindlichkeit selbst:

»Sehen wir von Äußerlichkeiten ab. Hören Sie mich an. Es geht hier nicht um Worte. Worte sind doch letzten Endes relativ. Es geht hier um Farben. Ihre Ausweise sind ohne Wert, zumal sie den roten Stempel tragen. Ich will nun die übrigen mit grünen Stempeln ausstatten, und Sie werden sicher sein wie das Kind in der Wiege. Sehen Sie bitte ein Zeichen meines Vertrauens darin, daß ich Ihre Ausweise neuerdings mit einem grünen Stempel ausstatte... Was mich betrifft, so bin ich kein Bürokrat, und wenn ich mich mit dieser Angelegenheit abgebe, dann nur, um Ihnen zu helfen, wie ein Bruder zu helfen. Im übrigen lesen Sie selbst: ›Der Inhaber dieses Ausweises genießt den Schutz der Armee und leistet kriegswichtige Arbeit...‹ Was wollen Sie mehr?«

So beglückt der also Beschiedene war, er ahnte, daß er mit weiteren Fragen die Grenze des Zulässigen überschritt. Die kleine Gruppe, die um ihn herumstand, verlangte nicht mehr, als den Worten des Feldwebels glauben zu dürfen. Sie hießen es gar eine Gotteslästerung, als sich der alte Ingenieur Baral mit noch einer Frage vorwagte:

»Ich frage mich bloß, warum man die Ausweise der jungen Mädchen, die eben erst von uns gingen, nicht grün gestempelt hatte?«

Es gab keinen Zweifel, der Feldwebel besaß die Geduld eines Engels:

»Sehen Sie, Baral, wir konnten doch gestern nicht wissen, daß der grüne Stempel der einzig rechte sein würde. Das ist eine neue Verordnung. Bis gestern hatten auch die roten Geltung, ja mehr noch: sie waren die *einzig* gültigen. Ich bin kein Prophet. Wohlgemerkt: die Behörden sind in ihrem Recht. Sie mußten doch danach trachten, dieses Farbenspektrum zu vereinheitlichen. So ein Regenbogen ist doch — unter uns gesagt — nicht ernst zu nehmen. Was die Mädchen angeht, bin ich zutiefst erschüttert; Sie dürfen mir glauben: ich kann nichts dafür. Was hingegen die grüne Farbe betrifft... so geben Sie zu, daß es ein guter Einfall war...«

»Ich sagte es schon«, wandte er sich an die Allgemeinheit, die an seinen Lippen hing, »ich sagte es schon: der grüne Stempel befreit sie von aller Furcht und garantiert Ihnen allen ein methusalemisches Alter, vorausgesetzt, daß Sie in Ihrem Bereich niemanden dulden, der nicht den Werkstätten angehört, denen ich das Privileg, ja, das Privileg der grünen Farbe eingeräumt habe. Die Stadt nimmt die Polizei voll in Anspruch, und es geht nicht an, daß Sie diese Stätte, die nur der ernsthaften Arbeit und deren Dienern zum Schutze gereicht, in ein Asyl für Vagabunden verwandeln. Danken Sie mir nicht... Ich verlasse mich auf Sie, meine Herren, und viel Spaß.«

»Der Allmächtige, gelobt sei Sein Name, hat sich unserem Volk gegenüber noch nie als ein ehrlicher Spieler erwiesen«, murmelt Baral, bislang Personalchef des Hauses Garin, indem er sich fragt, ob sein hohes Amt mit dem hinfort endgültigen Schwund obigen Personals vereinbar sein wird.

Unterdessen geschah es, daß Boris — bei Einbruch der Nacht — an das Portal der Werkstätten pochte. Er wußte sehr wohl um das Unheil, das über diese gekommen war. Er hatte es lange vorausgeahnt. Ehedem mit dem Fluch der Lästerung, der Schwarzmalerei belegt, hatte er niemals sein Mißtrauen gegenüber der Heilsmission verhehlen können, deren sich Garin unterfing. Selbst das Unmaß an Hoffnung, das der Großteil der Seinen mit dem Bestand der Werkstätten verknüpfte, die Unsummen, mit denen die Väter der jungen Mädchen ihre Brut in die Lage versetzten, hinter Nähmaschinen zu schuften, all das entsprach in den Augen Boris' nur einer Vielfalt von Hinweisen auf die unverrückbare Bestimmung dieser Insel der Sicherheit. Sind einmal gewisse Kategorien von Menschen dem Tode geweiht, sehen sie in dem unmittelbar vom Untergang Bedrohten das sicherste Unterpfand ihrer Hoffnung. Wen Gott zum Ertrinken verurteilt, dem wird kein Halt außer dem auf verfaulender Planke. Also folgerte Boris.

Sobald er an das Portal der Werkstätten pochte, war er sich wohl bewußt, daß seine einstmaligen Vorahnungen keineswegs dazu dienen würden, ihm die Herzen der Überlebenden zu erschließen. Er gehorchte zwei Imperativen: Noemi wiederzusehen, die, wie er im Laufe des Tages erfahren hatte, dem Massaker entgangen war, und einen Platz zum Schlafen zu finden.

Noemi wurde durch Boris' Wiederkunft nicht in Erstaunen versetzt. Das Stadium ihrer Beziehungen machte es ihr ganz und gar unmöglich, seine Unsterblichkeit anzuzweifeln. Solange Mauern um sie waren und es eine Sonne gab und einen Mond, konnte auch Boris nicht ausbleiben. Das verstand sich von selbst. Boris' Tod war für Noemi ebenso unvorstellbar wie ein Dreieck mit vier Ecken.

Boris berichtet, daß sich die Verantwortlichen des Hauses Garin, um seiner Anwesenheit zu wehren, auf das Verbot des Feldwebels berufen und zu bedenken gegeben hätten, daß ein den Werkstätten Fremder, dem überdies kein grüner Stempel den Schutz der Armee verhieß, bloß neues Unheil heraufbeschwören würde. Die große Razzia im eigenen Hause hatte die Überlebenden nicht zur Gänze ihres Gefühls der Sicherheit beraubt. Bestärkt durch die ihnen jüngst verliehenen grünen Stempel, suchten die Direktoren vor sich selbst zu beweisen, daß sie nichts zu befürchten hätten: War das Gemäuer, das ihr Gebäude einschloß, nicht von Bestand, und war ihnen nicht die Macht gegeben, Boris an dessen Betreten zu hindern?

Zu guter Letzt erkaufte sich Boris das Recht auf Einlaß, indem er sich bei den Direktoren mit Nachrichten aus der Stadt einstellte, von der sie seit Mittag so gut wie abgeschnitten gewesen waren. Sobald ihnen Boris in allen Einzelheiten den Tod ihres Chefs geschildert hatte, wie er vor seinen Augen ohne viel Aufhebens füsiliert worden war, kam es den Direktoren nicht mehr in den Sinn, den Überbringer einer so wichtigen Botschaft auf und davon zu jagen. Boris erwarb sich das Bürgerrecht in den leeren Werkstätten, indem er diese Mission eines Boten erfüllte.

Neuerdings sah er die bläulichen Fliegen das schmale purpurne Rinnsal umschwirren, welches der Schläfe des vor dem Rathaus aufs Pflaster gestreckten Garin entwich. Erstmals dachte er mit Sympathie an Garin, an jenen Garin, der zeit seines Lebens an keinem Felsen vorbeikam, ohne den Quell zu schauen, den Moses daraus geschlagen hätte.

War es so unverzeihlich, daß er sich selbst einen Augenblick lang für Moses hielt? Er hatte die Ströme geschaut, die endlosen Flüsse, die ein Moses aus diesem toten Gestein zu schlagen imstande gewesen wäre. ›Imstande gewesen wäre‹, nicht ›war‹. Denn, das ›zu spät‹, mein teurer Garin, könnte es nicht die in Wahrheit einzig mögliche Tröstung, den letzten Sinn des Lebens bedeuten? Zu wissen, daß man den Zug, das Leben, ja selbst den Tod verpaßte — ist das nicht Grund genug, von aller Bitternis frei, mit allem Gleis eins zu werden?

Nichts als Seufzen erfüllte fortan die Werkstättenhallen, und schlagartig stiegen vom Herzensgrunde und kläglich die Totengebete auf.

Über jene Nacht weiß Boris noch zwei kleine Geschichten. Hier die erste:

Wie schon gesagt, gehörten vor allen anderen die Begüterten, Einflußreichen und Schlauen dem Personalstand des Hauses Garin an. Nathan Litovski, pausbäckig, dickwanstig, breitschultrig, als prosperierender Handwerker Herr über Laden und eigene Werkstatt, die beide florierten, hatte sich samt seiner Frau, seinen Kindern und vier seiner Gesellen dienstverpflichten lassen. Er hatte Blut geschwitzt, um sich in den Besitz solcher Fülle von Garinschen Arbeitszertifikaten zu setzen, aber der Gute hatte für dieses Mal den Knicker in sich bezwungen. Er hatte sich ausgerechnet, daß es um Tod oder Leben ging, und war somit willens gewesen, den geforderten Zoll zu entrichten. Am Tage der Heimsuchung blieben Litovski und die ihm anhingen auf eine nahezu wunderbare Weise verschont: Frau und Kinder pferchte er in eine kleine Höhle, deren Eingang die das Haus durchkämmenden Soldaten nicht bemerkten. Seine Gehilfen hieß er die erstbeste Leiter erklettern, um einen Leitungsdefekt zu beheben, der gar nicht bestand ... Der Feind gab vor, die Arbeit zu respektieren. Das traf nur teilweise zu. Er zerstörte die Früchte der Arbeit von Generationen. Er brachte die Arbeiter um. Die Arbeit selbst aber, war sie auch illusorisch, veranlaßte die Soldaten häufig genug zu einer Geste des Zögerns, ja des Zurückweichens. Aus diesem oder auch einem anderen Grunde blieben Litovski und die Seinen verschont.

Sahen Litovskis füllige Gattin, seine Kinder und seine Gesellen in ihm fortan nicht nur den beispielgebenden Gatten und Vater, ihren alleinigen und gerechten Herrn, sondern darüber hinaus den ihnen von der Vorsehung Gesandten, den Retter?

Auf den bloßen Boden gestreckt, unter sich nur ein paar alte Lumpen, in seiner Schulterbeuge Noemis Kopf, sah Boris, wie die gesamten Litovskis für eine ruhige Nacht rüsteten. Der Meister geruhte zu schweigen. Die Gehilfen besprachen für sich und verstohlen die Tagesgeschehnisse. Frau Litovski wagte es nicht, ihren Herrn in seinem Schweigen zu stören. Sie genoß seine Größe, die im Heiligenschein des wundertätigen Mittags erstrahlte. Zugleich erlebte sie wie alle anderen die Trauer, die über Garins Werkstätten hing. Gleich einer Wanze in den Falten einer rotsamtenen Prunkdecke hatte die Gute dereinst, als eine respektable und angesehene Bürgerin, in der Geborgenheit ihrer Familie genistet. Sie und die Ordnung, die unverrückbare Ordnung der Dinge, waren schlechthin eins gewesen. Ihre Seele reflektierte die Würde einer mittelalterlichen Gilde. Wohin aber waren die Rotsamtenheit und der Versammlungssaal der Zünfte entschwunden? Frau Litovski verdaut diesen grausamen Wandel, sie selbst aber gibt nicht auf. Sie sagt sich: Wer sich nicht anfreundet mit der Vergängnis, wer sie verneint und nicht wahrhaben will, wer der Ordnung die Treue bewahrt, der ist seinerseits unvergänglich.

Die Werkstätten des Hauses Garin, am Mittag zuvor noch von Tausenden von Stimmen, vom Lärm der Maschinen widerhallend, standen leer und still. Diese Leere war wie ein flüssiger Halo, wie Dampf, der die Lungen zerreißt. Frau Litovski litt das Schweigen nicht länger. Hinter dem Schleier der ihre Backen heiß überströmenden Tränen sprach sie folgende erhabenen Worte zu den Lehrlingen:

»Und all dies, all das Grauen, es geschah euretwegen, ihr Taugenichtse! Es kam, weil ihr eurem Meister niemals gehorchtet! Wärt ihr gehorsam gewesen, hätte all dies, all dieses Menschenelend niemals Wirklichkeit werden können...«

Litovski sagte kein Wort. Sein Schweigen aber war Zustimmung. Seine Frau, stand sie auch tief unter ihm, sie hatte wahr gesprochen. Nichts von alledem wäre passiert, hätte die Welt sich gezügelt, hätte sie sich der Weisheit eines strengen aber gerechten Dienstherrn, eines rechtschaffenen Meisters in seinem Fache gebeugt.

Boris hatte nicht an sich gehalten. Er hatte lachen müssen.

Später, um die vierte Morgenstunde, führte man auch die Litovskis ab, und mit ihnen ging ein Teil des Direktionspersonals.

Boris und Noemi überlebten. Wie? Boris verschweigt es. Doch ist er Zeuge eines Vorfalls gewesen, den er in großen Zügen beschreibt und den nicht zu erwähnen ich nicht vermöchte.

Nach der Razzia am Mittag erreichten an die vierzig Kinder die Umfriedung der Werkstätten. Sie waren betriebsfremd. Keines von ihnen war älter als zwölf. Knaben und Mädchen, standen sie in der Obhut von drei Frauen, an deren Händen sie in einen weiten Saal unter der Erde gelangten.

Wie hatte sich diese kleine Gemeinde in Garins Heilige Hallen einschmuggeln können? — Ein paar gute Seelen hatten verstanden, aus dem jüngsten Unheil Profit zu schlagen. Da das Haus Garin nun einmal, ehe man sich dessen versehen hatte, auf den Kopf gestellt worden war, galt es als recht unwahrscheinlich, daß die Soldaten wiederkämen. Nach dem empfindlichen Aderlaß waren die Werkstätten wieder das geworden, was sie am besten immer geblieben wären, die Arche Noah der Stadt. Trug sich der Feldwebel mit der Absicht, wiederzukehren, warum verbat er sich dann, daß man die Unwürdigen ohne den einzig gültigen grünen Stempel einließ?... Das waren wahrscheinlich die Überlegungen, die in den Köpfen der überlebenden Direktoren spuken mochten. — Und wenn dem so war, warum dann nicht das Verbot und die Sicherheit an ein paar Reiche verkaufen, die nach einem Dach für ihre gefährdete Nachkommenschaft Ausschau hielten?

Inmitten des Sturms, von den einen entfacht und von den anderen erahnt, war so mancher Familienvater einer Spielernatur zu vergleichen, die sichs verbat, auf eine einzige Karte zu setzen. Man verteilte die Seinen gleich auf einige mehr oder weniger sichere Schlupfwinkel. Man sagte sich: Komme ich selbst um, mag mich mein Sohn überleben. Oder es wird meine Tochter sein, oder mein alter Vater. Man war nicht bereit, sich mit dem Untergang der ganzen Familie abzufinden, schloß er doch jegliche Hoffnung auf eine Vergeltung aus. Nicht auszudenken, daß keiner zurückbleibt, für mich die Totenklage anzustimmen, wenn ich gestorben bin!... Was die präsumptive Vergeltung betraf, schuf man sich gewisse vertragliche Sicherheiten: Es oblag den Zurückbleibenden sich zu erinnern, dafür zu sorgen, daß nichts dem Vergessen anheimfiel. Und ist es nicht gleich, wer die Last trägt: ich oder mein Bruder?

In Wirklichkeit hing solchen Gedanken nur eine unbedeutende Minderheit an, und eine noch kümmerlichere Handvoll gebot über die Mittel, die es erlaubten, aus solcherart Überlegungen taktische Schlüsse zu ziehen. Die als sicher geltenden Orte waren nicht gerade die Fülle und konnten nur einer äußerst begrenzten Anzahl von Menschen Schutz bieten. So verhielt es sich auch mit den Verstecken im umfriedeten Inneren des Hauses Garin.

Ungeachtet der Dicke der Mauern wurde den Gören Stillschweigen auferlegt. Ihre drei Hüterinnen waren mit außerordentlichen und eindeutigen Vollmachten ausgestattet: wurde die ganze Gruppe durch einen Aufschrei oder durch ein Geräusch gefährdet, war der Schuldige ohne viel Aufhebens zu erwürgen.

Wie war Boris diesem improvisierten Kindergarten auf die Spur gekommen? Er beläßt es bei einer Anspielung auf eine nächtliche Eskapade in die Katakomben des Hauses Garin, eine Eskapade, in die er aus einer Auseinandersetzung floh.

Jedenfalls fand er sich gegen drei Uhr am Morgen in einem großen Raum wieder, dessen säuerliche und atembeklemmende Atmosphäre zu einer autonomen und feindseligen Einheit verdichtet erschien. Die wenigen Gören, die aufgeblieben waren, verursachten einen Spektakel, der nichts Gutes ahnen ließ. Eine kleine Bucklige von acht Jahren, Tochter des unternehmendsten Müllers in der Provinz, die noch kurz zuvor alle Schmach und alle Liebe einer begüterten, einflußreichen Familie auf sich vereinigt hatte (»wie es heißt, soll ein Schweizer Professor ein Mittel gegen die Buckelbildung bei Kindern entwickelt haben«), nahm Boris für sich in Beschlag:»Onkelchen, wenn die Leichen wiederauferstehen, wie es in unseren heiligen Büchern geschrieben steht, werde ich dann keinen krummen Rücken mehr haben?«... Verlassene Puppen, ein Paar kleiner Schuhe, ein Bär aus braunem, seidigem Plüsch, nichts, was dem lyrischen Charakter dieses Augenblicks zugutekam, fehlte, versichert Boris, der sich, wie er sagt, lange nicht schlüssig war, wie er die dringliche Frage der Kleinen beantworten sollte.

Yaakov ist also schon zehn? staunte Boris angesichts eines lebhaften Augenpaares in einem mageren, von einem blonden Haarschopf gekrönten Gesicht... Zwei Jahre zuvor war derselbe Yaakov in einem öffentlichen Park vor dem Standbild Lomonossows an Boris herangetreten.

»Dieser Bursche hier. Wer ist das?« hatte Yaakov zu wissen begehrt.

»Ein Weiser. Ein Dichter. Ein Philosoph.«

»Und was ist ein Philosoph?«

»Ein Mensch, der sich über das Denken Gedanken macht«, erklärte Boris nach einigem Zögern.

»Hat man ihm darum ein Standbild errichtet?«

»Aber sicher, nur wenige taten dergleichen...«

»Das dürfte nicht sein! Ein jeder sollte sich diese Gedanken machen. Wer es nicht täte, wie könnte er *sein*?«

Dieses Gespräch hatte sich tief in Boris' Erinnerung eingegraben. Wie unsinnig ist doch die Liebe, die wir ›Erwachsenen‹ unseres Volkes den Bonmots seiner Kinder entgegenbringen?!

Nun aber drängte ihn eine von den drei Frauen, die eine wahre Flut von Passierscheinen, Personal- und Arbeitsausweisen über ihn ergoß, ihr zu bestätigen und es für alle hörbar zu verkünden, wie es doch heroisch sei, daß sie bei diesen Kindern ausharre, obwohl sie doch ganz offenkundig kraft ihrer vorschriftsmäßigen Papiere vor jeglicher Verfolgung auf Erden sicher wäre... Nicht wahr, mein Herr, ich könnte jetzt ruhig schlafen, in völliger Ruhe in meinem Bett, doch was täte man nicht alles um dieser armen Kleinchen willen?...

Die Zweite hatte eine Kollektion parat, die sich nicht minder sehen lassen konnte, um ihrerseits den Altruismus ihres Opfers auszuweisen, was ihre Nachbarin bezweifelte. — »Und wo hat meine gute Helene den Stempel des Komitees zur Insektenvertilgung? Mein Mann hat dafür teuer bezahlt, er hat sich ihn zehntausend Rubel kosten lassen. Es war ihm nichts zu kostspielig. Und ich war außer Gefahr. Und unsere gute Helene kann von Glück reden, daß man sie dazu auserkor, auf diese Kleinen aufzupassen. Sehen Sie doch hier, mein Herr, sie hat den Stempel nicht, auf *den* es ankommt!«

Die dritte Frau, weit über vierzig, mit prächtigen, sorgsam gekämmten roten Haaren, bewahrte, ihrer selbst sicher, eine überlegene Ruhe und eine stille Schönheit, erinnert sich Boris.

Er zögerte mit seinem Urteil des Paris: Wessen Papiere galten mehr? Erfüllten die ersteren (oder nur eine von ihnen) eine erhabene Pflicht, oder versuchten sie bloß ihre Haut zu retten? Stand es ihm zu, sie darüber aufzuklären, daß dieser Wertmaßstab, der letzte, an dem sie zu hängen schienen, auf Erden keine Entsprechung mehr fände?

In diesem Augenblick geschah es, daß die dritte, ein wenig schwer und lastig auf den Beinen, eine der Gören zu liebkosen begann, die jählings aus dem Schlaf geschreckt war. Sie nahm sie fest in ihre weiten, starken Arme und sang ihr ein Lied vor. Das Lied von einem alten Müller, der seine Mühle lassen mußte. In jener Wassermühle zog er seine Kinder groß, die ihren Vater, kaum daß sie flügge waren, allein ließen, um in die Stadt zu ziehen. Dort starb ihm seine Frau. Drehe dein hölzern Rad, summte das Wasser. In jener Mühle ließ er seine Jugend, seine Kraft und seine Träume hinter sich. Drehe dein hölzern Rad... Nun aber ist er alt und schwach und taugt nicht mehr zur Arbeit. Der neue Eigentümer kennt kein Erbarmen und jagt den Greis davon, der seine endlose Wanderung über die Landstraßen antritt... Summte das Wasser.

Es war ein blondes, blasses Kind. Die Silhouette seines mageren Körpers ließ sich im Zwielicht fast nicht ausnehmen. Sein sanftes Schluchzen wollte nicht verstummen, gleichwohl es immer sanfter wurde, und Boris fragte sich, ob diese heißen Tränen dem alten Müller oder gänzlich anderen Dingen galten... Andere Dinge, andere Dinge, zwei Worte widerhallend in seinem Hirn, allmählich in Bedeutungslosigkeit versinkend. Die Müdigkeit war wie ein Bad, wie eine Flüssigkeit, die sein gesamtes Sein durchdrang.

Auf solche Weise weinend, die zarten Glieder wie in vorbestimmter Harmonie schwach regend, schien dieses kleine Mädchen einem Ritus zu genügen, der an den Anbeginn der Zeiten rührte.

Ägyptische Statuetten, ein banaler Vergleich, entstiegen Boris' müdem Kopf. Um sich am Einschlafen zu hindern, griff er mechanisch nach dem kleinen Mädchen und nahm es seiner Hüterin ab.

War's Mattheit oder Zärtlichkeit? – ein Schauer überlief ihn, sobald er die unsagbar glatte Haut des Kindes fühlte.

Und als ihm unausbleiblich der Gedanke kam — und dieses blonde Eichkätzchen, und dieses Eichkätzchen muß auch hindurch? — vernahm er von weit her den Rhythmus ihrer Schritte.

Die Soldaten — es waren ihrer nur vier — kamen nicht von den Werkstätten her, wahrscheinlich aber aus einem der seitlichen Abflußkanäle. Sie hatten gar nicht damit gerechnet, daß die Werkstätten zu dem eben erst aufgespürten Versteck in irgendeiner Verbindung stehen könnten. Sie hatten, um es offen herauszusagen, ihr Tagespensum erfüllt gehabt. Die Sondierung des Abflußsystems hatten sie auf gut Glück, um sicher zu gehen, unternommen. Sie wirkten erschöpft, ihrer selbst nicht ganz sicher. Drei solide Familienväter, ein triefäugiger, abgemergelter Gefreiter, der schwitzte. Sekundenlang spannte sich Schweigen — schwirrte ein Seil. An Boris wird eine trockene, aber korrekte Frage gestellt: »Ihre Papiere?«

Kein Dokument, das etwas ›gälte‹, in seinen Taschen. Kein Aus-

weis, der ihm den Schutz der Armee oder der Polizei verhieß...
Nichts als ein alter Reisepaß aus der Zeit vor der Flut, der es seinem Inhaber noch vor wenigen Jahren erlaubte, sich namens eines
nicht mehr bestehenden Staates in das inzwischen besetzte Aus-
land zu begeben. Ein Fossil, museumsreif, grotesk, der Zeiten spot-
tend, ausgebleicht und zerknittert. Ohne Beziehung zu den Regeln
des Spieles, dem die Geschichte frönte. Ein Tropfen Petroleum in
einer Kanne voll Milch.
»Geboren am 4. Mai 19...?«
»In Krasnoje?...«
»Der Name des Vaters?«
Die Augen des Unteroffiziers blieben kalt. Nach Ablauf eines
Augenblicks: »Danke. Das genügt. Sie sind in Ordnung.« Mit
einem Anflug von Bedauern: »Wenn jedermann in dieser gotts-
elendiglichen Stadt seine Papiere so beisammen hätte, wäre die
Arbeit für uns ein Vergnügen... Sie sind frei...«
»Was diese Damen und die Kinder angeht...«
Das kleine Mädchen nach wie vor in seinen Armen bergend, warf
Boris einen schrägen Blick auf Yaakov. Der Junge lehnte aufrecht
an der Mauer, die schwarzen Augen auf den Unteroffizier gehef-
tet. Eine Art stummer Erwartung war in diesem Blick.
An ihm, an Yaakovs Augen würde dieser Augenblick wie eine
Sparbüchse zerschellen. Durch sie würde dies Warten in seinen
Ursprung stürzen — einen Sekundenbruchteil lang nimmt der Gedanke Boris' Hirn gefangen.
Indes die beiden Frauen dem Korporal ihre untadeligen Passier-
scheine unter die Nase hielten, fing dessen Blick endlich den Yaakovs auf, um darin die von Hohn und Haß diktierte Forderung zu
entziffern. Die Kunst des Hassens ist den Kindern vorbehalten,
dachte Boris. Von neuem herrschte Schweigen. Dann riß der Junge
seinen Mund weit auf und zeigte dem Gefreiten seine lange Zunge,
eine lange, rote, breite Zunge, gleich einem unendlichen Gang,
belegt mit purpurfarbenen Läufern, zu wirklich, zu erschreckend
wirklich in diesem Dekor, das keines war. Das also ist der Weg, den
dieser Augenblick einschlägt, um sich zu verwirklichen: die Zunge
eines Kindes, dachte Boris, während er deutlich hörte, wie der Gefreite mit Bedacht die fast teilnahmslosen Worte prägte: »Wie ist
doch dieser Junge schlecht erzogen!«

Boris sieht davon ab, das Gemetzel im einzelnen zu beschreiben. Die drei Gemeinen hielten den unbotmäßigen Knaben fest, dem der Gefreite mit einem für diesen Zweck zu großen Bajonett die Zunge herausschnitt. Es gab Blut, viel Blut, mehr als — nach der Schätzung Boris' — Yaakovs ganzer Körper enthielt. Die Kindergruppe verharrte in völliger Reglosigkeit, und aus ihrer Mitte drang nicht der mindeste Laut...

Die Kleine, die Boris in seinen Armen gehalten hatte, war die nächste an der Reihe. — »Hat die aber schöne Augen«, meinte einer von den Soldaten, »sind wie Brillanten.« Gerade das Rechte für einen Ring. Boris hatte sein stummes Gebet, so heftig, als stieße er sich an der Wand, nicht beendet, als der Triefäugige auch schon daranging, der Kleinen die Augen herauszuschälen, mittels des Öffners, mit dem er normalerweise seinen Konserven zu Leibe rückte. Er gab die Augen an Boris weiter, der sie in seine hohle Hand aufnahm, indem er dachte: Ein Augenpaar, ein schließlich und endlich recht nützlicher Gegenstand, zu diffizil, als daß die Nachahmung jemals gelänge. Nur der Allmächtige in Seiner Herrlichkeit und Seiner Großmut ist solcher Verschwendung fähig!

Es sickerte. Troff. Schrille Schreie füllten den Raum aus, wie ebensoviele weidwunde Tierchen. Es röchelte, schwoll zu monströsem und zwittrigem Lärm an, tönte abwegig. Sinne und Häute wurden gerissen. Geometrische Figuren, alle Geometrien in Wahnsinn getaucht, wie in ein heißes Bad. Irgend jemand sagt: »Die Geometrie beweist uns unwiderleglich, daß Gott wahnsinnig, reif fürs Irrenhaus ist...« Der Bauch des Universums, der Bauch des Seins stand offen, und sein nichtendenwollendes Gedärm ergoß sich in den Raum. Die Dimensionen, die Kategorien des Bewußtseins, die Zeit, der Raum, der Schmerz und die Leere, die Astronomien, sich maskierend, sich befehdend, Hochzeit feiernd, Umritt haltend, und das Fleisch der Träume sitzend auf dem Throne Gottes, der in Seinem eigenen Auswurf ohnmächtig auf dem Boden lag.

Die stille Frau, die als die Einzige von allem Anfang an dem Zauber amtlicher Papiere nicht getraut zu haben schien, man warf sie zu Boden und pfählte sie. Die gewaltige Masse der Schändung, eine Blume, aller Farben mächtig und exotisch, brach auf in den Raum. Das Nennbare trat bescheiden zurück, ergraute und unterwarf sich demütig der Vernunft, neben dem Unnennbaren. Die Masse der Schändung verströmte zwischen die aufgespreizten Beine der Frau, ohne daß sie einen Ton von sich gab. Es war Pantomime. Statuenschändung — dachte Boris, als ihn der freundliche Gefreite zur Teilnahme an dieser öffentlichen Lustbarkeit lud. Boris verschweigt, ob er der Einladung folgte. Einen Augenblick lang vermeinte er aus der Stimme des wohlwollenden Gefreiten etwas wie eine versteckte Drohung zu hören. Als wollte einer sagen: der Herr geruhen, sich der Teilnahme an diesem volkstümlichen männlichen Zeitvertreib zu entschlagen. Das könnte den Herrn teuer zu stehen kommen.

Granaten, von draußen geworfen. Kinderstimmen, die Nacht erfüllend, mit Ächzen und Stöhnen. Eine Katze, der man eine Pfote ausriß.

Es waren zwei Stunden vergangen, als Boris zurückfand zum selben Ort, begleitet von einer spritzenbewehrten Schwester. Einige verstümmelte Kleinen hatten noch nicht ausgelitten. Die Schwester teilte den Tod an sie aus, wie Stücke von Honigbrot, das mit Schatten gefüllt ist. Denn es gibt sie, die Kuchen mit Schatten gefüllt, versichert uns Boris. Auch verglich er die Schwester dem Gärtner, der die Bestimmung der Blumen und die der Sonne erfüllt, indem er sie pflückt.

ZWEITER TEIL

DIE REISE

19. KAPITEL

Der Zug gleitet unmerklich dahin wie die Zeit. Ringsum reckt sich die Nacht. Diese Flucht, die wir ergriffen haben, ist sie zu schwer? Auf unseren Schultern aber, zu unseren Füßen, nur sie, diese Flucht, wechselbalgichte Heimat für jene, die ihres festen Bodens beraubt sind. Mein Blondhaar entmutigt die Augen der Geier. An unserer Seite schläft, raumfüllend wie die Welt, die Polente. Und Noemis Kopf hat unvermeidlich in meine Schulterbeuge gefunden.

Ein lautloser Abtrieb, doch wo ist der Rest der Herde geblieben?... Die Dimensionen und Kategorien befehden einander, in uns drin wie im Draußen. Wir graben uns ein in unsere Flucht, die fortschreitet und läuft, gekleidet in diesen alten, keuchenden Zug.

Die Dicke uns gegenüber schnarchend, den gehamsterten Speck in den Falten des weiten Rockes verstaut, wird sie in aller Morgenfrühe, kaum daß sie wach ist, die Behendigkeit ihrer guten Geschäfte gegen ein reines Gewissen eintauschen wollen? Wird ihr Gewissen sie unweigerlich an das Werk der Befreiung gemahnen: unser Blut aus der Fron unserer Adern zu lösen.

Die Stadt verlassend, hatten wir unsererseits den Tod ihres Lebens sowie das Leben ihres Todes beschleunigt, kristallisiert. Selbst der Zug, der unsere Flucht augenblicklich beherbergt, ist noch ein dünner Strom von dem Blut, das aus unserem alten Weiler sickert. Es hat nicht viel zu besagen, daß sich das Blut der anderen unmittelbar in die Erde verströmt, indes das unsere fortfährt, an die Wände unserer krampfigen Gefäße zu pochen.

Und wenn es nicht die Dicke ist, vielleicht hat der kleine Junge, ehe er einschlief, seinem Vater Worte ins Ohr geflüstert, die sich zum Text unseres Todesurteils fügen?

Um fünf Uhr morgens, in Niegorieloje, müssen wir umsteigen. Der Oktober ist kalt. Er schließt den Winter auf — die Lade voll grauer und feindseliger Dinge. Der kleine, verschlafene Bahnhof

hat kaum zu gähnen begonnen. Ein Windstoß von nirgendwo strei-
chelt die Strohhalme auf den geschwärzten Planken. Irgendwer
pfeift in der Ferne ein Partisanenlied. Die Partisanen trachten uns
nach dem Leben, wie auch jene, die sie bekämpfen, uns nach dem
Leben trachten.

Im Verlaufe von ein paar Sekunden, an einen Koffer gelehnt
und in den finstersten Winkel gekauert, hatte ich einen Traum:
vor meinen Augen war eine rote Flamme, hochaufragend und
schmalbrüstig. Der Wind oder auch etwas anderes (doch welches
Andere? Etwa eine organische Kraft?) machte sie schwanken, ge-
mächlich bald dahin, bald dorthin. Nach dem Belieben des Windes
(geben wir zu, daß es der Wind sei) züngelt die Flamme im Kreis,
als deute sie alle vier Himmelsrichtungen an. Liebkosend die
schwarze und scheue Erde. Eine Stimme ist zu vernehmen: Boris,
he Boris! Hängen Sie sich an die Spitze der Flamme. Halten Sie
fest an ihr und schwingen Sie mit ihr, aus ganzer Kraft.

Ich erwache starr vor Schrecken: Denn ich heiße nicht mehr Boris. Diesen Namen, der in seiner biblischen Fassung (kaum ein
paar Buchstaben zu vertauschen) ›gesegnet‹ heißt, ich habe ihn ab-
gelegt. Ebenso meinen Familiennamen, der mir in manchen Ländern Türen und Tore erschlossen hätte. Und nicht wenige andere
Dinge — sagen wir alle — ausgenommen das Zeichen des Bundes,
in meinen Körper geritzt, das mir den baldigen Tod oder die läh-
mende ewige Angst in Aussicht stellt. Mein Name ist Yuri Goletz.
Ich habe nun endlich einen ehrbaren Beruf angenommen: den
eines Knechts auf einem Bauernhof. Meine Lebensgeschichte, ich
wiederhole sie mir im Geiste, so wie den Katechismus einer Religion, die vor zwanzig Jahrhunderten aus der meinen hervorging.

Knecht bei einem Bauern, genau, aber doch kaum ein Knecht
wie die anderen. Dieser Betrug wäre ja dem erstbesten, der mir
über den Weg lief, ins Auge gesprungen. Die zu langen Finger an
meinen Händen, konnte ich sie mir denn abhacken oder mit Ruß
schwärzen ihre verzweifelt weiß schimmernde Haut? Oder dem
Klang meiner Stimme gewisse Töne entflechten, die — beileibe
nicht — die eines Kerls ist, der gewohnt ist, die Herden in weite
und grüne Räume zu treiben.

So mußte denn der von mir aus dem Nichts geschaffene Goletz
bestimmten Wechselfällen des Schicksals ausgesetzt worden sein,

die sein augenblickliches Äußere rechtfertigen mochten. Nachdem er, ein Sohn armer Bauern, zu lesen und schreiben gelernt hatte, offenbarte sich ihm, mit sechzehn, die Welt der Bücher. Diese Gier nach Wissen entzog seinen Wangen deren natürliches Rot, zeichnete ihn mit diesem gelblichen Teint. Und nicht zuletzt gelangte er so auf den ruhmreichen, den einzigen gültigen Weg, den des kämpferischen Nationalismus.

Ich hatte auf die Art ein Volk, das sich seit dreißig Jahrhunderten auserwählt dünkte, gegen ein Volk ausgetauscht, das einen vergleichsweisen Dünkel erst seit dreißig Jahren nährte. Eines wie das andere, hatten sie ihr Leid geformt, behauen und herausgemeißelt, ein Leid, das unermeßlicher und reicher war als das den Völkern ihrer Umgebung auferlegte. In einem unterschiedlichen Grade hatte ich mich für die Geschicke beider erwärmt. Das letztere aber, mit seiner Kosakenvergangenheit, das Leben der Steppe in seinem Blut, die Melancholie seiner Lieder im Herzen und in verzauberten Landen zu Hause... stand im Begriffe, sich dem von den Okkupanten in Szene gesetzten Vernichtungswerk an den Meinen einzugliedern. Die Maskerade, deren ich mich unterfing, hatte auf diese Weise einen sonderbaren Beigeschmack: vom Sklaven, der unmittelbar von der Verbrennung bedroht war, mauserte ich mich zum Sklaven, der den Veranstaltern des Verbrennungsgeschäftes Hilfe und Rechtfertigung angedeihen ließ.

Der Körper Noemis an meiner Seite wurde sanft von der Kälte gebeutelt: »Ich habe Hunger. Gib mir ein Stück Schokolade...« Ich reiche ihr eine Flasche mit Wodka.

Ein bescheidener Aufzug von fünf Uniformen dringt in die Enge unseres Wartesaals ein. Sie tragen Laternen, die leuchten. Ihr Anführer, den ein winziger, schwarzer Schnurrbart ziert, läßt sein gelbes Lächeln auf den Gesichtern der kaum erwachten Menge weiden. Männer und Frauen sind auf die Bänke, ja selbst auf den Boden gebettet. Sie regen sich formlos, weißlichen Würmern gleich, und der Wartesaal gemahnt an das Innere einer Blutwurst, des legendären Lieblingsgerichts dieses stumpfen und durchtriebenen Bauernstammes. Von weit her wird das Keuchen der Züge vernehmbar. Mir ist, als kröchen sie über meine gespannte Haut; wie Läuse. Und mein Herz klopft, indes ich das Haar Noemis trinke, die unsere Flasche entkorkt.

Nicht daß wir etwa erstmals auf Reisen waren, seit wir unserer Stadt und unserem Schicksal verstohlen den Rücken kehrten. Doch sie waren nur schwer voneinander zu unterscheiden, diese endlosen Reisen, die ihr Spiel mit unserer Beherrschung und mit unseren heftig schlagenden Herzen trieben. Die Zuflucht selbst befand sich auf der Flucht, auf unaufhörlicher Flucht.

Von unserer sterbenden Stadt aus hatten wir einen anderen, fünfzig Meilen von ihr entfernten Weiler angesteuert. Die ersten Schritte hatten wir jämmerlich, schreckhaft leicht empfunden. Schmutzig wie leere Eierschalen in einem Mülleimer, waren uns diese ersten Tage vergangen. Das Schneckentempo der Zeit spottete unserer Körper und unseres fruchtlosen Heimwehs. Der erste, dem wir auf dieser Reise begegneten und der unsere wahre Identität kannte, gehörte zu jener Kategorie der Bevölkerung, die der Sieger vermindern, auf ewig zu subalternen Diensten pressen, nicht aber vernichten wollte... Andreas, mit dem zusammen ich ehemals die Bänke der Fakultät gedrückt hatte, haßte uns, Noemi, mich und die Unseren. Doch dieser Haß, in den sich Verachtung mischte, war zweifelsohne verhaltener als sein patriotischer und pathetischer Haß auf den Besatzer. Sah er auch Ungeziefer in uns, so hielt es Andreas dennoch für unter seiner Würde, an einem Vernichtungswerk teilzuhaben, das der Eindringling unternahm.

»Sie suchen eine Wohnung?« fragte er mich mit betonter Nachlässigkeit. »Nichts einfacher als das. Dutzende Wohnungen sind von den Ihren freigemacht worden... Sie brauchen bloß am Wohnungsamt vorzusprechen.«

Und mit einem verschmitzten Blick: »Nur müssen Sie vorsichtig sein. Wo haben Sie bloß diese Unsicherheit her, dieses Zögern in Ihren Bewegungen? Wenn ich Sie wäre, würde ich mich bemühen, etwas sicherer aufzutreten. Ich würde auch diesen Schleier abschütteln, hinter dem Sie Ihre Pupillen verstecken... Es ist zum Verrücktwerden, wie häufig sich die Polente, und in deren Fußstapfen alle die kleinen Beamten, in letzter Zeit als Psychologen und Physiognomen erweisen. Und wir verdanken all das den Ihren... Übrigens, Herr Goletz — ein hübscher Name ganz ohne Frage, den Sie sich da beigelegt haben — könnten Sie mir vielleicht mit zwanzig Goldrubeln aushelfen? Ich hätte sie nötig...«

Ich fand das Goldstück im hohlen Absatz eines meiner Schuhe.

Der alte Schuhmacher Leyzer, der mich mit diesem schlauen Versteck ausgestattet hatte, war nicht mehr unter den Lebenden. Andreas, die blinkende Münze auf seiner Hand wägend, sprach mich von neuem an: »Vielen Dank, Boris... Verzeihung, Danke Herr Goletz... dieses Geld haben Sie mir geliehen. Nun zu etwas anderem: Ich wüßte gar nicht, warum ich Ihnen verhehlen sollte, daß ich die Kasse der örtlichen Widerstandsbewegung verwalte. Es wird Ihnen zweifellos ein Bedürfnis sein, Ihren Obolus zu entrichten. Ich stelle es Ihnen anheim, obgleich mir das Recht zustünde, es Ihnen abzufordern. Ihre Vorfahren durften sich am Schweiß unserer Bauern bereichern. Es ist daher nur gerecht, daß Sie uns zumindest auf die Art in unserem Kampf unterstützen...«

Es war zur Genüge bekannt, daß gewisse Angehörige der Widerstandsbewegung, für die Andreas sprach, die Unseren mit einem Eifer abschlachteten, der den ihrer verborgenen Auftraggeber noch übertraf. Doch Andreas wie auch den zwei Goldstücken gegenüber oblag mir eine Haltung, deren sich im Verlaufe langer Jahrhunderte die Vorfahren Boris' und nicht die Yuri Goletz' befleißigt hatten.

Andreas war zufrieden, gönnerhaft, höflich: »Noemi kann sich in meinem Zimmer ausruhen. Sie gehen besser gleich jetzt auf das Wohnungsamt. Hoffen wir, daß Sie gesund wiederkommen.«

In der verbotenen Stadt, die wir verlassen hatten, kam jedem Quadratzentimeter Wohnraum ein geradezu mystischer Wert zu. Der Raum, den alle gemeinsam beanspruchen durften, schrumpfte wie ein Stück Chagrinleder ein, und dieses Einschrumpfen war dem Vernichtungsrhythmus beständig voraus. Das zwangsweise Durcheinander gemahnte an das eines Hühnerhofes. Das Zimmer, das ich zuletzt mit Noemi und keinem anderen geteilt hatte, stellte den Gipfelpunkt vorstellbarer Bequemlichkeit dar. Doch jene Bewohner der verbotenen Stadt, die man zur sogenannten ›Mittelklasse‹ zählte, waren auf engstem Raum zu zehnt oder fünfzehnt zusammengedrängt. Die Großen, die Reichen, die Privilegierten, fanden sich in kleinen Apartements zu mehreren Familien zusammen. Die offizielle Zuweisung eines einzigen Quadratzentimeters erforderte eine Unmenge erschöpfender Vorsprachen, ausgespielter Beziehungen, Papierkrams und Geldes.

Und ich fand mich nun auf diesem verstaubten und erschreckend

nüchternen Gemeindeamt. Keine Schlangen Wartender. Und ich
hätte mir diesen riskanten und schicksalhaften Schritt gern noch
eine Stunde überlegt und mich darauf vorbereitet: auf diesen
Kampf um eine Dreizimmerwohnung für zwei Personen! Ein Fisch
der großen Tiefen, jäh an die Oberfläche getaucht, und des Drucks
ledig, ohne den er das Leben nicht mehr ertragen konnte, fühlte
ich das kochende Blut in meinen Schläfen, indes ich den Beamten
mit Worten ansprach, die leichtfertig hingeworfen erschienen und
die ich im tiefsten Inneren für lästerlich hielt: »Ich bin aus dem
Osten hierher gekommen... mit meiner Verlobten. Ich hätte eine
Bitte an Sie, eine kleine Bitte... in aller Bescheidenheit...«, und
in der gleichen Sekunde wandte ich mich an Gott, in einem stummen und peinigend demütigen Gebet: ›Möge er nicht herausbe-
kommen, wer ich bin, möge er mich nicht verdächtigen. Möge es
mir heute nacht vergönnt sein, Noemi und unser beider Einsamkeit ein Lager zu rüsten... Möge ich wenigstens zu Noemi zurück-
finden.‹ Sie mit Andreas nicht allein lassen. Höflich wie niemand
sonst auf der Welt, würde er — dessen war ich gewiß — keine Minute zögern, sie vor die Türe zu setzen, sobald meine Abwesenheit
sich hinauszog. Nichts weiter. Ich hatte ihn trocken und überheblich in Erinnerung, getreu den Prinzipien eines bornierten, chau-
vinistischen Offiziers, dessen unbestrittene Ehrbarkeit von einem
Code abhing, der nicht der meine war. Er würde nicht versuchen,
die Situation auszunützen, um mit Noemi zu schlafen. Er würde
sie auch nicht trösten wollen. Er würde sie auch nicht denunzieren.
Doch er würde mit aller Höflichkeit zu ihr sagen: »Boris sollte
schon längst zurück sein. Es steht zu befürchten, daß er gar nicht
mehr wiederkommt. Ich bitte Sie zu verstehen, daß ich ein weiteres Risiko mit Rücksicht auf die Widerstandsbewegung nicht mehr
verantworten könnte. Es wird spät. Es tut mir leid, doch ich muß
jetzt gehen und meine Türe von draußen verschließen. Also, ich
darf Ihnen alles Gute wünschen, mein Fräulein...«
    Der Beamte musterte mich mit einem müden und kurzsichtigen
Blick. Der Schnitt meines Trenchcoats war makellos. Ich trug eine
teure diskrete Krawatte.
    »Aber sicher, mein Herr, wir haben das, was Sie suchen. Da wäre
gerade ein Häuschen am Flußufer mit Garten und von einer Mauer
umgeben. Es ist hübsch möbliert. Auch Geschirr und Bettzeug fin-

den Sie dort. Die bisherigen Besitzer sind deportiert worden. Sie waren, sie waren... nun, Sie wissen ja selbst, was sie waren. Die Zeiten sind hart, aber seien wir doch froh, daß man uns wenigstens diese Leute loswerden hilft. Obschon es ja selbst unter ihnen anständige Menschen gibt. Offen gesagt, ist es ja überall so. Ich habe doch recht, nicht? Aber was hilft's?...«

Ein konspiratorisches Lächeln auf seinen Lippen, bittet er mich, das Formblatt auszufüllen, und hält mir auch schon einen Schlüsselbund hin. Konnte das alles sein? Gab es sonst wirklich nichts?

Wir hatten nun also ein Häuschen für uns, genossen ein Übermaß an frischer Luft, Bäume gab es und einen herbstlichen Fluß, und die langen Spaziergänge in der Stunde der Dämmerung. Ich dachte an Leon L.s letzten Wunsch. Einmal noch vor seinem Tode wollte er an dem See auf seiner Besitzung entlanggehen, die durchsichtige Luft atmen, die Sonne versinken sehen. Das Schicksal hatte ihm eine übermenschliche Machtfülle zuerkannt und ihm einen Tod vorgeschrieben, dessen Einzelheiten mir damals noch fremd waren. Und uns beiden, Noemi und mir, fiel dieser friedvolle Herbst zu, mit seiner vergoldeten Leere, seinem ländlichen Schweigen. Ich liebte es, Noemi anzuschauen, wenn sie aus der Tiefe des Gartens heraufkam, in jeder Hand einen Tonkrug voll Brunnenwassers. Es war der Anbeginn der Zeiten, Weltenanfang für uns alle, Ansatz zu einem winzigen Wüstenstamm, nachtwandlerisch und krank von Heimweh nach Gott...

Ich aber dachte an andere Mädchen, an andere Frauen. Alberner Zank umschwirrte, wespengleich, unsere Köpfe.

Ich wurde trunken von Einsamkeit wie von Wodka. Sobald die schweren Jalousien sich senkten, tauchte ich ein in die große Stille, die allmählich zu schwingen, zu trillern anhub.

»In ihrem tiefsten und eigentlichsten Wesen steht die Idee des Fensters jener des Hauses entgegen. Unsere Abgeschiedenheit sieht keine Ausflucht vor. Zum Glück ist sie nur zum geringsten dem freien Willen unterworfen. Außerdem: Die Unbeweglichkeit, der Tod, ist ein Rohstoff der Vielfalt. Hast du das nicht bemerkt?... Du magst daraus Bäume und Planeten, Männer und Frauen schneiden. Du magst daraus Sonnen und Jahrhunderte hervorgehen lassen. Unsere leeren Hände, unsere trägen Hände, sie wären klägliche Waise, gäbe es nicht diesen Teig, diesen Urstoff zum universellen Gebrauch.«... Ließ ich allen Ernstes Noemi an solcherlei Überlegungen teilhaben, geriet sie in Wut. Frau, die sie war, verlangte es sie nach einer durchlüfteteren, offizielleren Existenz. Am liebsten hätte sie unser Zusammensein offen zur Schau gestellt, unsere Gemeinschaft, die bestand und nicht bestand gleich der Zuckerwatte, an der sich zur Kirchweih auf dem Vorplatz des Gotteshauses die Kinder ergötzen.

Flut und Ebbe des Meeres, gleichzeitig und mit unverminderter Heftigkeit gegeneinander geworfen. Oder:

Zwei Kaskaden von gleich jäher Gewalt, mit aller Kraft aufeinander einstürmend, bis sie einander zerstückelt und aufgezehrt haben.

Mein Bedürfnis nach Einsamkeit, ein Bedürfnis, hie und da einsetzend und vom männlichen Wesen wie ein bohrender Schmerz empfunden, es scheiterte an dem ›Willen zur Zweieinigkeit‹, diesem unerfüllbaren Wunsch, der Noemi bis zur Besessenheit heimsuchte.

Und so verklangen denn unsere Tage wie unstillbares Geheul, indem alles, was nicht die Vereinigung war, in den Augen Noemis meinen fortgesetzten Verrat auswies.

In ihrer totalitären Vorstellung erfaßte sie das Universum als die bare Leiblichkeit dieses Einswerdens, das ich auf lästerliche Weise zu verstümmeln gedachte, ich, der ich leiblich daran beteiligt war. In den Augen — und in den Sinnen Noemis — wurde ich derart zu einem Fötus, der im Begriffe stand, den Bauch seiner Mutter zu durchbohren.

Brach die Dämmerung herein, begannen wir unsere Spaziergänge am Fluß oder querwaldein. Aus unschwer verständlichen Gründen entzogen wir unsere Gesichter und unsere Körperbewegungen den Blicken der Einheimischen, deren bisheriges Leben sich so grundlegend von dem unseren unterschied. Einmal, als wir gerade eine entlegene Vorstadt hinter uns ließen, trafen wir auf eine kleine Abteilung Gendarmen. Ein Zurückweichen wäre nicht ratsam gewesen. Die Männer hatten uns schon gesehen und begannen aus vollem Halse zu lachen, mit den Fingern auf Noemi deutend, die schön war und so anders als jene Mädchen, die sich ihnen in diesem Lande boten...

Mechanisch nahmen wir eine stolzere Haltung an, legten wir eine größere Selbstsicherheit an den Tag. Wir brachen nun unsererseits in ein geräuschvolles Lachen aus. Ein Leutnant pflanzte sich vor uns auf:

»Sie befinden sich hier in militärischem Sperrgebiet. Die Benützung dieser Straße ist nicht erlaubt...«

Ein Kerl in meinem Alter. Er war auf die Wirkung seiner Worte gespannt.

»Entschuldigen Sie, Herr Leutnant. Wir wußten es nicht. Wir haben keine Verbotstafel bemerkt.«

»Es gibt aber eine Verbotstafel; hier ist sie, wenn Sie sich überzeugen wollen! Die Soldaten haben Befehl, ohne vorherige Warnung zu schießen. Es gibt hier ein Lager, ein Lager für diese Leute... Sie wissen schon, wen ich meine.«

»Wir konnten es nicht wissen; wir sind erst seit kurzem hier.«

»Hab ich mir doch gleich gedacht. Ich hatte noch nicht das Vergnügen, Sie im Kasino oder im Kaffeehaus zu sehen... Sie haben jedenfalls noch mal Glück gehabt. Dieser Spaziergang hätte schlecht für Sie ausgehen können. Was für ein Glück, daß Sie's mit mir zu tun hatten und nicht mit einem von meinen Kameraden, unter denen es — unter uns gesagt — hübsch ein paar Rüpel gibt... Ich habe die Ehre, mich vorzustellen: Leutnant von...«

»Yuri Goletz, die Dame hier ist meine Braut. Nathalie H.«

»Erstaunlich, wie gut Sie unsere Sprache beherrschen, mein Herr. Ich kann Sie dazu nur beglückwünschen. Es schmeichelt unserem Nationalstolz, wenn sich ein Fremder in unserer Sprache so einwandfrei auszudrücken versteht wie Sie, mein Herr. Und weiß Gott, unser Nationalstolz hat es auch nötig, all unseren Blitzsiegen zutrotz. ...Aber da wir nun schon Bekanntschaft geschlossen haben, und das auf so ungewöhnliche Art, würde ich es mir zur Ehre anrechnen, wenn Sie sich von mir auf ein Glas in unsere Messe einladen ließen. Es ist zwei Schritte von hier. Ich werde Ihnen später zwei Männer zuteilen, damit Sie sicher durch die verbotene Zone... und durch die Stadt gelangen. Das versteht sich von selbst. Ist doch wirklich idiotisch, dieses Ausgehverbot, das unsere Polizei über die Eingeborenen, Verzeihung, über Ihre Landsleute, verhängt hat. Diese ewigen Sabotageakte. Mais à la guerre comme à la guerre.«

Er war ein gut aussehender, netter Junge. Gab sich als Mann von Welt, wußte um seinen Charme, der von einer gewissen Scheu herrührte. Keine Geste, die auf die Kluft zwischen den Siegern und den Besiegten hätte schließen lassen. Unser Zusammentreffen hatte ihn anscheinend in die beste Laune versetzt. Er beklagte sich über das Leben in der Garnison und in der Provinz. Er vergaß aber auch nicht, dessen Schönheiten zu erwähnen. Für die Vorstellung, dem Feinde an der Front gegenüberzustehen, konnte er sich erst recht nicht erwärmen. Andererseits empfinde er deutlich die Zweischneidigkeit der Existenz der Besatzer inmitten eines feindseligen Volkes.

Unser Weg mündete in eine kleine, von Bäumen umstandene Lichtung. Überall waren Stacheldraht, Beobachtungstürme und Scheinwerferaugen. Es gelang mir nicht, auch nur einen einzigen Blick in das Innere der Umzäunung zu werfen. Noch nicht.

Wir vermochten es unserem neuen Freund nicht zu verdenken, daß er, wie sich schon bald erwies, mit der Bezeichnung Messe etwas dick aufgetragen hatte. In Wahrheit war sie nur eine kleine Baracke aus Tannenholz, in der unser Gastgeber persönlich den Barmann oder Kaffeehauskellner spielte. Es war warm. Behaglich. Die knisternden Scheite im Ofen strömten einen wohligen Duft aus und sprühten längliche, rote Funken. Der miserable Kognak gab Anlaß zu einigen Scherzen und gewissen, nicht eben obrigkeitshörigen Anspielungen.

Automatisch war ich ans Fenster getreten und vermochte im Zwielicht einen kleinen Hof auszumachen, auf dem sich Abfall, alte Töpfe und verrostete Konservendosen häuften. Mir schien, als sprössen vier oder fünf weiße bis gelbe Kohlköpfe aus der Erde. Ein paar fette, wohlgenährte Schweine trieben sich selbstherrlich um, träge nach Nahrung suchend, mit der sie, genau besehen, überfüttert sein mußten. Eine alte Köchin in einer weißen Schürze erschien und leerte einen großen, mit Spülicht gefüllten Metallzuber aus. Ein friedfertiger Soldat trat auf, holte bedächtig sein weißes Glied aus der Hose, um einen der Kohlköpfe zu besprengen. Schlagartig wurde mein Körper von einem vagen Unbehagen, einem Gefühl der Unsicherheit erfaßt. Ich war der Meinung, diese Welt hätte nichts außer diesen verschmutzten Kohlköpfen aufzuweisen, nichts außer diesen auf eine wunderliche Manier in den

Unrat gepflanzten Strünken. Die traumwandlerische Gewalt dieser Kohlköpfe stand anscheinend im Begriff, uns neu zu erschaffen, uns wiedererstehen zu lassen, und mit uns die Welt. Der liebenswürdige Leutnant, Noemi, diese Baracke mitten im Wald und wir zwei — Boris und Yuri — waren also nur eine Projektion, die Kristallisation eines ›Gedankens‹, nein, einer Traumsekunde, der Fäulnis, in die sich das Dasein dieser urinbegossenen Kohlköpfe verströmte?

Ich wandte den Kopf ab. Das Gespräch mit dem Leutnant nahm seinen Lauf. Er war dabei, seine Leidenschaft für die Theosophie auszuplaudern.

»Geschoß und Schütze sein, Jäger und Wild. Die große Bejahung und der große Bejaher sein...«

Zerstreut wie ich war, folgte ich kaum seinen Worten. Ich versuchte von neuem, mich dem Fenster zu nähern; hinter all seiner Redseligkeit schien er bemüht, mir kaum merkliche Zeichen zu geben, die mich vom Fenster abhalten sollten. Ein seltsamer Satz, kaum deutbar, zuckte durch mein Bewußtsein: »Aufzuhängen die Feuerhaken im Hause Gehenkter...« Ein anderer, noch absurderer:

»Träne, versteinert,
Seele, verfault,
beschweren meinen Körper
wie ein toter Fötus...«

Wo hatte ich bloß diese verrückte Strophe her? Schöne Bescherung... Hübsch, nicht? Ich beginne, Halluzinationen zu haben, und der Augenblick konnte nicht besser gewählt sein. Es gilt, sich im Zaum zu halten.

»Was meinten Sie doch soeben, Herr Leutnant?...« Er war die Schüchternheit selbst. Sein kaum merkliches Gestammel schuf zwischen uns eine Art erhöhten Einverständnisses.

»Wissen Sie, mein Herr, mit dieser Erde muß es etwas Besonderes auf sich haben. Mit *Ihrer* Erde. Mein Dienst hier frißt mich, offen gesagt, nicht gerade auf. Er läßt mir Zeit zur Muße. Und dann, dieser Herbst, diese Provinz, diese endlosen, unausgefüllten Abende. Die Einsamkeit... Ich habe begonnen, kleine Geschichten zu verfassen. Ach, glauben Sie mir... ohne jeden schriftstellerischen Ehrgeiz. Ich mache mich selbst als erster über meine Geschichten lustig. In meiner Familie gab es nur Offiziere und Junker. Seit dreihundert Jahren. Nicht die Spur eines Schreibers, nicht einmal eines Schreiberlings. Hier nun ist mir mitunter, als müßte ich all das zum Ausdruck bringen, was meine Vorfahren verschwiegen. Nicht, was ich denke, es ist nichts drin in mir, eher schon das, was sie dachten. Ich bin der letzte Sproß meines Stammes. Das klingt schrecklich pathetisch. Bin ich erst an der Front, wird es wohl bald keine von G.s mehr in diesem Jammertal geben. In alle Ewigkeit... Ach, halten Sie mich nicht für blöder, als ich bin. Ich mokiere mich gar nicht schlecht über meinen Stammbaum. Es ist dieses Land, ja, es ist Ihr Land, das in mir seltsame Bilder erweckt, die zu Papier zu bringen ich mich erdreiste.«

Ich mußte wohl oder übel darauf eingehen, um des Anscheins der Höflichkeit willen.

»Es wäre für mich eine große Ehre, Herr Leutnant, ein paar Auszüge anhören zu dürfen. Ich wüßte diesen Beweis des Vertrauens, oder wenn Sie das lieber hören, diese Abwechslung, sehr zu schätzen. Ich bin, offen gesagt, in dieser Richtung auch nicht ganz sündenfrei. Sie werden an mir einen aufmerksamen, wenn nicht gar kompetenten Zuhörer haben.«

Und hier die Geschichte, die mir der Leutnant von G. vorlas:

»Es war einmal eine Schabe. Doch ihre Augen waren durchaus nicht die einer Schabe, und sollten es dennoch die einer Schabe gewesen sein, erregten sie jedenfalls nicht so viel Abscheu, wie man erwartet hätte. Das Leben, das sie geführt hatte, war nicht über alle Maßen rosig gewesen. Ein echtes Schabenleben.

In letzter Zeit aber, seit sie nach S. gekommen war, entsprach es nicht länger ›einem Schabenleben‹, sondern allenfalls dem Prozeß der Zertretung einer Schabe. Tag für Tag und Stunde für Stunde — rollt dieser Prozeß ab. Der Rückenschild reißt und zerspringt. Die weißen Gedärme treten heraus, um ein selbständiges Leben zu führen, ein Bild des Schreckens selbst für eine Schabe... bei voller Gesundheit.

Hätte man nur nicht unausgesetzt schreien hören: töte sie, töte sie!«

Sein Stammeln wurde zu einem wahren Stottern und ich vernahm nur hier und da ein Wort:

148

»Der Leib der Geschichte
verspeist von den Schaben
Die Schaben geschmäht
weil sie nur Schaben sind…
…Ist denn ihr Rang nicht erhaben?«

Und weiter:

»Erscheinungen schlürfen die schmutzige Stunde
(die ohne Aufhebens verklungene Stunde)
Wie rote Fliegen
schlürfend den toten Leib einer erblindeten Katze.«
»Oder ziehen Sie eine andere Version vor, mein Herr?«

»Fakten, Fakten, Ereignisse
kriechen auf jeder von diesen schmutzigen Stunden,
Die fallen, die fallen vom Baume der Zeiten.
Kriechend wie Fliegen im toten Leib
Einer erblindeten Katze…«

Warum »erblindet«, warum »erblindet«? hatte ich mich gefragt, oder vielmehr den Leutnant fragen wollen, der, zapplig und
von der Lektüre erhitzt, von mir eine Antwort oder Kritik erwartete. Die Flasche schlechten Kognaks war leer.

Noemi, die bis dahin kaum ein Wort geäußert hatte, meinte,
ein schalkhaftes Lächeln auf ihren Lippen: »Ihr seid wie zwei
Brüder.«

Es war, als ließe sich die in dem Zimmer seßhafte Vertraulichkeit
greifen. Mit einer Anstrengung, die mir schwer fiel und deren ich
mir bewußt war, erhob ich mich von meinem Sitz, mich von der
Hand des Leutnants befreiend, der mich immer noch davon abhalten wollte. Ich drückte die glühende Stirne an die kühle Scheibe
des Fensters zum Hof. Und mit der jähen Gewalt einer Zirkus-
peitsche warf sich ein Scheinwerfer über die Szene. Keulengleich
traf die Landschaft, klein-winzig und mondhaft, auf meine Schläfen. Ich bezwang einen plötzlichen Brechreiz. Nicht Kohlköpfe
boten sich, von den Schweinen beschnüffelt, diesen zum Fraße an.
Fünf Männer waren in dem der Kantine anliegenden Gärtchen
aufrecht beerdigt. Ihre schmutzstarren Köpfe, überzogen mit Kot

und unaussprechlichen Dingen, ihre zur Hälfte nacktgefressenen Köpfe, sprossen gleich riesigen Pilzen aus dem Boden. Einer von ihnen, das Nichts in den Augenhöhlen, hatte sich gerade vorhin, unverkennbar, im Kreise bewegt.

Mit einer ungestümen und unüberlegten Bewegung schlug ich die Scheibe ein und hing im Draußen. Und bevor noch die kalte Pistolenmündung an meine tropfnasse Stirn gepreßt wurde, vernahm ich die sickernde Stimme, halb röchelnd, halb singend, von weit her kommend, von weiter noch als die Gestirne: »Höre mein Volk, der Ewige ist dein Gott, es gibt nur Einen…«

Meine wunde Hand blutete. Mit einer Kraft und einer Entschlossenheit, die mich übermenschlich anmuteten, zwang mich der Leutnant in die Mitte des Zimmers zurück. Noemi hängte ihr ganzes Gewicht an die Hand, die den Revolver hielt. Nur ein Gedanke in meinem Kopf: Nicht ohnmächtig werden! Es war die äußerste, endliche Leistung, wie die Erschaffung der Welt für einen Impotenten:

Der Revolver schlug hart auf dem Fußboden auf. Ein Wachtposten überschritt die Schwelle des Zimmers. — »Raus!« bellte der Leutnant den Mann an, der zurückwich. Eine kräftige Ohrfeige entlud sich auf meine Backe und nahm mir von neuem den Atem. Hätte ich mich auf das Bürschchen stürzen und sterben und Noemi mit in den Tod reißen sollen?

»Ich bitte Sie, mir diese Ohrfeige zu vergeben, mein Herr«, sagte der Leutnant. »Was immer geschehen ist, es war meine Schuld. Die Vorschriften sind unmißverständlich, und ich habe sie übertreten. Einheimischen ist der Besuch unserer Messen nicht gestattet. Und ich heiße die Vorschriften gut. Ich sehe auch ein, daß Sie auf das, was Ihre Augen sahen, nur so und nicht anders reagieren konnten. Es wäre nun meine Pflicht, Sie auf der Stelle erschießen zu lassen. Doch ich war es ja, der Sie einlud. Ich begnüge mich also mit Ihrem Ehrenwort, daß Sie für sich behalten, was Sie gesehen haben. Wir haben Auftrag, erbarmungslos vorzugehen, und wir sind niemandem Rechenschaft schuldig. Zumindest wird uns das von unseren Vorgesetzten von früh bis spät eingebläut. Nun, lassen wir das. Ich kann jedoch Ihr Gewissen beruhigen, indem ich Ihnen eröffne, daß diese Köpfe nicht die von Männern Ihres Blutes sind. Dieses Zeug… es sind die Reste von Angehörigen einer Rasse, die Sie nicht minder verwünschen und hassen als wir. So lautet zumindest die offizielle Version. Denn der Haß und ich, das ist zweierlei... Aber lassen wir das.

Was die Ohrfeige angeht, die Sie von mir bekamen, so stünde es Ihnen unter normalen Bedingungen zu, mir Satisfaktion abzuverlangen, und ich kann Sie versichern, daß ich nicht zögern würde, sie Ihnen zu bieten. Zumal mir dies aber nicht möglich ist, bitte ich Sie, mir zu glauben, daß ich nicht beabsichtigt habe, Sie in Ihrer Ehre zu kränken, sondern Sie lediglich vor einer hysterischen Krise bewahren wollte, die Sie, angesichts dieses Ortes und dieser Stunde, das Leben gekostet hätte. Ich konnte Sie auch nicht gut von unserem Militärarzt verbinden lassen. Und nun, für den Fall, daß Sie meine Entschuldigung als ausreichend ansehen, wüßte ich gerne Ihre Adresse. Ich würde mich glücklich schätzen, wenn Sie mir Gelegenheit gäben, Ihnen einen Gegenbesuch abzustatten. Ich käme als Gast und als Ihr Freund — um den peinlichen Eindruck zu verwischen, den Sie ansonsten von unserem Zusammentreffen zurückbehielten... Wache! Bringen Sie die Herrschaften durch das Sperrgebiet in die Stadt... Lassen Sie mich Ihnen noch schnell einen Passierschein ausstellen. Auf bald also, wie ich hoffe.«

Noemi? Hatte sie etwas gesehen? Hatte sie etwas wahrgenommen?

Ich trug mein Geheimnis davon wie meine einzige Liebe.

20. KAPITEL

Anderen Tages, auf einem kleinen Morgenbummel, wurde ich von einem gelben und höhnischen Blick aufgespießt. Der Mann, dessen Blick mich durchbohrte, war mir kein Unbekannter. Seine schwere Hand legte sich mir auf die Schulter:

»Sieh mal an, der Herr Baron? Wirklich erfreut, Sie zu sehen«, sagt er. »Geruhen der Herr Baron, mich zu erkennen? — Gerhard Fuchs — Verlobter der Kammerfrau Ihrer Frau Mama. Meine Frau wird richtig weinerlich, sooft sie an Ihre Familie und an Sie im besonderen denkt. Ich habe Sie schon ein paarmal mit Fräulein N.

gesehen, und ich weiß sogar, wo Sie wohnen. Ich will Sie nicht mit
Fragen nach Ihren Angehörigen quälen. Ich weiß. Ich weiß alles.
Sie sind auf Reisen. Sollten Sie das Bedürfnis verspüren, sich ihnen
ohne Verzug anzuschließen, dann bin ich Ihr Mann...« Sein Blick
weist unmißverständlich auf einen Polizisten, der soeben die Straße
überquert...

»Sollten Sie andererseits meine Hilfe nicht nötig haben, dann
liegt es an Ihnen, mir unter die Arme zu greifen.«

Seine Hand faßte mich neuerlich an der Schulter.

»Ich werde in einer Stunde hier auf Sie warten. In dem kleinen
Café gegenüber. Fünfzigtausend und keine Kopeke weniger. Meine
Frau macht mir schon zehn Tage lang Ihretwegen die Hölle heiß.
Diese Idiotin meint, ich sollte Sie ungeschoren lassen. Was denn
noch? Soll sie etwa wieder in Ihre Dienste treten? Mag sein, daß
sie sich dazu bereit fände — wer weiß? — aber die Zeiten haben
sich geändert... Ihretwegen gibt es bei uns zu Hause dauernd
Streit. Konnten Sie sich keine andere Stadt aussuchen, um Ihre
dreckige Haut zu retten?... Und vor allen Dingen: keine Dummheiten! Versuchen Sie ja nicht, sich zu verkrümeln. Meine Leute
kennen jeden Ihrer Schritte...«

»Also gut, Gerhard, ich kann Ihnen möglicherweise aus der
Klemme helfen. Ein wenig. Nur, von fünfzigtausend kann nicht
die Rede sein. Auch braucht es seine Zeit. Es stimmt, daß mein
Vater in unserer Stadt eine gewisse Summe Goldes vergraben hat,
doch bitte ich Sie, zu verstehen, daß ich keinen Kassenschrank auf
die Reise mitnehmen konnte. Sie können uns denunzieren. Da hilft
kein Widerspruch. Doch was hätten wir beide schon davon?...
Unter alten Bekannten wäre es vielleicht besser, in aller Freundschaft ein Übereinkommen zu erzielen. Und nicht auf nüchternem
Magen... Kommen Sie doch auf einen Sprung zu uns. Sagen Sie
Noemi Guten Tag. Die Arme geht wegen ihrer schwarzen Haare
fast nicht mehr aus dem Haus. Sie bekommt niemanden zu sehen,
mich ausgenommen, und ich bin — wie Sie wissen — nicht immer
der beste Gesellschafter. Es wird ihr ein Vergnügen sein, mit einem
alten Freund plaudern zu können. Und dann habe ich da einen
Slivovitz. Aus der Zeit vor dem Krieg... Übrigens, wie ist es denn
Ihnen und Ihrer Frau ergangen?...«

»Du möchtest mich einkochen, aber sei auf der Hut. Was die Geschäfte anlangt, bin ich hart. Ich habe das von euch gelernt. In der Zeit vor dem Krieg — wie du sagst.«

»Aber meine Einladung hat doch nichts mit Geschäften zu tun. Oder, besser gesagt, doch: wie ich dir schon sagte, Gerhard, habe ich die Fünfzigtausend nicht, ich habe sogar kaum zehntausend Rubel greifbar. Aber, mir fällt gerade ein: ich besitze ja noch diesen kleinen Ring von meiner Mutter. Wer weiß? Vielleicht ist er noch mehr wert als die Fünfzigtausend, die du benötigst. Du wirst dich erinnern. Meine Mutter nannte Geschmeide ihr eigen, das nicht von schlechten Eltern war. Was mich betrifft, so verstehe ich rein gar nichts von diesen Kieselsteinen. Du aber... nun in Zeiten wie diesen hattest du zweifelsohne Gelegenheit, dich in der Edelsteinbranche zu orientieren.«

Ich sah Gerhard nicht an. Meine Augen hätten mich verraten. Ich sah verstohlen auf den schillernden Kot zu unseren Füßen, darin Ölspuren den blauen und flaumigen Himmel reflektierten.

Der Mann zauderte, schwankend zwischen dem Verlangen, mich unverzüglich und ohne Umschweife seine Macht spüren zu lassen, und jenem anderen Verlangen, dem Verlangen nach diplomatischen Finessen, die ihn um so vieles raffinierter dünkten, um so vieles schicklicher für Leute mit weißem Kragen, mit denen er immer schon gleichziehen wollte. Grüne Jungen waren wir beide nicht mehr. Schon sein halb-militärisches Äußeres, die blanken Stiefel, der Rock aus gutem grünfarbenem Tuch, schon dieses Vorpreschen, was die Bekleidung betraf, seine verliebte und tollkühne Anpassung an die Machthaber ausweisend... verrieten, daß ich nicht der erste sei, den er liefern würde, wie denn auch er nicht der erste war, der uns im Verlauf unseres Exodus die Daumenschrauben ansetzte.

Er durfte mir schließlich glauben: fünfzigtausend Rubel lassen sich nicht aus dem Ärmel schütteln. Die Juwelen meiner Mutter besaßen einen Ruf, den Gerhards Gattin, unsere Ex-Kammerfrau, eher noch fördern als untertreiben mochte. Und dann war da noch die Flasche.

»Seine Leute«, die angeblich jeden meiner Schritte kannten, gab es sie denn überhaupt? Ich wollte es nicht recht wahrhaben. Die Aussicht, mich bis zur Handelseinigkeit beschatten zu können, konnte Herrn Gerhard seiner Sache nur sicherer machen. Vielleicht würde sich auch noch Noemi aufs Bitten und Flehen verlegen. Und er konnte sie einfangen, die kleine Schwarze?

Seine gequälte und stumme Lakaiengier kam mir zu Hilfe.

»Gut also, ich komme mit. Doch meine Frist bleibt bestehen. Eine Stunde. Was das Gläschen betrifft, das wir kippen wollen... Sie haben es nötiger als ich. Sie sind ganz weiß. Sie werden mutig sein müssen. Ich kann das verstehen, bin auch nur ein Mensch. Aber hart, das sollten Sie nicht vergessen. Und die Zeit drängt...« Er warf einen prüfenden Blick auf seine Uhr aus massivem Gold. Es folgte uns keine Seele.

Ich ließ die Gartentüre behutsam ins Schloß fallen. Noemi stand auf der Schwelle, in ihrem dunkelblauen Morgenrock. Sie wurde ein wenig bleich, als sie mich in Begleitung sah. Sie erkannte Gerhard und erfaßte im Bruchteil einer Sekunde die Situation.

Auf der Höhe, auf der Höhe der Dinge – dachte ich, momentan erleichtert. Sie gab sich schmeichlerisch und betulich, taumelnd aus einem Lächeln ins andere.

»Das nenne ich eine Überraschung, Boris! Ein so netter und unerwarteter Besuch. Einer aus der guten alten Zeit... Und Ihre Gattin, Herr Gerhard, unsere Marthe... warum ist sie nicht mitgekommen?«

»Ich bin geschäftlich hier, mein Fräulein...«

»Geschäfte, Geschäfte, die Männer mit ihren Geschäften wachsen mir schon zum Halse heraus...« Ein kleines, kaltes Feuer entfachte sich in Noemis Augen. Ein Feuer, das ich nicht kannte. Sie war die Freundlichkeit selbst.

»So kommen Sie doch weiter. Ich bin gleich wieder da und bringe Ihnen etwas zum Trinken« – die Stimme Noemis nahm einen singenden Tonfall an. »Und heute trinke ich endlich selbst mit. Boris erlaubt es mir nämlich nicht, müssen Sie wissen, Herr Gerhard. Ich werde daher Ihre Anwesenheit ausnutzen...«

Im Hinausgehen ließ sie die Türe halb offen. Ich hätte ihr folgen müssen, wollte aber Gerhard nicht allein zurücklassen, um nicht das hauchzarte freundschaftliche Gespinst zu zerreißen, in das wir unsere Beziehungen gebettet hatten. Seine haltlose Gier kam mir zu Hilfe.

»Also, Boris, was ist mit dem Ring? Ich möchte ihn sehen. Sie haben ihn doch bei der Hand? Nicht?«

»Einen Augenblick nur ... Ich muß ihn aus der Küche holen. Wir haben ihn unter einer Kachel versteckt. Hier sind Zigaretten. Ich bin gleich wieder da.«

Auf einem versilberten Tablett drei Gläser und eine Flasche. Mit einem Küchenmesser schnitt ich meine Westentasche auf. In einer Hülse, winzig wie der kleine Finger eines Babys, ruhte, in Watte gehüllt, die weiße Kapsel, an ihrem Platz wie der Fötus im Mutterleib. Meine Hände zitterten, nicht aus Furcht vor Gerhard, sondern aus Geiz. Das weiße Puder war von schmerzlichem Wert, wertvoller als das Leben.

Noemi füllte die drei Gläser mit der roten Flüssigkeit. Unmöglich, das eine Glas zu bezeichnen. Es wird ein Gottesbeweis, dachte ich.

Und zu Noemi: »Hätte dieses Tablett vier Ecken, bliebe uns eine größere Chance. Noch etwas: Trink ja nicht als erste. Moment mal ... deinen Ring.«

Es war ein altes Stück aus dem Besitz einer Großmutter Noemis. Ein Smaragd, in Gold gefaßt. Er war nicht viel wert.

Zwei Schritte vor Noemi betrat ich das Wohnzimmer. In meinen Händen das Tablett mit den Gläsern. Der Blick, den Gerhard auf den Ring warf, verrann rasch in Wut: »Sprachen Sie nicht von einem Diamanten in einer Platinfassung?«

»Ich will ihn dann gleich suchen gehen, Gerhard. Diesen Ring hier zeige ich Ihnen bloß, weil ich Ihren Rat brauche. Wir sehen uns gezwungen, ihn zu verkaufen. Wir brauchen Geld. Vielleicht können Sie uns sagen, was er ungefähr wert sein könnte. Und im übrigen, trinken wir erst mal ...«

Meine jämmerliche, kleine Finte! Das Glas mit dem weißen Puder war bis zum Rand gefüllt. Die Flüssigkeit in den zwei anderen krönte ein funkelnder, durchscheinender Ring. Würden sich diese zwei bis drei Millimeter zu einem unermeßlichen freien Raum für uns wandeln? Meine Hände schwollen an, gleich zwei Flüssen, die ein weites Land umschließen.

»Trinken Sie, Gerhard, trinken Sie ...« Noemi hatte als erste zum Glas gegriffen. Närrin, Schlampe, Straßendirne, hatte ich sie nicht beschworen, sich als Letzte zu bedienen? Ich werde sie züchtigen, windelweich schlagen — sagte ich mir in dem berauschenden Glücksgefühl, das sich mir in Sekundenschnelle eröffnet hatte, wie die Pflanze unter der Hand des Fakirs. Denn das Glas, zu dem sie gegriffen hatte, es war nicht das todbringende. Sie war aus dem Spiel, endgültig aus dem Spiel, und das Schicksal würde nun zwischen uns Männern entscheiden: Zwischen Gerhard und mir. Eine Sekunde lang empfand ich für ihn etwas wie Zärtlichkeit, eine Art Solidarität, wie es sie für Noemi fortan nicht mehr gab.

Nun war es an Gerhard, nicht an mir, zu einem Glas zu greifen. Bei Leuten seines Schlages, vor allem bei diesen, galt es, den Anstand im kleinsten zu wahren. Zugleich hielt mich irgend etwas davon ab, der Aufführung, dem Spiel ein vorzeitiges Ende zu setzen, indem ich ihm zuvorkam, denn wie leicht konnte sich eine Stimme verraten, ihn aufhorchen lassen. Der Einsatz war die Gemächlichkeit selbst. Nur die Dinge nicht überhasten.

»Trinken Sie doch, Gerhard!«

»Und wo bleibt der Diamant?«

»Gleich, gleich. Ich habe Durst, und ich kann mich doch nicht gut vor meinem Gast bedienen... (War es nicht etwas gewagt, diesen Augenblick dermaßen *anzusprechen*?)

Unsere Finger, unsere Hände — ein regloser Griff in das Überleben, ein Griff, unbewußt, wie die Schreie von Stummen und das Licht in den Augen von Blinden.

Sein Blick konzentrierte sich. Ein Entschluß. Er streckte die Hand aus: »Auf Ihr Wohl, mein Fräulein, auf das Ihre, Boris, auf unser Geschäft!«

Auf einen Zug leerte er das randvolle Glas. Ein Rechner, Pedant, Genießer, würde er sich für das vollere Glas entscheiden — hatte ich mir eingetrichtert, allein meine Seele hatte sich gegen diese Argumente der primitiven Psychologie verwahrt. Sie sang nun Lobeshymnen auf Ihn, Der daranging, eines Seiner Geschöpfe zu tilgen, dasjenige unter Seinen Geschöpfen, dem ich einen langsamen Tod vergönnte. Eine angefressene Fliege schlug zu unseren Häuptern brummige Kapriolen. Ich zog den Sekundenzeiger meiner Uhr zu Rate...

Der Doktor Cohen hatte mir seinerzeit die Wirkungsweise des Pulvers erklärt. In einer Minute wird Gerhard nicht mehr imstande sein, die wenigen Schritte bis zur Türe zu schaffen. Zwar wird er immer noch bei vollem Bewußtsein sein, gleichwohl sich die Dinge dem Ende zu etwas verwirren — weitere zwanzig bis dreißig Minuten hindurch. Diese Frist wird für mich reichen. Die Schmerzen übersteigen nicht das erträgliche Maß, die Glieder gewinnen an Schwere, schlagen in Fremdkörper um, und vier bis fünf Minuten danach hören sie auf, ihm zu gehorchen. Gerhard wird gut schreien haben, so es ihm möglich ist. Die Fenster sind zu, und wir haben keine Nachbarn.

Noemi schenkte die zweite Runde aus. Aus einer kaum deutbaren Ausdrucksnuance meines Gesichts, vielleicht aus einer Bewegung meiner Hände mochte sie schließen, daß der Kampf bestanden war.

»Wartet denn Ihre Frau nicht mit dem Essen auf Sie, Herr Gerhard?« stieß sie nach, mit einer Stimme, so klar und schneidend, daß mir ein Schauer den Rücken hinablief. Ich war diese Stimme von ihr nicht gewohnt.

»Nein! Was geht es meine Frau an, wohin ich gehe. Oder wann ich nach Hause komme. Was denn? Wenn mir nach Trinken zumute ist, dann trinke ich eben...«

Der Lauf eines Kindes durch hohes Gras hinterläßt eine flüchtige Spur. Das Gras schließt sich, und die Spur ist gewesen. Was mir durch den Kopf ging: Der Kampf mit Gerhard und dieser Sieg, den ich errungen habe, und mein gutes Recht und seine Gemeinheit und nicht zuletzt der Geruch dieses billigen Parfums auf den Wogen seines Geckentums, den ich ihm als Letztes verziehen hätte, all das wiegt so gering im Vergleich zu dem Vorsprung, den er uns gegen seinen Willen und dank meinem Einschreiten voraus hat. In wenigen Minuten schon wird Gerhard Landschaften durchmessen, und planetarische Ozeane und vielleicht sogar leere, flirrende Räume, Raumlosigkeiten... die einzigen Welten, die mir jemals etwas bedeutet haben. Ich bin es, der ihm diese schwindelerregenden Ebenen aufschließt, diese Abgründe, bodenloser als die Bodenlosigkeit selbst.

Und ist dieser strotzende Zieraffe zu Abwasser geworden, hat sich das andere, haben sich die nach dem Tode offenen Räume als bloßer Humbug erwiesen — was gäbe ich nicht alles darum, nur einen Augenblick lang die Farbe der toten Gewässer zu schauen, der unverfälschten Leichenhaftigkeit inne zu werden, worin mein Gerhard schon in den nächsten Minuten aufgeht.

»Roststarre Zeitalter
drehten eine Gigue
um deine Wiege...«

Und sie werden den Sarg umkreisen, den du nicht haben wirst. Ja
doch, mein guter, alter Gerhard, es ist nichts weiter als die ›ewige
Wiederkehr‹.

Alle verflossenen (oder schlimmer noch: zu verfließenden) Jahr-
tausende, sollte ich sie zertretenen Wanzen vergleichen? Ja aber,
ich hatte doch beschlossen, die Vergleiche zu vertilgen, sie samt
und sonders abzuwürgen, mich dieser Teufelsbrut für alle Zeiten
zu entledigen. Und ist diese Figur, diese jammervolle, dermaßen
abgedroschene ›Stilfigur‹ einmal ausgelöscht... bleibt mir nichts
als die krabbelnde, häßliche, häßliche Reihung. Bleibt nur die
Aufzählung, wie sie dem Magazineur geziemt: die zertretenen
Zeitalter, die Wanzen... Das paart sich, verroht und langweilt
einander...

Und dann: auf Grund einer irrigen Konvention geht es uns ›mit-
leidigen Seelen‹ um den Anlaß, um den Ursprung des Leides, und
nicht, wie es uns anstünde, um die ihm eigene Kraft und Farbe
allein. An ihrer Kinder statt gibt Niobe, geschaffen in stummer
Schönheit, Niobe, gebärend ein Frösteln, Niobe, die Begehrte, einen
Schneidezahn drein. Zwischen Niobes Lippen, klaffend ein garsti-
ges Loch — ein Skandal. Das Leid der Niobe — und Niobes Schmach
sind fraglos brennender als die aus dem Tod ihrer Söhne erwachsenen. Würdiger sind sie des Mitleids. Doch dieses Mitleid bleibt aus.

Keines von diesen Worten fand Ausdruck. Wie also konnte alles
Gedachte auf dem schwächlichen Rücken einer Sekunde, einer einsamen Sekunde abgeladen sein?... Hasse ihn doch, deinen Feind,
demütige ihn, wenn du's vermagst, doch sieh davon ab, ihn zu
töten. Verhilf ihm, wenn's sein muß, auch zum ewigen Leben...
Aus dem zerbrochenen Krug meines kurzen Triumphes ergoß sich
Gift in meine Seele, und es tat not, daß ich mich gegen sie wandte,
daß »ich sie züchtige, daß ich sie windelweich schlage«.

»Gerhard, der Diamant bleibt, wo er ist! Gerhard, ich hätte fünfzigtausend Rubel bei mir, und sogar hundertfünfzigtausend, du
aber sollst sie nicht haben. Sieh doch die Banknoten hier! Und hier
diese Edelsteine. Sieh dieses Funkensprühen. Du bist ein Lakai,

und den Lakaien winkt ein Trinkgeld, sofern sie gehorsam und treu sind. Sofern sie gut abgerichtet wurden. Du bist es zu deiner Zeit gewesen. Es ist der Lauf der Welt. Die einen erhalten Millionen auf einem Tablett, und den anderen kommt bloß das Kleingeld zu. Du bist von der letzteren Sorte. Vielmehr, du bist es gewesen. Unsummen — wie etwa fünfzigtausend Rubel — sind nichts für dich. Das darfst du mir glauben. Und der Lakai, der sich als bösartig entpuppt — wird gezüchtigt.«

Ich hatte mich mit Bedacht aus meinem Fauteuil erhoben. Seine Muskeln waren gespannt. Er vermeinte zu träumen. Er glaubte sich genarrt. Er traute weder seinen Augen noch seiner Haut. Die Ohrfeige traf ihn mitten in sein Gesicht.

»Noemi, bring mir das Küchenmesser. Und die Gummihandschuhe. Ja, genau die, die du zum Gemüsereinigen nimmst. Und laß uns allein: ich habe mit Herrn Gerhard abzurechnen.«

Er unterzog sich einer gewaltigen Anstrengung. Seine Adern und Muskeln versteiften sich. Er troff von Speichel und Blut.

»Gerhard, du wirst leben, aber verstümmelt. Du wirst keinen mehr denunzieren, denn du wirst blind sein.«

Ein gütiger Schnitt in seine linke Wange. Gerhard war sauber und glatt rasiert. Mich ekelte, als ich die Haut des Mannes berührte. Ich warf das Messer in eine Ecke und versank in meinen Fauteuil. Ich war nicht stolz auf diese Kostprobe einer makabren Komödie, die in Szene zu setzen ich mich nicht entblödet hatte, mir fehlte die Kraft — sie zu Ende zu spielen. Schlechtes Kino.

»Dreckskerle, Schufte, oh, was seid ihr für Schufte« — das Wimmern Gerhards klang matt, war jedoch nach wie vor gut verständlich, »das wird dich teuer zu stehen kommen. Der Kommissar ist mein Freund. Ich hasse dich. Ich habe dich immer schon gehaßt, dich und die deinen. Was man euch antut, es ist noch zu wenig.

Herr Baron, es war ja nicht so gemeint. Lassen Sie mich gehen. Hören Sie auf zu scherzen. Ich werde euer Sklave sein. Wir werden Sie verstecken. Ich stehe Ihnen zu Diensten — Diensten, Dien-sten, Dien-sten... Dien-s...«

Seine Zunge verhedderte sich, doch in seinen Augen war volle Bewußtheit. Die uneingeschränkte Bewußtheit eines Körpers, der sich aufbäumte wider seine Vernichtung. Ein paar Tropfen Blut troffen aus seiner Nase.

»Noemi, pack unsere Koffer! Um die Mittagszeit geht ein Zug in die Hauptstadt. Es ist genug.«

Gleich einem ausgesetzten Kind hub Gerhard zu röcheln an, kläglich, kraftlos und immer kraftloser.

21. KAPITEL

Landschaften traten zum Tanz an wie Kilometersteine. Ihr Blut war geronnen, schwer und schwarz. Von neuem begannen unsere endlosen Wanderungen. Mitunter bescherte uns die Nacht nur eine Atempause; wenn sie tief hereinbrach:

»Wenn die Armee der Gesichte auf dein Geschick hinabstößt,
im Fleisch zu erstehen und das Fleisch deines Unglaubens zu
das Fleisch deines Lebens...«   [verschlingen,

Die Sammlung unvergleichlicher Gesten, von den Vorfahren erworben, aufs neue entfacht von unserem Leben in der verbotenen Stadt, erschien als die größte Bedrohung unseres Überlebens. Die Relikte der Gebärdensprache, das Flackern des Blickes, unähnlich, nicht ähnlich genug den Blicken der Menschen unserer Umgebung, das Zittern der straffen Haut über unseren Wangen, ein Gang, der sich gelassen wähnte und zugleich etwas zu augenscheinlich seiner spontanen Beschleunigung wehrte, einer Beschleunigung, wie sie als einzige unserer Ewigen Furcht entsprach.

In den Gesichtern der anderen lesen, ohne sich dabei erwischen zu lassen. Sie nicht entziffern wollen und sie dennoch entziffern müssen. Unseren enormen Hunger nach Landschaft, nach frischer Luft, nach Flüssen und Himmel verheimlichen. Die Demut und übertriebene Höflichkeit unterdrücken, wie sie gegenüber den nicht unmittelbar dem Tode Geweihten am Platz war. Unsere maßlose Verachtung für ebendieselben verbergen.

Und das alles sich wiederholend in Städten, in Dörfern, in Eisenbahnwaggons, in Hotelzimmern, die wir vor unseren erblindeten Augen vorüberziehen sahen. Die Heimatlosigkeit war uns zur einzigen Heimat, zur einzigen Heimstatt geworden, und es war nicht gut leben in diesem zu weiten Lande. Das Tintenfaß der Ewigkeit, ich zerschlug es tagtäglich, wie einer die reglosen Flügel der glasgeblasenen Engel zerschlug. Alle diese Gesten, all diese Worte — um sich Gott anzunähern, einem Gott auf der Flucht. Denn unser Gott ist die Flucht. Nicht etwa die Zuflucht.

Die gefallene Hauptstadt, zerrissen und höhnisch, gähnend und nichtig. Die Straßenbahnschaffner wiesen das Geld für die Karten zurück, um nicht das Säckel des Okkupanten zu füllen. Die Wandinschriften prophezeiten den augenblicklichen Herren deren Niederlage. Weissagungen, von nimmermüden Händen kopiert, vom Volksmund den Großen aus alter Zeit zugeschrieben, wie etwa der Königin von Saba, dem Paracelsus oder diversen Heiliggesprochenen, kursierten unter der Hand, die nahe Vertilgung der reißenden Bestie verheißend. In den Gedärmen der Stadt wurden Pläne zur Sabotage des Feindes geschmiedet; sie schienen den Tiefen des Flusses entstiegen, der den Südteil der Hauptstadt in seinem mächtigen Griff hielt. Bewaffneter Widerstand und Schwarzer Markt bannten die Seele dieses mehr noch dem Ländlichen als dem Städtischen verhafteten Volkes, das in diesem Aufruhr und dieser Zerrissenheit den Schlüssel zu einem bitteren Glück fand, zu seinem einzig wahrhaften Glück. Seinen Hunger zu stillen, aß es vom Brote des Märtyrertums, und seinen Durst zu löschen, trank es heroische Taten. Sein Bedürfnis nach Liebe und Haß wurde königlich abgesättigt.

Ja, doch sein Haß schloß nicht aus: freilich, er galt den Besatzern, nicht minder aber den kärglichen Überresten unseres Volkes. Wie der Efeu die Säule, umfing er unsere Gesten, unsere Gesichter und unser Denken. Die nämlichen Männer und Frauen, die im Kampf mit dem Eindringling ihr Leben riskierten, hießen die von ihm in Szene gesetzte Vernichtung der Unseren gut.

In dieser Hauptstadt eines unterjochten, nicht aber bezwungenen Volkes wurde mir klar, was doch Gerhard für ein kläglicher, provinzieller Stümper gewesen war, als er meiner Finte zum Opfer fiel. Wahre Gilden von Erpressern, botmäßigen Kollaboranten, stellten uns Fallen, umgaben uns mit ihren ununterbrochen wachenden Aufmerksamkeiten.

Wie viele konnten in dieser Stadt, die Hunderttausende von Einwohnern zählte, den spähenden Augen und mordenden Händen entgehen? Hundert oder fünfhundert? Wir wußten es nicht. Wie oft schon waren wir auf Blicke gestoßen, die anonym, die neutral taten und sich gerade in ihrem Bemühen um Anonymität zu erkennen gaben. Blicke, die momentan eine irre, undenkbare Liebe erweckten.

Wieviel konnten entschlüpfen? Wir wußten es nicht. Doch in ebendieser Stadt, die durch ihren Widerstand der Welt Bewunderung abrang, erfuhr ich, daß man an breiten Boulevards ebenso leiden mochte wie an einem kranken Herzen, daß sich ein herbstlicher Stadtpark unter der spärlichen Saat der Spaziergänger und unter vergoldeten Blättern, knisternd von unseren Schritten, in der Verzauberung verspäteten Sonnenscheins zu einem kalten und grausamen Feind wandeln mochte. Daß die Straßenbahn ein Ungeheuer sei, seine Opfer aus Hunderten von boshaften Augen bespitzelnd.

Dank gewissen undurchsichtigen Beziehungen, dank weniger ›Freunde‹, denen ich meine wahre Lage verschwieg, fiel mir die Leitung eines Revuetheaters zu. Während ich idiotische Programme abschnurren ließ, die der Feind freigab, weil er sich davon — seinem eigenen Eingeständnis zufolge — ein Abstumpfen der Seele des eroberten Landes versprach, lernte ich eine Vielzahl von jungen Mädchen, meist debütierenden Sängerinnen und Tänzerinnen, kennen. Die physische Treue Noemi gegenüber war mir eine Last. Unsere Verschworenheit, unser mit dem Blut der Seele getränkter Bund, um wieviel reiner wären sie mir erschienen, hätte ich sie von dieser zwangsweisen und absurden sexuellen Exklusivität aus Überlegung und Furcht zu lösen vermocht. Ein Problem, von Noemi verworfen, die von den Gefahren einer Automatisation der Partnerschaft nichts ahnte, die — durch ihre Unerfahrenheit hinreichend entschuldigt — geneigt war, das unvermeidliche Fortschreiten der Gleichgültigkeit eines Körpers als ein Verbrechen zu betrachten. Ein Verbrechen, das sie zu tilgen vermeinte, indem sie sich im Recht glaubend Zuflucht bald zu einer immer düstereren Traurigkeit, bald zu heftigen Szenen nahm, die ihr mitunter den Anschein echter Größe verliehen.

Die Verwünschungen, die sie über meinen Körper und meine Seele ausgoß, die Züchtigung, mit der sie jeden meiner Gedanken bedrohte, den ich außerhalb dessen, was uns verband, hegen mochte,

dieses Weltall glasklarer Logik, haarscharfer Schlüsse, erbarmungs-
loser als alle Mathematiken, jeder Zweckfreiheit und jeden Ent-
wurfes bar, ein Universum, in dem jeder Keimling in letzte Reife
und Fäulnis umschlug, noch ehe er sproß, war der Raum, in den
Noemi meine Liebe und meinen Verrat verbannte.

Um uns her würgen einander Tausende von Nächten. Ein Ge-
fangener des Monologs meiner Geliebten, dieser schnaubenden
Blendlaterne, die unversehens wie ein leidendes Herz zerbrechen
mag, schrumpfe ich ein, ermangle ich jeglicher Oberfläche. Ein
geometrischer Punkt, schwankend und träumend. Sich quälend,
da er weiß, daß er, einmal eingedrungen in das edle, das lebendige, von ihm vergötterte Fleisch, nur ein Sandkorn unter dem
Lid sein würde, bloß einer, der Schmerzen zeugt. Der geometrische Punkt, wird er denn jemals wissen, wie er sich auflösen, wie
er die leidvollen Spuren seines Erdenwandels auslöschen soll? Die
Gnade des Selbstmords, die süße Gnade der Selbstauslöschung steht
ihm nicht zu, der aus dem harten Teig der Unsterblichkeit geschaffen wurde. Oh, wie ich sie verabscheute, diese mitleidlose Unsterblichkeit, den Clownsfrack, darin uns der Schöpfer gewandet.
In meinem Leib dieses verhaßte Zittern, das Gott ist. In der Erwartung wußte ich, wußte ich: wie ein Zug Raubvögel werdet ihr
mich eines Tages heimsuchen kommen... meine jüngsten, noch
gar nicht gehegten Gedanken, meine noch gar nicht geschauten
Bilder... Doch ich hab nichts gemein mit euch. Ihr seid die Zukunft und die Zukunft ist der Feind.

Ich betastete die äußeren Ränder der Flamme. Ich streichelte
ihre unendlich zarte Haut. Werde ich eines Tages schmerzlos in das
gesegnete Fleisch der Flamme eingehen?

Ich erzählte der bockigen, übelgelaunten Noemi, die sich von mir
nur des größten Übels versah, eine Fabel, die so begann:

»Vor Jahrhunderten lebte in einer Kerzenflamme ein Greis.«

Sie küßte mir die Hände. Sie kannte keine Verbündete außer
der Furcht, die uns in ihren Fangarmen hielt. Müßte mich das in
meinen Körper geritzte Zeichen des Bundes nicht vor der ersten
besten Straßenbekanntschaft entlarven?

Die Augen, die Fenster, die Laternen, wie ebensoviele schwä-
rende Abszesse, wie ebensoviele vergiftete Quellen, wohinter die
Flut unserer Auslöschung anschwoll.

»Was mag im Hirn einer Schabe vorgehen, wenn sie einen schweren Stiefel erahnt, ihn gewahrt, der über ihr schwebt, bereit, ihren Rückenschild zu zertreten und zu zerquetschen, bis daß ihre abscheulichen, weißen Gedärme verspritzen? Wird ihr das Knirschen bewußt und der Gestank, die letzten Ausscheidungen ihres die Erde fliehenden Lebens? Und welcher Art wäre die Frucht einer Kreuzung — ist sie denn wirklich so unwahrscheinlich? — von Spinnenmännchen und menschlichem Zwitter?«

Der arme Narr von Kulissenschieber, zu gleichen Teilen Verrückter und Provokateur, in seinem abgetragenen schwarzen Anzug, bereicherte meine Freizeit mit Fragen wie diesen, die eines Leutnants von G. würdig gewesen wären, während ich in meinem von Motten zerfressenen Fauteuil döste.

Ich tat mein Bestes, um eine Antwort auf diese Fragen zu finden... In einem erloschenen Schmelzofen suchte ich die Magie seiner Besessenheiten aufzurühren, der Ofen aber war erkaltet, und totgeboren die Magie.

Der Herbst nahm seinen Fortgang, und eine dicke Lage von gelben Blättern deckte die Flußoberfläche. Eine karge Aussaat von Tagen, einander zu ähnlich, als daß sie eine besondere Bezeichnung und kalendarische Numerierung verdienten. Des öfteren Fehlgeburten von Tagen, aschenfarbene Vögel, ihres Gefieders beraubt, nicht weniger lastig als Klumpen von Ton.

Eines Tages holten sie sich den Narren von Kulissenschieber als Geisel und erschossen ihn, dem sie den Mund mit Gips gefüllt hatten, damit sein letzter rebellischer Schrei, den auszustoßen er gar nicht beabsichtigt hatte, nicht über seine Lippen dränge. Die lange Reihe der zu Erschießenden löste sich im Rhythmus der Maschinengewehrsalven auf wie die leicht entwirrbaren Knoten eines Bindfadens in einem Kinderspiel.

Anderen Tags mußten wir unsere Flucht fortsetzen, weil ein frisch engagierter Schauspieler meine entliehene Identität nicht wahrhaben wollte. Noemi atmete auf, ihr fiel ein Stein vom Herzen, als ich von den Debütantinnen Abschied nahm.

22. KAPITEL

Und es gab eine Ortschaft in den Bergen, eine kleine Stadt und eine große Stadt, und Hohlwege gab es und Herbergen und Bauerngehöfte und Arbeiterviertel, und Waggon reihte sich an Waggon; zusammenhanglose Etappen einer nahtlosen und zusammengehörigen Einheit. Noemi wurde immer magerer und blasser, sie wurde so durchsichtig, wie es manche Gedanken von Kindern sind. Und ich bot ihr nichts außer der kläglichen Handvoll grauer Nächte. Eine Handvoll Nächte, verfließend vor meinen Augen, nicht schwärzbar selbst um den Preis meines Blutes. Blutarme, kurzatmige Nächte, ein dürftiges Dach wie ein löchriges Kleidungsstück.

Mitunter kreisten große, festliche Vögel zu unseren Häupten. Manchmal hüllten uns rote Staubwolken ein. Unter gewaltigem Druck wandelte sich dieser rötliche Staub zu Sandstein, daraus man die Grabsteine formte, jene Steine meiner Kindheit. Wirkend unser Geschick, wirkend den Clownsfrack, in den zu schlüpfen mir eines Tages bestimmt ist, die vom alten Friedhof verjagten, geheiligten Buchstaben, hockend an schwer bestimmbaren Orten, im Umkreis zermalmter Straßen, unter verdursteten Bäumen.

Wir fuhren und fuhren und wurden die Reise, die uns wie eine starre antike Maske feixend fixierte, nicht los. Sie führte uns durch das endlose Königreich der ›Entscheidung‹. Die tatsächliche Wahl oder der Schein einer ›Wahl‹ multipliziert mit den Sekunden unseres Lebens dröhnte in unseren überspitzten Ohren gleich einem Wespenschwarm; die Straße mündet in einen Platz: biegen wir rechts ab, mögen uns Folter und Schmach erwarten und auch die Schmach sich zu schämen; links winkt uns möglicherweise das Heil. Oder sein Gegenteil... Dieser pausenlose Einsatz blähte unser Zerwürfnis auf, zehrte von unserem Geist und von unserem Denken. Wenn eines Tages alle vier Himmelsrichtungen im Tode zusammenfließen und wir vor der äußersten Mauer stehen, wer wird uns dann wissen lassen, ob nicht auch die drei von uns verworfenen Fluchtwege in die Freiheit geführt hätten?

Es folgt ein längeres Kapitel, in dem sich Boris mit der Bedeutung (oder Bedeutungslosigkeit) des ›Wählens‹ befaßt: Advokat oder Mediziner, Kinderarzt oder Phthisiologe, Phthisiologe oder die Tbc, Universität oder Welthandel und so weiter, Mensch oder Tier, Mensch oder sein Denken, Mensch oder sein Schatten sein; Säugetier oder Vogel; Sein oder Nicht-Sein; Nennbares oder Unnennbares; wahrnehmbar und aller ›faßbaren Wahrnehmung‹ entzogen... und selbst... aller ›unfaßbaren Wahrnehmung‹; ›Realität‹ und die Konkavität des Reellen; Irrealität und die Konkavität des Unwirklichen. Abzweigungen, Abzweigungen in die Unendlichkeit... Dieses Königreich der ›Entscheidung‹ — schließt Boris — war ein Schacht voll halbtoter Eidechsen und solcher, die schon krepiert waren. Boris' Haut empfand, wie es scheint, ihre Berührung recht ekelerregend.

Und er fährt fort in seinem Bericht:
Und es kamen der kleine Bahnhof, der Wartesaal, das Innere einer roten Wurst, worin sich wimmelnde weiße Würmer in tödlicher Trägheit wanden. Während dieser Zeit, in meinem Kopfe zu aschener, feuchter Dämmerung umschlagend, getupft von den Blinklichtern der Zigaretten, blinzelnd von kleinen Begebenheiten, deren eine jede sich zu planetarischen Dimensionen auswuchs (aber wie klein war er doch, der Planet), während dieses keuchenden Zeitabschnittes, neigte ich mich des öfteren über Noemi, die das Kettenglied war und der Bestand. Debatten, Eifersucht, Streit, sie fielen wie Schuppen, sobald Noemi eingeschlafen war und meine Blicke ihr Antlitz und die Konturen ihres Körpers entzifferten, als läse ich ein Manuskript, das ich eigenhändig verfaßt, gänzlich vergessen und schlagartig wiedergefunden hatte. Unsterblichkeit dem, den es nach dem Leben dürstet, die Süße des Sterbens jenem, der seine eigene Vernichtung herbeiwünscht! Diese beiden wahrhaften wie verlogenen Schreie widerhallten irgendwo innerhalb des inneren Gemäuers. Und kraft ihrer Gegenwart wußte Noemi sie an die Leine zu nehmen, diese zwei Schreie, einer weißen und einer schwarzen Ziege gleich.

Mit einem säumigen Zug in eine kleine Station in den Bergen gelangt, mißtrauisch gegenüber dem verkommenen, von Spionen wuchernden Bahnhof, suchten wir erst einmal in einer Eisenbahnerhütte Schutz. Nichts als Massen von Schnee im Draußen,

kristallener, reinlicher Frost; ein paar ferne Lichter. Wir gingen
ein in das große Bett, unter dem Blinzeln des ewigen Lichtes vor
der Ikone, in das Bett, das uns aufnahm wie eine rote Frucht,
gesprungen vor Überreife. Die Straßen des Kontinents, die ich vormals durcheilt, mündeten also in diese leibliche Zweisamkeit, in
welcher der Mann letztlich an die ihm seit jeher verborgenen
Schleusen geriet, in welcher seine Hand endlich an den Gegenstand langwieriger Sehnsucht rührte.

Und hier, was ich von der Stille unserer nächtlichen Zuflucht behielt:

»Der Raum brüllt, der Raum muht, der Raum überschlägt sich.
Die Zeit fletscht die Zähne
        (ihr Rost schlägt in Blut um).
Gott ist nicht hier.
Das Plasma leidet, sein Leid ist grün,
Ausschwärmend, die Augenblicke,
sich schlängelnd wie Serpentinen.
Das Wasser röchelt,
Der Wasserfall nimmt sich der Metaphysik an.
Die Geometrie ist heiser.
Mein Grabstein
                tanzt
                        zum
                        Zimbalschlag

Die ›Religionen der Welt‹
Spielen Verstecken.

Im unbestirnten Hotel des Kosmos
(es ist tatsächlich entstirnt, das Hotel),

Wo wir wohnen,
Sind falsche Töne,
aber nicht halb so falsch
wie der Kosmos.«

»Ich war dreizehn« — erzählt Noemi —, »man hatte uns eben erst
in die ummauerte Stadt geschafft. Meine Eltern nahmen Gold,

Geschirr, Matratzen und Teppiche mit. Sie hatten sich auf diesen Auszug vorbereitet gehabt, doch im letzten Moment waren sie doch nicht darauf gefaßt gewesen. Meine Mutter war ziemlich aufgeregt. Mein Vater — du weißt dich noch gut an ihn zu erinnern, nicht wahr? — hatte getrachtet, ruhig zu bleiben; er hatte mich mit einem weiten Schafspelz bedeckt. Er hatte zu meiner Mutter gesagt — sie glaubten, ich schliefe, doch ich konnte sie hören —, daß er sich sehr wohl mit dem Tod von uns dreien abzufinden vermöchte, doch der Gedanke, ich könnte frieren, raube ihm seine Ruhe. Meine Lungen wären zu schwach, wie ihm scheine. Ich hatte meine große Katze in einen Sack verstaut, um sie an unsere neue Heimstätte hinter den Mauern zu schmuggeln. Meine Eltern hatten mich mit Schinken und kleinen Butterkipfeln versorgt, mit allem, was sich damals schwer auftreiben ließ. Und insgeheim trug ich all das meiner Katze zu, die fauchte und alle Nahrung zurückwies. Man hatte mir erzählt, daß sich Katzen niemandem anschlössen, außer den Mauern, den Örtlichkeiten. Und da ich sie so lieb hatte, meine Katze, hegte ich zwei einander zuwiderlaufende Wünsche: ich wollte nicht, daß sie sich rette; und zugleich wünschte ich eins zu sein mit ihr, niemanden zu lieben, nicht einmal meine Katze, sondern einzig die Mauern, die Örtlichkeiten. Und die Katze verschwand binnen vier Tagen. Es war, als die gelben Anschläge drohten, daß die Unseren, die man jenseits der Mauern anträfe, auf der Stelle erschossen würden. Doch ich lief davon. Der Vater hatte sich zur Versammlung des Rats bei Leon L. begeben. Die Mutter befand sich auf Buttersuche. Um drei Uhr nachmittags schlüpfte ich durch die Mauer. Ich befürchtete, *vorher* abgefangen zu werden, noch in unserer Stadt. Nachher, als ich mich in der *ihren* wußte, begann ich wie eine Irre zu laufen. Ich dachte, daß niemand von ihnen schwarze Haare hätte wie ich. ›Ich fühlte mich schwarz, als wäre ich nackt gewesen.‹ Entsinnst du dich dieser Worte? Ich wartete lange in der Einfahrt unseres früheren Hauses. *Ihr* Bürgermeister wohnte jetzt dort. Weißt du noch? Ein Haus, von einem Garten umgeben, darin das kleine Hausmeisterhäuschen stand. Als der Hausmeister meiner ansichtig wurde, bekam er es mit der Angst zu tun. Doch er hatte ein Herz. Er bezwang sich und sagte: ›Ich weiß, weshalb Sie gekommen sind, Fräulein Noemi. Ihre *Katze* ist hier.‹ Sie hat mich blutig gekratzt, meine Katze. Sie wollte nicht fort. Doch ich packte sie, ich schlang sie mir um den Hals, und auf dem Rückweg fühlte ich mich in Sicherheit. Meine Eltern schalten mich nicht; sie küßten mich ab, als ich wiederkam. Doch als mein Vater mich in die Arme nahm, war in seinen Augen dieser gewisse Nebel, der nur ganz selten auftrat. Ich dürfte es dir nicht sagen, weil du es nicht verdienst, daß nämlich dieser Nebel auch manchmal in deinen Augen ist. Vielleicht bin ich deshalb mit dir gegangen. Und vielleicht auch noch aus einem anderen Grund. Hör mich an. Ich hab's dir nie erzählt. Es war lange, sehr lange nach der Geschichte mit der Katze. Meine Eltern waren noch am Leben, doch ich hatte begriffen und wußte, daß sie von einem Tag auf den anderen Selbstmord begehen würden. Und ich wünschte es mir, weil ich sie liebte. Ich liebte sie auf eine besondere Weise. Du verstehst. Ich brauche es dir nicht zu erklären. Du kamst vorbei und nahmst mich zum Ältestenrat mit, um mir einen Ausweis als Alteisensammlerin oder etwas Ähnliches zu beschaffen, damit ich vor den Razzien sicher wäre. Du glaubtest an diesen Schutz ebensowenig wie ich. Aber ich bin gegangen, damit meine Eltern meinten, ich glaube daran. Und dann gingen wir spazieren, hinter der alten Synagoge. Dort gab es einen abgeweideten grünlichen Platz. Es war die Stunde der Dämmerung. Du erzähltest mir von ›organischen Landschaften‹, die dein Freund David beschrieben hatte. David der Rote. Du sagtest, daß wir ein Teil der Landschaft seien, ihr ungeduldigster möglicherweise. Und daß wir die Landschaft in uns trügen. Und viele Dinge noch, die ich nicht wiederzugeben wüßte, gleichwohl ich sie damals begriff, als hätte sich dein Hirn in meinem Kopfe befunden. Du machtest mir nicht den Hof. Ich war enttäuscht. Und ich wußte, daß man mich weder verschleppen noch töten würde, ehe ich mit dir schlief. Rotznase, die ich war, hatte ich dich mit Mädchen gehen sehen, mit Rachel der Schwarzen, und mit Tamara, die um so vieles schöner war als ich. Ich eiferte, bebte vor Zorn. Und ringsum existierte nichts mehr für mich. Die Eltern... kaum daß ich sie bemerkte, und mit den Soldaten und den Aktionen und Abschieden war es das gleiche. Ich war abgeschnitten von allem, was sich begab. Und du sahst so aus, als bemerktest du alles und jeden, nur mich nicht. So blieb es für eine zu lange Zeit. Erst als die halbe Stadt, die Hälfte von uns zu bestehen aufgehört hatte, kamst du wieder vorbei. Während sie in der Stadt wüteten, während sie in den Spitälern die Kranken erschlugen, überlegte ich, wie ich mich an dir rächen sollte. Nacht für Nacht flehte ich zu Gott, daß er dich mit einem Traum schlüge, einem Alptraum von *mir*. Hätte es in meiner Macht gestanden, entweder uns alle zu retten oder in deinem Kopf diese Träume zu wecken, diese Nachtmahre über *mich*, die ich in dich wünschte, ich hätte mich für sie entschieden... Die Wände deines Schädels Nacht für Nacht mit meinen Bildern auszuschlagen. Und mochten diese Bilder schillern und mit dem Unmöglichen, mit dem ewig Unerreichbaren spielen.

Doch sooft ich dich auf der Straße traf, fand ich in deinen Augen keine Spur von jenen Träumen, die ich in meinen Gebeten auf dich herabwünschte. Nicht einmal abwesend warst du: herzlich, korrekt und ein wenig zerstreut.

Und noch heute, da wir uns zu zweit dieser dunklen Wand gegenüber finden, sind wir nicht beisammen. Eines Tages wirst du es vielleicht noch bereuen. Doch es wird zu spät sein und nackt die Welt um dich her...«

»Du bist ein grünliches Aquarium, Noemi. Darin Algen schwirren. Darin rote und goldene Fische die Dichte des Raumes durchbohren, als wären sie Pfeile. Als wären sie Schwalben, Noemi, ich liebe dich.«

23. KAPITEL

Neuerdings sehe ich mich in Boris' Manuskript Aufzeichnungen gegenüber, die sich nur schwer irgendeinem Fragment seines an Windungen reichen Berichtes einfügen ließen. Er las die ›Upanischaden‹, aber abgesehen von summarischen Hinweisen auf ein paar Titel, blieb uns als alleinige Frucht dieses Studiums ein kleiner Vierzeiler erhalten, nahezu klassisch in seiner Form und deutlich abweichend von Boris' gewohnter Ausdrucksweise:

> Denn der Saft eines Verses
> Und das Maß einer Pflanze

Sind, Brahmacarin,
Kaum voneinander verschieden.

Im übrigen, führt Boris an, worin bestünde denn die Verschieden-
heit zwischen den Dingen? Ist es ein Saft, dann würde sein Geschmack meinem Palaste zu feindlich erscheinen. Und ich *verneine*
es. Und sei dies der letzte Luxus, den ich mir leiste.

Wir finden hier auch ein kleines Glaubensbekenntnis, oder besser
gesagt, ein paar Zeilen, dienend der Vorstellung, die sich Boris vom
Beten machte. Ich zitiere sie unverändert:
Das Leben und seine Lehren — der sprichwörtliche Strahl kalten
Wassers oder eher noch kochenden Wassers auf einen Kopf, der
lieber kühl bliebe — vermochten nicht, mir meinen eingeborenen
Glauben an die Magie auszutreiben. Mit allen Fibern meines Geistes und meines Körpers glaube ich an die Möglichkeit, an die
Notwendigkeit, kraft einer Anstrengung des Geistes, der Seele wie
auch des Körpers, Einfluß auf die entferntesten Dinge zu nehmen.
Ich fühle mich einzig an diesen Glauben gebunden. Ich glaube an
die Kraft des Gebetes, Tatsachen umzuformen, Falten zu werfen
in Zeit und Raum und sie zu glätten. Eine leider nur oberfläch-
liche Kenntnis gewisser Tantras, eine manische Schwäche für die
Übungen der Gematrie sind hier von einigem Nutzen. Die Meute
der Gebete, buntscheckige Meute, aufsteigend (oder absteigend)
aus Verliesen, Lagern, Spitälern, Gossen, Palästen. Die Früchte
dieser Gebete gehören nicht in die Vitrine. Eine Frage der Prü-
derie?... Eine dumpfe Stimme (diese Stimme gewann mein Herz
nicht) versichert, es seien einzig die lahmen Gebete, die nicht erhört würden. Steißbeinige Gebete, verkrüppelte Gebete, fehlge-
borene Gebete, ihnen gehört mein Mitleid und vielleicht auch
meine Liebe.
    Erinnern wir uns der weiten Räume rings um den Friedhof von
Niegorieloje. Als man dort meine »Brüder« erschoß, war dieser
Friedhof ein zweites Mal Friedhof geworden. Friedhof eines Fried-
hofs. Sicher, die Anführungszeichen sind hier abscheulich, so wie
überall, doch wir müssen sie achten, um der Ehrlichkeit willen. Die
Anführungszeichen, dieses Anti-Gebet... Sind sie nicht andererseits ein universelles Signum, ein kosmisches Phänomen? Sich das

Universum ohne Anführungszeichen, ohne die mögliche Rückfäl-
ligkeit in Anführungszeichen auszumalen — wie grausam!

Ein anderes Fragment:

Gelobt sei der Herr! Was das Unreine angeht, bin ich autark. Ich
verzichte darauf, Unrat aus jener Wüste zu importieren, die man
Außenwelt nennt.

Das Ich, das Anti-Ich, das A-Ich
Gott, Anti-Gott, A-Gott.

Ich sehe mich, wie ich bin: Ein Herr, graumeliert (gar nicht wahr.
Mein Haar ist noch nicht angegraut), geht auf der Straße, inmitten
hochragender Häuser. Ich vermag seine Gedanken zu sehen. Sie
bewegen sich träge, wie rötliche Eingeweide. Die Flamme der Kerze
ist mit einer Haut, mit der Flammenhaut überzogen. Die Haut
schützt das Fleisch, die Flammeneingeweide. Die Oberfläche durch-
stoßen und in das Fleisch der Flamme eindringen... Wozu das?
Ich weise die Welt des Feuers zurück.

Sollte ich in einen Tempel eintreten? Wenn es Gott gäbe, dürfte
er einzig die Gottlosen lieben. Und was mich betrifft, so fürchte ich
jede beliebige Liebe, vor allem die Gottes. Gleichwohl ja, wie mir
ein namhafter Regisseur in wohlgesetzten Worten bedeutet, »die
Gottesvorstellung von der Wissenschaft überholt worden ist«.*

Eine Säule aus ockerfarbenem Staub taumelt an diesem Sommernachmittag an mir vorüber. Ich sehe die Splitter ihrer Gedanken. Sie sind schwarzen Wurzeln vergleichbar. Vergleichbar einer
zerzausten, skalpierten Mähne.

Die Strahlen der Sonne peinigen mich. Sie schneiden mich ein
und schneiden mich zu wie die Stricke, den Sträfling an Haut und
Seele zu brechen.

Mein Haß, mein beglaubigter Haß, er versteigt sich nicht allein
zu den Strahlen. Er steigt auch hinunter, unter die Staubkörner.
Zwiefaches Hassen, das sich zerfleischt und sich verschlingt wie
zwei stolze mit aller Kraft aufeinander einstürmende Wasserfälle.
Das ist es: mit aller Kraft.

* *Ingmar Bergmann.*

Und nun fängt das Ganze von vorne an. Und wieder:
Die Wände der Flamme. Das Innere der Flamme. Die Haut der
Flamme. Das Fleisch der Flamme. Das Fleisch der verwundeten
Flamme. »In der Flamme einer Kerze lebte ein Greis...«

Wohin richtete Boris seine Gebete? Handelte es sich um eine Pas-
sion, die wir als posthum ansehen müßten? Diese holprigen Verse,
anscheinend ohne jede Beziehung zur eigentlichen Handlung, ver-
vollständigten sie, auf welche Weise auch immer, das Bild, das
mir von seinen letzten Monaten vorschwebt?

> And so
> the fight is over
> and the corpses of my hours
> dead corpses of my hours and my foolish years
> They lie defeated and begin to rot.
> Das Feld ist frei. Bald muß nun
> aus der armseligen Kuru-Kshetra of my life
> schüchternes Gras sprießen...

Was die imaginären Kritiker dieser Verse betrifft
(Hirngespinste wie ich glaube. Niemand wird sie jemals
zu Gesicht bekommen, und
wozu auch?)
So wird sie von ihnen verdammt sein (sofern sie zu urteilen
geruhen),
diese schlechthin geschmacklose Vielzüngelei.

> On the poor Kuru-Kshetra of my life
> verausgaben sich die Winde und
> niemand mehr tritt wider sie auf... Ein Einziger?
> (nicht einmal der)

> Die Stunden, die ausgepumpten und toten Monate
> und die Splitter der Kugeln, die einst versprühten,
> lächeln ein unterwürfiges Lächeln.
> Die Folge? So viel davon wie euch beliebt.
> But — sans moi...

Bring sie denn zum Verlöschen (mit deinem Blick), o Herr,
diese ungeduldige, flammende, ungestüme Blume meines Herzens!

Was zwischen ›eins‹ und ›zwei‹ liegt
Wirst du dort niemals eindringen?

Dieser vorlaute und zudringliche Frühling
er hüpft und purzelt wie ein verstümmelter Skarabäus.

Das Blut
es kocht
im Schnee
und gibt
dem Schlamm ein Gelb
indem es
zu Schlamm wird
dies Blut
Ist keine banale
Metapher der Liebe
Es ist
Das Blut der Juden
erschossen
Am Kilometerstein 16
der Straße
führend von Michnia
nach Zbarazhe
AAAA –
»Der Juden« heißt es
Ja aber
Wer sind sie gewesen, gewesen, gewesen?!!!
Sie waren:
Ein Dürrer
Ein sehr Dürrer
Der seinen Adamsapfel
im Auslese-Augenblick rollte
Sonnenblume sich kehrend zur Sonne
Wie die Erdkugel kreisend
um seine Furcht
Oder vielleicht um
Seine Selbstbetrachtung

Oder vielleicht um
Das Nichts
    Und der andere war
    Wie ein Geier
    Er liebte die Frauen
    Und die Kabbala
    Das Schimmern ihres silbrigen Fleisches...
    Sein Blick — zwei rötliche Mäuse
Und die dritte,
Deren Körper Lieder zu singen wußte
Zärtliche Lieder von verloschener Glut
Sie war wie
Ein Feldzeichen der Liebe
blutüberströmt...

Laß denn ab von dem in den Kot getretenen alten Zierat
Und ein Hoch dem Erlöser
Dem unvergänglichen Retter:
                    Dem Kot

Und hier ein paar Zeilen, die, seltsam genug, Spuren von Boris'
Paris-Aufenthalt erkennen lassen:

        Der Sonntag:
Mauern, Worte, Stunden
Ein paar Fragmente, die bluten
    Und ich ›ohne Zunge‹
    Die zerbrochene Wahrheit
Die Öde der Vorstädte
Denn die Brücken...
in alle Richtungen
Doch ohne Richtung für ihn,
Der seinen Gott erschlug.
Auf die schmutzstarre Oberfläche des Sackes
genannt ›Psychologie‹
mit einem einzigen Sprung, als spränge man vom Pont
Steh mir bei, o Maria.   [des Arts in die Seine
    Es gibt nicht Maria allein. Es gibt auch
    Monique, Joe, Olga und Zizi...

Sie kommen zu spät, diese Verse
Im Kopf sprießt
der Eiffelturm
  Wenn er dich, ausgehöhlt, auf den Tisch wirft
  Die Karten sind ausgeteilt — geh nicht zu nah heran!

Der Vorbehalt, unter dem ich die nun folgende Notiz anfüge, ist
fast noch heftiger, als es die Gewissensbisse sein würden, die ich ob
ihrer Streichung empfände. Diese kindische ›Ontologie‹ erscheint
mir in hervorragendem Maße für die geistige Umnachtung be-
stimmend gewesen zu sein, der Boris schließlich anheimfiel. Sie
mag dem Leser dazu verhelfen, Boris besser zu verstehen, als ich
es vermochte?!

a) In jedem aufbrechenden Augenblick (sie, unsere Augenblicke,
sind schwärmenden Insekten gleich; sie summen) wiedererfinden
wir (oder wiedererfindet man für uns) das ewige Spiel vom Sein
und Nicht-Sein. Du lügst: Das Spiel von Nicht-Sein ist uns nicht
zugänglich oder existiert gar nicht. Das Spiel vom Sein aber... es
schillert in schmerzhaften und lächerlichen Nuancen: das ›Unter-
Spiel‹ vom Werden, jenes vom ›Um-Werden‹, das ›Über-Spiel‹ vom
›Rück-Werden‹ oder vom Existieren kraft des Verfalls. Nächtens,
in einer illuminierten Fabrik, etikettiert man auf solche Weise. Eine
kränkelnde Nacht steuert dazu das ihre bei.

b) Übelriechender Teig in einem Backtrog — das ist das Sein, in
seiner Ganzheit. Kann es erfaßt, erfühlt werden als das ›Ich‹, als
das ›Wir‹, oder gar als das ›Ihr-Anderen‹ und eine ganze Ideen-
reihe, der in den grammatikalischen Kategorien keiner einzigen
Sprache ein Platz vorbehalten ist? ›Anonyme Hände‹ kneten ihn,
diesen Teig. Winzige Krümelchen lösen sich von ihm ab, eine Unzahl von ›Ichen‹, von mir allein nicht zu zählen. Sie empfinden
den Schmerz, den Hunger, den Ehrgeiz, die Liebe; ein Krümelchen
Scheiße möchte, sei es nur um einen Millimeter, größer sein als ein
zweites Krümelchen Scheiße... ehe sie in den Backtrog zurückfallen, ehe sie in den Mutterteig, in den bräunlichen ›Ur-Teig‹ zu-
rückkehren.

oder gar:

c) Eine endlose (?) Chaussee, in Kot aufgeweicht. Nur der Kot existiert, denn in meiner Vorstellung ist die Chaussee nur eine... ›Vorstellung‹, eine Dekoration, deren Klarheit meiner Gesichte bedarf.

Eine schwarze (?) Limousine rollt über diese Straße. Unter der Einwirkung ihrer Räder lösen sich Tropfen, lösen sich Klümpchen aus dem ›Mutterkot‹. Und ehe sie dahin zurückfallen, darin wiederaufzugehen, sind sie all unsere ›Existenz‹, all unser Leben mit seiner Dauer, seinen Emotionen, seinen Formen von Haß, seinen Lieben, seinen Ewigkeiten... und seinem ganzen Repertoire.

Wie aber sollte es möglich sein (selbst wenn es feststeht), daß ich in dem Raum dieses Augenblicks, zwischen Gelöstsein aus ›Mutterkot‹ und dem Zurückfall, die verbotene Stadt und das Heimweh nach dieser Stadt und alle ihr im Davor und im Danach geltende Liebe erlebe?

Der Katalog der Leeren

...Denn da sind die kranke, die gelbe, die berstende, die fiebrige und die japsende Leere und jene, die Ruhe ist. Die Leere, die knirscht. Die Leere, die Verzweiflung erzeugt, und jene, die die letzte Befriedung bringt. Leere. Die rote Leere nach dem Selbstmord, die schwingende Leere und jene, die taub ist und reglos. Das Feld des Leidens und die endliche Heilung... All diese, unter sich verbrüderte Leere fügt sich zu einem hohlen Monument.

Dieser Herr mit dem Zylinder auf seinem Kopf sammelte Leeren. Doch sobald er verarmt war, machte er sich daran, sie wieder abzustoßen. Es ging ihm, die Wahrheit zu sagen, sehr gegen den Strich.

Ein Dreieck, das ächzt: Ach, daß ich sie wiederfände, daß ich sie wiederfände; ich fühle, daß sie zugegen ist, daß es sie irgendwo in einer fernen Welt, oder aber ganz nahe, gibt... sie... die dritte Dimension. Diese vertraute Heimat, aus der meine Seele vor Anbeginn der Zeit verjagt worden ist. Mein Gott, oh mein Gott, wo find ich sie wieder? Nirgends, es sei denn in ihrem Schoß, mag ich ...

(Der Mensch in Verfolg der vierten Dimension, sie vorausahnend, ohne sie fassen zu können.)

Aber die jungfräulichen Dimensionen in Überzahl, die müßigen Dimensionen, die gleitend entweichen, womit verbringen sie ihre leeren Tage? Wo ist sie, jene grüne Weide dieser weißen Lämmlein? Werde ich jemals die Schlafräume dieser Pensionärinnen ausfindig machen, deren Jungfräulichkeit mich unendlich lockt? Werde ich sie jemals schwängern dürfen, diese blonden und braunen und rothaarigen, blutarmen und unabsehbaren Dimensionen?

Ich brächte mich in Konflikt mit mir selbst, schlösse ich diese dem Fortgang des eigentlichen Berichtes durchaus zuwiderlaufende Einfügung ab, ohne sie durch die Beschreibung, die Aufzeichnung eines Traumes zu vervollständigen. Die betreffende Notiz trägt ein Datum. Es unterliegt nicht dem mindesten Zweifel, daß sie zu den letzten, von Boris verfaßten Schriften zählt. Nicht weil ich sie für besonders bedeutsam hielte, schließe ich sie dieser Auswahl an. In meiner Funktion des Herausgebers, der Ordnung — und welche Ordnung — in diesen Wirrwarr zu bringen versucht, muß ich nun schon seit geraumer Zeit darauf verzichten, nach ›authentischen‹ Werten zu fischen. Es ist eher eine Art Pietät, eine Art Schwäche, die mich dieses Fragment nicht ins äußerste Dunkel verbannen läßt. Hat denn nicht Boris selbst diesen Traum zu ›seiner entscheidenden Vision‹ aufgewertet?

»Ich fand mich in einer mächtigen Synagoge, die sich im zweiten Teil des Traumes unmerklich zum einzigwahren Tempel wandelt. Altertümliche Kandelaber aus Bronze. Eine Fülle von Gold. Eine noch größere Fülle von Kupfer. Viel Schatten und Licht. Sie geben sich untereinander königlichen und weisen Spielen hin. Dem Blute der Schatten vermengt sich jenes der Lichter. Wahrhafter Glanz und wahrhafte Heiligkeit. Bärtige Gesichter frommer Gestalten, in ihre Gebettücher eingeschlagen, hatten mich schon zu Beginn mit Freude erfüllt.

In welcher Synagoge befand ich mich also? Wie war es möglich, daß ich einen solchen Ort nicht kannte? War es die aus der Quellenstraße? Wann hätte sie jemals so weiträumig und so feiertäglich gewirkt? Trotz all meiner Anstrengungen bin ich außerstande, die Ortsbestimmung dieses Palastes zu treffen, der meine staunenden Augen an eine Kreuzung aus Salomonischem Tempel und dem Spital unserer Stadt gemahnt, dem im byzantinischen Stil erbauten, vom alten Friedhof flankierten Spital, in der phantasievollen Ausschmückung durch ein Kind von sechs Jahren.

Durch einen Irrgarten gewundener Gänge und sich vielfach verzweigender Durchlässe gelange ich auf eine Art Terrasse. In der Mitte ragt eine Kuppel, eine prunkende Kuppel aus rotem Sandstein. (Hatte mich diese Kuppel an das Spital unserer Stadt denken lassen?) Von der Terrasse ein herrlicher Ausblick. Das Licht klingt. Es atmet. Eine datierte, mittelalterliche Landschaft: mit Zinnen, Türmchen und Brücklein. Man möchte zerfließen, zerrinnen, nur in dem abgezirkelten Maße bestehen, das einem Landschaft vor Augen rückt. Schon im nächsten Moment mag ein sarazenischer Kaufmann auftreten, mit seinen Kamelen und seinen Eseln, beladen mit kostbarem Gut. Oder es mag eine Gruppe Aussätziger auftauchen, in gelben und langen Gewändern, und ihre Klappern schlagend.

Die Stunde ist für mich klar zu durchschauen: ein Sommernachmittag, noch von der versinkenden Sonne vergoldet.

Ich steige von der Terrasse ab und finde mich in einer Art Vorhalle wieder, wo an die zwanzig Tempelhüter, ›biblisch‹ gewandet (für einen Chronisten des siebzehnten Jahrhunderts), aufgespalten in kleine Gruppen, auf und nieder schreiten. Ihre Gewandung erinnert an jene der Helden von ›Athalie‹... Ich wende mich einer der Türen zu, die sich (von innen gesehen) zu meiner Rechten befindet, doch sie scheint mir versperrt. Einer anderen: Zwei Hüter kreuzen die Schwerter: »Ihr dürft diesen Raum nicht verlassen!« Das wiederholt sich einige Male, und mich erfaßt eine dumpfe Beklemmung. So wäre denn all dieses Wohlbefinden nur eine Falle gewesen? In der Vorhalle umringt mich ein gutes Dutzend von Hütern (diesmal erinnern sie mich, trotz ihrer antiquierten Gewandung, an Stubenälteste während der Lagersperre). Sie verweilen in trautem Gespräch unter sich, ohne meiner zu achten. Ich erfahre (aber von wem nur?), ich sei zu einem Tode verurteilt worden, der mich an den durch Ersticken gemahnt. Ich habe Angst, und ich beherrsche mich nur mit Mühe. In den Händen eines jeden von ihnen gewahre ich einen kleinen roten Ziegel. Ein Gedanke durchzuckt mich: Die Steinigung also. Man will mich steinigen...

Plötzlich höre ich eine Frau, die meine Gedanken liest, sagen: »Sollten Sie etwas anderes vorziehen, dann passen Sie auf: nehmen Sie dieses Messer hier und öffnen Sie sich Ihre Schlagader.« ...Ich setze das kleine Messer links an den Hals und habe Angst. Ich würde niemals imstande sein, die Klinge in mein Fleisch zu versenken.

Abkehr und Ekel seitens der Hüter. Nichtsdestoweniger neigt sich einer von ihnen über mein Ohr: »Ihr seid dabei, Euch den Kopf zu zerbrechen, Euch mit der Frage zu quälen, *warum* Ihr sterben sollt? Hab ich recht?« Dann, etwas wie: »Jedenfalls nicht aus ideologischen Gründen.« (Doch das Wort ›ideologisch‹ sagte er nicht.) »Es hat mit dem Streit der beiden Alten (ich weiß, daß es sich hierbei um Hohepriester handelt) zu tun. Ein jeder von ihnen braucht Geld. In solchen Fällen lassen sich immer schöne Begründungen finden.«

Die Atmosphäre der Lagersperre, die Stimmung der Eingeschlossenheit und des Verbotenen wird dichter. Ich weiß, daß es sinnlos ist, die Furcht aber drängt mich zum Handeln (sie läuft damit all meiner Angewohnheit zuwider). Unmerklich wende ich mich nach links und stürze, die Hüter (die mich zu verachten scheinen wie Fleischer ein verendendes Tier) zur Seite stoßend, auf eine Türe zu meiner Linken zu. Ich bin im Garten des Tempels, und ich laufe, so schnell meine Füße mich tragen, einer Pforte im Gemäuer entgegen. Mir voraus läuft ein Mann, offenbar ein Flüchtling wie ich. Ich empfinde für ihn ein vages Mitleid, wie etwa für einen Schicksalsgefährten. Doch sowie er die Pforte erreicht (Bresche in der Mauer, Blockhaus, Wächterhäuschen eines Klosters), erstarrt er zur Säule, postiert sich gelassen vor die Pforte und dreht sich mir zu: Auch er ist ein Hüter. Nun kann ich es sehen. Dann, als ich selbst an das schwere Portal in der Umfriedung gelange, stößt er dieses weit auf und tritt zur Seite, um mich vorbeizulassen. Er verbeugt sich vor mir. Seine Geste verrät nicht die mindeste Ironie. Ich schreite hindurch. Und stehe von neuem vor einer Mauer, viel höher noch als die vorangehende und grau in grau. Weder links noch rechts winkt mir ein Ausweg. Nur eine lange, staubige Straße, von zwei hohen Mauern begrenzt. Es ist das Ende.

Ich hänge sehr an diesem Traum, der, ungeachtet seiner banalen Symbolik, für mich eine gewisse Stärke bewahrt. Ich nannte ihn ›meinen entscheidenden Traum‹.«

24. KAPITEL

Als ich in der gleichen Nacht — oder war sie dieser nur zum Verwechseln ähnlich — neben Noemi lag, wanderten meine Augen über das weite Zelt des winterlichen Himmels hinter dem Fenster ohne Vorhang.

Wie viele Jahre hatte ich nicht mehr an meinen Onkel Zacharias gedacht, an Zacharias den Gescheiterten, gestorben, ehe der Krieg begann? Und nun fand ich meinen Geist mit einem Schlag in eine wundersame Vorstellung versponnen: Er, Zacharias, gehörte zur göttlichen Aussaat der Sterne am Himmel, diesem funkelnden Sinnbild überirdischer Pracht.

Mein Onkel war vor dem Kriege gestorben, noch ehe meine Geschichte begann, und doch haftete Zacharias' innerstes Wesen den Dingen, die wir gesehen und erlebt hatten, unablösbarer an als das Wesen irgendeines von uns unmittelbar Beteiligten.

Ich empfand den mehr oder minder farblosen Zeitabschnitt, in den sein Tod fiel, als eine Absurdität und ein Unrecht. Nicht daß ich meinem Onkel Zacharias übel gewollt hätte. Es war für mich beglückend zu wissen, daß ihm die Entbehrungen, daß ihm der aufwendige Terror erspart geblieben sind. Zugleich aber gab mir eine flüsternde Stimme ein: Diese Epoche stelle vielleicht nur die Projektion, die Verwirklichung des innersten Wesens meines vor Zeiten verblichenen Onkels dar. Als wollte man sich nach dem Sieg einer Revolution des Revoluzzers erinnern, der den Triumph seiner Träumereien nicht mehr erleben sollte. Ich will Zacharias beileibe nicht unterstellen, er habe auf seiten der Mörder gestanden. Warum aber blieb es diesem verschwiegenen Kunstschmied des Leides verwehrt, sich an der Passivität des Martyriums zu ergötzen? Hätte er nicht um so vieles mehr verdient, mit dabei zu sein, als jene, die heute vergingen, ohne in den Genuß ihres eigenen Todes zu kommen? Mir war, als stünde ich im Begriff zu ergründen, was mir seit jeher an Zacharias unfaßbar schien, als schaute ich die endgültige Projektion eines Schicksals, das zu vollenden ihm nicht beschieden war.

Im Schoße einer Familie, in der sich seit Generationen der Reichtum und das, was als ›Ehre‹ galt, häuften, hatte sich Zacharias schon immer wie ein verlorenes Lamm, um nicht zu sagen, ein räudiges Schaf, ausgenommen. Er stand abseits, wirkte verwelkt und vor der Zeit gealtert und schwieg viel. Niemals ein lautes Wort. Wenn er nur wenig sprach, dann nicht etwa, um kraft seines Schweigens an Prestige zu gewinnen, sondern weil es ihm einfach körperlich widerstand, mit der Außenwelt in Verbindung zu treten. Dieses unendliche Moor des Schweigens, in einem einzigen Wesen enthalten, es schnürte einem die Kehle zu.

Wie es in der Familie hieß, verschwendeten selbst seine Eltern auf Zacharias weniger Zärtlichkeit als auf ihre übrigen Kinder. Eines Tages — Zacharias, der Erstgeborene mochte damals elf Jahre alt sein — spielte er hinter verschlossener Türe mit seinen beiden Brüdern, von denen einer später mein Vater wurde. Der Winterabend zog sich ohne Ende hin. Die Kinder stießen eine Petroleumlampe um, und ihre Kleider fingen Feuer. Vom Lärm alarmiert, eilte mein Großvater an den Tatort; um sie vor den Flammen zu schützen, schlug er seine zwei jüngeren Söhne in Pelze ein. Eine gute Weile verstrich, ehe ihm auffiel, daß auch Zacharias Verbrennungen aufwies, ohne daß er auch nur einen Schrei ausgestoßen hätte, gleichwohl sie schlimmer sein mußten als die seiner Brüder.

Man erstickte die Flammen. Zacharias benötigte eine Woche, um sich von seinen Verbrennungen zu erholen, seine Brüder brauchten, dank den Pelzen, nicht ganz so lange. Doch die Behandlung, die Zacharias von seiten des eigenen Vaters zuteil wurde, nahm schon die Haltung vorweg, die ihm gegenüber das Leben selbst einnehmen sollte.

Mein Vater war ein berühmter Rechtsanwalt. Sein jüngerer Bruder hatte die Universitätslaufbahn eingeschlagen und publizierte Arbeiten, die ihm ein klingendes Renommee sowohl in der Heimat als auch in Übersee eintrugen. Zacharias war an der Reifeprüfung gescheitert und blieb noch mit Dreißig in einen winzigen Weiler verbannt, umgeben von einigen Dörfern, die den Kern der Besitzungen seiner Familie darstellten.

Um diese Zeit nahm er ein fast schon zu reiches, häßliches und schwer zu zähmendes Mädchen zur Frau. Zu dieser Heirat war es gekommen, weil es Zacharias an Kraft gefehlt hatte, um sich des alten Heiratsvermittlers zu erwehren. Dieser mußte schließlich darauf achten, daß er für sich und für seine zahlreichen Kinder aufkäme, und so war es ihm nicht zu verübeln, daß er das Zölibat eines dreißigjährigen Mannes, der reich war und einer der besten Familien angehörte, als einen Dorn im Auge empfand. Zacharias mochte sich sagen, ›die oder eine andere — was macht das schon aus?‹ — sofern er sich überhaupt etwas sagte.

Wie immer dem sei, das erste Frühjahr und der erste Sommer in der kleinen Stadt, in die ihm die Angetraute gefolgt war, stellten selbst Zacharias' engelhafte Geduld auf eine harte Probe. Die junge Gemahlin wollte zerstreut, wollte gefeiert, wollte ausgeführt werden, auf daß die Nachbarinnen einen Eindruck von ihren in der Hauptstadt angefertigten Toiletten gewännen. Sie wollte von Liebe umgeben, sie wollte *angesprochen* sein. Als sie sich um die Erfüllung all dieser Wünsche geprellt sah, fing sie an, ihre Krallen zu zeigen, lärmende Szenen zu machen, in Weinkrämpfe auszubrechen. Sie stopfte das alte Haus meiner Großeltern voll neuer Möbel, und das kindische Spiel ihrer Instandhaltung und unausgesetzten Verrückung nahm sie gefangen. Nach acht Monaten war Zacharias zu der Erkenntnis gelangt, daß ihm der Ehestand nicht bekomme. Er faßte einen Entschluß, wohl den ersten und einzigen in seinem ganzen Leben, das die Unentschlossenheit selbst war.

Ohne seiner Gemahlin auch nur ein Wort zu sagen, ließ er vor den großen Schlitten drei Pferde spannen und machte sich auf den Weg nach der Stadt, in der seine Schwiegereltern wohnten. Die Strecke, die zu durchmessen war, betrug einige hundert Werst. Onkel Zacharias wollte seinen Schwiegereltern verkünden, daß er fest entschlossen sei, sich scheiden zu lassen. Er vertraute sein Vorhaben als einzigem meinem Vater an, der damals wie zufällig auf dem alten Familiensitz zu Besuch weilte. Der Winter hielt die Erde in seinem Griff. Der alte Kutscher sah sich des öfteren genötigt, mit Schaufel und Schippe den Schnee aus dem Weg zu räumen. Bei Sonnenuntergang bot der Schnee das Schauspiel einer Farbenpracht, wie man sie niemals zuvor geschaut hatte. Tausende von Silberspiegeln tanzten im Angesicht Tausender Sonnen. Die Stille stöhnte und sang wie das Erz unter den Schlägen gewaltiger Hämmer. Die Wölfe knieten vor den Hügeln aus Schnee, und die Abendröte stimmte die Symphonien ferner Welten an.

In einen schweren Pelzrock eingemummt, bemitleidete Zacharias die Wölfe, den Schnee, die verschleierte Sonne und die blinkenden Sterne, die es wohl kalt haben mußten dort oben. Er schlummerte, träumte von Dingen, die sein Geheimnis blieben, nach wie vor dieser Reise.

Bedauernd sah er sich nach den Schlitten der Bauern um, die zurückblieben, indes seine Troika gleich einem Blitz durch diese reinste der Landschaften fegte. Er verscheuchte das Bild der Auseinandersetzung, die ihn im Hause der Schwiegereltern erwartete. Arme Leute, hatten sie ihre Tochter dreingegeben, um sich seinen, Zacharias' Vorfahren anzunähern, von deren seit langem verblichener Weisheit und sagenhafter Frömmigkeit sie sich einen besseren Platz im Theater der Zukunft erhofften. Wenn sie geahnt hätten, wie schwer Zacharias an der Last seiner berühmten, in die Schrift eingeströmten Vorfahren trug...

Eine Schwalbe, war es wirklich eine Schwalbe? — schnitt den Himmel mit schwindelerregender Schnelligkeit und stürzte ab, tot wie ein Stein...

»Ich muß ihnen zu verstehen geben, zu verstehen geben, daß...«, brummelte Zacharias, und seine großen, grauen, müden und kurzsichtigen Augen sahen die Welt wie durch einen Nebel. ›Es sind brave Leute. Sie werden schon begreifen, daß ihre Tochter mit einem, wie ich es bin, niemals glücklich sein könnte. Und dann, die Mitgift, sie erhalten all diese Millionen zurück. Ihre Tochter mochte auch als geschiedene Frau eine gute Partie, einen Ehemann von echtem Schrot und Korn finden. Wir stimmen charakterlich nicht überein. Ich allein bin der Schuldige, doch es kann nicht so weitergehen. Sie müssen begreifen, sie werden begreifen...‹

Er fühlte einen heftigen Schmerz in der Magengrube. Er hätte gerne anhalten lassen, um mit den Bauern ein paar von den üblichen Floskeln zu wechseln, die, so bedeutungslos sie auch waren, selbst einem Schweiger, einem Einsamen wie ihm ein Geringes an

menschlicher Wärme vermitteln mochten. Diese Wärme, sie war
für ihn unauffindbar geblieben, selbst im Erbe der Ahnen, in jenen tiefschürfenden Auslegungen der Heiligen Schrift. Er nahm die
Außenwelt wie durch eine Watteschicht wahr. Nichts, woraus er
hätte entnehmen können, wohin er auf dieser Reise gekommen
sei. Befand er sich nach wie vor in seinem Schlitten?

»Ich muß ihnen zu verstehen geben, zu verstehen geben, daß...«
Und was wäre, wenn wir nun einfach umkehrten? Die Versuchung
glich einem kleinen Wurm. Er war von Anfang an dagewesen,
ohne seine Gegenwart anzuzeigen, bis er in diesem Moment eine
erste, winzigkleine Bewegung ausführte.

›Sicher, die Aussprache mit meinen Schwiegereltern würde ich
mir ersparen, nicht aber die ewigen Vorhaltungen von seiten meiner Frau. Und dann, wie sollte ich Ivan, den Kutscher, umkehren
heißen, nach all der Mühe, die er sich mit dem Schneeschaufeln
nahm? Das wäre ein schlechter Preis für die Schlacht, die er dem
Bruder Winter geliefert hatte... Nun, suchen wir erst mal diese
Herberge auf. Mag Ivan ein wenig rasten. Er muß zu trinken bekommen. Noch achtzig Werst zu fahren. Es blieb noch Zeit, sich
zu entscheiden. Vielleicht morgen früh?‹

Acht Tage später, nachdem er seine Schwiegereltern besucht hatte,
kehrte Zacharias nach Hause, zu seiner Gattin, zurück. Er küßte
sie ungeschickt auf die Wange, machte ihr gar einen kleinen Ring
mit einem großen Stein zum Geschenk, und schon war die Hölle
los: Die Form des Steines widersprach anscheinend den Geboten
der Mode. Nur ein hartherziger Schwachkopf, wie mein Onkel,
hätte eine so offenkundige Tatsache übersehen können... Die Hände
der Gattin erschienen ihm wie zwei rohe Fleischstücke auf dem
Ladentisch eines Schlächters, klobig und rot, bläulich geädert.

Mein Vater war bei dieser Szene als stummer Zeuge zugegen.
Ungeduldig wartete er auf den Augenblick, da sie ihn mit Zacharias allein lassen würde.

»Nun also? Was ist mit der Scheidung?«

Die kurzsichtigen Augen meines Onkels waren auf der Suche
nach einer Ausflucht. Mein Vater gab sich noch nicht geschlagen.

»Was ist mit der Scheidung?« wiederholte er.

»Ja also, mein Lieber, es gibt keine Scheidung. Ich brachte es
nicht über mich.«

Zacharias brummelte diese Worte auf seine Art vor sich hin, als wollte er sich für einen Fehler entschuldigen, als hielte er sich für zu schwach, ein Gewicht aufzuheben, das die übrigen für unbedeutend erachteten. »Ich brachte es nicht über mich. Wir sind gegen Mitternacht angekommen, Ivan, der Kutscher, und ich. Wir waren durchfroren. Der Alte empfing mich mit einem breiten Grinsen. Er umarmte mich, wollte wissen, wie es der jungen Gattin gehe. Wir tranken. Ich hatte noch keine Gelegenheit gefunden, mich ihm zu eröffnen, als er mir schon zu verstehen gab, daß die Ehe ein Kapitel für sich sei, daß er wohl wisse, wie abscheulich seine Tochter geartet sei — ›ganz wie die Mutter‹, andererseits aber über ein goldenes Herz verfüge — ›ganz wie die Mutter‹. Wie hätte ich da widersprechen können? Unmöglich, zu Wort zu kommen. Ich gab auf. Ich war ganze zwei Tage bei ihnen zu Gast, ohne den Mund aufzumachen. Es gab Umarmungen. Es wurde Wein aufgetischt, es war von den Heiligen lange vor unserer Zeit die Rede und von den Wundern, die sie vollbrachten. Der Arme, er warf sich dermaßen in die Brust, als er von *unserer* Familie sprach! Und dann gab es Licht, sehr viel Licht. Mir zu Ehren brannten sämtliche Leuchter, die sich in seinem Hause befanden. Mir schmerzen davon noch heute die Augen. Er sagte, mein Besuch sei ihm ein Fest gewesen. ›Als sei der Messias in meinem Hause gewesen.‹ Du weißt ja, ich kann das Licht nicht vertragen. ›Das Fenster widerredet dem Hause.‹ Alles in allem tat er sein Bestes, der Arme. Sollte ich ihn enttäuschen? Ich hatte nur einen Wunsch: draußen zu sein. Ich fuhr ab, ohne den Mund aufgetan zu haben. Das Leben währt ja schließlich nicht ewig.«

Zacharias mußte das Leben, ›das nicht ewig währte‹, noch dreißig lange Jahre erdulden. In der Umfriedung seines Schweigens wucherten schüchterne halbe Taten, die es nicht wagten, ›Ereignis‹ zu werden. Seine Bewegungen, seine Alltagsverrichtungen, waren wie der Rauch seiner ewigen Zigarette — Skizzen, die niemals zur Würde des endgültigen Entwurfs gediehen. Es mag dieses ungelebte Leben gewesen sein, das jede seiner Gesten mit einem Bleigewicht beschwerte. Und wie spärlich waren sie doch, seine Gesten! Aber das andere Leben, das wahre, das wirkliche, war es denn tatsächlich in irgendwo vorhanden, oder war es auch nur eine bösartige Erfindung seiner von unsinniger Aktivität schäumenden Gattin?

Mit dieser Frau hatte er vier Kinder, zwei Töchter und zwei Söhne, denen sich allenfalls nachsagen ließe, daß sie nichts von der stillen Einkehr und der verzichtenden Haltung ihres Vaters geerbt hatten. Das große Haus erschien klein, dermaßen war es von unausgesetztem Geschrei ausgefüllt. Von Zeit zu Zeit floh Zacharias für eine Woche zu uns. Immer bleicher, immer abseitiger, auf einen breiten Diwan gelagert, vertrieb er sich damit die Zeit, daß er schwieg, indem er rauchte, daß er las, daß er Gedanken verdaute, die er mit niemandem teilte.

Ein Junge von acht Jahren, wollte ich eines Tages wissen: »Mama, wie ist der viele Tod in die Augen von Onkel Zacharias hineingekommen?«

Onkel Zacharias verabscheute und fürchtete die Hunde. Er liebte die Katzen, auf eine schüchterne, kaum merkliche Weise. Niemals war es geglückt, ihn zu einer Autofahrt oder zu einem Kinobesuch zu überreden. Der Konservativismus, der Anachronismus seiner Gewohnheiten, sie ließen sich keinesfalls auf Vorurteile zurückführen. Sie waren tief eingewurzelt, organisch gewachsen. Manchmal, selten genug, litt er es, daß man ihn ins Theater schleppte; in einem solchen Falle kam selbstverständlich nur ein Stück von einem unserer Klassiker in Frage, das sich der Umgangssprache oder aber jener Sprache unseres Volkes bediente, die, war sie auch nicht mehr im täglichen Gebrauch, eine Brücke aus unserer Gegenwart in unsere Vergangenheit schlug.

Ein Magengeschwür untergrub nach und nach seine Gesundheit. Seine Lippen wurden nur mehr ganz selten von einem Lächeln umflackert, dessen Schönheit an eine verlassene und zur Vergängnis bestimmte Landschaft gemahnte. Betrachtete ich Zacharias' Kopf, dann mußte ich an einen durchbrochenen, toten Gasbrenner denken, an Fensterscheiben, mit Steinen von Kinderhand eingeschlagen. Zacharias glich einer schwarzseidenen Schärpe, die nur höchst selten schwere, gedämpfte Funken versprühte.

»Wie geht's, Zacharias?« fragte ihn meine Mutter, sooft sie an dem breiten Diwan vorbeikam, den man in unserem Hause für ihn bereithielt.

Und er gab Antwort, fast immer die gleiche, unter dem flackernden Lächeln, diesem Abglanz seiner Weisheit, einem Lächeln, das nun, im Verlaufe der Nacht in der vom Schnee verwehten Eisenbahnerhütte meine lange schlaflose Nacht erhellte: »Meine liebe Ruth, Gott hat es in Seiner Gnade gefügt, daß wir nicht ewig leben müssen. Der Ewige sei gelobt, daß dem so ist. Daß wir nicht ewig leben müssen.«

25. KAPITEL

Vor meinen Augen am Fenster des Waggons verschwamm das Gelände, das eine Stadt umgab, die wir hatten verlassen müssen. Wieder einmal erinnerten sich zu viele, uns schon gesehen zu haben, wieder einmal interessierten sich zu viele Männer für Noemis orientalisches und von der Schwindsucht gezeichnetes Antlitz. Schon begann mich die indiskrete und scheinbar freundliche Hausmeisterin über Familie und Beruf auszufragen.

In dem nahezu leeren Speisesaal eines Gasthofes, den wir dann und wann aufsuchten, durchbohrte uns ein säumiger Gast mit seinen Blicken, in denen nicht mehr der leiseste Zweifel war. Wir schickten uns an, unsere tägliche, übliche Komödie zu inszenieren: wir waren ein Liebespaar, von der Außenwelt abgeschnitten. Eine üppige Katze saß, von Noemis zarten Händen gestreichelt, auf deren Schoß. Wir hatten Streit gehabt, doch, um die Wahrheit zu sagen, keinen sehr heftigen. Noemi war, in meinen Notizen stöbernd, auf einen Ausspruch gestoßen, der sie zutiefst verletzt haben mußte, ehe sie wütend gegen ihn losschlug: »Die ersten Engel verließen den Himmel aus Sehnsucht nach Einsamkeit — ein Ergötzen, eine Lust, die den Engeln streng verboten sind.«* Aufzeichnungen von der Art, Anmerkungen, die ich mitunter beiläufig in das Gespräch einflocht, öffneten ihrem Zorn mit größerer Sicherheit die Schleusen als jeder erklärte Verrat. Die Erosion der Liebe? ... Hatte ich begonnen, sie zu mehren? Sie zu töten?

Wenn ich hätte sprechen können, wenn ich bloß hätte sprechen können; doch unter allen Worten vermochte ich nicht das rechte Wort zu finden, das eine Wort, Noemi zu beschwichtigen. Die Liebe, die ich für sie empfand, war sie denn unecht und nichts-

* *Tschechow.*

würdig? Sie rührte an die Geschichte, an die überragende Geschichte unseres Volkes, die zu erleben wir unterwegs waren und die vielleicht vor unseren Augen und mit uns verlöschen würde. Sie rührte an eine Vergangenheit, deren Konturen aus den Zügen Noemis und dem Schwarz ihrer lastigen Haarpracht erspürt werden konnten.

Ich liebte die Vorfahren Noemis, die auch die meinen waren und die es, mit Hilfe fremdartiger, auf unmenschliche Weise systematisierter Gesichte wie keine anderen verstanden hatten, das Göttliche mit dem Menschlichen zu versöhnen; zumindest glaubte ich es. Ich liebte die Landschaft unserer Vergangenheit, in der die biblische Wüste und die von den Skythen durchmessene Steppe miteinander verschmolzen. Wo hätte ich sonst diese Mischung aus Orient und Slawentum antreffen können, diese Vereinigung zweier Rassen, deren jede ihr eigenständiges und unvergleichliches Heimweh geschmiedet hatte, tiefschürfend wie der Tod und umfassender noch?

Ja, doch es schien, daß Noemi nicht willens sei, diese Landschaften meiner Liebe wahrzunehmen. Sie wünschte mich gegenwartsnah, zumindest im Einklang mit unserer Gemeinsamkeit aller Tage. Andererseits hegte ich den Verdacht, daß sie mich gar nicht lieben könnte, falls ich diesem Wunsche willfuhr. Anfangs hatten wir jede Aussöhnung als beglückend empfunden, nicht minder beseeligend als den Tag der Verlobung, erlebt in der Rückschau von unserem ›Ehestand‹. Dieses eheliche Leben, uns von den Zeitläuften aufgezwungen, umflatterte uns wie der Anzug eines Erwachsenen am Körper eines Kindes... In der Folge waren auch die Aussöhnungen nicht imstande zu kitten, was Noemi im Zorn zerschlug. (»Ich werde uns beide denunzieren... Möge dein Leib in Stücke fallen. Mag er sich meiner Seele angleichen. Mag er leidgeprüft sein und faulig wie sie...«)

Ich gab mir Mühe, sie zu rechtfertigen, führte, für den Intimgebrauch, mildernde Umstände an: Ich war der erste Mann in ihrem Leben. Sie mochte meine letzte Geliebte sein. Das war Grund genug, um ihren Ausbrüchen mit Gelassenheit zu begegnen, um die meinen zu zügeln... Könnte es denn so schwer sein, das heiße Begehren, die Leidenschaft wiederanzufachen? — Irgendwo, im tiefsten Grund meines Seins, glaubte ich ein trockenes, dürres Stratum orten zu können, dessen Vorhandensein das Aufbrausen Noemis erklärte, wenn nicht gar rechtfertigen mußte.

Hatte sie denn nicht Anspruch auf meine Geduld, auf meine endlose Geduld? Doch mir ermangelte es der väterlichen Berufung. Nicht ihre Interessen und nicht einmal ihre Häute sind es, sondern allein ihre Gesichte, die zwei Wesen zerfallen, einander ernstlich befehden lassen. Das Blut der Gesichte und deren Eiter sind ein heimtückisches Gift.

Ein durchsichtiger Tropfen Tau, der zum Kochen käme, der Schreie ausstieße... Während der Krisen, denen Noemi erlag, drohte sie, uns beide mit einem Schlag zu verraten. Glaubte sie einen Augenblick lang, daß mein Blick sich zu einer Passantin verirre, stellte sie mich inmitten der Menschenmenge in einer von unseren Muttersprachen zur Rede, in genau der, die uns preisgeben mochte...

Diesmal jedoch, im Gasthof, gab es nur harmlosen Streit. Wir boten ein Bild lächelnden Glücks; die gekünstelte Frohmut unserer Gesten, die gekünstelte Offenheit unserer Gesichter, sie waren für unseren verschwiegenen Nachbarn bestimmt, der seine Eier verschlang, anscheinend ohne sich über unsere Anwesenheit Gedanken zu machen; diese gemeinschaftliche Inszenierung einer Komödie näherte uns einander mehr an als lange Auseinandersetzungen.

Mit einem Mal stieß er seinen Sessel zurück. Er hatte kraftvolle Schultern. Sein Gesicht glänzte. Ohne uns anzureden, abgewandt, sprach er deutlich und mit Bedacht einen einzigen Satz: »Die Narren verraten sich immer!«

Daß ich auf diesen absonderlichen Monolog nicht reagierte, gab mich mit größerer Sicherheit preis, als es die schlimmste der Nervenkrisen vermochte. Ein Mensch, der nichts Sterbliches zu verbergen hatte, ein *normaler* Mensch, mußte er sich nicht zumindest zu einem fragenden Blick bequemen?

Der Teint Noemis büßte seine leichte Bräune ein und wurde fahl. Dreißig Sekunden später verlangte ich mit einer leidlich gefestigten Stimme die Rechnung, und wir verließen mit verräterisch sicheren Schritten das Lokal. Die Straße aber verweigerte uns den gewohnten Schutz. Das Licht des Tages war hüllenlos. Es steckte uns mit seiner Nacktheit an. Noch am gleichen Tage setzten wir unsere Reise fort, und ich gewahrte, als wir durch die armselige Vorstadt kamen, eine Gruppe von Arbeitern, die unter der Aufsicht einiger

Wachtposten mit der Entfernung von schweren Gleissegmenten beschäftigt waren. Diese Arbeiter trugen auf ihrem Rücken das sechseckige Zeichen unseres Königs, der Hirte und Dichter im Angesicht Gottes war. Ihre Gesichter waren elend, und sie gehörten der Vergangenheit an. Unmerklich lenkte ich den Blick Noemis auf diese eher unwirklichen Silhouetten.

Sie setzte ein Lächeln auf, und als wollte sie mir ein zärtliches Geheimnis anvertrauen, wisperte sie mir ins Ohr: »Siehst du, wir sind noch nicht die Letzten...«

Schon gewann der Zug wieder an Beschleunigung, und vor unseren ausgehungerten Augen verschwammen die Arbeiter mit den Bäumen, die sich ihrerseits in Dämmerung auflösten.

26. KAPITEL

In dieser Bergstation, die noch vor kurzem einen Treffpunkt der mondänen Welt, die Winterresidenz des Landes abgegeben hatte, standen die Stille und die Leere zu unserem Empfang bereit. Beide waren bloßer Mummenschanz, wie sich schon bald herausstellen sollte. Es war eine mir wohlbekannte Örtlichkeit, von wiederholten Aufenthalten vor dem Kriege, verschönt durch ungefährliche Besteigungen, durch Badeausflüge an Seen und Gletscherwassern, durch bittersüße, raschlebige Liebesabenteuer.

O. hatte im Laufe der Jahre einen großen Zustrom an Dichtern, Künstlern und Politikern von Rang... und sie verliehen ihm, von der Landschaft kräftig unterstützt, eine einzigartige Note.

O., eingebettet in die Bergwelt, von schäumenden und silberflirrenden Sturzbächen eingeschnitten, mit hölzernen Chalets, zwischen die Tannen eingestreut und in dem Stil erbaut, der seinen Namen von der Gegend hatte, war von Bergbauern bevölkert, die aus vornehmlich kommerziellen Gründen sehr viel auf ihre Trachten und andere Überlieferungen hielten.

Ein seit vielen Generationen eingebürgerter Snobismus gebot selbst den vornehmsten Besuchern O.s, in Anbetung vor den anscheinend adlergleichen Gewohnheiten der Einheimischen zu verharren.

Verwöhnt durch diese Anbetung, die sich des öfteren bis zu schlechter Nachahmung verstieg, benahmen sich die Bergbauern zu ihren Gönnern überheblich. Kam einem Rüpel von Kutscher urplötzlich die Lust an, in einer Schenke, die zu betreten den Touristen strengstens untersagt war, seinen Durst zu löschen, dann ließ er seine Kundschaft eben Stunden hindurch warten. Ministersgattinnen, die für einen traditionellen Abstecher ins Tal oder an den weithin gerühmten Bergsee einen Wagen mieten kamen, mußten sich in dem rauhen Dialekt der Bergbauern Dirnen schimpfen lassen.

Die eher nichtssagende Vergangenheit dieses Bergvolkes erhielt frischen Glanz, sobald die Dichter aus der Ebene die Ritterlichkeit dieser ehemaligen Straßenräuber entweder der Vergessenheit entrissen oder gar aus dem Nichts hervorzauberten. Rasch genug waren die Verfertiger solcher Legenden selbst von deren Echtheit überzeugt, und die Verherrlichung ihrer obskuren Vorfahren steigerte nur den Hochmut der Nachkommen. Schon bald verhalf das Anschwellen des Touristenstromes jenen zu Wohlstand, die seit Generationen nichts als das nackte Elend kennengelernt hatten. Verhätschelt, bewundert, von Standesherren, mit denen sie zu verkehren geruhten, zu wilden Trinkorgien geladen, sich eine keineswegs gekünstelte Überlegenheit anmaßend, erlagen die Gebirgsbauern von O. einem Gefühl, das nichts mehr mit Dankbarkeit gemein hatte: sie wähnten ein Stamm für sich zu sein, dem größeren Vaterlande in keiner Weise zugehörig.

Der Okkupant nutzte diesen übertriebenen Partikularismus aus, um die spontane Solidarität des unterjochten Landes zu durchlöchern. Er brauchte einen abgeschirmten Ort, eine schöne, mit Villen und Palästen angereicherte Umgebung, woselbst er seine verwundeten, genesenden und verdienten Soldaten unterzubringen gedachte. Die Bergbauern von O. entgingen den Deportationen, man nahm sie von der Zwangsarbeit aus. Wieder einmal, und diesmal von Amts wegen, ehrte man sie als ein Volk für sich, das seine Landsleute aus der Ebene an Vornehmheit übertraf. Im Austausch dafür hatten sie lediglich eine Szenerie beizustellen, eine Stimmung zu liefern, dazu angetan, die Kranken gesund zu machen und die letzten Stunden der Sterbenden zu versüßen. Im Landkreis O. sanken die Alkoholpreise. Hier sollte die Frohmut vergangener Tage zu neuem Leben erwachen, eine sei es auch trügerische Oase der Freiheitlichkeit inmitten der Wüste der Knechtschaft erstehen. Man versorgte die Handvoll alteingesessener, einheimischer Familien mit fürstlichen Titeln. Die eingefleischte Bauernschläue lag ihren Sprößlingen in den Ohren, um sie auf die notwendige Vergänglichkeit dieser Titel und Ehrungen hinzuweisen. Sie wurde zum Schweigen gebracht, indem die einen dem Feinde aktiven Widerstand entgegensetzten, während sich die anderen mit seinen Agenten einließen, und indem beide einem wachsenden Quantum von Alkohol zusprachen, das sich in der Erwartung des Wandels der Dinge immer noch steigerte.

Um diese Zeit suchten ein paar Überlebende unseres Volkes Zuflucht in O. Was war es wohl, das sie dorthin zog? War es die gleichwohl vom Zufall abhängige Freiheit, der Schutz vor spektakulären Razzien oder gar die Sehnsucht nach der Natur, nach der klaren Luft der Berge, deren sie seit ihrem Aufenthalt in den mittlerweilen eingestampften verbotenen Städten ermangelt hatten? Gaben sie sich der Hoffnung hin, das Murmeln der Wildwässer würde die Ohren ihrer neuen Nachbarn über den lebensgefährlichen Akzent hinwegtäuschen, mit dem sie sich neuerdings einer ihnen bedrohlich fremden Sprache bedienten?

Es war kalt an dem Herbstabend, auf den unsere Ankunft in O. fiel. Die schneidende Luft, die wir atmeten, und die Landschaft, die sich unseren Blicken entzog, gleichwohl wir ihre Mächtigkeit ahnen konnten, vertieften die Müdigkeit unserer Körper. Die Halle des Hotels, in dem wir abstiegen, war mit alten Waffen geschmückt. Ein Holzfeuer erregte die Phantasie und die Epidermis. Die dicken Teppiche dämpften den Schritt. Das Abendessen wurde auf Meißner Porzellan serviert. Um einen schweren Tisch aus geschnitztem Holz waren, alles in allem, und für die Dauer der Mahlzeit, acht Personen versammelt. Die Inhaberin der Villa, die eher an eine Schloßherrin als an eine Hotelbesitzerin denken ließ, war bemüht, das Gespräch in neutralen Bahnen zu halten: man sprach von der Schönheit der Berge zur Nachsaison, von bodenständiger Überlieferung, ja, selbst vom Wetter, jenem vor einem Jahr zur selbigen Jahreszeit und jenem, das man für morgen erwarte. Unbekannte, die wir waren, umgab uns eine dünne, darum aber nicht minder reale Schicht von Mißtrauen. Die vorsichtige Führung des Gespräche erhöhte meine Verlegenheit, die ich nicht loswurde, seit ich die Schwelle zu diesem prächtigen Haus überschritten hatte. Doch wenn von Verlegenheit die Rede sein durfte, dann war ich nicht der einzige, der sie empfand. Unsichtbare Fäden einer Verbundenheit, deren Sinn uns verborgen blieb, schienen zwischen der Gastgeberin und ihren gelösten und munteren Gästen gesponnen zu sein. Diese Gelöstheit allein und diese Munterkeit, wurden sie denn nicht ein wenig zu offen zur Schau gestellt?

Ein Herr in einem Sportanzug von bestem Schnitt erzählte gerade von einem Ausflug zu einem berühmten Wasserfall, den er in den Morgenstunden des gleichen Tages unternommen habe. Noemi und mich schien er nicht zu beachten, doch sein Bericht war ganz ohne Zweifel für uns bestimmt. Hört mich, ihr Fremden, ihr Eindringlinge, ich mache Spaziergänge, ich finde die Zeit, mich für die Lockungen dieser Berge und dieser Wildwässer zu begeistern. Ich habe es nicht einmal nötig, euch anzusprechen, euch, die ihr möglicherweise die Schlüssel zu meinem Schicksal in euren Koffern verwahrt. Nun, ihr sollt wissen, daß ihr gar keinen Schlüssel besitzt und meinem Schicksal nicht ankönnt; es ist dem euren gleich, keinesfalls unterlegen. Ich bin ein sorgloser Mensch. Ich bin nicht der, für den ihr mich halten mögt. Und in der Tat, warum solltet ihr mich für den halten, der ich gar nicht bin... selbst wenn ich es wäre. Und sollte ich irgend etwas zu verbergen haben, dann will ich dazusehen, daß ihr nicht dahinterkommt. Dennoch, was war es doch für ein widerwärtiger Einfall von euch, in diesem Hotel und keinem anderen abzusteigen!

Der Herr fuhr unverwandt fort in seinem ungenierten Bericht, die Spuren von Wildschweinen beschreibend, die ihm auf einem steilen Pfad aufgefallen seien, als ich eine Art freilich nur winziger, flüchtiger Wolke die Augen unserer charmanten Gastgeberin verschleiern sah. Und unaufhörlich dieses krankhafte Verlangen, die Gesten der übrigen um sich her zu deuten... Sie schien auf ihren Mieter abzuzielen: ›Mein Lieber, Sie spielen Ihre Rolle ein wenig zu leichtsinnig. Sie geben sich Blößen. Wer nicht um sein Leben bangte wie Sie, der hätte es nicht nötig, sich zu tarnen, und brauchte keine derart idiotischen Reden über die Schönheiten der Natur zu halten. All meiner Erfahrung als Inhaberin eines Hotels zutrotz weiß ich nicht recht, wer diese zwei Vögel sind.

Doch wäre es klüger, vom Schwarzen Markt und von den Valuten-kursen zu sprechen als von den Fährten der Wildschweine. Wenn auch das Erbteil Ihres Volkes zu dem meinen geworden ist, so dürfen Sie deshalb noch lange nicht das Erbteil meines Volkes als das Ihre betrachten. Lassen Sie doch die Wildschweine in Ruhe. Ich nahm Ihnen einige hunderttausend Rubel ab, um Sie hier zu verstecken oder Ihnen, besser gesagt, einen Urlaub zu ermöglichen, der, so Gott will, so lange währt wie der Krieg. Ich werde die Bestimmungen unseres Kontraktes gewissenhaft einhalten. Doch falls Sie nicht aufhören, in Ihre Rolle verliebt zu sein, falls Sie nicht davon abgehen, sich überbieten zu wollen, falls Sie meinen schützenden Schwingen entfleuchen... dann kann ich für nichts mehr garantieren.‹

Vernehmlich und zu mir gewandt: »Nehmen Sie doch noch ein Stück Huhn, mein Herr. Was ziehen Sie vor? Einen Flügel oder ein Bein?«

Den Bruchteil einer Sekunde lang kreuzten sich unsere Blicke, und unsere Gastgeberin hatte begriffen: wir waren keine Jäger, wir waren das Wild.

Als man den Samowar auftrug, waren die Züge der alten Dame von einem Lächeln verklärt, indem sich die Erleichterung mit dem Mitleid mischte: »Ich hatte vergessen, es Ihnen zu sagen, mein Herr, das Zimmer, das ich Ihnen für heute nacht überließ, ist von morgen an schon vergeben. Ich bin untröstlich... Sie werden sich nach etwas anderem umsehen müssen. Es wird nicht so schwer sein, in dieser toten Saison...«

In das Gesicht unseres Tischnachbarn trat etwas wie Entspannung, und für dieses Mal war sie ungeheuchelt.

›Möge Gott ihn segnen, damit er überlebe‹ — dachte ich, meine müden Augen schließend.

Die kleine Villa, zu der wir uns am nächsten Tag begaben, war genesenden Offizieren vorbehalten.

»Ich kann Ihnen leider kein Zimmer abtreten, es sei denn der Herr Standortkommandant, der übrigens selbst bei uns wohnt, gäbe dazu seine Einwilligung... Wünschen Sie, daß ich Sie an-melde? Er dürfte mit sich reden lassen.«

Die Vermieterin, die mir dieses in Aussicht stellte, war gut über vierzig. Ihr Lächeln war gutmütig, und sie sah uns mit jener Art Offenheit an, wie sie unverfälschten, bodenverwurzelten Leuten eignet. Zwischen der dicken, freundlichen Frau und meiner ewigen Magerkeit war etwas wie eine Strömung beinahe physischer Sympathie aufgekommen. Etwas, das Noemi, in deren Transparenz, fremd bleiben mußte.

»Wollen Sie mir bitte folgen, mein Herr... Die Dame, oder das Fräulein, entschuldigen bitte, kann inzwischen hier in der Halle warten. Hier ist eine Illustrierte.«

Ich hatte ihn nicht gar so übel gefunden, den Kommandanten, an den ich mich wegen der Unterkunft wenden mußte. Seine verbrauchten, ziemlich verwaschenen Blauaugen musterten mich mit einer etwas lässigen Güte. Sein bekümmertes Lächeln hatte etwas Vertrautes an sich. Das nämliche Lächeln mochte unser Güterverwalter aufgesetzt haben, um meinem Vater mitzuteilen, daß der Ertrag dieses Jahres die Erwartungen nicht erfüllt hätte, weil die Pächter mit ihrem Zins im Verzuge wären und: »Nicht wahr, Herr Baron, deshalb brauchen wir doch diesen Leuten nicht gleich den Prozeß zu machen...«

Der Kommandant war ein Graukopf, ein unwiderruflicher Graukopf. Seiner Bejahrtheit wohnte nichts Aggressives inne. Sicherlich verbrachte dieser Mann seine Zeit damit, sich — auf stumme Weise — vor seinen Nächsten für sein hinausgezogenes Erdendasein zu entschuldigen. Sein eigentlicher Lebensquell war von den trüben und mächtigen Wassern der Geschichte überspült worden. Doch bewahrte er eine Erinnerung an diesen Quell, und diese Erinnerung war es, an die er sich in den Augenblicken seiner Verlassenheit klammern mochte.

Aber war nicht alles, was ich in meinem Innern über diesen Offizier dachte, barer Unsinn? Unser Verderben, das Noemis und das meine, mochte sich ebensogut irgendwo in den Furchen seiner breiten, sonnenverbrannten Stirne verborgen halten wie eine Wanze zwischen den Veredlungen einer Wandmalerei.

Von diesem Kommandanten drang eine ganze Kaskade von eingestandenen und uneingestandenen Abhängigkeiten auf mich, den Bittsteller, ein: Die Rolle, in die ich geschlüpft war, war nicht die seines Feindes, wohl aber die eines minderwertigen Abkömmlings des unterworfenen Volkes, eines Bruchstücks des eroberten Landes,

geringer als ein Gegenstand. Doch falls seine Augen unter meiner
Verkleidung an meine eigentliche Haut rührten oder an das, was
seit zweiundzwanzig Jahren deren Stelle einnahm, schrumpfte ich
zu einer nichtigen Wesenheit zusammen, zu einem Kadaver par
excellence, zu einer Höhle, einem Abgrund, dessen bloßes Vorhandensein zu Füßen des felsenhaft aufragenden Kommandanten
eine unstatthafte Provokation der bestehenden Ordnung darstellte.
Lagen die Karten einmal auf dem Tisch, dann konnten unsere Beziehungen nur mehr die des Lebens zum Tode sein... Was aber,
wenn er seinerseits, aus anderen Gründen, einen Abgrund in sich
trug, wenn seine welke und abgenützte Haut nichts weiter als
einen leeren Raum umspannte, schicklich den Augen der Unter-
gebenen wie auch der Vorgesetzten entzogen?...

»Haben Sie die Freundlichkeit, Platz zu nehmen, mein Herr«,
lautete die höfliche Aufforderung des Kommandanten, indes mein
Gesicht seinem prüfenden Blick standhalten mußte. — »Ich wüßte
gerne, womit ich Ihnen dienen kann, wir kommen später darauf
zurück. Zunächst möchte ich Sie versichern: sollte es im Bereich
meiner bescheidenen Möglichkeiten liegen, werde ich alles tun,
um Ihnen zu helfen. Doch erlauben Sie, daß ich Ihnen vorerst eine
andere Frage stelle: Woran dachten Sie eben vorhin, nachdem
Sie mein Arbeitszimmer betreten hatten? Fürchten Sie nichts.
Ich liebe die Jugend. Meine Neugierde ist darum so dringlich,
weil ich Ihnen völlig unvoreingenommen gegenüberstehe. Ich möchte andererseits nicht indiskret sein. Sollten sich Ihre Gedanken
auf etwas Unaussprechliches, zumindest unter den momentanen
Bedingungen Unaussprechliches bezogen haben, dann betrachten
Sie meine Frage einfach als nicht gestellt. In diesem Falle sagen
Sie nichts. Und vor allem, erfinden Sie nichts. Weder mir noch
dem Augenblick zuliebe. Das ist die einzige Bitte, die ich an Sie
habe...«

»Warum denn nicht, Herr Kommandant, warum sollten Sie nicht
erfahren dürfen, woran ich dachte: ich dachte an die Bruderschaft
der Abgründe, an das, was ich mir von einer Zusammenkunft,
von einem Syndikat der Abgründe verspräche.« Ich sagte mir im
Geiste eine kleine Strophe auf:

Du, mein freundlicher Abgrund,
magst um mich ringen,
mit einer steinernen Uhr,
in die ich verschlossen bin...

Auf der Stelle verwünschte ich meine rebellische Zunge, verwünschte ich mich selbst. War es nicht mehr als bloße Prahlsucht, grenzte es nicht an Selbstmord, wenn ich mich derart gehen ließ, wenn ich vor diesem unbedeutenden Offizier, der im zivilen Leben ein Dorfschullehrer gewesen sein mochte, im surrealistischen Wortschatz kramte? Georg Goletz hätte wohl niemals so unvernünftige Worte im Munde geführt. Georg Goletz die Treue kündigen hieß auch die letzte Hoffnung auf ein Überleben aufs Spiel setzen. Wartete nicht Noemi auf mich? Wieder hatte ich nur den einzigen Wunsch: draußen zu sein. Laut welcher Berechnung durfte ich nunmehr erwarten, daß aus dem Zusammenprall dieses Standortkommandanten mit jenem Bild — war es denn überhaupt ein Bild —, das ich ihm ins Gesicht geschleudert hatte, ein Funken schlug?

»Die Bruderschaft der Abgründe, mein Herr, welch ein Gedanke! Oder vielmehr, welch ein Lärm!... Was die Bedeutung dieses Komplexes angeht, will ich mich lieber nicht darauf einlassen; darüber hinaus bitte ich Sie, mir meine Ungeniertheit zu verzeihen, mit der ich Sie darauf hinweisen möchte, daß eine solche Bedeutung gar nicht bestehen mag, jedenfalls nicht momentan, anno 194...

Wenn dieser Krieg jedoch eines Tages zu Ende ist, werde ich mich mit Freuden dieses Problems zu erinnern wissen. Feindschaft der Abgründe, Bruderschaft der Abgründe. Brüderliche Feindschaft und feindliche Bruderschaft...«

Mit einer jähen Bewegung zog er ein Notizbuch aus seiner Tasche. Ein peinliches Gefühl überkam mich. Der Standortkommandant notierte die kurze Phrase: ›Bruderschaft der Abgründe‹. Ich konnte mich nicht des Eindrucks erwehren, es handle sich hierbei um einen polizeilichen Ritus. Die ersten Verhöre beginnen zweifellos auf ähnliche Weise: Man hält fest, was dem Beschuldigten in jenem Augenblick entschlüpft, da er sich am allerwenigsten in der Gewalt hat...

Der Offizier reichte mir sein Notizbuch, um sich versichern zu lassen, daß die drei festgehaltenen Worte auch tatsächlich der Ungereimtheit entsprachen, die ich von mir gegeben hatte. Seine Handschrift war ruhig, zügig und schwungvoll, dieser Schwung aber schien einen hohen Preis erfordert zu haben, den Preis von Entsagungen, deren Natur ich nicht zu enträtseln vermochte.

Eine Welle von Unbeschwertheit füllte den Raum. Ich warf einen Blick durch das Fenster. Die Bergkette wuchs dahinter empor, unwandelbar wie die *Zeit* bei gewissen Kranken. Die Ruhe, die uns überströmte, entzog aller Furcht den Boden. Ich fühlte mich wie in einer Wiege. Ich enthüllte dem Kommandanten keines meiner todbringenden Geheimnisse — hatte ich auch nicht den mindesten Türspalt geöffnet? — doch unser zweistündiges Gespräch verlief brüderlich.

Wir erhielten ein sehr behagliches Zimmer, zwischen dem Appartement eines Generals der feindlichen Armee und dem des Distriktchefs der politischen Polizei gelegen.

Kaum ein Abend verging, ohne daß ich mit meinen Nachbarn in der Halle einige Gläser leerte, um hernach ihre Wiegen-, Liebes- und Soldatenlieder am Klavier zu untermalen. Aus einigen dieser Weisen sprachen so viel Zärtlichkeit, ein so herzzerreißendes Mitleid mit der Kreatur, eine solche Bereitschaft zum Verzicht, daß man vermeinte, grenzenlos lieben zu können. Aus anderen sprach die Freude am Endsieg über mein Volk. Dieses verglichen sie bald einer Seuche, bald dem Ungeziefer. Wie zufällig war der Kommandant bei keinem dieser improvisierten Konzerte zugegen. Hörte Noemi mich den General und den Polizeichef am Flügel begleiten, wurde sie unmerklich blaß, und ich gewann auf eine verworrene Weise den Eindruck, es bahne sich in unseren Beziehungen etwas an, das ich nicht kannte, ja, das zu erkennen ich vielleicht niemals imstande sein würde.

Der General und der Polizeichef hatten beide herrliche, tiefe Stimmen, und sie würdigten mich einer Freundschaft, deren Beweise in Form kleiner Aufmerksamkeiten mich nicht ungerührt ließen. Als es kalt wurde, brachte mir der General eine pelzgefütterte Jacke und verwahrte sich gegen jede Bezahlung: »Unsere Magazine sind voll davon, mein kleiner Georg. Diese Jacke kostet mich nichts, und Sie haben es warm, als ob es niemals Winter würde in diesen Bergen...«

Der Polizeichef verehrte mir eine kleine Auswahl esoterischer Gedichte, die mit einer sehr schmeichelhaften, wenn auch nicht gerade taktvollen Widmung versehen waren: »Dem Liebenswürdigsten und Charmantesten unter den Slawen...«

Lange Spaziergänge in die Berge, die herbstlichen Blätter, ein da und dort aufgeschlagenes Buch, die Stunden, in denen wir einander liebten, einander traurig liebten, um bei der Wahrheit zu bleiben, eine kurzlebige Affäre mit einer tuberkulösen Widerstandskämpferin, die in den Bergen Erholung suchte, wohl wissend, daß sie, einmal geheilt und in ihre Ebene heimgekehrt, den Kampf wiederaufnehmen würde, der nur mit ihrem Tode enden konnte... all das fügte sich zu der Landschaft meiner letzten Tage in Freiheit. Der Haß in meinem Herzen war wie ausgelöscht, und der Wunsch zu überleben hatte sozusagen aufgehört, seine Rolle eines Lenkers und Steuermanns zu spielen. Meine Aufzeichnungen aus dieser Zeit gingen in der Folge verloren, und es fiele mir schwer, die Farbe jener Augenblicke nachzuempfinden. Mitunter war mir, als spielte ich meine Rolle zu gut, als sei, infolge des Verkehrs mit dem Feind, eine echte Solidarität zwischen mir und den Gefährten meiner Musikabende im Entstehen. Nebel und Apathie. Stand Boris mir näher als Yuri? War er wirklicher? Die gigantische Landschaft, die meine Tage umgab, schien meine zwei Hälften zu verschweißen.

Sollte das, was man für ›authentisch‹, für die ›materielle Wahrheit‹ hielt, noch verlogener sein als die Lüge und die Fiktion selbst? Diese Behauptung trifft möglicherweise zu, denn ›die Wahrheit‹ und ›die Tatsachen‹ hüllen sich im Nachhinein in eine Aura unglaublicher Arroganz, die noch der gewagtesten Lüge und der unhaltbarsten Fiktion besser anstünde. So sehr Boris vor Yuri mit seiner ›Legitimität‹ großtun mochte, dem letzteren fehlte es auch nicht gerade an stichhaltigen Argumenten. Ihr Wettstreit — so überhaupt von einem solchen die Rede sein konnte — wurde auf eine so große Entfernung ausgetragen, daß es ihm gar nicht mehr möglich war, mein innerstes Wesen ›aufzureißen‹. Vor allem jedoch: gab es denn noch etwas aufzureißen?

Mitunter empfand ich ein seltsames Vergnügen daran, meinem Volke und den Meinen Übles nachzusagen; das Verderben all derer, die ich geliebt hatte, gutzuheißen.

Das Wort Gottes verbietet den Angehörigen meines Stammes, an die Leichen zu rühren. Hätte ich nicht auf jenes andere hören müssen, demzufolge es untersagt war, mit Mördern zusammenzuleben und sie zu Freunden zu küren?

Wissen nicht Ethnologen zu berichten, daß es genügt, das Unreine zu berühren oder mit einem einzigen Blick zu streifen, um sich in den Zustand der Befleckung zu versetzen? Bleibt zu bestimmen, was rein und was unrein ist. Ein Spiel und nichts weiter; was aber tut ein Mensch, der daran keinen Spaß mehr findet?

Hätte es Yuri Goletz gegeben, er wäre zweifellos höchst angetan von der Freundschaft gewesen, die ihm diese Mörder auf Urlaub erwiesen. Dieser Umgang mit höheren Wesen hätte den Gipfelpunkt seines Strebens ausgemacht. Stand es mir zu, diesen armen Teufel zu schinden? Gab er nicht sein Bestes, um mich auch weiterhin meine unausgefüllten Tage schleppen zu lassen? Meine endlose Zärtlichkeit, meine tiefe Sympathie hatten schon immer dem Nicht-Existenten gegolten. Allmählich ergriff Yuri Goletz, der Nicht-Existente, von meinen Hirnzellen und von meinen Seelenräumen Besitz. Er sehnte den Sieg seiner Bezwinger herbei, er hätte sein Blut für ihn hingegeben; ihre Leutseligkeit erfüllte ihn mit einem beglückenden Stolz. Wußte ich damals noch zwischen diesem Stolz und jenem anderen zu unterscheiden, der aus dem Gefühl, den Feind in die Irre zu führen, erwuchs.

Um diese Zeit trug mir der Kommandant den Posten eines Verwalters in einem Erholungsheim an, das den genesenden Angehörigen der Polizei vorbehalten war. Es erschien unwahrscheinlich, daß unter solcherart Tarnung irgendwer einen Verdacht bezüglich unserer wahren Identität hegen sollte. Das Problem des Überlebens rückte in den Hintergrund.

In den Rock des Eroberers gekleidet, zu den Verpflegungssätzen der Armee berechtigt und vor Razzien sicher, würde ich nunmehr also Arsen in die Nahrung der sympathischen Burschen mischen, die meiner sorgenden Mühe anvertraut werden sollten. Ich würde mit Noemi inmitten dieser Bergwelt leben und es den Einheimischen mit gleicher Münze vergelten, daß sie den Okkupanten die Unseren ans Messer lieferten. Ich würde den Schwarzen Markt mit für den Feind bestimmten Lebensmitteln überschwemmen. Und wer weiß, mit einiger Gewandtheit und viel Geld, indem wir diesen oder jenen Mittelsmann bestachen, gelangten wir vielleicht in ein neutrales Land, wo ich einen Teil von dem, was meinem Volke widerfahren ist, würde erzählen können. Vielleicht schrak im Angesicht der wackeren Teilnahmslosen, im Angesicht ihrer Gleichgültigkeit, der Haß, diese belebende Zutat, aus dem Schlaf, dem er sich hier, im Schatten des Feindes, hingab. Vor allem aber, keine Sorgen mehr, was ein Dach über dem Kopf für Noemi und mich betraf. Und unsere unabsehbare und übermenschlich anmutende Reise erfuhr eine Unterbrechung. Natürlich nahm ich den Vorschlag an:

»Ich bin in zwei Wochen zurück, Herr Kommandant, und vielen Dank. Ich muß noch in den Osten, zu einem Kranken, den ich gerne an meiner Seite wüßte. Sie teilen sicher meine Ansicht, daß heutzutage kaum ein Ort auf dieser Welt das Klima dieser Berge hier zu bieten hätte?«

27. KAPITEL

Seine Gespräche mit dem Kommandanten glichen einander aufs Haar. Boris sprach keine Lügen, aber Halbwahrheiten aus. Im Osten des Landes war tatsächlich jemand, den Boris gerne an seiner Seite gewußt hätte. Jemand, dessen Leben ihm nicht minder teuer war als das Noemis. Ein Jemand — Boris hatte es dem Kommandanten vorenthalten —, so er noch lebte, eingeschlossen in einer der letzten verbotenen Städte, die der Okkupant — wie lange noch — stehen ließ in diesem Lande, das er in einen Friedhof der Unseren verkehrt hatte.

Die Rolle des Zeugen, auf die vormals Leon L. zu sprechen gekommen war, niemand hätte sie besser ausfüllen können als jener Mann, den Boris suchen gehen wollte, um ihn in sein Versteck in den Bergen zu entführen.

Europa rann aus wie das Schweigen. Es hätte der Eile, großer Eile bedurft.

An den straffen Seilen des Denkens
(die aufwärts — nirgendwärts züngeln)

rankt ihr euch, spinnengleich.
Kreuzt euch doch, Fliegen und Klüfte,
errichtet die Unmöglichkeit
der schlüpfrigsten eine.

»Gehen Sie also und kommen Sie bald wieder«, meinte der Kommandant zu Boris, »doch ich glaube an keine Rückkehr. Möge Ihnen die Herrschaft, die, von den Meinen errichtet, Ihr Land überzieht, nicht zu grausam begegnen. Falls Sie ein Pfeil trifft, so möge sein Gift wirksam genug sein, Sie auf der Stelle zu töten.«
Sein Lachen wurde gelb. War es zweideutig, dieses rissige Lachen?
»Los, junger Mann, reagieren Sie schon. Man hat nicht das Recht, bis zu *diesem Grad* tot zu sein! Ich habe Sie sehr liebgewonnen und, im Vertrauen gesagt, sollten Sie uns wenigstens Ihre Verlobte lassen. Es ist nicht gut reisen. Flüchtlinge fluten, Razzien hausen. Die junge Dame könnte hier auf Sie warten, mit uns... Denken Sie an Ihre Bruderschaft der Abgründe... Nehmen Sie an, meine größte Leidenschaft sei die Entschlüsselung der Symbole! Lachen Sie nicht über mich, in meinem Alter mag es Ihnen nicht anders ergehen. Ich wünsche es Ihnen nicht...«
Unmerklich hatte sich Noemi zu Boris gedrängt. Die Schlüsselworte waren gefallen: Razzia und Gift. Hatte der Kommandant eine Ahnung? War in seinem Kopf ein Verdacht aufgeflackert?
Und schon wußte Boris nicht mehr, ob er wiederkehren würde. Sicher war, daß er fortgehen mußte, und das auf der Stelle.
Sie nahmen also die Reise auf wie ein letztes Gewand. Große Löcher waren darin, große, gähnende Löcher.

DRITTER TEIL

DER SCHWANZ UND SCHACH

DEN VERGLEICHEN

28. KAPITEL

»Das Universum als Krankenschwester, die unsere Leidenschaften versorgt; um sie zu schüren? Oder gar in der Absicht, sie samt und sonders und für alle Zeit auszulöschen? Krankenschwester, sich mausernd zur Dirne...«

»Ein Augenblick nur, und die vergangenen Träume, die grausamsten Träume hatten ihre Erfüllung gefunden.«

Eine Bestandsaufnahme der Regungen, die sein Wesen durchdringen, brächte nichts als die Angst vor den Schlägen und vor dem Nacktsein zutage. (Der Augenblick des Geschlagenseins aber und der Entblößung war schon gekommen und zieht sich hin, zieht sich hin, ohne Ende.) Zugegen ist auch die Neugier, die Neugier, sich ihrerseits rüstend, alles zu registrieren. Was aber, wenn dieser Katalog nur den einen Titel aufwiese: den der physischen Qual und der Erwartung?

Boris' Verhaftung entsprach fast zu sehr dem Bild, das er sich im vorhinein, im Verlauf seiner langen Irrfahrten, von ihr gemacht hatte. Eine Nacht im November, dicht und eisig, zur Not von den wenigen Pechfackeln eines verlorenen Bahnhofs geritzt. Eine Razzia wie so viele. Ihre Papiere?... Ein »Bitte, folgen Sie uns«. Ein letzter Blick auf Noemi, die auf einem Koffer in einer Ecke schläft, inmitten des Rauches, der Spucke, des Abfalls und der aller Schicklichkeit baren, schlaftrunkenen Menschen, die den Wartesaal füllen. Kreischen von Stiefeln auf dem von einer dünnen Schicht Eis überzogenen Kot. Staubregen, frostdurchmischt, ein Schauregen eher. Tropfen, die an die schmutzigen Scheiben eines überheizten Zimmers schlagen. Harmlose Fragen nach Wohnsitz, Arbeitsplatz, Herkunft und nach Yuri Goletz' Verbindungen, dessen Koffer aus verräterisch teurem Leder den gierigen Blick des Obergendarmen auf sich gezogen hat. Zwei Spürhunde in Zivil, mit trüben Augen, auf deren Grund der Hohn darauf lauert, der bereit ist, auf

Kommando hervorzubrechen. Das erste Du und die erste Ohrfeige:
»Was denn, du nimmst deine Kappe vor dem Bild des Chefs nicht
ab?«

Und dann, die zu schwache, eigentlich nichtssagende Reaktion
auf diese Mißhandlung, die einen Abgrund aufgerissen hat. Das
vorgetäuschte Dekor, ›Yuri Goletz‹ genannt, diese Wand aus Papier, dem Überläufer aus der zusammengestürzten Welt zur Tarnung, sie stürzte nun ihrerseits ein. Der Blick des Obergendarmen,
schlagartig von einer mokanten Flamme erhellt, stößt wie ein
Preßlufthammer auf diese Wand zu.

»Und wenn du nicht Yuri Goletz hießest? ... das wäre doch heiter, wie? ... Für den Augenblick laß mal ein wenig deine Hose
herunter, Wanderer zwischen zwei Welten, los, zeig schon her ...«

Boris legt seine Hand an die winzige Innentasche, in der sich das
Pulver verbirgt. Bliebe ihm nur die Zeit, bliebe ihm nur die Zeit,
es zu schlucken, es trüge ihn außer Reichweite dieser Polente und
dieses nicht länger erträglichen Augenblicks. Doch Boris' Hände
sind die Langsamkeit selbst. Sie existieren kaum mehr, diese Hände.
Und da werfen sich auch schon zwei Männer auf ihn und verkral-
len sich in seine Schultern. Das leicht asymmetrische Gesicht des
Gendarmen hellt sich abermals auf. Weit weg unterscheidet Boris
sechs massige, violett schimmernde Hände, wie geschlachtete und
gerupfte Puter. Sie fahren seinen Körper entlang.

»Gift. Er wollte die Pille schlucken. Das ist typisch. Die meisten
dieser Gauner tragen ganze Apotheken mit sich rum. Dieser hier
aber entschlüpfte uns nicht. Wir waren geschwinder. Stimmt's? Wir
wollen nun hören, wer ihm die falschen Papiere beschaffte. Seht
ihn euch an, er ist kreidebleich.«

Boris betrachtet seine Hände, die von keinem Zittern überlaufen
werden, weil sie tot sind. Wäre nur das schon zu Ende. Er umkreist
diese Worte, ohne bis an ihr Mark zu dringen.

Man hat ihm Handschellen angelegt. Die Giftphiole streckt
sich, räkelt sich auf dem Tisch, wie ein begehrenswerter Körper, ihm für immer entrückt. Der aufgerissene Hosenschlitz enthüllt das bläuliche Glied. Das Zeichen des Bundes ist darin eingeritzt, in unauslöschbaren Buchstaben, zu lesbar für diese beweg-
lichen Männer. Der Schwanz und die Kunst zu vergleichen. Was
aber wäre diesem einmaligen Augenblick zu vergleichen, in dem

das gesamte Universum zusammenfließt, von allen Ufern her, der sich aufbäumt, zum Ring, zu einem stählernen, kalten, schmerzhaften Ring, das Glied Boris' umschließend.

Die Schläge treffen ihn, monoton, und sein geschwollenes Gesicht beginnt ein anderes Leben. Es wird Berg. Es wird Kluft. Kein Draußen mehr. Seinen Kopf, Boris empfindet ihn als eine Höhlung. Ein Wind weht ihn an aus dem Lande, das zuvor dort war, bevor die Vergangenheit einsetzte.

Boris' Körper versinkt jenseits seines erloschenen Bewußtseins.

29. KAPITEL

Erster Gedanke, der sich allmählich, von weit her kommend, um einen dumpfen Schmerz rankt: Sie haben mich nicht erschossen.

Ein feindseliger Gedanke, das. Er schleicht sich nahe heran, immer dichter, wie ein aufdringliches Insekt, voll Bosheit. Die hüllenlose Zeit verrinnt; eine Uhr, die kein Erbarmen kennt, drängt, immer deutlicher werdend, die leibliche Qual in den engen Raum, darin sich Boris' taumeliges Bewußtsein aufhält.

Zement ist sein Lager, und seine erste Empfindung ist doppelgesichtig: Die Kühle, die vom Zement ausgeht, diese Kühle ist gut. Sie lindert den Schmerz. Sie ist böse: die Teile des Körpers, die es nicht traf, betteln um ein wenig Wärme. Boris erschauert, doch die kleinsten Bewegungen, von diesem Schauer verursacht, sie vermehren nur den Schmerz. Er versucht, dem Schauer Einhalt zu tun, aber auch diese Bemühung peitscht nur den Schmerz auf. Ein Brummen; nein: ein Brummer, ein lebendiger Brummer, dröhnend und unflätig, durchmißt die Ganzheit, die ehemals ›Boris‹ hieß: Wenn ich Ton würde? Wenn nichts als ein Ton von mir bliebe?

Die grauen und verwitterten Wände der Zelle schwinden. Ein Geruch von Auswurf, so stark, daß er zum Körper verdichtet erscheint, schlägt Boris mitten in das Gesicht.

Als säße er in einem Napf, wird er auf einer Bahre zu seinem ersten Verhör getragen. Nach den Wänden der Zelle, sind es nunmehr die Bäume, die schwinden. Der Himmel selbst zieht sich zurück.

»Wie melodramatisch!« Die Spürhunde in Zivil schreiten neben
der Bahre einher. Wie Brüder. Der Schnee quakt. So war denn unsere Vergangenheit, die meine und die der Planeten, nur eine Vorbereitung, nur die Rüstung des Scheiterhaufens für diese Sekunde.
»Von diesem Augenblick an sollten meine Gesichte nur mehr
der Entomologie angehören. Gesichte der Schaben. Schaben, die
Träume sind.«

»Auf, Jüngel. Behauptest du immer noch, Yuri Goletz zu sein?«
Das Seltsamste ist Boris' Vermögen, sich zu erheben. Sein Körper, von seinen Beinen gestützt, wie etwas ihm Fremdes. Jede Bewegung wird neuentdeckt. In seinem Inneren scheint alles zerstört, die Ausdünstung ausgenommen; es riecht nach Ausputz und
abgestandener Pisse.
Der erste Polizist ist ein Gnom. Um Maulschellen zu verabrei-
chen, muß er sich auf seine Zehenspitzen stellen. Und Boris fällt
nicht.
Der zweite erinnert an eine Ikone. Sein Gesicht strahlt. Er ist
hochtrabend, feierlich, wie eine Nationalhymne, in einen schwarzen Waffenrock eingeschnürt.
Boris' Koffer ist da, am Tisch, aufgeschlitzt. Eine Unzahl von
Notizen und Briefen darin, ein paar Bücher in der Sprache des
Volkes der Umgebung, das nicht das seine ist, sondern das Yuris,
des Erdichteten. Wie kindisch erscheinen diese Vorkehrungen im
Lichte des unheilvollen Indizes: seines von neuem entblößten
Gliedes.
Die Fußtritte in die Hoden sind wie ein Aufheulen. Das Streitobjekt ›Glied‹ hat sich in der Tat eine unselige Nachbarschaft aus-
gesucht: die der Testikel. Boris möchte lächeln, aber das Lächeln
kommt nicht über die schmerzende Zone der Kinnbacken hinaus.
»Wir möchten jetzt erst mal hören, durch wen und von wem du
deine falschen Papiere bekamst. Ebenso, wessen Adressen in deinem Notizbuch stehen. Und wer die Absender der Briefe sind, die
du bei dir hattest. Du wirst uns das alles hübsch brav erzählen.
Hab ich recht?«
Wer sich mit dem Unreinen einläßt, wer es unterstützt — der
ist selbst befleckt und des Todes. Was Boris denkt, ist, was man
magisches Denken nennt. Auf diesem Denken basieren offenkun-

dig die Gesetze der Sieger. Die fünf Briefe von Freunden, in seinen
Koffer verweht, könnten den Absendern ein Verhör wie das seine
einbringen. Wie banal ist das doch. Boris verliert allen Mut, selbst
den, zu verraten, nachzugeben. Was ist denn der Mut, wenn nicht
das Vermögen, eine Veränderung heraufzubeschwören, sie ahnen zu
lassen? Dieses Vermögen, Boris ist seiner verlustig gegangen. Die
Dämmerung bricht über das Zimmer herein. Die Wände starren
von Lidern. Der Polizist No. 2 lümmelt auf seinem Schreibtisch.
Er zieht sein Feuerzeug hervor und versucht, damit eine Zigarette
anzuzünden. Doch das Feuerzeug versagt ihm den Dienst. Erstes
Kreischen im Räderwerk. Und dabei dürfte es sich doch nur nach
dem polizeilichen Willen drehen.

Aus einem Seitenfach greift sich der Polizist ein Fläschchen Benzin.
Das Fläschchen entgleitet seiner Hand. Der Stummel im Aschenbecher, hat er vergessen, ihn abzutöten? Die auf das Pult gebrei-
teten Briefe brennen. Die Namen und die Adressen, die sie ent-
hielten, sind nur mehr im Kopfe Boris' enthalten, der eine stumme
und inbrünstige Danksagung an seinen Gott abfaßt.

Der Polizist vollführt eine gleichmütige Geste. Seine Lässigkeit
gilt den verbrannten Briefen und zugleich Boris selbst. Der Beweis
ist ja da: Boris' Glied und seine Angst.

Orgeln tönen in einem verlassenen Tempel. Die Flüche, die zu
vernehmen sind, haben keinen Bezug mehr auf Boris. Man führt
ihn in eine andere Zelle ab.

30. KAPITEL

Die Kälte ist wie ein feindlich Ding. In der Zelle sechs Personen,
Boris nicht miteinbezogen. Ein Vater mit seinen zwei kleinen Töch-
tern. Ein Junge von sieben Jahren — mit sich allein. Ein junges
Paar, den Geruch des Waldes und des Schnees an sich.

Das blonde Mädchen, in den zu großen Stiefeln, hüllt sich in
Schweigen. Ihr Lächeln führt ein Eigenleben. Es flattert auf, es
schlägt mit den Flügeln zwischen den engen Wänden. Sie liebt uns
sehr, diese junge Person, aber sie nimmt uns kaum wahr. Sie ist
nicht bei uns, die wir bei ihr sein möchten. Sie würde am liebsten

nicht mehr bestehen, außer für ihren Gefährten, mit ihrem Gefährten. Unsere Gegenwart ist nicht einmal störend; sie ist überflüssig wie die nächsten Verwandten im Umkreis der Jungvermählten. Unmerklich berührt sie das struppige Haar des jungen Mannes. Es würde gut sein, im Warmen zu sterben. Ganze neun Stunden zuvor hat man sie hergebracht, die zwei Jungen, verschwiegen und ernsthaft. Die froststarre Erde, die sich entzieht, die im Umkreis der Bäume entflattert, die Hinterhalte im einsamen Wald, das hastige Handgemenge, eine Treue, so schüchtern und doch so umfassend wie das Meer, all das steht immer noch in ihren Augen zu lesen. Der junge Mann trug eine kleine Wunde davon, eine Schramme an der Schulter, von der nicht zu reden lohnt, die ihn nicht schmerzt. Aber wie schön ist sie doch, diese Wunde. Welchen Platz sie dem jungen Mann einräumt unter uns allen, die wir keine Waffen trugen. Sie ist wie ein strahlender Lüster während der Chanuka-Feiern. Das Mädchen verklärt glückhafter und bemutternder Stolz...

Der Vater spricht zu seinen beiden kleinen Töchtern. Der kleine Junge, ein wenig lächerlich in der zu weiten Schafshaut, lauscht aufmerksam und wagt noch nicht, sich ins Gespräch zu mengen. Boris, der seine Herkunft verschwieg, wird als der Sprache der Zellengefährten, der Sprache der Seinen, nicht mächtig erachtet. Ein jeder kann ein Spion sein, ein jeder mag fahrlässig handeln. Wortlos werden rings um Boris die Gründe für dessen Schweigen respektiert. Man verdenkt es ihm nicht. Und eine unsägliche Zärtlichkeit für diese Menschen steigt in Boris' Kehle herauf, einer versteckten Erinnerung gleich.

Wäschepaket in einem Armenquartier, die Leiber der zwei Partisanen vom Polizisten in der Ecke hinterlegt. Das Klicken der Waffe war kaum zu hören. Dem jungen Manne kam die erste Kugel zu. Das Blut verlief sich auf dem Zement. Es entwarf rätselhafte Arabesken. Ein paar Minuten später trat ein alter Wärter ein, hinter ihm ein Arbeitshäftling. Beide Körper wurden ihrer Kleider entledigt. Boris gewahrte eine Blöße, die ihm den Atem verschlug. Er glaubt allein, allein und verstümmelt zu sein.

»Erstmal vom Ungeziefer befreien«, knurrte der Wärter, »das wimmelt von Läusen. Aber die Schafshäute stehen schon dafür. Hatten es selbst im Wald warm, die beiden.«

Die Augen des Mädchens, in denen Fixfunken hausten, waren nicht tot. Es war, als überzöge sie eine Schicht von Eis, so hauchzart, daß sie nicht zu bestehen schien. Und die Lebenden blieben im Umkreis der beiden Jungen zurück wie fünf zaudernde Wildbäche, hangend über einem großen Strom.

Der kleine Junge erzählt:»Mein Vater holt mich noch von hier raus. Das weiß ich bestimmt. Er ist Zahnarzt in der Stadt Orava. Ist eine große Stadt. Sie haben noch nie davon gehört?... Er behandelt die Zähne ihrer ganzen Polizei, einschließlich des Kommandanten. Um sich von ihm behandeln zu lassen, gehen sie ohne Bedenken durch das Tor in der Mauer, die unser Viertel umschließt. Sie sagen, daß in der offenen Stadt kein Zahnarzt das Sohlenleder meines Vaters wert sei... Doch es sollte eine Aktion geben in unserer Stadt. Alle bekamen Angst. Meine Eltern haben mich unserem Dienstmädchen anvertraut, die mich zu ihren Angehörigen mitnehmen sollte. Man trennte mir die Sterne ab, den auf dem Rücken und den auf der Brust. Mein Vater gab dem Dienstmädchen Geld. Seit zwei Jahren schon arbeitete sie nicht mehr für uns, sie hatte kein Wohnrecht in der verbotenen Stadt. Trotzdem kam sie häufig im geheimen zu uns, um meinen Eltern Butter, Käse, ja sogar Obst zu verkaufen. Ich selbst mag die Äpfel am liebsten. Für den Fall, daß ich bei ihrer Familie bis Kriegsende Unterschlupf fände, sollte sie später einmal von meinem Vater ein Haus zum Geschenk erhalten... Im Zug kam sie mit einem Gendarmen ins Reden. Sie lachten zusammen. Dann tranken sie Wodka. Sie gaben auch mir davon. Und der Gendarm faßte sie an der Brust... Sie lachten wieder, und sie verlangte plötzlich von mir, daß ich meine Pumphose herunterlasse. »Zeig ihn uns doch, deinen kleinen Vogel«, sagte sie. Und der Gendarm sah, daß ich beschnitten war. Er rief die anderen Gendarmen aus dem Abteil nebenan. Dann lachten sie alle, und an der nächsten Station mußte ich mit ihnen aussteigen. Und Eugenie, unsere Köchin, fuhr weiter. Sie waren sehr nett zu mir, die Gendarmen, sehr mild, bis auf einen, der mich an den Ohren zog. Doch die anderen beschimpften ihn. Sie gaben mir Schokolade. Sie bestiegen mit mir einen Wagen und meinten, sie wollten mich zu meinen Eltern bringen. Ich saß neben dem Chauffeur. Und sie brachten mich hierher, in das Gefängnis.«

Die Stahltüre ging auf, und der Oberwärter erschien, von einem Zivilen begleitet. Der in Zivil trug dicke Gläser und einen Tirolerhut mit einer Feder.

»Hör mich an, Jüngel«, sagte der Wärter, »du beklagtest dich vorige Nacht über Kälte. Wir bringen dir eine Decke, sieh nur. So wird es besser sein. Du wirst dich wie bei Muttern fühlen.«

Der Wärter erschien betreten, als der in Zivil die Mündung seines Revolvers an den Nacken des Jungen brachte, der mit den Flügeln zu schlagen begann, schlagartig ähnelnd dem Lächeln des vor ihm erschossenen Mädchens.

Und die Zelle wandelte sich zum Hühnerstall, zu einem Hühnerstall, darin ein Fuchs den Hennen die Kehle durchgebissen hat.

Warum glaubte Boris, der als Letzter gekommen war, Gastgeber, Herr der Zelle zu sein? Woher kam ihm dieses Gefühl der Verantwortung für das Wohlbefinden und den Komfort seiner Gäste?...
Seine Lüge, noch nicht zur Gänze enthüllt, ließ ihn eins zu tausend auf ein Überleben hoffen, indes seinen Nachbarn — dem Vater und seinen zwei kleinen Töchtern — keine Etappe mehr zu durchmessen blieb, ehe sie sich in der gleichen Ecke der Zelle dem jungen Partisanenpaar und dem Sohn des kundigen Zahnarztes zugesellten. Wie ruhig wird meine Nacht sein, dachte Boris, während die Krallen des fiktiven Yuri Goletz immer noch Halt suchten an der Glaswand der irdischen Existenz.

Der alte Friedhof seiner Heimatstadt stand jählings vor Boris' Augen. Die ältere von den zwei kleinen Mädchen, die Neunjährige, gemahnte ihn überdeutlich an die halberhabenen Ziegen auf den Grabsteinen.

In dem Augenblick, da der in Zivil seine Pistole abgefeuert hatte, war das Gesicht des Vaters der zwei kleinen Mädchen in Auflösung geraten, in seine Elemente zerfallen. Und Boris drängte es nun, sie wiedereinzusammeln, sie wiederzusammenzufügen, ein Gesicht von neuem zu erschaffen. Es stand ihm eine aufreibende Jagd bevor, zwischen den Sprüngen und zwischen den Ritzen der schmutzverkrusteten Zellenwände, unter den staubbedeckten Leisten, im labyrinthischen, saftigen Gestern und im abrupten Heute.

In den Augen der Verurteilten entsprach das Überleben anderer, selbst deren geringste Aussicht zu überleben, häufig dem Abzeichen eines höheren Ranges, einem Adelsbrief. In vielen Fällen war es dem Feinde geglückt — war es die Frucht einer Ansteckung? —, ihnen sein eigenes Kastensystem einzuimpfen. Das Grauen, das den Vater der zwei kleinen Mädchen dazu verhielt, sich von den Toten in der Ecke abzuwenden, war es von jenem gewissen Ekel, ja, von moralischer Verdammnis frei?

Boris hingegen sah den Aufstieg zum Tode als eine Weihestufe, die alle, die er liebte, erklommen, ausgenommen er selbst. Stand es dafür, auf diesem Gegensatz zu beharren?

Da er nun einmal beschlossen hatte, die Sprache, die ebenso sehr die seine wie die der kleinen Familie ihm gegenüber war, nicht zu verstehen, ließ sich ein Gespräch nur mittels einer ausgeklügelten Taktik in Gang bringen. Wie leicht konnte der Mann ihm miß-trauen, ihn mit den Mördern verwechseln, oder auch nur mit je-nen, die nicht zum Sterben bestimmt waren? Kam das nicht auf das gleiche heraus? Aber auch: abgestumpft durch den Tod, der nun den längs der Mauer sich häufenden Leichen seiner Gesprächs-partner innewohnte, abgestoßen von diesem Tod, mochte er sich an diese letzte Chance klammern, an diesen Funken des Über-lebens, der noch im Körper Boris', in seinem ›Fall‹, glomm.

Die Minuten troffen von der unsichtbaren Decke.

Um den Mann zum Sprechen zu bringen, galt es eine heitere Unbekümmertheit zur Schau zu stellen, galt es die Unvollkom-menheit der Schicksalsgemeinschaft erkennen zu lassen, beides frei-lich ohne übertriebene Brutalität, andernfalls sich der Mann in das Bewußtsein seiner abgesonderten und unwiderruflichen Be-stimmung zurückziehen mochte.

Boris streckte sich bis an die kleine vergitterte Luke an der Decke.

Nach seiner Gewohnheit, zu definieren, zu beschreiben, begann er Formulierungen wiederzukäuen:

Eine Landschaft der Physiologie? Die Eingeweide eines Men-schen, nicht wie der Gerichtsmediziner sie sieht, sondern wie sie der Vorstellungswelt eines Kindes entsprechen. Das beunruhigende und verbrauchte Grün regloser Wasserlachen. Bäume, deren nach oben weisende Äste Schreien gemäß sind, abgeschiedenen Schreien, zu keiner Tonleiter aufgefädelt. Bäume, Ausschau haltend nach zu Hängenden. Gewachsen, nur um sich mit Fleisch zu beladen. Steine, sicher verankert in der Einfassung eines Beckens, nie wieder aus dem Boden zu lösen, schlüpfrige, grüne, gefeuchtete Steine. Ein Himmel, weder blau noch grün noch rot, eher weiß, weiß wie die Kreide, ein ungegenwärtiger Himmel.

Nein, das war kein Gefängnishof; es sei denn die Welt als ein Ganzes wäre nichts weiter als ein Gefängnishof, ein allumfassender Gefängnishof.

Als Boris nach unten zurückgekehrt war, galt er seinen Gefährten bereits als einer, der ›zu schauen gewagt‹, der mit bewunderungswürdiger Ungeniertheit das tödliche Reglement übertreten hatte. Und sollten nicht den zwei kleinen Mädchen in dieser Durchbrechung des tödlichen Reglements das Atom eines Wunders, ein Funke des Überlebens erscheinen?

»Meine Geschichte ist einfach«, sagt der Mann, »es sollte eine Aktion geben in unserer Stadt, eine Aktion gegen die Unseren. Was aber täte ein Vater nicht alles, um sein eigen Fleisch und Blut zu retten. Ich brachte also meine zwei kleinen Töchter bei einem Nachbarn unter, einem altbewährten Freund, der von Beruf Schmied ist. Er und seine Frau hatten selbst ein kleines Mädchen, das schon seit Jahren mit den unseren spielte. Ich hatte den Schmied gut bezahlt, mit zweitausend Rubeln in Gold.«

Den Mann schien es zu würgen, als hätte er eine zu heiße Kartoffel geschluckt. Sein langer Hals wurde noch länger. Sein Lächeln bettelte um Vergebung für einen Fehler, für ein Vergehen, das sich Boris nicht zu erklären wußte. Wollte der Mann, daß man ihm den Besitz dieser sicher beträchtlichen, aber keinesfalls ungeheuren Summe verzieh? Um bei der Wahrheit zu bleiben, mußte ihn, Yuri Goletz, der die Sprache seiner Zellengefährten nicht beherrschte, der mit dem angeborenen Überlebendürfen seiner Rasse ausgestattet war und der in Friedenszeiten als Knecht auf einem Bauernhof arbeitete, die Ungeheuerlichkeit dieser Summe blenden. Im Angesicht der herrschenden Umstände aber, und vor allem mit Rücksicht auf seine eigene Person, durfte ihn das bevorstehende Los der Kinder nicht über die Maßen rühren...

Glaubte der Mann mit der Anrufung seines im übrigen verlorenen Goldes die letzte Türe zugeschlagen oder, einfacher, den letzten Funken einer freundschaftlichen Anteilnahme ausgetreten zu haben?

Mit einem Male hatte es Boris satt, Theater zu spielen. Mit einer

Handbewegung, wie sie nur dem Urenkel der Schriftgelehrten anstand, die nach dem Willen Gottes durch Verkettungen und Windungen diesen Mann und seine Töchter bis auf diesen blutverschmierten Zementboden geleitet hatten, strich er der Älteren über das Haar und drückte hierauf einen Kuß auf die Wange der Jüngeren. Nichts war gesagt und alles wurde klar... Er mochte schließlich denken, was er wollte. Um so schlimmer, oder um so besser, wenn er nun im Lichte ihres fundamentalen Einsseins seinem Bekenntnis abschwor. Es änderte nichts an ihrem Los, weder an dem des Mannes und dem seiner Töchter noch an dem Boris'. Der Mann aber fuhr in seiner Erzählung fort.

»Die Frau des Schmiedes versicherte mir, sie werde für meine Töchter wie für ihre eigene sorgen. — ›Ich habe sie genauso lieb‹, beteuerte sie. Sie wollte auch wissen, ob ich nicht außer den zweitausend Rubeln etwas besäße, das ich ihr besser überlassen würde. — ›Begreifen Sie doch‹, sagte sie zu mir, ›wie schade es wäre, wenn das, wofür Sie ein Leben lang geschuftet haben, den Soldaten in die Hände fiele. Nun, da es jede Woche um Sie geschehen sein mag, sollten Sie es zumindest für Ihre Töchter retten und für die guten Menschen, bei denen sie Aufnahme finden. Es ist toll, wie die Lebensmittelpreise gestiegen sind! Wir waren doch immer schon eine große Familie, nicht?‹

Ich ließ mir all das durch den Kopf gehen, und die Geschichte wollte mir nicht recht gefallen. Eine feine Familie, überlegte ich, die an nichts als an die Erbschaft denkt. Und meine Kleinen, die ich diesen Leuten zu überlassen gedachte, wollten nicht bei ihnen bleiben. Die ältere, meine Esther hier, sah mich an, sie sah mich an und sagte nur: ›Vater, trenne dich nicht von uns. Es führt ohnehin zu nichts...‹ Und anderen Tags zermarterte ich mir den Kopf vom frühen Morgen an bis zum Einbruch der Nacht. Das gepreßte Lächeln, durch das sich der Schmied und seine Frau verständigt hatten, als ich sie verließ, dieses gepreßte Lächeln nagte an mir wie ein Wurm. Solange es Tag war, konnte ich nicht auf die Straße gehen. Dieser Tag ist mir lang geworden, so lang wie unser Exil... Des Abends komme ich also zum Schmied und sage zu ihm: ›Ich danke Ihnen für Ihre Güte, aber ich habe es mir nun anders überlegt. Geben Sie mir bitte meine Töchter und das Geld wieder zurück. Wir machen vielleicht eine größere Reise. Mein

Schwager aus Minsk schreibt mir, daß sich bei ihnen so gut wie kein Lüftchen regt.‹

Und der Schmied sieht mich an und sagt: ›He da, sachte, mein Lieber... Wie willst du denn verreisen, du Narr, wo doch die deinen nicht mit der Bahn fahren dürfen?‹

Ich gebe zurück: ›Zerbrich dir darüber nicht den Kopf. Ich habe das alles mit einem Bauern geregelt, der uns in seinem Heuwagen verstecken wird.‹

Und der Schmied: ›Jedem sein Schwager, der meine ist bei der Polizei. Wenn du die Rangen wiederhaben willst, dann nimm dir sie doch. Das Geld aber hab ich nicht mehr. Es sei denn, du kämst in zwei Monaten wieder...‹

Er läuft rot an; ich sehe mehrere leere Flaschen auf seinem Tisch stehen. Und er brüllt los: ›Das hat man davon, wenn man gut ist zu solchen Leuten!‹

Und mit einem Male kommt sein Schwager daher, mit drei anderen Tagedieben. Hat nur ein Auge, sein Schwager. Vor dem Kriege ist er mal Tischler gewesen. Hat sogar eine Wiege für Esther gezimmert. Er hatte seither mächtig Fett angesetzt. Er kommt also mit seinen Kumpanen daher und sagt zu Joseph, dem Schmied: ›Mein Kleiner, wozu machst du so viel Aufhebens wegen dieses Kerls, der nicht begreifen *will*. Richte doch nicht deine Nerven zugrunde. Nun *wird* er begreifen.‹

Und sie führten uns auf die Gendarmerie. Wäre ich allein gewesen, dann hätte ich mich aus dem Staub gemacht. Ich hätte sie niedergeschlagen. Sie waren besoffen. Und ich bin stark. Aber mit den Kleinen ging das nicht. Hatte mir Esther nicht gesagt: ›Vater, trenne dich nicht von uns!‹

Und jetzt sind wir also hier. Es ist gut, daß sie uns wenigstens nicht getrennt haben. Und mein Geld ist beim Schmied.«

»Sieh doch nur deine Frisur«, sagte die Ältere zu ihrer Schwester, »sie ist ganz zerzaust. Laß mal sehen...«

Und Boris hatte einen Kamm aus der Tasche gezogen und half bei der letzten Toilette der Kinder. Lange danach behielt der Kamm noch einen leichten Geruch von Kamille.

Boris ist allein. Das Zwielicht senkt sich in den Raum. Ein mattes Insekt, ein Insekt, dem Tode geweiht und so träge, daß er davon sterben könnte, schleppt sich Boris' Blick über die fahlen Wände. Er bleibt an einer Ritze hängen, an einem kaum wahrnehmbaren Spalt. Das Auge vermählt sich dem winzigen Fenster: Da ist eine alte Frau, auf einen Haufen gelber Ziegel gestreckt; ein gequältes, gewobenes Lächeln, den Zügen des toten Antlitzes aufgeprägt, wie eine Blume einem Stück Stoff.

Der Raum dort ist keine gewöhnliche Zelle. Nicht die Vielfalt menschlicher Anwesenheit hat sein Wesen geformt. Es ist die einstige Wäschekammer des Zuchthauses. Dieser ganze Trakt diente ehemals der Versorgung: Als der Krieg ausbrach, begann die Zahl der Häftlinge anzuschwellen. Die Anzahl ihrer Bedürfnisse, gleichwohl von der Verwaltung anerkannt, begann sich zu verringern. Die Wäschekammern, Waschküchen und Speicher, vor kurzem noch als unentbehrlich für das Leben der Gefangenen angesehen, dienten seither einem anderen Zweck: der Speicherung von Leibern. Von Leibern, in denen noch Leben war, und von solchen, die ausgelitten hatten. Die Anwesenheit lebloser Dinge in diesem Raum ist normal. Sie stört die Gefühle der Wände nicht.

Boris' Blick bleibt der Ritze treu:

Sterbende Henne, wie mit einer breiten Schärpe gekrönt von ihrem tranchierten Hals — und es trieft und tröpfelt daraus — ächzender Sabbat, aufbegehrend; winselnd und schreiend. Kleine Brut der Küken, deren zitterndes Gegacker sich ringsum verläuft, momentan aufgeschluckt vom rötlichen Staub. Vielfarbige Streifen zerteilen ihren gerupften Leib — Inselchen Leib — Quelle heiligen Bebens, unmöglich nachzuerschaffen. Wie dieser Staub doch klingt!

Der Körper der Frau sagt zu Boris:

»Ich muß meine neun Kinder und meinen Gatten ernähren. Sie sind die Zehn Gebote für mich. Mein Alter ist müde, mein Leben ist müde, meine Haut ist müde. Selbst meine Müdigkeit ist müde. Ja, meine Trägheit ist träge.

Der Hunger aller Tage ist eine Sünde Gottes wider uns, seine Geschöpfe. Der Hunger, den wir am Sabbat verspüren, ist eine Sünde, die wir anderen, Seine Geschöpfe, wider Gott begehen. Begreife wer kann, unter euch Heiden, an die ich diese Worte richte, wie man eine Flasche in den abgründigen Schoß des Meeres wirft.

Nun, Gott steht es zu, sich an uns, die wir Hunger leiden, zu versündigen. Er kann es sich leisten, sündig zu werden, und das alle Tage. Er bleibt geheiligt. Sein Rücken ist breit. Sein Rücken ist mächtig. Wir aber, hätten wir denn das Recht, eine kleine Sünde wider Gott mehr zu begehen, sei sie auch noch so gering?

Unsere Rücken, mein Rücken, sie sind jenem Gottes nicht zu vergleichen. Schau ihn dir nur an... So auch geschrieben steht, daß wir nach Seinem geheiligten Ebenbilde geschaffen wurden, muß sich die Ähnlichkeit anderswo ausgeprägt haben, im Rücken nicht. Mein Rücken ist krumm, er ist kraftlos. Er wird keine Sünde wider Gott mehr ertragen: die, meinen Gatten und meine neun Kinder am Sabbat hungern zu lassen; die, meinerseits Hunger zu leiden am Sabbat.

Mein Gatte verdient weder seinen noch unseren Unterhalt. Er weiht seine Tage und Nächte dem Studium. In der Heiligen Schrift lernt er das Leben der Zukunft gewinnen. Es fehlt ihm die Zeit, das gegenwärtige einzubringen.

Mein Rücken ist gebeugt, ist gekrümmt. Mein Gatte und meine neun Kinder sind die Zehn Gebote für mich. Mein Gatte ist die Krönung, die strahlende Krönung meines Seins.

Ich mache Geschäfte mit Zwiebeln — auf dem Marktplatz dort unten und ich bin selbst eine Zwiebel. Ich mache Geschäfte mit Fischen und ich bin selbst ein Fisch.

Sabbat ist es, Tag des Herrn...

Am Sabbat, diesen Sabbat... Sie kommen, behelmt wie die Engel. Sie kamen. Ach, nähme doch dieses Keuchen, das Keuchen dieses Sabbats ein Ende...

Die angeschirrten Gendarmen, zu den Wolken emporgestiegen, halten sich, unbewegt, über der Stadt und ihrem Sabbat. Der kleine Junge, in den Falten des Himmels verborgen, *erlebt* ihre Nachbarschaft. Er bestaunt den Glanz der Bajonette.

Die von ihrem Blinken geblendeten Augen niederschlagend, wird er die schwärzliche, bräunliche Erde gewahr, die zurücktritt. Aufbricht die glatte Oberfläche: Beben, Wirbel, Eilande. Doch wie fern ist das alles!

Erheb dich denn, du Erde, ausgelegt mit braunem, verbranntem Fleisch, kochende Erde, du!«

31. KAPITEL

Tage, hüllenlos, kalt, und wie Schuppen, bildeten einen Panzer um Boris.

Da er beharrlich fortfuhr, seine Abkunft zu leugnen, überstellte man ihn in eine andere Zelle, deren Insassen nur zu einem Teil dem Tode geweiht waren. Es gab dort einen Dorfschuster, sentimental und schwach, der im Rausch seine Frau umgebracht hatte. Er vergoß heiße Tränen und verbreitete sich über das Leben einiger von der Geschichte der Kirche nur am Rande erwähnter Heiliger. Sein großer, kahler und gelblicher Kopf erfüllte die Zelle mit einem traurigen, herbstlichen Licht. Er war ein gerechter und redlicher Mensch, der unter normalen Umständen keiner Gewalttat fähig gewesen wäre, aber er haßte die Lüge; er war es, der — als erster nach Boris' Erscheinen — die Dinge bei ihrem Namen nannte: »Du bist keiner von den Unseren. Wozu es verbergen? Sag deinen Richtern also die Wahrheit, und du wirst einen leichten Tod haben. Mir blüht er jedenfalls nicht.«

Der zweite Schuster, ein schroffer, giftiger Kerl, nickte bestätigend mit dem Kopf: »Wir hatten so einen in unserem Dorf«, sagte er. »Er war blond, hatte helle Augen, man hätte sagen können, ein Junge aus unserer Gegend. Er verbarg sich beim Grafen im Schloß. Man gab ihm zu essen, man gab ihm zu trinken. Er sagte von sich, er sei Offizier. Er lehrte die Kinder des Grafen englisch reden. Später wurde er richtig frech. Er kam aus seinem Versteck hervor, er ritt mit dem Fräulein aus, er behandelte die Leute — alles gute Christen — von oben herab, denn er stellte sich vor, man würde niemals erfahren, mit wem man es hier zu tun habe. Doch so etwas sieht man, spürt man wie einen üblen Geruch. Es gab eine Hetzjagd. Man griff zu den Heugabeln. Als wir ihn schnappten... wie er um sich schlug, der Arme. Wie er mit Händen und Füßen ausschlug...«

Ein Bauer, beschuldigt, Schweine schwarz geschlachtet zu haben — nach den damaligen Gesetzen hatte er seinen Kopf riskiert — bekundete Boris grenzenlose Verachtung: »Wenn man die Euren tötet und wenn Gott es zuläßt, dann nur, weil ihr allesamt Blutsauger und schmutzige Sünder seid. Nun läuft das Maß eurer Sünden über. Euretwegen haben wir diesen Krieg, euretwegen fließt das Blut braver Christenmenschen in Strömen. Ihr habt ihn herbeigewünscht. Ihr habt ihn herbeigeführt. In den Weissagungen der Königin von Saba steht es geschrieben, daß die Bestie nicht die Gerechten allein, sondern auch ihre eigenen Kinder verschlingt. Ihr seid die Kinder der Bestie. Ihr vergreift euch am Blut unserer Jungen, darin euren Sabbat zu tränken. Nun aber fordert die Bestie euer Blut, um ihren eigenen Großen Sabbat zu rüsten. Sie sind ein gebildeter Mann, das merkt man gleich. Sie haben von allem, was ich hier sage, sowohl gelesen als auch gehört ...«

Ein blonder Junge von sechzehn Jahren, schüchtern und freundlich zu jedermann, Boris nicht ausgenommen, sah seiner Aburteilung als Flüchtling aus einem Zwangsarbeitslager entgegen. Er kannte ein altes, bäuerisches Märchen, in das er Abend für Abend mit monotoner Stimme verfiel: »In einem fernen Lande lebte ein Vogel mit goldenen Flügeln. Kraft der Beschwörungsformeln, die ihn eine Hexe gelehrt, ließ der ärmste der Bauern den Vogel kommen, der ihm eine von seinen Federn anbot. Diese Goldene Feder, mit wertvollen Steinen besetzt, wog ein Königreich auf. Doch der Vogel bestand darauf, daß er sich selbst in der ärmlichen Hütte des Gläubigers nach einem Tauschgegenstand umsehen dürfe. Der Bauer fügte sich leichthin in diese Bedingung, die er für arglos hielt. Und der Vogel entführte denn in seinem Schnabel ein altes Eisenkreuz, das die kleine Tochter um ihren Hals zu tragen gewohnt war. Und das Unheil entlud sich nicht allein auf den Bauern, sondern auch auf das Dorf und auf die ganze Provinz. Es starben die Kinder, die Ebene wurde vom Feuer und von den Tataren verwüstet. Ein fremdartiges Übel griff um sich, es verschlang die Herden und erstickte die Freude im Herzen der Menschen. Der Bauer machte sich auf, den Vogel zu suchen und ihm das Kreuz wieder abzufordern. Nach mannigfaltigen Abenteuern gelangte er in ein Land, wo man das Menschenfressen als die höchste der Tugenden und als oberstes Vorrecht pries. Wo man die Schulkinder den Meineid lehrte wie in anderen Ländern das Einmaleins. König in diesem Land ist ein ungläubiger Vogel mit goldenen Federn ...«
An diesem Punkt der Erzählung waren die Blicke der Zuhörer unfehlbar auf Boris gerichtet, dessen Schultern mit allen Vergehen

belastet waren, die man dem Vogel und seinem Volk unterstellte. Die Behandlung, die Boris von seiten seiner Mithäftlinge erfuhr, entsprach dem heißen Begehren, das von den abscheulichen Untaten des Vogels zerrüttete moralische Gleichgewicht wieder ins Lot zu bringen.

Ein Straßenräuber, der irgendeinen Mord verbüßte, raubte Boris Hemd und Schuhe, sich auf das gute Recht dessen berufend, der zum Überleben bestimmt sei, gegenüber dem Rechtlosen, der diese Welt so oder so zu verlassen habe.

Ein Notar, einziger Repräsentant der Intelligentsia in der Zelle, der sich als solcher eines unbestreitbaren Prestiges bei seinen Genossen erfreute, verschönte die gemeinsame Freizeitgestaltung, indem er in regelmäßigen Abständen Versammlungen abhielt, in denen die unheilige Rolle zur Sprache kam, die Boris' Volk in Wirtschaft, Politik und Kultur des Landes gespielt hatte.

»Es widerfährt ihnen nun, meine Herren, es widerfährt ihnen nun, was sie in jeder Hinsicht verdienten, haben sie doch jahrhundertelang unsere großmütige Gastfreundschaft mißbraucht. Sie führten uns in den Schmutz. Ihr Krämergeist hätte fast die Seele unseres grundgütigen Volkes vergiftet. Die Liederlichkeit, die sie zu ihrem Ideal und zu ihrem System erhoben, hat unsere Jugend verseucht. Unsere unzähligen Wohltaten vergalten sie uns durch die schwärzeste Undankbarkeit. Zum Glück aber gibt es Gott, meine Herren, und man treibt sie nun in die Grube. Ist es nicht tröstlich und beweist es uns nicht auf eine unwiderlegbare Weise, daß die Gerechtigkeit Gottes kein leerer Wahn ist? Nicht wahr, mein Herr ... Herr, Herr ... welchen Namen führen Sie doch schnell, ich vergesse ihn immer, Herr ... Yuri Goletz! Woran denken Sie? Sie hüllen sich in Schweigen, und dabei sollten doch gerade Sie bestens Bescheid über dieses Kapitel wissen ...

Sehen Sie ihn an, meine Herren, er zittert, er ist ganz weiß. Ganz unter uns, und weil unter Schicksalsgefährten Vertrauen herrschen sollte, verrate ich Ihnen, daß ich kein Sterbenswörtchen von all dem glaube, was uns dieser Herr Goletz erzählt. Meiner bescheidenen Ansicht nach heißt er zweifellos weder Goletz noch Yuri und hat niemals als Knecht bei einem Bauern gedient ...

Sie sollten sich Ihrer Lügen schämen, mein Herr. Unter den draußen herrschenden Umständen würde ich noch begreifen, daß

Sie die Polizei nach wie vor an der Nase herumführen, obzwar ich zum Beispiel niemals lüge... Hier aber, in der Zelle, befinden Sie sich unter ehrbaren Leuten, die keine Denunzianten sind. Oder sind Sie etwa anderer Ansicht? Sprechen Sie's aus, damit wir wissen, wie wir uns Ihnen gegenüber verhalten sollen...«

Den Bauern blieb bei den feinen Wendungen des Notars der Mund offen stehen. Sie mühten sich, es ihm gleichzutun. Man inszenierte sogar eine kollektive Protestaktion gegen Boris' Anwesenheit in der Zelle, »die, wie der Herr Gefängnisdirektor ja wissen, mit Leuten belegt ist, die sich zwar ohne Zweifel — wie das einem jeden passieren mag — mit dem bestehenden Recht überwarfen, jedoch keinen Tropfen unreinen Blutes in ihren Adern haben und deren Abstammung eindeutig ist«.

Auch kollektive Unterrichtsstunden wurden veranstaltet: Fünfzehn Lehrer nahmen es auf sich, Boris im Kehren des Zellenbodens, im Halten des Besens, im Reinigen des mit Fäkalien und Urin angeschwemmten Abtritteimers — und zwar ohne jeden Behelf, nur mit den bloßen Händen — zu unterweisen. Vom Besen war nur der Stiel geblieben, der Boden aber hatte zu blitzen. Das Reinigen des Abtritteimers wurde ausschließlich Boris vorbehalten. Er begann die Scheiße zu lieben, diese duldsame, demütige, keinesfalls aggressive Substanz.

Man holte die Häftlinge zum Verhör. Sie kehrten von dort zurück, das Gesicht geschwollen, die violetten Spuren des Gummiknüppels auf ihrer Haut. Einige wurden erschossen, andere entlassen. Am Morgen und am Abend stieg wie ein Getreidefeld wogend ihr dumpfer und feierlicher Bittgesang zum Himmel empor.

Neue Mieter bezogen die Zelle, in der Boris das älteste Möbel war, eine Art Abtritteimer oder auch Spucknapf. Seine Gefährten erhielten mitunter von ihren Verwandten Pakete, in die sie sich umständlich teilten, ohne für Boris auch nur einen Brocken übrig zu lassen. Der Hunger wuchs sich zur Besessenheit aus; er war wie ein tastbarer Körper. Die Ausgehungerten sprachen vom Essen. Sie komplilierten mit Worten phantastische Handbücher der kulinarischen Kunst. Ihre Träume ermangelten der frischen Luft und des Himmels, aber sie hingen voll Speck. In ihren Träumen durchmaßen sie unbekannte Lande, besät mit Kapellen und Kirchen, deren Mauern aus üppigem, silberfarbenem, unvergänglichem Speck bestanden.

Sie fraßen Unmengen der saftigsten Speisen, deren einziger Fehler die Nicht-Existenz war. Doch einige unter ihnen, die Zähen, die Rüden, trugen von diesen zu einfachen Ausflügen in das gelobte Land des Specks viel zu schmerzliche Risse davon. Und gleichwohl vom zehrenden Hunger entkräftet, begannen sie also im sexuellen Auswurf zu wühlen. Der hagere Postbeamte erzählte:

»Wir hatten in unserer Stadt einen Witwer, einen leutseligen, liebenswürdigen Menschen. Er hatte ein Bäuchlein entwickelt; er mochte an die Fünfzig sein. Er erfreute sich allgemeinen Respekts. Chefbuchhalter der städtischen Schlachthäuser, das war er. Ein Posten, der es in sich hatte, könnte man sagen. Mehr noch: eine passable, eine gehobene Stellung. Immer gut angezogen. Immer in Schwarz. Einen Stock mit Silberknopf schwingend. Jeden Sonntag ging er zur Kirche und nahm unmittelbar hinter dem Bürgermeister Platz.

Er hatte zwei Töchter: Die ältere hatte er an einen staatlichen Unternehmer vergeben. Ein angesehener Mann, ja, ich möchte sagen, ein Weltmann. Die jüngere, Gott war die hübsch, diese jüngere. Ganz so, wie ich sie mag. Gut gepolstert, strohblond, mit Locken wie ein Engel, hätte man sagen können. Und ihre großen, unschuldigen Augen, mochte die Unschuld auch trügen. Und rosige, rundliche Backen. Sie mochte damals im Zweiundzwanzigsten sein. Eine Mitgift, wie sich's gehörte. Die Jungens umkreisten sie wie die Fliegen den Honig. Doch der Papa war zu stolz, so schien es zumindest. Ihm war kein Freier gut genug. Sie denken ganz richtig: Chefbuchhalter der städtischen Schlachthäuser, was ist das schon. Die Leute rumorten... setzten Gerüchte in Umlauf; man wollte ihnen nicht glauben. Neider gab es ja überall. Nach dem Gesetz dieser Welt.

Sie bewohnten ein hübsches Häuschen mit einem Garten; vor den Fenstern standen Geranien. Anständige Leute. Leute, wie sich's gehörte.

Ich wohnte gleich nebenan in der Baracke. Hatte ein Zimmer bei einer Alten. Und immer wenn ich von der Arbeit heimkam, zog ich die Mütze vor dem Mädchen, die den ganzen Tag lang untätig am Fenster saß. Sie dankte mir mit einer kaum wahrnehmbaren Bewegung. Sie senkte ganz leicht ihren hübschen Kopf; denn sie war ein Mädchen aus gutem Hause und kannte mich ja

nur flüchtig vom Sehen, und ich war im übrigen — wozu es verbergen — nicht mehr als ein kleiner Postinspektor. Ich träumte von
ihr, wie man von einer Prinzessin träumt.

Eines Nachts im Winter wecken mich Schreie. Als ob jemand
Schweine abmurkste. Ich schlüpfe in meine Hose. Ich stürze nach
draußen... Das Mädchen, fast nackt — nur in Höschen und Büstenhalter — blutüberströmt... springt über die Mauer. Die Mauer
war nicht sehr hoch. Sie ruft um Hilfe, wie eine Irrre. Sie schreit:
›Wenn er nicht hin ist, der alte Schweinehund‹, schreit sie, ›ich
bring ihn noch um, mit meinen eigenen Händen...‹

Höflich erkundige ich mich: ›Mein Fräulein, womit kann ich
Ihnen dienen? Ziehen Sie etwas an. Es ist kalt.‹ Ich reiche ihr
meine Jacke.

Es war, als hätte sie mich nicht gehört. Und wieder: ›Ich bring
ihn noch um, diesen alten Schweinehund!‹

Die Leute strömen zusammen, Laternen in ihren Händen. Wir
gehen ins Haus. Wir finden den Chefbuchhalter, schreiend und
stöhnend. Er windet sich auf dem Fußboden, in einem Meer von
Blut. Das Bett ist in Unordnung.

›Diese kleine Hure‹, schreit er, ›der werd ich's noch zeigen! Sie
hatte keine Achtung vor ihrem Vater. Sie hatte keine Achtung vor
seinen grauen Haaren. Ich bin zu gut gewesen.‹

Ich war unter den ersten, die bei ihm eindrangen. Ich gleite auf
etwas Weichem aus... ohne zu wissen, worauf. Dann aber bücke
ich mich und weiß Bescheid. Es sind die Hoden, die Hoden des
Chefbuchhalters. Noch ehe der Bader ankam, wurde mir alles klar.
Und später, nachdem der Alte verreckt war — es hatte nicht lange
gebraucht, im ganzen zwei Tage —, erzählte die Tochter dem Richter den Hergang: Papa stellte ihr nach. Wollte mit ihr schlafen
gehen. Die Tochter nahm ihn nicht für voll. In jener Nacht gab er
ihr Tropfen in den Tee, um sicher zu gehen, daß sie auch schlafe.
In ihrem Halbschlaf spürt sie etwas zwischen ihren Beinen. Und
als sie aufwacht, ist der Papa gerade dabei, sein Glied in ihr Moos
zu versenken. Das Mädchen spielt anfangs weiter die Schlafende,
die Benommene. Dann greift sie mit einem jähen Ruck nach dem
Rasiermesser auf dem Nachttisch und trennt ihm die Hoden ab...

Nach dem Tode des Alten erbte sie das Haus, den Garten, das
Geld. Das Gericht hatte sie freigesprochen. Doch sie war dem Wahn-

sinn nahe. Wohin sie auch ging, die Rangen liefen hinter ihr her und riefen: ›Gib ihn doch raus, den Schnickel! Wo hast du ihn bloß hingetan, den Schnickel…‹«

Vom Arbeitshäftling begleitet, brachte der Wärter den Kessel mit der dampfenden Suppe. In einer langgezogenen Schlange, ihren Napf in der Hand, warteten die Insassen ab, bis die Reihe an sie kam. Diese letzte Kartoffel, das verschüchtert am Grund des Kessels haftende Stückchen Mark, wem würden sie zufallen?

Sie strotzten alle von Läusen, doch einer eingefressenen Überlieferung zufolge gab es einen einzigen Verantwortlichen für die Invasion der zutraulichen Tierchen: Boris. Mit ihm, dem Unreinen, sei alles Ungeziefer in die Zelle gekommen — belehrte man die Neuankömmlinge. Diese Legende blieb nicht ohne Einfluß auf Boris' Verhalten. Während der rituellen Entlausung, die an den Samstagabenden statthatte, da man, außer in Sonderfällen, damit rechnen konnte, daß von den Insassen keiner mehr zum Verhör geholt werden würde, tat Boris, als eifere er seinen Gefährten nach, indem er Parasiten vernichtete. Doch er ließ sie leben. Er zog sich das Hemd aus wie alle anderen auch. Um tätlichen Ausschreitungen und Vorwürfen aus dem Wege zu gehen, gab er vor, in den Nähten seiner Bekleidung nach Läusen zu jagen, doch war das kaum hörbare Geräusch seiner Nägel bloße Kulisse. Die dicken Läuse, faul und vollgefressen, gelbfarben und mit dem Kreuz auf dem Rücken, gingen unbeschadet aus seinen Scheinjagden hervor. Sie hielten zu einem, sie waren treu; sie waren Brüder. In dem Verlangen, jemanden zu beschenken, vermachte ihnen Boris das Leben.

Am Sonntag abend, müde der ununterbrochenen Jagd auf diese kleinen regsamen Rubine, wimmelnd wie die Sterne am hellen Himmel einer Julinacht, begannen die Zelleninsassen, in den kochenden Nebel des eigenen Atems gehüllt, ihre Träume auszuplaudern, »die Armee ihrer Träume, die von ihrem Leben Besitz nahm, um, ihrerseits fleischgeworden, vom dürftigen Fleisch ihres Unglaubens zu zehren«.

Boris blieb nicht unempfänglich für die einmalige Schönheit dieser Gesichte und deren schlafwandlerischer Ausdeutung. Doch es verstand sich von selbst, daß man ihn auch von dieser, aus dem Stoff der Träume gewirkten Gemeinschaft ausschloß.

Der erste Schuster hatte eine Turmuhr gesichtet, und der zweite nahm zu diesem Bilde Stellung: »Du wirst binnen kurzem frei sein.«

Wassili, der Straßenräuber, hatte Pflaumen zu Gesicht bekommen. Deutung: Man wird dich beim nächsten Verhör schlagen. Ein Paar Stiefel: Überstellung in ein anderes Gefängnis. Ein Kleefeld; »im Verlaufe der letzten Nacht durchschritt ich ein Kleefeld«—berichtete der Junge, der aus dem Arbeitslager geflüchtet war. »Das ist nicht heiter, mein Junge«, eröffnete ihm der Schuster und Gattenmörder — »keiner von den Deinen wird diesen Sturm überleben; nicht dein Vater und nicht deine Mutter. Du bist schon jetzt eine Waise. Das ist hart...« Und der Junge vergoß heiße Tränen.

Auch Boris hatte Gesichte, deren Fülle von den fahlen Wänden nur gemehrt wurde. Doch er vertraute sie niemandem an.

Um diese Zeit etwa wurde ihm sein ›entscheidender Traum‹ zuteil, den er ein Dutzend Jahre später zu Papier brachte und dessen Aufzeichnung sich im dreiundzwanzigsten Kapitel dieses Buches findet.

Jeden vierten oder fünften Tag holte man Boris zum Verhör. Ein kleiner geschniegelter Leutnant legte ihm immer die gleichen Fragen vor: »Wie heißt du, woher kommst du, von wem hast du die falschen Papiere?« Er ohrfeigte Boris und schlug ihn mit einem Ochsenziemer über Rücken und Hände. Boris sank ein in Schweigen. War es ›Instinkt‹? War er denn jemals in seinem ganzen Leben etwas anderes gewesen als der Ausdruck eines ›Instinkts‹? Er suchte seine Existenz zu vermindern, sich den Atem zu verwehren, einzuschrumpfen, sich innerhalb der vier Wände aufzulösen, nicht zu denken, als müßten ihn seine Gedanken selbsttätig verraten.

Nach einer Woche Aufenthalts in der Gemeinschaftszelle, nachdem er die Absichten seiner Gefährten gehörig abgewogen hatte, entschied er sich für eine Haltung, die er, bei all ihren Vor- und Nachteilen, immer noch für die beste und einzig mögliche hielt; er spielte den Stummen. Zwei Monate lang richtete er nicht das leiseste Wort an wen immer. In dieser absoluten Stille, die vom Grunde seines Selbst aufstieg, fand er eine Art bitteren Glücks, eine Art fester und immer stärkerer Stütze. Diese Stille war wie ein glühendes Glaubensbekenntnis. Er wählte oftmals einen Gegenstand, den er während langer Stunden, da das Grau des herbstlichen Dämmers in Nacht umschlug, anstarrte. Mitunter war es die glatte und blinkende Oberfläche des großen, bauchigen Eisenofens, der seine Brennstoffnahrung von auswärts empfing. So wurde er leicht, immer leichter, und er schwärmte aus in luftige Höhen, von wo er nach eigenem Belieben die zerpflügte und schwarze Erde betrachten mochte. Wie auch die Fülle der Seinen, die in die gemeinschaftlichen Gruben einfuhren.

Was sein äußeres Schicksal betraf, hatte er in dieser Zeitspanne ein einziges, in Wahrheit bedeutungsloses Erlebnis. Die aufeinanderfolgenden Generationen von Häftlingen, die sich in der Zelle einquartierten, um sie bald wieder zu verlassen, hatten es sich zur Gewohnheit gemacht, einander eine Art Standarte in Gestalt eines Glassplitters zu hinterlassen, der ihnen zum Beschneiden der Nägel diente. In einer besonders schwarzen und kalten Nacht bemächtigte sich Boris dieses winzigen Instruments. Auf den bloßen Boden gestreckt, mit einem Mantel zugedeckt, brach er das Glas in kleine Stücke, die er, eins um das andere, bedachtsam schluckte. Das Unternehmen dauerte eine Stunde. Er wollte nicht, daß ihn die anderen dabei überraschten. Die Entwendung kollektiven Gutes hätte ihm neuerliche Schläge eingebracht. Außerdem hätte ein Selbstmordversuch alle vielleicht noch bestehenden Zweifel an seiner Herkunft beseitigt. Und schließlich gab er sich hier einem bestenfalls höchst persönlichen, wenn nicht schändlichen Akt hin, und, als würde er einem äußerst wollustgeladenen Ausflug in die Gefilde der Onanie unternehmen, daran ihm die Gegenwart auch nur eines einzigen Zeugen seine ganze Freude verdürbe.

Als Boris' Gefährten anderen Tags das Verschwinden des Glassplitters bemerkten, gab es keinen unter ihnen, dem es nicht naheging. »Er war uns so nützlich, dieser unschuldige Splitter« — wie üblich war es der Notar, der den Lagebericht erstattete. »Wem konnte schon daran liegen, uns seiner zu berauben?... Es ist bedauerlich, meine Herren, doch es sind Leute unter uns, denen die primitiven Regeln des Gemeinschaftslebens nichts bedeuten, gleichwohl sie an unserem Mißgeschick teilhaben. Oh, wenn ich ihn zu fassen bekäme, diesen dummen und gemeinen Dieb...«

Es gab zu denken, daß keiner von ihnen jemals erwogen hätte, Boris diesen gemeinen Diebstahl zuzuschreiben. Aber ein Diebstahl, so unbedeutend er auch sein mochte, galt allgemein als ein männlicher Akt, und Boris wollte sich nicht recht in einen solchen Zusammenhang fügen, war er doch zu leblos, zu ausgelöscht, zu nicht-existent.

Zu Boris' großer Enttäuschung hatte das verschluckte Glas nicht einmal einen Magenkrampf zur Folge. Um die im voraus berechneten Auswirkungen betrogen, in völliger Isolation, verschwand der Akt, der einzige reale Akt, dem sich Boris in dieser Zeitspanne hingab, wie ein Fisch in den Windungen eines reißenden Stromes.

An jedem fünfzehnten Tag führte man die Gefangenen unter die Brause. Boris fand nichts, was sich dem Dampf, den das heiße Wasser in dem überheizten Raum, unter dem niederen Plafond, den mit blauen Flecken und Wunden besäten männlichen Körpern entlockte, hätte vergleichen lassen. Fraglos handelte es sich um die Ausdünstung von Tieren, deren zoologische Gattung er niemals erraten hätte. Die Männer rissen grobe Scherze, die den Geschlechtsteil und dessen Verwendung zum Thema hatten und letzten Endes auf Boris' bläulichen Schwanz abzielten. Das Zeichen des Bundes war darin eingeritzt und galt diesen Männern als die schlagendste Widerlegung der Märchen, die Boris den Richtern weismachen wollte. Dieser Schwanz erbrachte überdies einen eindeutigen Beweis für die Dummheit der Okkupanten, »die sich von diesem blassen, tonlosen Kretin prellen ließen«.

»Seht euch nur diesen Schwanz an! Mit einem solchen Apparat möchte er einen der Unseren vorstellen, einen Yuri Goletz. Zu viel Ehre! Weißt du wenigstens das Zeichen des Kreuzes zu schlagen?... kleine Teufelsbrut... Warte, versteck ihn noch nicht, deinen Schnickel. Wir wollen ihn noch untersuchen. So ist's recht. Seht her. Und wo ist denn deine Vorhaut? Sieh dir mal mein Glied an, bemerkst du den Unterschied?«

Boris starrte das Streitobjekt an: Das also war das Werkzeug: das arme Werkzeug all seiner vergangenen Metaphysik? All seiner Metaphysik, die ihm ehemals so persönlich, so einmalig erschienen war und die er heute nur insofern für sich in Anspruch nahm, als er den Eingeweiden einer zertretenen Schabe im Vergleich zu den Eingeweiden einer zweiten zertretenen Schabe ›Individualität‹ zuerkannte.

Ein Strahlenkranz von Fröhlichkeit umgab die Gruppe der Männer im Waschraum. Der heiße Dampf war wie das Mitleid selbst. Der gellende Pfeifton des Wärters setzte dem Spiel ein Ende, und die Gefangenen begaben sich in ihre Zelle zurück.

Boris fixierte von neuem, im Zwielicht, die glatte Oberfläche des rotglühenden Eisenofens. Kraft seiner Einbildung zeichnete er auf diese jungfräuliche Oberfläche geometrische Figuren, und sobald er in seinen Bemühungen nachließ, verfielen diese imaginären Gestalten dem Wahnsinn, Boris, den ewig Stummen, mit sich reißend. »Die Geometrie, dieser unwiderlegliche Beweis für die Tollheit Gottes« — wo hatte er diese Worte schon gehört? ... Ja, doch ein *normaler*, ein des Wahnsinns entkleideter Gott, wäre er zu ertragen?

»Ich werde in die Umnachtung eingehen, wie man in ein heißes Bad steigt« — er formulierte immer von neuem diesen idiotischen Satz, ohne daß sein toter Mund auch nur einen Ton hervorgebracht hätte.

Indes seine Gefährten einem sehr tiefen Schlaf verfallen sind, wacht Boris, auf dem bloßen Boden liegend, ganz allein der ungeheuren Nacht entgegen. Genießerisch laben sich seine Sinne an dieser köstlichen Wacht, die er für einsam hält. Aus der Nacht taucht eine Hand, die sich ihm auf die Schulter legt. Es ist eine sanfte, sachte Berührung. Der Schuster, Mörder seiner Gattin, flüstert Boris ins Ohr: »Sie haben nichts begriffen, sie, diese armen Narren, nicht einmal ihr Herr Notar. Es macht ihnen Spaß, die eigene Güte, das eigene Mitleid mit Füßen zu treten, sie abzuwürgen, so sehr ohne Maß sie auch sind ...

Ich für meinen Teil wußte es von Anbeginn, vom ersten Blick an: du wähnst dich unschuldig, weil du sie liebst. Sie wähnen sich ihrerseits unschuldig, weil sie dich hassen oder vorgeben, dich zu hassen. In Wahrheit sind deine Liebe für sie und ihr Haß gegen dich Zwillinge ... Der Irrtum kommt von der Wurzel, vom Grund her. Die Wahrheit, ich habe sie teuer bezahlt, ich habe sie mit meinem Leben und mit dem Heil meiner Seele bezahlt, aber ich halte sie fest, und sie soll mir nicht mehr entschlüpfen. Höre, Goletz:

›Liebet einander‹ — eine solche Empfehlung, eines Dorfschulzen würdig, wer außer ihrem mageren und blutarmen Gott hätte sie aussprechen können? Ihrer Beschränktheit gemäß ist alles Mitleid schal. Sie ist übler als die schlimmste Grausamkeit. Wenn mich die Geschicke eurer Welt noch etwas angingen, ich wollte euch ein anderes Gebot auferlegen, das meine: Ergebt euch dem Liebestaumel, dem rasenden Liebestaumel, alle mit allen. Wenn nötig, betreibt Sodomie und werdet Lesbierinnen. Möge ein jeder verrückt nach einem jeden und nach einer jeden sein! Mag sich ein jeder zu der einzigen, *meines Gottes* würdigen Höhe erheben: zu der des Verbrechens aus Leidenschaft, zu der des Selbstmords aus Leidenschaft! Mag das Universum sich in fortgesetztem Orgasmus verzehren, im definitiven Verbrechen aus Leidenschaft, begangen von jedem und jeder an jedem und jeder. Mag der wahre, der einzige Gott euch zum Beispiel dienen...!

Die humanitären Albernheiten: ›Einzig der Mensch zählt. Der Mensch ist das Maß aller Dinge...‹ Sie machen mich lachen. Alle. Franz von Assisi, gewisse Hindus, ja... Sie ahnten die Wahrheit, errieten sie, ohne sie erfassen zu können. Das letzte Verbrechen aus Leidenschaft, der letzte Selbstmord aus Leidenschaft, ohne die Tiere, die Berge, die Steine, die Klüfte, die Gedanken und die Ideen auszunehmen.«

Das Wispern des Schusters wird eindringlich: »Du weißt nun, Goletz, warum ich meine Frau getötet habe. Du weißt, warum ich dich in den Tod treibe. Genau wie jene es machen, aber aus anderen Gründen. Ja? Bis dahin nimm dies Stück Brot. So nimm es doch, du Trottel! Und laß dir ja nicht einfallen, mich trösten zu wollen. Wir sind einander zu ähnlich. Das mußt du doch fühlen. Antworte! Antworte!«

Aber die Lippen Boris', Boris' des ewig Stummen, regten sich nicht. Er wandte den Kopf ab, indes sein Herz von einem höchst bedächtigen und äußerst vernünftigen Redeschwall widerhallte, vom Redeschwall eines Fremden:

»Der das Leben verabscheut, braucht nur den Tod zu wählen.« — »Die Selbstmörder begründen im Jenseits einen Exklusiv-Klub par excellence.« Was aber tut er, den das Leben und der Tod, diese zwei Pole eines ewigen Magnets, verkrustet von nicht minder ewigem Kot, gleich stark abstoßen? Welcher Sprengstoff reichte aus, diese alte räudige Hündin Ewigkeit kurzerhand in die Luft zu jagen?

Der Tod — dieser fahle Begleiter des Lebens
Das Leben — dieser schale Begleiter des Todes
Taedium vitae et taedium mortis.

Ach, mein Gott, verehrter Meister, Herr Graf, Boß, Chef, Dienst-
herr, mein lieber armer Schuster, mein Gott... haben Sie mir in
diesem schmutzigen Trödlerladen denn wirklich nichts anderes,
keine andere Ware anzubieten?
Als sich die Blicke des Schusters und Boris' anderen Tags in der
Zelle begegneten, war darin keine Spur ihres nächtlichen Dialogs
zu erkennen. In seinem tiefsten Innern wußte Boris dem Schuster
Dank für die versagte Vertraulichkeit, und er wehrte nicht länger
der heißen Freundschaft, die von seinem ganzen Wesen Besitz ergriff. Er sagte sich: Diese Membrane, zarteste unter allen, von der
Wunde gezeugt, angesichts ihrer unabsehbaren Vernarbung, sie zu
zerreißen, gibt es anscheinend eine Vielfalt von Mitteln, kleine und
große, von nämlicher Wirksamkeit. In Wahrheit ist jede Aktion,
jede Geste, jede Revolte und jede Unterwerfung ein Mittel mehr...
Mein armer Schuster, mein lieber Schuster, besäße ich doch ein
Königreich, ich wollte zu dir sagen: du sollst darin eingehen. Mehr
noch, ich würde dir seine Schlüssel und mein Szepter übergeben.
Und ginge meinerseits in dein Dorf. Aber ich habe kein Königreich. Mein lieber, armer Schuster.

Das also war Boris' Leben im Gefängnis von S. Von Zeit zu Zeit
brachte man ihn noch vor den Untersuchungsrichter, der ihm die
Hinrichtung für die Morgenfrühe des nächsten Tages versprach,
aber offenbar immer wieder zu träge war, den entsprechenden
Befehl zu unterschreiben. Immer gab es für ihn Dringenderes zu
erledigen, dringlichere Untersuchungen anzustellen. Boris und sein
›Fall‹ schwanden dahin wie in einem Traum, gingen verloren wie
in einem Nebel. Gleich einer staubigen, erloschenen Lampe, ver-
endete sein Geschick, ehe er selbst verschied. Mit der Zeit, halb
der Vergessenheit zugefallen, wurde Boris zum kaum nennenswerten Gegenstand, zum dünnen Rückenschild, zum Skelett eines ausgetrockneten Insekts.
Die Nächte begannen lang zu werden. Der Winter hatte die Erde
niedergezwungen. Der Schnee überzog den Gefängnishof, die Dä-

cher der benachbarten Häuser, die großen einsamen Bäume, die man durch die vergitterte Zellenluke sah. Er überzog die Menschen und ihr alltägliches Tun und erschien mächtiger als selbst die Zeit. So ging es bis zum Anbruch des 22. Dezember. Und dann wurde für Boris alles anders.

32. KAPITEL

Am frühen Morgen aufgewacht, war er verzweifelt bemüht, die Nacht einzufangen, die nach oben, nach unten, nach links und nach rechts hin zerfiel. Er hätte sich einhüllen wollen in die Nacht wie in ein Kleid, die Nacht aber floh seine Hände und seine Augen. Fast alle Tage unterzog er sich dieser Übung; an sich zu ketten die flüchtige Nacht. Mit der Zeit war es ihm immer leichter geworden. Es gelang ihm, die Nacht andauern zu lassen oder wenigstens länger in den ungeheuren, von ihrem Mantel bedeckten Mittler-Landen zu weilen. Er vermochte, beinahe nach Belieben, der Invasion des feindlichen Tages zu trotzen. Mitunter rief er gewisse, aus eigenem geschaffene Zauberformeln zur Hilfe. Davon eine hier:

Brüllend, die Nacht, inmitten schwarzer Kühe
Bellend, die Nacht, inmitten von Hunden, die
schwarz sind,
weil es doch
Nacht ist

Das leere Abteil entflattert (nach einem unbekannten Ziel)
sind doch
Zug und Geleise
entflattert.

Die keuchende Nacht siecht dahin,
Gebrochen ihr Leib. Der schwarze Tag kommt herauf.
Deine Gefährten liegen in tiefem Schlaf,
In statuarischem Schlaf. In einem Stein-Schlummer.

Sie schlafen* Kühe und Hunde und Nächte
Sie schlafen den pfeifenden Zug
Und die grünenden Eingeweide.
Unter ihnen, unter ›uns‹...
Du allein, o Notar, König dieses Untergrundes
Wachend der Nacht, der Demut entgegen.
Sie wacht — deine Herrlichkeit
Deine Mutter, Mutter eines kleinen Vorstadtdiebes,
Eines großen Königs in der Unterwelt. Erwarb sie,
kraft stummer Anbetung, für dich diesen düsteren Thron?
Sie klapperte das Pflaster ab in einem Viertel von Hamburg,
Nicht volkstümlich. Nicht einmal...

An diesem Morgen jedoch fühlt Boris sich zu erschöpft für die
Willensanstrengung, die ihm das Spiel abverlangt. Das schwache
Licht beginnt die verschmutzten Scheiben der Luke mit schwer zu
deutenden Zeichen zu zieren. Es ist ein Sonntag — die Wärter
schlafen wohl in den Tag hinein, und der Appell ist im Verzug.
Den Riten des Morgens sitzt noch kein Zündhütchen auf: kein
Pfeifen, die Reveille verkündend, keine Kaffeeausgabe. Ein no
man's land in der Zeit und im Raum ist dieses Zuchthaus mit seinen in tiefen Schlaf versunkenen Menschen. Was alles gäbe er
nicht darum, ein paar Worte hinkritzeln zu dürfen, selbst auf die
Gefahr hin, sie später mit seinen eigenen Händen vernichten zu
müssen. Doch in der Zelle gibt es weder Papier noch einen Bleistift. Gäbe es sie, Boris bekäme sie nicht. Im übrigen hätte es gar
nicht gelohnt, etwas zu Papier zu bringen, da es ihm augenblicklich entwendet, verstümmelt, im Munde verdreht worden wäre.
Eine Wohltat vielleicht, diese absolute Unmöglichkeit, sich wie immer zu äußern. Die Schöpfer, sie mochten auf diese Unmöglichkeit
abzielen, da sie den schändlichsten aller Akte vollzogen: die Schöpfung. Boris beginnt wieder schlafzusprechen: »Ich hasse den Tod
fast so sehr wie das Leben. Meine Zellengenossen hasse ich nicht.
Der Haß — eine besondere Art des Vibrierens, das ehemals die Empfindung des schon Geschauten und des schon Erlebten erweckte...

* *»Schlafen« cum accusativo, »schlafen« mit transitiver Bestimmung,*
gefiel Boris besser als »träumen von«. Tatsächlich scheint hier ein feiner
Unterschied zu bestehen...

Ich kenne ihn nicht mehr, den Haß. Ich kenne nur noch die Müdigkeit.«

Er öffnet von neuem die Augen, und sein Blick bleibt an der Fensterscheibe haften. Kaum daß er an das Rankenwerk rührte, das die ersten Strahlen der unsichtbaren Morgenröte in das Eis geschnitten haben. Und mit einem Schlag läßt ein mächtiges Frösteln Boris erschauern: In dem nun schon schreienden Chaos der Ranken wird er das Zeichen des Lebens auf Erden gewahr.

In seinem dreizehnten Lebensjahr, als seine rituelle Reife nahte, hatte Boris dieses unvergleichliche Muster zu unterscheiden gelernt: ein Schrägstrich, drei von winzigen Flammen gekrönte Schäfte gebärend. Ein Durchzugsgast von gelblichem Teint, mit gewölbten Backenknochen und schwarzem Bart, der eines Abends bei Boris' Eltern eingekehrt war. Die Bediensteten spotteten seiner, ohne es bös zu meinen. Es war, als hätte er sich in der Welt verirrt. Er durchquerte die Ebene zu Fuß, einem Ziel zustrebend, über das er zu niemandem sprach. Während der wenigen Monate vergalt er den Eltern die gebotene Gastfreundschaft, indem er den Sohn in die Geheimnisse des Buches der Schöpfung einführte. Zwischen den Seiten dieses vergilbten Bandes fanden sich Haare, grau oder schwarz, deren Herkunft Boris auf die folgende Weise erklärt worden ist: Sooft sich ein Frommer am Sabbat dem Studium der Heiligen Schrift hingibt und sooft er — auf der Suche nach der versteckten Bedeutung des gelesenen Wortes — an seinen Barthaaren zupft und sich dabei eines ums andere ausreißt... löst sich unter großem Getöse eine der mächtigen Pfeifen aus der hinter dem Schöpferthron stehenden Orgel. Um diesen heillosen Lärm abzustellen, legt der wissensdurstige Fromme eben Barthaar um Barthaar zwischen die Zeilen des Textes. Und so kam es, daß Boris die Barthaare seiner Urgroßväter, getreulich von einer Generation an die nächste weitergereicht, zwischen die Seiten der Schrift eingestreut fand. Eines Tages brach der geheime Mann zu neuen Horizonten auf, seine Belehrung jedoch blieb im Gedächtnis Boris' haften. Das Zeichen des Lebens, von den Armen im Geiste das Zeichen des Wunders genannt, sich lösend aus der Masse der Gegenstände, der Linien, der Formen und Farben, war ihm bis dahin etwa viermal erschienen, und Boris wußte um seine Macht, die befahl und verfügte... Das Zeichen verbannte die Dinge, die

Phänomene, die Gaben und selbst die Gedanken an deren Ausgangspunkt, in ihren Keim und bis in den Keim ihres Keims, von wo sie von neuem ausgehen würden, auf anderen Pfaden, in anderen Bahnen, nach seinem Willen, der das Zeichen zu deuten und zu begreifen wußte. Das Zeichen warf die Elemente der sichtbaren und der unsichtbaren Welt auf den Prägstock zurück, dort waren sie noch gar nicht sie selbst, nur reine und lose Entwürfe; Kreuzung und Gegenkreuzung endloser Möglichkeiten, Saiten eines Instruments, noch von keiner Hand berührt, um ihnen Töne zu entlocken.

Ein todwunder Pilot, bei dem sich jedoch das Training stärker erweist als selbst das Leben. Mit einer letzten, kaum nennenswerten Bewegung läßt er sein Flugzeug steigen und entschlummert in dessen Dröhnen. Boris stellt sich von neuem die Frage: Lohnt es die Mühe? Doch um dem Zeichen zu entkommen — kein Ausfallstor. Auch der eigenen Regsamkeit nicht und nicht der eigenen Starre. Schon überflutet das Zeichen sein Wesen, schon kontrolliert es seine Reflexe, schon dringt es ein in die Kanäle seiner Sinne und seines Willens.

Nun aber gibt es Bewegung am Gang. Ein schwerer Schlüssel knarrt. Die Türe geht auf: »Goletz, machen Sie sich ein bißchen sauber« — empfiehlt ihm der Wärter —, »in zwanzig Minuten erwartet Sie Ihr Untersuchungsrichter.«

Wie in einem lichtvollen Traum durchwandelt Boris die schäbigen Zuchthausgänge. Seine Nüstern sind nicht mehr empfänglich für den Geruch des Urins, der sich jenem der Bodenwichse vermengt. Seine Füße berühren kaum den Boden. Ausdrücke, fertig zum Gebrauch, Sätze, sinnentkleidet, klopfen sanft an sein Bewußtsein: Einziger Feind alles Seienden ist ohne Zweifel das Sein... Doch vor dem Zeichen schützen uns selbst die geschlossenen Lider nicht im geringsten... Die Leere verbeißt sich in den kahlen Raum... doch sie ist ohnmächtig. Die Leere... diese freundliche, diese lächelnde Substanz. Der Leib der Geschichte, berannt von den Schaben... doch sie vermögen ihn nicht zu verschlingen...«

Zusammenhanglose Fragmente, Gedichte, fremdartige Formeln leuchten auf und verlöschen in Nacht, als wären sie Neonreklamen. Der ›Fall‹ Boris war überholt. Es konnte sich nur mehr darum handeln, eine Routine zu Ende zu führen, eine ganz unbedeutende Formalität zu erledigen.

Boris betritt das Arbeitszimmer des Untersuchungsrichters, wie man ein Postamt betritt. Er ist zerstreut, nicht bei der Sache, und dennoch, und dennoch, sein Puls beschleunigt sich.

Der Leutnant Lesch, blond, dick und gutmütig, wie eine rote, runde Blüte in einem Blumentopf, sitzt auf seinem gewohnten Sessel. Die Pistole ist da und der Ochsenziemer, vor ihm auf dem Tisch. Die klobigen, weißen Hände wechseln rhythmisch den Platz auf dem Schreibtisch, wie ein Paar weißer Tanzmäuse. Ein paar Sekunden verrinnen in Schweigen. Lesch hebt zu sprechen an:

»Nun denn, mein lieber Goletz, warum sollte ich dich nicht bei diesem Namen nennen, wenn er auch falsch ist... Nun denn, mein lieber Goletz, es wird Zeit, daß wir ernst miteinander reden. Jeder anständige Mensch in dieser niedrigen Welt hat seinen Beruf. Ich habe den meinen. Ich bin als Spürhund auf die Euren angesetzt. In dieser kleinen Stadt habe ich neunhundertvierundneunzig Juden mit eigenen Händen erschossen. Ich bin der König der Juden von S. Dein Fall ist kein gewöhnlicher. Du konntest dich selbst davon überzeugen. Du warst mit den Todeskandidaten in einer Zelle. Sooft ein Jude mein Haus betritt, billige ich ihm einen angemessenen Aufschub zu — einen, zwei, wenn es hochkommt, drei Tage. Nicht mehr. Du aber ißt unser Brot nun schon seit, seit, laß mich mal nachrechnen — er starrt in das Aktenbündel vor sich auf dem Tisch — seit sechsundsechzig Tagen. Achtzig Gramm Brot pro Tag. Du wirst sagen, das sei nicht viel. Doch in diesem Krieg, den uns die Deinen aufzwangen, dürfen wir auch die kleinste Kleinigkeit nicht aus dem Auge verlieren. Wenn wir mitunter knausrig sein müssen, so ist das ebenso eure Schuld. Fahren wir fort. Dieser Rekord von sechsundsechzig Tagen an sich — du wirst es selber einsehen — ist ein Skandal sondergleichen... In zwei Tagen ist Weihnachten. Ich gehe auf Urlaub in die Stadt P., und — da hilft nichts — dein Fall muß bis dahin erledigt sein. Ich mache dir einen ehrlichen Vorschlag. Du bist Jude. Das weißt du ebensogut wie ich. Darum biete ich dir ein gentlemen agreement an: Wenn du gestehst, wenn du mir deinen wahren Namen verrätst und die Leute, die dich mit falschen Papieren versorgten, dann wirst du — auf mein Ehrenwort als Offizier — an Ort und Stelle erschossen, ohne geschlagen oder weiter verhört zu werden. Einfach eine Kugel ins Genick, du spürst sie kaum. Wozu lange Geschichten machen, nicht? Es ist schmerzloser als ein Zahnarztbesuch. Du kommst in den Himmel und siehst dir von oben her unsere Erde an. Was mich betrifft, so werde ich nicht ewig in diesem Nest hocken bleiben, im Hinterland. Sobald mein Auftrag hier erfüllt ist, komme ich an die Front, wo es meine Pflicht sein wird, diese Idioten von Russen abzuknallen. Und ich werde von Läusen wimmeln. Ich werde mehr davon haben als du momentan. Ich mag ein Bein oder einen Arm oder gar meine Hoden verlieren. Man hat nicht immer die Chance, die ich dir jetzt biete, die, aufrecht und sauber zu sterben, von einer einzigen Kugel. Was dich betrifft, mein Engelchen, so wirst du von oben auf mich herabsehen und, frei von diesem ganzen Zirkus, deinen Spaß daran haben können. Denn die aufrichtige Sympathie, die ich dir entgegenbringe, beruht ja kaum auf Gegenseitigkeit. Wie?«

Beim Sprechen spielte der Leutnant mit seinen Händen, und Boris, der seinen Blick nicht von ihnen zu lösen vermochte, sah sie das Zeichen formen, das Zeichen, das seit diesem Morgen nicht mehr von ihm abließ.

Ist eigentlich das, was sich zwischen Lesch und mir anbahnt, ein ›Dialog‹? — fragte sich Boris. — Sitzen wir tatsächlich am gleichen Tisch? Nein, wir stehen beide — was für ein Lärm! — jeder auf seinem Balkon, über einem großen Platz. Ich höre Schreie aus seinem Mund, doch ich vermag ihren letzten Sinn nicht zu enträtseln. Einen Moment noch, und ich werde ihn von einem anderen, höher, ein wenig höher aufgehängten Balkon aus anbrüllen, aber auch *meine* Stimme kann sich nicht durchsetzen. Die Menschheit (gibt es ein Wort, das häßlicher und pedantischer klänge als ›Menschheit‹?) ist nicht mehr als ein Haufen von Narren, von Unbesonnenen, deren ein jeder auf seinem eigenen Balkon Aufstellung nimmt, mal etwas höher, mal etwas tiefer, über dem großen Platz, von dort aus seinen Nächsten anzurufen, der wiederum und von sich aus einen anderen apostrophiert. Doch wie gescheckt ist dieser Platz! Wie überfüllt ist er, mit Pferdekarren, Bäumen und Staub. Mit klingendem Staub. Dieser ewig klingende Staub! Mein Balkon ist höher aufgehängt als der seine, doch bin ich darum nicht besser als Lesch. Ebenso jammervoll, ebenso unbesonnen. Ermattet von dieser Suche nach dem Wesentlichen, wie sie uns beiden auferlegt wurde, aber von wem? Nach Wesentlichem, das es gar nicht geben mag. Was für ein Lärm! Als befände ich mich in einem Mastkorb, werde ich nunmehr versuchen, diesem kleinen Leutnant zu antworten. Aber der Wind zerfetzt die Reden...

Wieder zu Atem gekommen, fuhr Lesch fort:»Es gibt natürlich noch eine andere Möglichkeit, von der ich, für meine Person, offen gesagt, lieber absehen möchte. Du magst dich wie bisher dickfellig zeigen und nicht gestehen. Für diesen Fall kann ich dir nur versprechen — auch das auf mein Ehrenwort —: Den Büchern zufolge, die ihr als heilig bezeichnet (da ich kein Theologe bin, bin ich dafür nicht zuständig), hätte ein menschliches Wesen, wie etwa du, dreihundertundfünfundsechzig Knochen und Knöchlein im Leibe. Kein einziger davon bliebe ganz. Betrachte dich doch im Spiegel!«

Er legte eine Pause ein:»Verdammt, es ist kein Spiegel in diesem Zimmer. Wache! Hallo — he, Wache! Bringen Sie schnell einen Spiegel für diesen Herrn...«

Lesch zündete sich eine Zigarette an. Vier Streichhölzer brannten, eins um das andere, ab, ehe es ihm gelang. Die vier Streichhölzer, nachlässig auf den Tisch geworfen, formten das Zeichen. Und Boris, seiner Sache sicherer als seines guten Rechts, fragte sich neuerlich, als sähe er unbeteiligt von weitem zu: ›Die Bresche besteht. Wo also, wann wird sie sich zeigen?‹ Er konnte ruhigen Blutes die Antwort abwarten. Sie war da, ganz in der Nähe. Sie konnte nicht ausbleiben.

Ein Spiegel, zweifellos in einem Haus erbeutet, dessen Eigentümer auf die lange Reise gegangen waren, ein großer, mahagoniholzgerahmter Spiegel wurde von der Wache herbeigeschafft und vor dem Leutnant aufgestellt. Lesch holte einen Kamm und eine kleine Bürste aus der Tasche seines Uniformrocks und fing an, seine etwas derangierte Mähne zu bezähmen. Erst einige Minuten später schien er sich plötzlich der Gegenwart des Angeklagten zu erinnern.

»Nun denn, Goletz, tritt näher! Sieh dich mal an! Du bist kein schöner Anblick, mußt du wissen. Und wenn du nicht gestehst, ein noch viel minder schöner, nur keine Augen mehr, um dich davon zu überzeugen.«

Zum ersten Male seit sechsundsechzig Tagen sah Boris sein Gesicht. Ihm wurde schlecht. Es war ihm fremder als das Leschs. Dieses blaue, gelbe, verschwollene, formlose Ding, muß ich es wirklich bis zu meinem Tode tragen? Selbst wenn die Wunden abgeheilt, die blauen Flecken und die Schwellungen zurückgegangen, die Blutgerinnsel aus dem Weiß meiner Augen verschwunden sein werden... ein gewisser Tatbestand meines Gesichts ist mir enthüllt worden.

Ich werde ihm ein Leben lang mißtrauen, es hassen müssen, wie ein Eifersüchtiger, der niemals jene eine Nacht vergißt, die seine Geliebte in den Armen eines anderen verbrachte. Dazu also gibt ein Gesicht, gibt mein Gesicht, sich her! Es ist eine Befreiung...

Die Bresche, um die sich Boris gar nicht mehr bekümmerte, wurde zuletzt aus einem Worte Leschs ersichtlich, der, durch das Schweigen ungeduldig geworden, als letztes Argument ins Treffen führte: »Polen wie dich kennen wir zur Genüge...«

Das war es also: von diesem Worte ›Polen‹ galt es abzuspringen, das also war die Trampoline, von der man auf den Halm des Überlebens übersetzen mußte. Und das Spiel nahm seinen Gang, flüssig und nach vorausbestimmten Regeln des Verlaufes.

»Stimmt, Herr Leutnant, Sie haben völlig recht. Ich bin kein Pole. Ich bin Ukrainer. Ich weiß sehr gut, daß Sie mich töten werden. Sie können mich ja gar nicht mehr entlassen. Sie haben mich viel zu gründlich zugerichtet. Die Vorstellung, daß ich mit dieser Visage unter die Leute gehe, ist nicht gerade erhebend, wie? Ich habe in diesem Punkt keine Illusionen... Nur, ich bin kein Pole. Und auch kein Jude. Und wenn ich jetzt sterben muß, dann möchte ich sterben, so wie ich geboren wurde: als Ukrainer. Ihre Versprechungen und Ihre Drohungen lassen mich kalt. Ich weiß genau, wessen Sie fähig sind. Aber lassen Sie doch einen einzigen Intellektuellen, ja, genau, einen ukrainischen Intellektuellen kommen, und Sie sollen augenblicklich im Bilde sein. Er wird sogleich merken, daß ich über Dinge orientiert bin, die keinem anderen — sei es ein Pole, Jude oder Deutscher — bekannt sein könnten. Daß ich Traditionen kenne, wie sie in alten Kosakenfamilien vom Vater auf den Sohn übergehen. Und saporigische Riten und Bräuche, die selbst Ihren belesensten Völkerkundlern und Ihren weisesten ›Herren Doktors‹ nicht geläufig sind... Los, haben Sie keine Bedenken, lassen Sie jemanden kommen. Und ehe Sie mich in die Grube schicken, Herr Leutnant, lassen Sie mich Ihnen sagen, daß Sie Ihr Metier nicht verstehen. Das ist alles!«

Die Heftigkeit dieser Eröffnung war für Lesch und Boris gleichermaßen überraschend. Der Leutnant hatte Goletz bisher als ein träges und schutzloses Insekt betrachtet, das, eingeschlossen in seine farblose Stille und Starre, lebhafter Reaktionen, ja selbst der Empfindung tödlicher Angst nicht fähig sei. ›Und siehe da, das Tierchen schlug nun mit einem Mal um sich. Sprach es am Ende die Wahrheit? Schließlich sind ja die Ukrainer zu einem großen Teil mit uns verbündet. Unsere Verwaltung des eroberten Landes baut auf sie. Andererseits, einer mehr oder weniger tut nichts zur Sache. Doch falls ich mich in meinem Spürhund-Beruf bewähren will, falls ich mich meiner höheren Ausbildung in der Typenlehre und der Charakterkunde nicht zu schämen brauche, falls ich gelernt habe, die Unreinen auszumachen, sie an ihrem Geruch zu erkennen, ihre Bewegungen zu erraten, habe ich dann das Recht, mich bis zu einem solchen Grad zu täuschen?‹

Lesch war mit einem Schlag zumute wie einem Mathematiker, der über das Einmaleins gestolpert ist. Der Zweifel schlich sich in sein Herz. Nichtsdestoweniger gab er sich auch weiterhin den Anschein hochmütiger Sicherheit: »Reg dich nicht auf, mein kleiner Goletz! Mangels anderer Beweise würde schon dein monströser Penis ausreichen, um mir deine Herkunft zu bestätigen.«

Er befingerte ostentativ seine Pistole, doch seine Sicherheit war dahin, und keiner der beiden ließ sich vom anderen prellen. Mit einer großzügigen Geste nahm Lesch den Hörer von der Gabel: »Also gut, du sollst deinen Intellektuellen bekommen. Und ich wette, daß er nicht um Details verlegen sein wird, um deine Hinrichtung schmackhafter zu gestalten, damit sich unsere kleine Einlage lohnt. Du hast es gewollt. An deiner Stelle würde ich auf diese Gegenüberstellung lieber verzichten. Die Ukrainer sind sehr empfindlich, und mein Freund Humeniuk wird nicht entzückt sein zu hören, daß ein Jude versucht, sich für seinen Landsmann auszugeben...«

Ein leises Klicken war zu hören: »Hallo, sind Sie's, Humeniuk? Könnten Sie auf einen Sprung zu mir rüberkommen? Ja, natürlich, jetzt gleich. Ich habe hier einen Fall, der Sie interessieren dürfte. Genau. Ein Jude, der vorgibt, ein Landsmann von Ihnen zu sein. Richtig. Er behauptet, Ukrainer zu sein. Mal was anderes. Für gewöhnlich sind diese komischen Heiligen bemüht, Polen vorzustellen. Das ist leichter für sie, weil sie die Sprache beherrschen. Dieser hat sich eine neue Nummer zurechtgelegt. Ich rechne damit, daß Sie ihn seinen Leichtsinn begreifen lassen. Auf gleich.«

Durchs Fenster vermochte Boris, der immer noch stand, die Äste der Bäume und die Dächer der Häuser unter der grauen Schneedecke zu schauen. Er war der Bildhauer seiner Ermattung. Er behaute sie zu winzigen Statuetten, zu Spielzeug und Kleinkram von nie dagewesenen Formen. Und stets, ohne daß sich seine Willenskraft daran beteiligt hätte, zerfielen und fügten sich deren Umriß und Form, das Zeichen neu zu erschaffen.

Man wartete auf den ukrainischen Intellektuellen, auf Herrn Vassili Humeniuk, einen Doktor der Philosophie und Angehörigen der Polizei der Besatzer. Boris kannte ihn nicht. Irgendwo draußen schnitt Herr Humeniuk die eisige Luft, durch Schnee und Kot auf Leschs Büro zuwatend, um diesem den Fall Yuri Goletz entscheiden zu helfen.

33. KAPITEL

In allen Wassern — den trüben wie auch den reinen — gespült, groß, etwas vorgebeugt, ein Gesicht, in dem die Empfänglichkeit und die Neugierde für die Dinge, nicht aber die gespannte, tierische Wachsamkeit ausgewaschen erschienen, trug Humeniuk die Uniform der Sieger, als trüge er des Himmels Gnade; die himmlische Gnade, auf die er ein wenig zu lang hatte warten müssen. Er besaß ohne Zweifel eine größere Dichte, ein größeres Eigengewicht als Lesch, vor den er zitiert worden war, doch die Macht über Leben und Tod ging von Lesch aus, und Humeniuk konnte sich nur der angeborenen Überlegenheit seines Gegenübers beugen.

Ein natürlicher und ein übernatürlicher Abstand lagen zwischen dem Sieger und dessen einheimischem Vasallen, aber wie taktlos wäre es doch gewesen, hätte man diesen in Gegenwart einer so zwielichtigen Kreatur, die zudem noch des unreinen Ursprungs verdächtig und dadurch dem Tode geweiht war, zu erkennen gegeben. Die beiden Männer führten nur einen korrekten Grußwechsel aus, ohne Händedruck, um bei der Wahrheit zu bleiben, gleichwohl sie sich bis zu einem Lächeln der Übereinkunft verstanden. Doch der Grund dieses Lächelns, flüsterte irgend etwas Boris zu, wies einen Riß auf.

Ein geheimes Einverständnis zwischen den Söhnen der weiten Ebene, zwischen den Erben der Skythen — stand es im Begriff, sich zwischen Boris und Humeniuk, dem Pferdgesichtigen, zu etablieren? Ist es der Fall, sagte sich Boris, dann wird es geschehen, ohne daß ich mit meinem Willen daran beteiligt wäre. Wie aber, wenn es Humeniuks Urgroßeltern waren, die die Felder jener Fürsten bestellten, denen die meinen das Gold liehen? Oder wenn sie es waren, die, sofern sich dazu die Gelegenheit bot, meinen Vorfahren die Gurgel durchschnitten, um deren Kinder zärtlich zu umhegen, in jenen guten, alten Jahrhunderten, als die Pogrome, bei aller Grausamkeit, nicht bis zur endgültigen Vernichtung gediehen? Wie immer, mein guter Humeniuk, du bist mir kein Fremder. Ich kenne die Landschaft, aus der du hervorgingst und von der du dich nährtest. Ich kenne die Kehrreime, die deine Wiege umklangen, die Farben der Trachten, die deine bäurische Mutter und Großmutter anlegten. Auch den Weg kenne ich, der dich aus dem Stall in das fürstliche Antichambre führte, und von da aus auf die Bänke der Hörsäle und auf das schäbige Lager eines hungrigen und todernsten Studenten. Ich sehe dich an deinen Winternachmittagen in einer fremden Stadt, die dir nicht geheuer und unmenschlich erschien, ich sehe dich bei deiner Heimkehr in das eiskalte Loch, und ich sehe deine Erniedrigungen und deine Träume. Und ich sehe auch die letzte Station deines Weges, sie, die dich in dieses Zimmer, in ihre Dienste verschlug. Du magst dich in das teuflische Eau de Cologne hüllen, das die niederen Dienstgrade gegen Marken erhalten, doch brächtest du niemals diesen Geruch von Heu und Stall zum Verschwinden, der zu dir gehört und den ich lieben muß, wie ich die Gesichte liebe, die du geschaut hast... Und diese Liebe — Schwingung, so zart, als ob sie schon Teil einer Vergangenheit sei.

Lesch brach das Schweigen: »Mein lieber Humeniuk, ich hab dir die Sache bereits am Telefon angedeutet. Du bist genau der Doktor der Philosophie, der ukrainische Intellektuelle, mit dem dieses Jüngel konfrontiert werden wollte. Verhöre ihn, töte ihn, schlage ihn, tu was du magst, aber hilf mir den Fall zu Ende zu bringen.

Ich habe Hunger, und diese Geschichte beginnt mir nun wirklich zu lange zu dauern!«

Humeniuk sah nicht zu Boris auf. Mit zusammengebissenen Zähnen warf er ihm eine Frage hin, einem Dorfschullehrer vergleichbar, den die Antwort des Schülers im voraus erbittern und ärgern mochte.

»Nenne mir den größten ukrainischen Dichter!«

Das Spiel versprach amüsant zu werden. Boris' Hirn arbeitete, wie es schon lange nicht mehr gearbeitet hatte: Wollte jemand beweisen, daß er Engländer sei, und ein gebildeter Engländer wohlgemerkt, und würde er eine Frage wie diese mit ›Shakespeare‹ oder ›Byron‹ beantworten, dann hätte er gar nichts bewiesen. Kein Zweifel: Ein jeder, Engländer oder nicht, mußte von Shakespeare und Byron gehört haben. Er müßte sich nun im stillen gestehen und darauf drängen, daß auch sein Befrager gestehe, wie unbegreiflich es für ihn sei, daß man ihm eine solche Frage überhaupt stelle. Er müßte sogleich einen Eliot oder eine Edith Sitwell anführen. In der gleichen Lage müßte ein Franzose, ein *echter* Franzose, mit humanistischer Bildung, vermeiden, von Ronsard oder Victor Hugo zu sprechen. Auf die Art hätte er gar nichts bewiesen. Seine französische Herkunft, zumindest aber den Grad seiner Vertrautheit mit Frankreichs geistigen Anliegen, vermochte er nur zu beweisen, indem er einen Lautreamont oder einen Milosz beschwor. Und fragte mich nun dieser Herr nach dem Namen des größten ukrainischen Dichters, erwartete er zweifellos einen einzigen Namen zu hören: den ihres Barden Tarass Schevtchenko... Doch wer von den Einwohnern der Ukraine, einschließlich der ukrainischen Russen, Polen und Juden sollte nicht wissen, daß dieser Sänger vom Elend der Unterjochten und vom Stolz der Kosaken euren Nationalstolz *verkörpert*. Das wäre zu einfach. Würde ich Schevtchenko nennen, hättest du, mein guter Humeniuk zwar deine Freude an mir, aber es bliebe mir versagt, deine Phantasie anzustacheln, und was hätte ich schon bewiesen. Mir oder vielmehr dir, kommt etwas ganz *anderes* zu.

Und Boris nannte den Namen eines Dichters der Avantgarde, seines einstmaligen Freundes, jüngst mit neunundzwanzig Jahren verstorben, und von etwa zweihundert Lesern liebend verehrt. Hatte sich ein Horaz mit der Absicht getragen, die hellenischen

Rhythmen auf Italiens Scholle zu verpflanzen, so war Ihor Hranytch bemüht gewesen, dem jungen Bäumchen der ukrainischen Poesie surrealistische Triebe aufzupfropfen. Es war ihm übel bekommen. Kurz vor dem Krieg erlag er in der Strohhütte seiner Eltern der unausbleiblichen und sprichwörtlich — pathetischen Tuberkulose. Ihre Verzweiflung drückte sie vollends nieder, da sie ihren unter den größten Opfern aufgezogenen und ausgebildeten Sohn verloren, der, hätten sich ihre Herzenswünsche erfüllt, vielleicht einen guten Landpfarrer oder sogar einen Bischof vorgestellt haben würde.

›Mein armer Ihor‹, sagte sich Boris, ›dein Name also, der Name eines Toten, und zwar eines mir teuren Toten, wird mir zur rettenden Planke. Du hättest es besser verdient, das wissen wir beide.‹

Humeniuk reißt es: »Was durfte ich anderes erwarten von einem Galgenvogel, wie Sie es sind…« (Boris fiel auf, daß Humeniuk dazu übergegangen war, ihn per Sie anzureden.) »Wollen Sie allen Ernstes behaupten, diese gequälte Seele, dieser arme Teufel von Hranytch, sei unser größter Dichter?! Er, ein Dichter! Das glauben Sie doch wohl selber nicht! Ich kannte ihn, Ihren Hranytch, er tat mir leid. Um offen zu sein, ich habe niemals auch nur ein Sterbenswörtchen von dem, was er schrieb, verstanden, und ich bezweifle, daß es daran irgend etwas zu verstehen gab… Nichts als verworrenes Kauderwelsch, wie es ein vierjähriger Range verzapfen mag…«

»Wenn Sie dieser Ansicht sind«, konterte Boris, »es ist nicht die meine. Sie haben an mich eine Frage gerichtet, und ich habe Ihnen in aller Ehrlichkeit darauf geantwortet.«

»Ehrlichkeit, Ehrlichkeit…« Humeniuk verstieg sich immer weiter in seine Rolle eines Professors, der einen zwar blitzgescheiten, jedoch höchst beunruhigenden und sonderbaren Schüler zu examinieren hätte.

»Gut also, wir sind nicht einer Meinung. Ganz und gar nicht. Lassen wir also die Dichter und gehen wir zu erdnaheren Dingen über.«

Das Ukrainische, dessen sich Humeniuk befleißigte, hörte sich etwas gekünstelt an. Ein empfindsames Ohr hätte daraus die Spuren von Humeniuks Aufenthalten in nicht-slawischen Ländern heraushören können. Doch was er sprach, war korrekt, ja gepflegt. Was Boris betraf, so kannte er alle Nuancen dieser Sprache, die für

ihn den Wohlgeruch der Sommerabende an den Ufern des Dnjestr
heraufbeschwor, die ihm Moor-Sprache war, Sprache der Steppe,
Sprache der Dämmerung, Sprache des Wassers.

Humeniuk trug den Angriff vor: »Nennen Sie mir die großen
ukrainischen Zeitungen aus der Zeit vor dem Krieg! — Und die
politischen Parteien!«

Was für ein Hexensabbat, welche Walpurgisnacht ist doch diese
Prüfung. Doch Boris wird mit Überlegenheit ihrer Lockungen und
ihrer versteckten Absichten Herr. Weiße Mäuse, alkoholtrunken,
spielen Theater, doch sie gehorchen dem Finger und Blick ihres
Regisseurs, der sie am Faden hält, der ihre Sätze und Wendungen
und weisen Luftsprünge auslöst und lenkt — und so verläuft diese
Aussprache bis im Detail nach dem Willen Boris'. Unablässig zieht
er die Fäden der Auseinandersetzung, die, seinem Wunsch gemäß,
in Streit ausartet. Man ficht mit Worten, man schreit sich an. Der
arme Lesch ist vergessen und folgt, einem Karpfen vergleichbar,
diesem Kampf zwischen zwei Männern des Ostens, deren Sprache
er nicht versteht. Verstünde er sie, er fände sich nicht in dem Wirrwarr von Anmaßung und Gegenanmaßung, von todeswürdigen
und läßlichen Anschuldigungen zurecht. Humeniuk spielt mit offenen Karten. Von ganzer Seele verteidigt er seinen Standpunkt,
demzufolge die Söhne eines unterdrückten, seit Jahrhunderten um
seine staatliche Selbständigkeit betrogenen Volkes verpflichtet
seien, sich in die Uniform der Sieger zu kleiden. Boris argumen-
tiert seinerseits: »Sehen Sie denn nicht, daß sie im Begriffe stehen, uns hinters Licht zu führen. Daß sie uns die Früchte eines
Sieges vorenthalten, der im übrigen kurzlebig sein mag. Der es
sein wird. Und wenn sie verlieren, werden wir mit hineingezo-
gen. Unsere Jungen schlagen sich unter fremden Fahnen. Und sie,
die uns die Unabhängigkeit versprachen, sind nicht einmal bereit gewesen, Kiew zur Hauptstadt unseres Landes auszurufen.
Eine Geste, die sie nichts gekostet hätte, denn solange die Feindseligkeiten anhalten, bleibt die reale Macht sowieso in ihren Händen. Sie haben es nicht einmal für notwendig befunden, die Regierung anzuerkennen, die wir bereithielten und an der sie doch
ihren treuesten Verbündeten gewonnen hätten. Unsere Minister,
Sie wissen es selbst, was mit unseren Ministern geschah. Mir steigt
das Blut zu Kopf, wenn ich diese Schande bedenke. Ihre Herren

und Meister wollen alles für sich. Am Ende bleibt ihnen nichts.«
Boris' Nationalismus ist ohne Falsch und ganz und gar messia-
nisch. Er verabscheut Kompromisse.

Humeniuk: »Sie denken nicht realistisch genug, junger Mann.
Mit Ihrer hirnverbrannten Unversöhnlichkeit bringen Sie und
Ihresgleichen unser Volk um die erste Chance, die sich ihm nach
langen Jahrzehnten bietet. Nur ein Bündnis mit ihnen, wie immer
wir persönlich darüber denken, kann uns zu etwas Realem, Greif-
barem verhelfen. Lassen wir uns nicht von so großen Worten wie
Unabhängigkeit und Souveränität verführen. Geben wir uns zu
Beginn mit kleinen, konkreten Aufgaben zufrieden. Es ist das erste
Mal, daß unsere Generation hier auf diesem Boden, dem wir ent-
sprossen, ein klein wenig mitzureden hat. Sie sind dabei, unser Land
von der jüdischen Pest zu befreien. Sie brauchen dazu unsere Hilfe,
denn ohne uns wären sie nicht imstande, die untergetauchten Juden aufzuspüren, bloßzustellen und ihrer gestohlenen Identität zu
entkleiden. Sicher, wir würden es lieber sehen, daß sie bei den
Polen beginnen, doch aus Gründen einer Politik, die nicht die unsere ist — wollen sie oder können sie das nicht tun. Noch nicht. Welches ist unsere Rolle bei alledem? Sollen wir schmollen und abseits
stehen, weil dieses ›timing‹ nicht völlig mit unseren Wünschen im
Einklang steht? Nein und abermals nein! Wir müssen uns nützlich und unabkömmlich erweisen. Von ihnen lernen, was immer
wir noch zu lernen haben. Nur keinen falschen Ehrgeiz. Wir müssen den uns zufallenden Machtanteil akzeptieren, so wie er ist, ungeachtet seines Umfangs und seines Ursprungs. Wer vermag schon
zu sagen, ob wir nicht eines Tages aufgerufen sind, dieses Land
von Polen, Russen und Zigeunern zu säubern, sobald das jüdische
Kapitel einmal abgeschlossen ist! Und dann, wohin der augenblicklich tobende Krieg auch führt, wir werden zuletzt ein Land
unser eigen nennen, das ethnisch einheitlich ist. Ob Sie es Unabhängigkeit, Autonomie oder Protektorat nennen wollen: wie oft mündet Abhängigkeit in Freiheit und wie oft Unabhängigkeit in Un-
freiheit. Wo ist denn der Unterschied... Unser Ziel bleibt das
gleiche. Und wenn sie uns, sei es auch nur einen Zoll breit, unserem Ziel näher bringen, dann sind wir es uns schuldig, daß wir
mit ihnen gemeinsame Sache machen. Und das ist im Augenblick
unsere *einzige* Schuldigkeit.« Er starrt Boris in die Augen.

An Boris ist es jetzt, eine Frage zu stellen: »Kennen Sie Kiew, mein Herr? Waren Sie jemals in unserer ehemaligen Hauptstadt? ...Ich habe nämlich dort gelebt.«

Er forschte in Humeniuks Zügen. In diesem Gesicht auf der Flucht, in dieser Flucht von Gesicht. In seiner Kindheit fand Boris eines Tages einen toten Hasen, den ein Adler gerissen hatte. Der tote Hase blieb drei Tage lang auf dem Eisenbahndamm liegen. Regen und Ameisen setzten ihm zu. Humeniuks Gesicht ähnelte jetzt dem Kopf dieses toten, kleinen Tieres zum Verwechseln.

Vermochte Humeniuk in seinem Stumpfsinn diese so ungehörige und überraschende Frage nicht voll zu erfassen? »Kiew?« sagt er, »Kiew?«

»Nun, mein Herr, ich bin nach Kiew gegangen, um dort zu bleiben. Keine andere Stadt könnte sich ihm vergleichen. Ein Wunder, ein Wunder an Demut. Wenn es Frühling wird in seinen Vorstädten, dann ist der Geruch der Erde nichts Flüchtiges, nichts Undefinierbares mehr; es ist das Heimweh und dessen Gegenstand, es ist die Leidenschaft und deren Erfüllung. Es ist ein Kranken an der Wollust und dessen Heilung. Anfangs verspürt man noch Heimweh. Später ist man dessen nicht mehr fähig, und man leidet nur noch am Heimweh nach dem anfänglichen Heimweh und so fort. Hier ist der Pfad, auf dem man aus dem Leben geht. Was aber, wenn man die Hierarchie verkehrte, wenn man die Werte Kopf stehen ließe... Wenn das Heimweh kostbarer würde als sein Gegenstand und das Heimweh nach dem Heimweh — reiner, kostbarer würde als der ursprüngliche *Widerschein?* Darin mag die Lösung des Rätsels Kiew, seine Unsterblichkeit beschlossen sein. Ich sah die Fluten des Dnjepr im März, Eisschollen führend und entwurzelte Weiden. Alles ist grau, doch ich hätte diese Grauheit, in der das Weltall enthalten ist, nicht für das schönste Mädchen oder die schönste Landschaft eingetauscht. Stadt — Fenster einer Kathedrale, die keiner jemals zu erbauen wagte. Ich kenne die Grotten und unterirdischen Gänge, die, wie man einst annahm — ich glaube es heute noch —, geradewegs zum Berg Athos, nach Jerusalem, in das Paradies führen.

Holzhäuschen in Rosa und Grün, sich spiegelnd im Fluß. Kirschbäume sie umkreisend. Ja, so ist es, Wunder von Kirschbäumen, die jenen Japans gleichkommen. In dieser Stadt, ganz aus Fluß,

Honig und Windhauch, wurde vor zwölf Jahrhunderten der Knoten unseres Schicksals geschürzt. In dieser Stadt kam unsere Seele zur Welt. Sie haben sie uns aus dem Herzen gerissen, diese Stadt. Sie haben die Mitglieder unserer Regierung verhaftet, die sich dort konstituiert hatte und wie das Herz eines freien Menschen schlug. Sie haben sich nicht einmal die Mühe genommen, sie zu erschießen. Es wäre dies ohne Zweifel zu schön gewesen, zu ritterlich. Sie haben sie auf die unwürdigste Weise verschleppt, zusammen mit gemeinen Verbrechern, mit Juden, mit dem schlimmsten Gesindel; sie hießen sie Erdäpfel schälen und Schuhe putzen. Ihre Schuhe. Das war das Schimpflichste. Wir wollten nicht mehr als ihre Verbündeten sein, für die gemeinsame Sache sterben. Und sie spuckten auf die Brüderlichkeit, die wir ihnen boten.

Und nach all dem, Humeniuk, stolzieren Sie in ihrer Uniform einher und sind voll des Glücks, weil Sie ihre schmutzigen, kleinen Geschäfte besorgen dürfen...«

An diesem Punkt geht Boris der Atem aus. Friede kehrt ein. Er hat soeben an seinen Onkel Zacharias gedacht, der schon seit Jahren nicht mehr auf Erden weilt. Zacharias hätte weder gelogen noch eine Rede ähnlich der seinen geschwungen. Er hätte geschwiegen. Sollte der Verrat gegenüber dem Schweigen letztlich der einzige sein, den es in Wahrheit gab?

Eine Antwort?... Humeniuk schien sie verzweifelt zu suchen, doch sie fiel ihm nicht ein. Es konnte sich nicht mehr um Argumente handeln. Eine Versteigerung war im Gange, eine Liebe rang mit der anderen, und Boris' Liebe zeigte sich stärker.

Humeniuk stammelte: »Auch ich war in Kiew...«

Und mit einer Stimme, die vor Wut bebte: »Aber im Augenblick steht etwas anderes zur Debatte. Man beschuldigt dich... Du weißt es selbst. Da hast du dich ganz schön reingeritten. Im Grunde seid ihr alle gleich — Gesinnungslumpen, Verbrecher. Schau dir mal deine Fetzen an und dann meine Uniform...«

›Das also war sein einziges Argument‹ — fuhr es Boris durch den Kopf. — ›Es steht ihm kein anderes zur Verfügung. Und er ist sich dessen bewußt. Er wird jetzt versuchen, mich zu retten. Sonst fände er niemals in seine Gleise zurück. Meine Liebe zu der Stadt, zu seiner und meiner Stadt, ist überzeugender als sein Instinkt, als die Realität... Humeniuks Wut? Im Grunde liebt er mich, liebt er mich bereits. Meine Worte haben in ihm zu keimen begonnen. Er wird keine Ruhe mehr finden. Ich habe einen Polizisten zum Fahrenden Ritter geschlagen, für eine Sache, die nicht die meine ist. Nicht ganz die meine...‹

Humeniuk hebt den Kopf. Mit rauhem Tonfall herrscht er die Wachtposten an: »Schaffen Sie dieses Stück Dreck aus dem Zimmer! Und etwas fix, wenn ich bitten darf!«

Und zu Lesch gewandt: »Das ist kein Jude. Dafür stehe ich ein. Es ist ein Lumpenkerl, wohlgemerkt. Politisch keines Vertrauens würdig. Doch er hat leider recht, wenn er behauptet, Ukrainer zu sein...«

»Hört, hört« — meint Lesch — »das hätte ich gar nicht gedacht: So ein Häufchen Mist sollte eine politische Meinung vertreten können? Das finde ich schon mehr als drollig... Sie machen mich staunen, mein teurer Humeniuk...«

Die Überlegung ließ zweierlei Deutungen zu. Sie mochte auf Goletz, jedoch ebensogut auf dessen Landsmann abzielen, der gerade einen so hitzigen Streit mit ihm ausgefochten hatte. Der Pfeil erreichte sein Ziel, indes Humeniuk unerschütterlich fortfuhr:

»Wie ich schon sagte: Politisch keines Vertrauens würdig. Er ist ein Feind, ein Schädling. Aber kein Jude. Was das betrifft — gibt es keinen Zweifel. Er spricht unsere Sprache zu gut, er weiß zu gut über unsere Belange, über unsere Literatur, über unsere Art zu leben Bescheid...«

Lesch: »Aber er ist beschnitten.«

Humeniuk: »Das ist wahr, ich hatte es vergessen! Doch das ändert nichts an diesem Fall. Man wird ihn fragen müssen, wie es geschehen konnte. Seine Beschneidung ist mir nicht minder ein Rätsel als Ihnen. Doch daß er ein Jude sein sollte, nein, niemals. Ich irre mich nicht. Ich kann mich nicht irren...«

Vom Gang führt man Boris ins Zimmer zurück, wo er die tröstliche Gegenwart Humeniuks wiederfindet. Humeniuk ist pferdischer denn je. Und Boris liebt Pferde.

Lesch führt das Wort, und er führt es, trotz allem, mit wiedererwachtem Interesse. Die Frage klinischer Art, die er stellt, verträgt sich besser mit diesem Polizeigeruch als der leidenschaftliche Wortwechsel über die legendäre Vergangenheit einer Nation.

»Wie kommt es, daß du beschnitten bist?«

Boris schweigt. Er geht mit sich zu Rate: Die Stadt Krasnoie liegt hinter der Front. Sie haben keine Möglichkeit, an Ort und Stelle eine Untersuchung einzuleiten. Doch sie werden es nicht zugeben. Keiner von ihnen, er sei denn General, wäre bereit zuzugeben, daß sie in New York, in Moskau oder auf der Venus nichts zu vermelden haben. Ihr einziger Lebenszweck ist die Beherrschung der Welt, der ganzen Welt. Das Absolute ist durch keine Amputation zu gefährden, da es sonst aufhören müßte, das Absolute zu sein. Ihre Mentalität ließe nicht die mindeste Beschneidung ihrer Allmacht zu.

Und Boris erzählt. Erloschen, das Feuer, mit dem er Kiew, den Dnjepr, die ersten Varegen-Kähne beschrieb. Ein kleiner Dorftrottel, ein wenig abwesend und viel zu abgestumpft, um einer Lüge schuldig zu werden, berichtet aus seinem Leben:

»Im Jahre 193... lebte ich in Krasnoie. In dem Gäßchen, das an der Mühle vorbeiführt. Ich war zu einem Mädchen gegangen, zur dicken Olena. Ein jeder hatte sie schon gehabt, und meine Kumpels nahmen mich eines Tages mit. Drei Tage später beginnt das zu jucken, zu rinnen. Ich hoffte, daß es sich legen würde. Ich schämte mich. Das zog sich wochenlang hin. Zuletzt konnte ich keinen einzigen Schritt mehr tun. Die Drüsen schwollen mir an wie zwei Äpfel. Ich konnte mich nicht mehr bewegen.

Ein Griff in den Schrank meiner Mutter, wo sie den Kies aufbewahrt, und ich mache mich auf den Weg zu Doktor Stankiewitch. Einem Alten. Mit einem Bärtchen. Er wohnte, er wohnte... in der Quellenstraße. Er behandelte mich. Das dauerte zwei Monate. Jeden Tag ein paar Spritzen ins Glied. Und ich pißte rot, blau, grün... Alle Farben. Nein, nicht alle. Schwarz pißte ich niemals.

Und als der Doktor dann meine Hoden sah, sagte er: Es steht schlimm um dein Vögelchen. Du hast dir zu viel Zeit gelassen, ehe du zu mir kamst. Ihr seid alle gleich. Mußt dich darum nicht schämen... Kurz, ich hatte eine Entzündung und später... eine Phimose, einen ›spanischen Kragen‹, wie es so schön heißt. Und ich mußte also beschnitten werden. Ich heulte beim Doktor, ich war doch ein Kind, Sie verstehen. Ich will nicht, daß sie mich für ein Jüngel halten, sagte ich zu ihm. Und er, der Stankiewitch, er sagte zu mir: ›Darüber brauchst du dir nicht den Kopf zu zerbrechen, mein Kleiner. Jeder Arzt wird sogleich sehen, daß du schon groß warst, als man dich operierte, und dann, ist es so gesünder, sauberer...‹«

Lange Schatten schlugen sich an die Wände des Zimmers. Boris sah durch die frostdicke Scheibe auf das kleine Viereck des Himmels. Zwischen dem schwebenden Vogel und dem Himmel der Flug, ein unvollendeter Flug. Wir alle befinden uns auf dem Grund eines Spucknapfs. Ich bin aus dem gleichen Grund dort wie diese falschen Heiligen. Wenn eine Bombe explodierte... Warum zögerst du, wo hält deine Herrlichkeit sich verborgen, weißglühendes, brüderliches Geschoß? Der Zusammenhang? Aller Zusammenhang ist ein Spucknapf...

soweit, was sich im Kopf Boris' zutrug,

indes seine Zunge und seine ausgetrockneten Lippen fortfuhren, ihre Ware anzupreisen.

Jetzt sind sie überzeugt und zufrieden. Humeniuks Hände werden nicht mit dem Blut seines Vaterlandes befleckt. Leschs Konzeption des Universums erfährt keine Trübung.

Die Spur eines Lächelns erhellt Leschs Gesicht: »Wenn du die Wahrheit sagst« — (›Er weiß, er weiß, daß ich die Wahrheit sage‹ — schreit eine Stimme in Boris' Kopf), »wenn du die Wahrheit sagst, dann soll der Doktor dich untersuchen. Er wird die Sache entscheiden. Wenn du uns jedoch angeführt hast... dann soll es mir leid tun, leid um dich und um all die Mühe, die ich mir mit dir gab. Noch nie hat mich ein Jüngel derart zum Schwitzen gebracht wie du... Wir werden ja sehen. Man wird dich nun wieder in deine Zelle bringen. Ich werde Befehl geben, daß man dich morgen dem Gefängnisarzt vorführt. Wir müssen so oder so zu einem Ende kommen. Der Spaß hat lang genug gedauert...«

Verhaltener Vorwurf liegt in dem Blick, den Lesch auf Humeniuks regloses Antlitz heftet.

34. KAPITEL

Ein Ort, an dem man sich wohlbefände, die kleine Krankenstube des Zuchthauses, wäre nicht der Geruch nach Desinfektionsmitteln. Mit Tannenscheiten zur Weißglut erhitzt, der eiserne Ofen. Boris'

Blicke tasten die üppige Krankenpflegerin ab. Es ist ihm, als überschwemme eine Welle von Interesse, ja, von Teilnahme ihre blinkenden, haselnußfarbenen Augen. Sein Inneres erzittert angesichts der zwei Halbkugeln, die unter ihrer weißen Bluse im Rhythmus ihrer tiefen Atemzüge wogen. Wie enttäuschend: Der bläuliche Schwanz, die Produktionsstätte all meiner Übersinnlichkeiten, er hat meinen Schiffbruch überlebt. Werde ich niemals von diesem Stachel frei sein? Der Tod, dem zu entrinnen ich im Begriffe stehe, ist also nicht mächtig genug, um zu verhindern, daß mich die erste weibliche Brust, der ich nach langen Monaten begegne (und was für eine Brust!) immer noch wie ein Magnet des Seins, wie ein Quell des Göttlichen anspricht. »O Mensch — du ungeduldige Flamme!«

Draußen läßt ein Windstoß die Schneeflocken einen leidenschaftlichen und abstrusen Tanz vollführen. Es ist wohlig warm beim Arzt. Boris ist noch nicht gerettet, so weit ist er noch lange nicht, und dennoch muß er schon jetzt und nicht ohne Widerwillen die Bürde des freien Lebens bedenken, die von neuem sein zu werden droht. »Und das Wort erfüllt seine Sendung, indem es Fleisch wird, damit auch das Fleisch sich erfülle, indem es zu Rauch wird...« — war es Leon L., der einst diese Worte sprach? Wer sich dem Tode verbündet hat, muß zum Verräter werden, sobald er das Leben bejaht. Für nichts und wieder nichts.

Gab es denn einen ersichtlichen Grund für den Arzt, auf die phantastische Geschichte vom ›spanischen Kragen‹ einzugehen? Vielleicht war noch nicht alles verloren. Mit einem Gran Heimweh, als sei er einem Rendezvous ferngeblieben, beschwört Boris den Genickschuß herauf, den ihm der gütige Lesch ehedem zusagte. Doch schon setzt das Getriebe der Rettung ein: Der Arzt hat den Raum betreten. Ein Mann, leicht vornübergebeugt, mit schwarzen Haaren und vorspringenden Backenknochen. Er mutet an wie ein Tuberkulöser, ein gutartiger Tuberkulöser. Sein Lächeln, ein wenig abwesend, strahlt Güte aus. Zwei massige Wärter haben sich hinter Boris postiert, der sich mit gefesselten Händen an seinem Hosenschlitz abmüht. Er ist seiner Sache sicher, zu sicher vielleicht des Befundes. Er spricht den Arzt weltmännisch an, als dränge es ihn, ein harmloses, etwas beschämendes, doch völlig unhaltbares Mißverständnis aus der Welt zu schaffen:

»Was sagen Sie dazu, Herr Doktor, man hat mich verhaftet und in dieses Zuchthaus gesperrt; man hält mich für einen Juden. Nicht mehr und nicht weniger. Nur daß ich kein Jude bin, sondern Ukrainer. Ich denke, das kann ein jeder mit Leichtigkeit feststellen; mit Ausnahme der Polizei, die von Berufs wegen letztlich abstumpfen muß. Es liegt nun an Ihnen, Herr Doktor, diese Herren eines Besseren zu belehren, und sei es nur, was ihr lückenhaftes anatomisches Wissen betrifft. Der Spaß dauert mir offen gesagt schon zu lange. Ich litt vor einigen Jahren an einer Phimose und wurde damals von meinem behandelnden Arzt operiert. Er schwor darauf: jeder Chirurg würde imstande sein, zwischen dem Eingriff der rituellen jüdischen ›Beschneider‹ und dem seinen zu unterscheiden... Das ist alles.«

Ging Boris in seiner Ungeniertheit zu weit? Trog ihn der erste Eindruck, den er von dem Arzt gewonnen hatte? Gab ihm die Krankenschwester einen Wink, wollte sie Boris wissen lassen, daß er im Irrtum sei, indem sie den Kopf von seinem entblößten Glied wandte?

Die von der Decke baumelnde Lampe warf ihren Widerschein in das Draußen: zweite Birne, baumelnd in der Flocken Flut. Boris sah durch das Fenster. Er wußte, daß er außer in diesem Gefängnis, in das ihn das Schicksal geworfen hatte, nirgendwo ein Zuhause besaß. Das Umherirren selbst hatte sich verbraucht. Falls er dieses Spiel gewann, was fing er dann an? Wo sonst als in den Abgründen des Gestern würde er, in die triste Rolle eines Verspäteten, des Zuletzterschienen gedrängt, Noemi und die Seinen wiederfinden können?

Aufmerksam, als wolle er einen abstrakten Gedanken festhalten, besah sich der Arzt das entpersönlichte, entwürdigte Glied Boris', der seinerseits an die Pflegerin dachte: Diese hier werde ich niemals haben, selbst wenn ich hier rauskomme. Es sei denn, sie wäre leichensüchtig... Die passive Leichensüchtigkeit zu erproben... Diese Überfahrt zu bestehen...

Als ob er sie nicht wahrhaben wolle, verschloß sich der Arzt der Vertraulichkeit, zu der ihn die unbekümmerten Worte Boris' verhalten sollten:

»Sehen Sie, Herr Goletz« — er betonte das Wort ›Herr‹ — »es mag sein, daß Sie die Wahrheit sagen. Es ist Sache der Polizei,

darüber zu entscheiden, nicht die meine. Was die Klärung der ana-
tomischen Frage betrifft, die Sie mir stellen, möchte ich mir keine
zu große Verantwortung aufladen... Im übrigen« — fügte er wie
zu sich selbst hinzu — »habe ich Kinder und eine Frau. Und ich
bin kein Chirurg. Gott sei Dank. Sollten die Herren es für nützlich
erachten, brauchten sie Sie nur zu einem Chirurgen zu schicken.
Das ist alles, was ich Ihnen sagen kann.«

Ein Kreischen im komplizierten Räderwerk des Überlebens. Mußte
ein Rädchen, ein Kolben ausgetauscht werden? Doch nach dem
ersten Druck auf den Knopf läßt sich die Vorstellung nicht mehr
absagen. Der Vorhang fällt nicht mehr.

35. KAPITEL

Frühmorgens holten ihn die Wärter aus der Zelle. Er war müde
und fröstelte. Die Angst kam ihn an, da er das Gefängnis verlassen sollte, wie sie manche von jenen ankommt, die aus dem Leben
gehen, wie jene Föten, die fürchten, aus dem Mutterleib heraus-
zutreten.

»Die Zeit vergeht«— was besagt dieser Satz schon, meinte einer
von den beiden Schustern am Abend zuvor. — Tagtäglich schickt
der Himmel jeglichem Menschen, jeglichem Tier, jeglichem Gegenstand eine winzige Schuppe, den Panzer ihrer Vergangenheit zu
verdicken. Wehe ihm, der dieses Panzers verlustig geht... Mitunter werden die Panzer auch nur ausgetauscht: zwischen einem
Tier und einem Menschen, zwischen einem Menschen und einem
Haus, zwischen einem Menschen und einem Menschen. Dann ist
Verwirrung auf Erden wie auch im Himmel.

Er wird leben. Yuri Goletz, Knecht bei einem Bauern, den es
nirgendwo, zu keiner Zeit, gegeben hatte. Er wird sein Gerippe
nirgendwohin schleppen, der Leere zu, die Boris' Substanz verschlang. Boris mußte sich schon vor langer Zeit dem eigenen Schatten und den Seinen in der Grube zugesellt haben. Er selbst aber
und was um ihn ist, stellt im besten Falle die Karikatur einer Tra-
gödie, einen karikierten Ausbruch dar. Nie einen authentischen. So
wie auch meine Aufzeichnungen nur die Karikatur eines Ausbruchs

sind, schreibt Boris. Der vom Hunger Besessene gleicht allen anderen eher als dem Verhungernden.

Der Himmel war unsichtbar. Die frische Dezemberluft beschnitt ihm, einem unendlich zugeschliffenen Messer vergleichbar, den Atem. Umringt von vier Wachen, die ihre Gewehre auf seinen Körper gerichtet hielten, an Händen und Füßen gefesselt, bewegte sich Boris auf das Militärspital zu, dessen Chirurgen das Urteil fällen sollten. Das bleiche Frühlicht machte ihn blind. Verschwiegene Häuschen und Bäume, hüpfend und walzend, gaben, wie in einem grotesken Ballett, Boris' und seiner Bewacher Zug das Geleite.

Die Schwestern unter Nonnenhauben traten schweigend zur Seite und senkten in einer Gebärde süßlichen Mitleids den Blick. Die Weiße der Wände und der Phenolgeruch trafen Boris wie Hammerschläge. Ihm schienen die Sinne zu schwinden, aber das Schwindelgefühl hielt nicht an.

Seht, wie er dasteht, mit seinen geschlossenen Händen die Hose aufknöpfelnd, um einmal mehr sein Organ zu enthüllen, in das man einst das Zeichen des Bundes prägte.

Diese Türe, führte sie immer zu Gott? Gewährte sie mindestens Zutritt zum Göttlichen?... Riten, flache Symbole und solche, die es weniger sind: Das Bündnis mit Gott und die fleischliche Lust, am gleichen Orte zuhause, im nämlichen Tiegel geschmolzen, identisch?... Der Patriarch aus der Bibel, dieser Großvater, gekleidet in rote Wüste und klingenden Staub, hat er geahnt, was ich nun denke? Hat er mich vor ein kniffliges Rätsel gestellt, das ich erst jetzt, nach Tausenden von Jahren zu lösen imstande sein werde — im *letzten* Augenblick?

Boris sagt vor den zwei Militärärzten seine kleine Lügengeschichte auf, und er schämt sich dessen nicht, er empfindet nur eine leicht ironische Mattigkeit. Recht peinlich berührt erscheinen hingegen die Ärzte in ihren blitzenden Uniformen, mit ihren bestimmten und sicheren Bewegungen. Der Jüngere nimmt nach sekundenlangem Zaudern das Stück faltigen und bläulichen Fleisches in seine Hand, als griffe er nach einem leblosen Gegenstand. Aus der Tasche seines weißen Kittels, der seine Uniform nicht mehr ganz zu verhüllen vermag, holt er ein kleines Lämpchen hervor und unterzieht die Risse und Sprünge an der Oberfläche der entpersönlichten Haut einer gewissenhaften Prüfung. Er scheint Boris' Anwesenheit auszuklammern. Von seinem ausdruckslosen Blick durchdrungen, steht Boris da, aufrecht und unbeweglich.

Der Doktor wendet sich an seinen älteren Kollegen:

»Offen gesagt, Herr Major, würde ich mir in diesem Falle kein Urteil anmaßen. Es sieht einer rituellen Beschneidung ähnlich, gleichwohl es sich dabei ebensogut um eine völlig unschuldige Sache handeln mag, die etwa von einem Eingriff mehr oder weniger jüngeren Datums stammen könnte. Sehen Sie bitte diese Falte... und diese Narbe. Wie verrückt, von uns zu verlangen, daß wir mit Sicherheit konstatieren sollen, ob die Operation um fünfundzwanzig oder um ganze fünf Jahre zurückliegt. Der heutige Zustand wäre in beiden Fällen derselbe.«

Mit einer Miene, in der sich Hilflosigkeit abzeichnete, wandte er sich dem Major zu.

Dieser, rotgesichtig, groß und bauchig, erinnerte an einen Kleinstadthandwerker mit goldenem Boden. Boris war sich nicht ganz sicher, ob der Major auch nur ein Wort von seiner Geschichte gehört hatte. Angenommen, daß in dessen Kopf, ähnlich einer dicken glänzenden Tomate, augenblicklich das Geringste vor sich ging, mochten seine Gedanken gerade in die Ferne schweifen, hinaus über den Küchengarten etwa, der an die von ihm bewohnte Villa grenzte, irgendwo in die Provinz, in eine Stadt von mittlerer Bedeutung, zweifellos mit einer Universität, wo er das Haupt einer vielköpfigen, gutbürgerlichen und geachteten Familie war.

Unter diese Barbaren verschlagen, als Chef eines Lazaretts im Rücken der Front, fand er seine Umgebung wohl kaum der Beachtung wert. Daß er sich der verschlungenen Schicksale in diesen Breiten annehme, daß er sich mit den absonderlichen Nöten und Wünschen dieser Leute hier auseinandersetze, es hieße von diesem Mediziner in Uniform zu viel verlangen. Blieb der Zufall...

Der Major hält nun seinerseits den umstrittenen Gegenstand in der gummibezogenen Hand. Der Schein eines Lächelns erhellt sein Gesicht. Doch nur so flüchtig, daß Boris sich viel später fragen wird, ob seine Sinne nicht einer Täuschung erlegen seien. Der Major hat für Boris kein einziges Wort. Er wendet sich an den Assistenzarzt; er hat so gut wie keine Notiz von dem weißlichen Hautfetzen genommen, den Boris wie einen erklärten Fremdkörper empfindet. In professoralem, verhalten herrischem Ton belehrt er mit knappen Sätzen den Assistenten: »Sie irren sich, mein verehrter Kollege. Wir sind durchaus in der Lage, diesem Problem auf den Grund zu kommen. Sehen Sie doch hier, und hier!...« Er holt eine kleine Lupe hervor, die er dem anderen bereitwillig überläßt. »Der Bursche hat recht. Wie Sie ja wissen, haben wir es bei den Juden mit einer Umschneidung zu tun. Bei diesem hier aber ist nur ein Einschnitt erkennbar. Und hier ist auch die Narbe, die von der Operation herrührt. Sechs Jahre haben nicht ausgereicht, um sie zum Verschwinden zu bringen, und es konnte gar nicht anders sein. Wäre die Beschneidung vor zwanzig Jahren vorgenommen worden, hätten wir niemals auf eine derartige Narbe stoßen können. Das ist nicht alles. Sehen Sie doch mal hier und hier! Fühlen Sie selbst...«

Mit seinen geschlossenen Händen knöpft sich Boris die Hose zu. Er wird leben müssen. Zwischen der Furcht vor diesem Tod und dem Ekel vor dem Leben tut sich demnach niemals ein ›dritter Raum‹ auf?

Der Major diktiert im Nebenzimmer einer Sekretärin den amtlichen Befund:

»Bei Yuri Goletz, Ukrainer, geboren am 4. November 19... in Krasnoie, konnte eine eiförmige Narbe... in der Länge von... festgestellt werden, die auf die operative Entfernung einer Phimose zurückgeht... Jetzt noch von Amts wegen stempeln, Liesl, ja doch, mit unserem Stempel mit Adler und Hakenkreuz!«

Umringt von seinen Bewachern, verläßt Boris das Spital. Die scharfe Luft und das von keinem Gitter gefilterte Licht lassen ihn straucheln. Einer von den Bewachern gibt ihm eine Zigarette. Ein anderer kann ihm nicht schnell genug Feuer reichen.

Es ist hellichter Tag. Sprühender Schnee knirscht unter schweren Soldatenstiefeln.

»Mensch, Sie müssen verrückt sein«, sagt einer von den Bewachern, »daß Sie in diesen Zeiten mit einem Schandfleck wie dem Ihren behaftet auf Reisen gehen. Ist Ihnen eigentlich klar, daß Sie nur knapp dem Tode entgangen sind? Ist auch bemerkenswert, daß die sich all diese Mühe nahmen, mit den Ärzten und so, um Ihren Fall einer Klärung zuzuführen. Sie kommen von weit her zurück, von sehr weit her. Wir haben Befehl: Wird ein verdächtiger Bursche mit einem Schwanz wie dem Ihren erwischt, ist er kur-

zerhand zu erschießen. Im Augenblick kommen ja die Jüngel zu
Hunderten aus ihren Ghettos hervor. Wie die Ratten aus einem
brennenden Haus...«

Ein anderer Bewacher neigt sich zu Boris:

»Mein armer Junge, was haben Sie sich da eingebrockt... niemand wird Ihnen dafür eine Entschädigung zahlen. Damit sollten
Sie gar nicht erst rechnen. Und dennoch haben Sie eine Chance,
eine unwahrscheinliche Chance... Unser Lesch hat gute Arbeit geleistet: Sie heißen Goletz, nicht wahr? Meine Frau hat welche in
ihrer Familie, die tragen den gleichen Namen wie Sie. Sind Sie
etwa aus der Gegend von Tarnopol?«

Boris erwidert: »Nein, ich komme von anderswo. Mir scheint
aber, daß wir dort unten Verwandte hatten...«

»Armer Teufel, armer Teufel... Wenn Sie mal frei sind, müssen
Sie mich besuchen kommen. Meine Frau wird sich freuen. Sie
wird Ihnen eine Kascha mit Speck zubereiten, eines von diesen
Gerichten... Mein Gott, der arme Teufel.«

Er hört sich nur mehr umworben, mit solchen und ähnlichen
Worten. Zum ersten Male seit Anbeginn fühlt er eine mitteilsame
Wärme zu sich aufsteigen, die von den Menschen kommt. Er bemerkt, daß es ihm ein gewisses Vergnügen bereitet. Die Mörder
haben ihm einen bescheidenen Platz an ihrem Tisch eingeräumt.
Er wird zum Teilhaber, nicht zum vollberechtigten Teilhaber, doch
immerhin zum Teilhaber der »Nicht-Beschnittenen, der Teilhaber
des Todes«*.

Der Gefängnisdirektor empfängt Boris in seinem Büro. Die Zucht-
hausausdünstung, die, von einigen Zutaten abgesehen, der des
Urins entspricht, geht diesem Raum nicht ab. Ausdünstung von
Haut und Knochen, kaltem Rauch vermengt. Der Raum wirkt
prunkvoll, nach der Zelle...

Der Direktor erhebt sich: »Mein lieber Goletz, ich bedaure zutiefst die Behandlung, die wir Ihnen zuteil werden ließen und der
Sie von seiten Ihrer Zellengenossen ausgesetzt waren. Selbstverständlich war ich im Bilde. In unserem Beruf... Ich ließ die Dinge
sich von selbst entwickeln. Diese Leute sind inzwischen vom Ergebnis der Untersuchung unterrichtet worden. Ich werde mein

---

* *Czeslaw Milosz.*

Möglichstes tun, damit Sie schnell auf freien Fuß kommen. Vielleicht schon heute abend. Wir werden ja sehen...«

In seine Zelle zurückgekehrt, spürt Boris deren Gepränge. Wie in den vergangenen Monaten sagt er zu niemandem ein Wort, nimmt in der Ecke Platz, auf dem bloßen Zement, und schließt die Augen. Er denkt an Noemi, und eine mächtige Furcht würgt seine leeren Eingeweide; zwischen den Wänden seines Schädels ein Fließen, ein zäher Fluß. Sein Geronnen-Sein? Sollte es dies sein: »Meine Gedanken sind bei dir, o du meine kleine Königin Karomama«?*
Ohne einen Ton von sich zu geben, murmelt er in sich hinein:
Aufbegehrend in seinem Kopf, Universa voll Hornsignalen und Feindseligkeit. Ihre Haare, schwarz und steif, stoßen an die Wände des Gehirns. Der Schmerz, sekretiert kraft der Reibung, sich zu einem Blitz verdichtend, und hierbei dem süßen Luxus entsagend, flüssig zu bleiben, und sei es nur für einen Augenblick, dieser Schmerz, wie ein Panzerschiff treibend im Fluß. Und dieser Fluß...
war ich das, war sie das, war es die ›Ganzheit‹?
Unsere Alltagserfahrung‹ erscheint mir von den drei klassischen Dimensionen eingeschlossen, weshalb ich die dritte Person singularis gebrauche. Wie illegitim, wie geheuchelt sind doch die Fesseln, die uns von der Grammatik angelegt werden! Ich ermangle nunmehr der vierten, der tausendsten Person in einer Reihe, die in keiner Arithmetik zu finden wäre. Einer Zahl, wie ein Messer auf das Herz der ›Ewig Flüchtigen‹, genannt ›Realität‹, gerichtet.

Das Universum — eine schwarze Limousine,
Die sich verläuft, die sich verläuft,
Das Universum — Gottes Orgasmus
Das Universum — berauschter Eunuch
Messer zerbrochen zwischen
ausgebrochenen Zähnen.

Universum — o du Maske des Nichts.
Universum, wie eine Dirne verbraucht.
Verkünden wir, o ihr Insekten, den ewigen Frieden

* *Oscar Milosz.*

Unter den Sekten,
Unter den Hügeln (und Senken)
Und daß uns der Friede dem Tod nahebringe...

Es gab auch ein Gebet, das nicht die Kraft besaß, zu zerreißen.
Gab es denn noch etwas zu zerreißen:

Ich fliehe rückwärts
Vor meinem eigenen Antlitz,
Das mir nachstellt, das mir folgt.
Und ich keuche
Und ich wünsche...
Unsere Gebete
sind Geleise
Deiner Un-
versöhnlichkeit
Deine Seele — Anhäufung.
Deine Seele — Königin über die Mülleimer,
Verrostet und gelb.
Die Glocke erschauert
(es soll uns nicht hindern).
Dein Wort,
Domestiziert vom Universum.
Uns sei eine Bucht erschlossen,
Freigefegt...
Inmitten...

Der Ruderschlag entführe uns der Unruhe...

Eine Hand faßt Boris an der Schulter. Der Notar steht vor ihm,
ein wenig geniert, in einer Haltung, die er für weltgewandt hält:
»Mein lieber Herr Goletz, wenn ich das Wort an Sie richte...
dann tue ich das nicht nur um meinetwillen: Ich handle im Auftrag der Gesamtheit unserer Kameraden. Ich wurde von ihnen aus-
erkoren. So ist es gewesen. Und dann... mein Gewissen drängt
mich, das Unrecht, dessen wir allesamt schuldig geworden sind,
wiedergutzumachen. Während der langen Wochen einer erzwun-
genen Gemeinschaft und des gemeinsamen Leides... haben wir
Sie schlecht behandelt und es — ich muß es gestehen — an Menschlichkeit fehlen lassen. Nein, Sie sollen nichts beschönigen. Wir be-

reuen unser Verhalten und bringen Ihnen unser Bedauern, unser tiefstes Bedauern zum Ausdruck. Doch wenn ich jetzt vor Ihnen stehe, dann auch... um vor Ihnen auf mildernde Umstände zu plädieren.

Sie werden zugeben müssen, daß bei diesem tragischen, ja, genau, tragischen Mißverständnis alle Anzeichen gegen Sie sprachen. Wir taten nicht bloß so, wir lebten tatsächlich in dem Glauben, daß Sie ein Angehöriger dieser verabscheuungswürdigen Rasse seien, und haben Sie dementsprechend behandelt. Hätten Sie an unserer Stelle etwa anders gehandelt?«

Das war offenkundig bloß eine rhetorische Frage, doch Boris vermochte diesem Strom der Beredsamkeit nicht länger standzuhalten. Er dachte an Helene, die Rote, die Tante Abrachas, und an die Einsamkeit, die sie ihm geweissagt hatte. Er meinte:

»Aber natürlich, mein Herr, ich bin ganz Ihrer Ansicht. Ich hätte an Ihrer Stelle nicht anders gehandelt. Ich gelobe sogar, Ihnen nachzueifern, Ihrem Beispiel zu folgen, sofern ich eines Tages hierzu Gelegenheit haben sollte. Was aber erwarten Sie nun von mir?«

Der Notar war nicht aus der Fassung zu bringen: »Was wir von Ihnen erwarten? Aber sehen Sie doch, wir hoffen auf Ihre Vergebung, Ihre Vergebung und Ihre Brüderlichkeit. Ich bin Pole. Sie sind Ukrainer. Wir mochten politisch nicht eines Sinnes sein. Einander gar hassen. Das alles ist nun vorbei. In unseren Adern fließt das gleiche slawisch-arische Blut. Angesichts der gemeinsamen Not sollten wir einander zur Hilfe kommen und — wir brauchen das Wort nicht zu fürchten — für einander Liebe aufbringen. Uns trennt in Wahrheit keinerlei Kluft. Schmollen Sie nicht, Herr Goletz, wir haben nicht recht gehandelt, aber die Quellen unseres Verhaltens sind rein gewesen. Hier meine Hand...«

Und Boris streckte ihm ohne Hast die seine entgegen, von einem banalen Gedanken durchzuckt: Meine Hand ist nicht länger die meine. Wie auch mein Glied. Sie gehören zu Goletz. Ergeben wir uns dem Verbrüderungstaumel. Aber der Taumel, wie ergibt sich ein Goletz darein? Ich hätte es beinahe vergessen.

Ein breites Lächeln überzog sein verheertes Gesicht.

»Gut also, Herr Doktor, lassen Sie uns Freundschaft schließen. Und möge Christus Ihnen vergeben, wie auch ich Ihnen allen vergebe...«

Doch die Szene blieb offen. Irgend etwas lauerte noch auf dem Grunde der notariellen Rede.

»Herr Goletz, Sie werden uns bald verlassen. Ich selbst und meine Kameraden wären Ihnen sehr verbunden, falls Sie ein paar mehr oder weniger heikle Angelegenheiten für uns regeln wollten. Falls Sie beispielsweise meine Schwester, Frau von B., aufsuchten, um sie zu versichern, daß ich nach wie vor zu unserer Sache stehe, daß meine patriotische Gesinnung nicht gelitten hat und daß sie mir *zumindest* ein Paket pro Woche schicken könnte. Sie kennen ja selbst unsere Zuteilung... Dann läßt Sie Z. hier, dieser arme Teufel, bitten, Sie möchten seine Familie von seinem Elend in Kenntnis setzen und dafür sorgen, daß gewisse Dokumente aus seinem Haus verschwinden... Da wir hier keinen Bleistift zur Verfügung haben und da Sie damit rechnen müssen, daß man Sie bei Ihrer Entlassung durchsucht, würde ich empfehlen, daß Sie die Anschriften auswendig lernen...«

Der Dorfschuster und Mörder seiner Gattin ließ keine Bitte laut werden. Boris war, als flackere auf dem Grunde seiner unbewegten Augen etwas wie ein Schimmer von diskreter Ironie. Boris versank in Schweigen. In diesem Augenblick sprach der Notar, nachdem er mit den anderen augenzwinkernd übereingekommen war, das große Wort:

»In Ihrer Abwesenheit wurde — das ist ja selbstverständlich — wie noch an jedem Tag die Suppe ausgegeben. Mir ist bewußt, daß Sie bisher immer nur die dürftigsten Portionen zugeteilt bekamen. Niemals Kartoffeln, niemals Fleisch. Wir wollten nun sozusagen unser Elend teilen, wir wollten zusammensteuern, damit Ihr heutiges Essen nicht gar so mager ausfalle...«

Acht Kartoffeln, weiß und rund wie Schäflein, die sie aus einem Versteck hinter dem Spind hervorholten, wurden feierlich an Boris abgetreten. War es ein Versuch, ihn zu bestechen, mit Rücksicht auf die Kommissionen, die ihm aufgetragen worden waren? Oder moralische Vergütung? Boris verschlang die Kartoffeln mit einer wahrhaften Rührung. Es war das bedeutendste Ereignis des Tages, vielleicht sogar der letzten Monate.

Sei dem wie immer, sprach er müde in sich hinein, keine Verhöre mehr; ein Kapitel ist zu Ende.

Die Strahlen der sinkenden Sonne durchbrachen mühsam die

schmutzigen Scheiben der vergitterten Luke. Die filzige Ausstattung der Zelle stand vor Boris' Augen, als würde er sie zum ersten Mal gewahr. Der blecherne Abtritteimer, das alte Stroh, das über den Boden verstreut war, die Köpfe der falschen Schicksalsgefährten, die schon zurücktraten in die Vergangenheit. Leon L. hatte behauptet, eines nur wäre entsetzlicher als das Entsetzen selbst: der Normaltag, der Alltag, wir selbst ohne den vom Entsetzen geschmiedeten Rahmen. — Gott hat den Tod erschaffen. Er hat das Leben erschaffen. »Es sei«, ereiferte sich L. L. »Doch versucht nicht, mir weiszumachen, er hätte auch den ›Normaltag‹, das ›Alltagsleben‹ erschaffen. Meine Gottlosigkeit ist groß, ich gestehe es. Doch sie verblaßt vor solcher Verleumdung, vor solcher Lästerung.«

›Ich bin entschlüpft... zu welchem Zweck?‹ fragte sich Boris.

Draußen sind Kälte und Nacktheit. Hier ist das Haus. Ich liebe sie, ich liebte sie immer schon, denn ich hatte Freude an meinem falschen Haß und an meiner falschen Verachtung. Nicht allein darum.

Eines Tages werde ich vielleicht versuchen, diese Szene festzuhalten. Ein habgieriger Dämon wird bemüht sein, mir ein jedes von meinen erbärmlichen Worten zu entwinden, ein jedes von den Worten, die dazu dienen, die Menschen und die Dinge zu beschreiben, die mich im Augenblick umgeben, die vor meinen Augen stehen, ganz nahe und für mich greifbar und mit denen ich nichts anzufangen wüßte, als sie zu lieben. Ich werde ihm, diesem eifernden Dämon, ein Wort ums andere, so wenig treffend sie auch sein mögen, entreißen müssen, und unser Kampf wird erbitterter sein als jener, den ich soeben bestanden habe. Schmachvoller auch, wie alles, was der Beschreibung, der Entwertung des Realen dient. Schlimmer ist nur die Sünde wider das Irreale.

»Der Akt des Schreibens, der Federzüge im Schlepptau von Bildern, die verschwimmen, ähnelt der Mensch darin nicht am ehesten dem Insekt? Aufspaltung der Phänomene, des Raumes? Und die häßlichen, tückischen Regungen des Gehirns?«

Wußte Boris bereits, was die Sprache und, in der Folge, die Armen in der Sprache (wie es Arme im Geiste gibt) als das ›Kommende‹ zu bezeichnen sich angewöhnt hatten und was nur ein lineares Symbol ist, eingeritzt in die Haut unserer Seelen und Leiber, nur ein Symbol, mitunter vervielfacht durch das Gebet?

In seinem leichten Schlummer gewahrte Boris von neuem den bis zum Halse vergrabenen Menschen, zwischen Abfall und Mülleimern, den er einst in dem kleinen, mitten im Walde verlorenen Lager erblickt hatte. Wie nun fortfahren?... Welche Wege bleiben ihm für die Zukunft offen? Meinen ganzen lebendigen Haß, soweit ich ihn aufbringen sollte, ich weihe ihn schon im voraus diesen Pfaden der Zukunft. Werde ich auf dieser Erde Noemi, das Kind, das mir anvertraut wurde, wiederzufinden vermögen? Wo finde ich sie und wo bring ich sie hin?

Ich werde bald frei sein. Die Zukunft ist ein Abszeß, der geschnitten werden muß. Und ganz leise, mißgestimmt: Ich werde weit weg sein von dieser heißgelaufenen, besänftigenden Maschinerie, die mich festhielt, die mich immer noch festhält. Ihre Abwesenheit schmeckt zu bitter...

Doch Boris irrte sich.

CODA:

Die Geschichte vom Schwanz endet hier, mit diesem Satz und mit diesem Bild, die man als happy end einstufen mag. Aber sie kommt nicht gänzlich zum Stillstand. Sie brauchen darum nicht erstaunt zu sein. Es gibt sehr viele Dinge, die enden müßten und doch nicht ›gänzlich‹ zum Stillstand kommen. Um so schlimmer für die Logik. Die Geschichte vom Schwanz wurde zu neuem Leben erweckt, in der weiten Ebene der Trauerbirken, der männlichen, die eine ganze Welt in Erstaunen versetzen sollte. Doch für den Augenblick will ich es Ihnen erlassen... Die Ebene der Trauerbirken hat, abgesehen von der Unbeschreiblichkeit ihrer Größe, nicht minder aufwühlende Geschichten hervorgebracht als die vom Schwanz. Zum Beispiel: die Geschichte vom Blumentopf-Menschen, der, beerdigt im ewigen Kot, einem Franz von Assisi gleich, seinen etwas vertrockneten, feiertäglichen Prachtschädel den Vögeln, den Fliegen, ja selbst den Menschen zum Fraße bot. Falls Gott es zuläßt und Sie es wünschen, will ich Ihnen diese eines Tages unter anderen erzählen.

Um Ihre Neugierde zu stillen und um den mißhandelten und unzufriedenen Regeln des Werkes zu genügen, eröffne ich Ihnen, was Sie ohne Zweifel schon von allem Anfang an ahnten: Der Mann mit dem Schwanz, getaucht in billiges Ungemach, mit seinem Kopf, voll der Vergleiche, kurzum der Held dieser Geschichte – er überlebte.

Es kommt bisweilen vor, daß ich mich in eine Ecke des stickigen Cafés Boulevard Montparnasse zurückziehe, wo ich an einem Nachmittag im August auf Boris stieß und diese Geschichte, seine Geschichte, aufschloß, »wie man einen Laden aufschließt«. Die Verdammten der Erde sind da, sie frequentieren diesen Ort, und sie werden ihn frequentieren bis an das Ende der Ewigkeit. Sie sind arm und sie schwitzen, »jene zumindest, deren Körper die traurige Gnade des Schweißes bewahrten«.

Auf dem Gesicht eines jeden die nämliche Aufschrift: »Was gibt es Neues?« Und die Antwort: »Als ob es in diesem Jammertal jemals etwas Neues gäbe...« Und, einen Stock höher, eine andere Frage, ein wenig schüchterner, verschleierter vorgetragen: »Ist es denn unbedingt nötig, diese Welt als ein ›Jammertal‹ abzukanzeln, da wir doch hier sind, wir, die Erhabenen?...«

Unter all diesen Menschen ist einer, der mir keine Ruhe läßt: Er hat eine blendende Karriere gemacht: Er ist seine eigene Nase geworden, durch ein Geflecht hypersensibler Nerven verziert, vergleichbar dem Fledermausflügel in einem Museum oder einer auf seltsame Weise verkomplizierten Generalstabskarte. Welches gewaltige und autonome Leben führt doch dieses System! Nase, die träumt, die lächelt, die um Entschuldigung bittet... Er beginnt das Interesse zu wittern, das ich an ihm nehme. Vielleicht wird er mich an einem der nächsten Tage mit einer langen Geschichte belohnen. Ich will da vorsichtig sein.

Einmal gelang es mir, wie im Flug einen Satz zu erhaschen, der ihm entschlüpft war und der mich nachdenklich stimmte, lange und tiefgründig nachdenklich stimmte. War es auch nur eine Strophe, sie erschien so gewichtig wie eine philosophische Abhandlung:

> Nun, ein jeder von uns
> Ist nur ein Leichenwagen
> Mehr oder minder zerrüttet
> Durchscheinend und nahezu leer.

Dieses ›nahezu leer‹, ich fand es, ich gestehe es offen, erhaben, ›nahezu erhaben‹. Wie dem auch sei, die Masse der Leichenwagen flutet, rissig und schwarz, und mit Bedacht, zwischen Bar und Terrasse auf und ab. Unaufhörlich...

Was Boris betrifft, so sah ich ihn noch einige Male von weitem, aber wir hatten einander nichts mehr zu sagen. Das Leben, das er später in Ihrem gastfreundlichen Westen begann, mochte es auch Gefängnisstrafen, schwarze Grenzübertritte, Morphium und einen Haufen anderer Bagatellen enthalten, es blieb Miniatur, ein erster Entwurf für... Und Miniaturen, ich gestehe es offen, sie liegen mir nicht.

Ich trage keinen Hut. Ich besitze gar keinen. Nichtsdestoweniger nehme ich ihn von meinem knochigen Schädel und mache mich unterwürfig ans Einsammeln. Wer kein Kleingeld bei sich hat, meine Damen und Herren, den bitte ich, wenigstens eine schön trockene ›Gauloise‹ zu erübrigen. Und wer keine Gauloise bei sich hat, den bitte ich um ein Lächeln. Eine Gauloise — wer von Ihnen hätte das bedacht — sie bedeutet zugleich eine Gallierin, Frau oder Mädchen... Denn sie würde am liebsten heulen, meine Einsamkeit. Pardon! Sollte ich mich verplappert haben?... Lassen Sie einfach ein paar Leckereien, ein paar rote Jahrmarktsbonbons, in meinen Hut fallen, und ich werde reich belohnt sein. Schönen Dank, meine Damen und Herren, meinen innigsten Dank!

NACHWORT

Dieses Buch ist kein historisches Dokument.

Erschiene dem Autor die Vorstellung des Zufalls (wie der Großteil der Vorstellungen) nicht absurd, er würde nicht zögern, jede Anspielung auf bestimmte Epochen, Gegenden oder Völker als rein zufällig zu bezeichnen.

Die erzählten Ereignisse könnten an jedem Ort und zu allen Zeiten aus der Seele eines jeden Menschen, Planeten, Minerals hervorgehen.

VERENA VON DER HEYDEN-RYNSCH

NACHWORT

»Auschwitz stellt die vollendetste Form der Macht von Menschen über Menschen dar.« YVES TERNON, 1995

»Der Ausgangspunkt meines Romans ›Blut des Himmels‹? Die Nazis hatten mich zum Tode verurteilt. Die Hinrichtung war für sieben Uhr morgens geplant. Ich glaube, daß es die Gedanken und Ängste sind, die mich damals überfielen, die den Keim, den Ursprung dieses Buches gebildet haben.« PIOTR RAWICZ

Piotr Rawicz wurde 1920 nicht unweit von Lwow (Westukraine) in einer großbürgerlichen hochgebildeten jüdischen Familie geboren. Sie stammte aus der »verbotenen Stadt«, die sich irgendwo weit abgelegen zwischen Lwow und Czernowitz befand, und die später von den Nazis zur Ausrottung bestimmt wurde. Die Ukraine galt über Jahrhunderte hinweg als jüdischer Kulturraum und Vielvölkerlandschaft par excellence. Katharina die Große hatte den Juden die östliche Ukraine zugewiesen, um sie vom Innern Rußlands fernzuhalten, die Westukraine mit den Zentren Lwow (Lemberg) und Tschernowzy (Czernowitz) war Teil des Habsburgerreiches.

Gegen Ende des 19. Jahrhunderts kam es in diesem Gebiet zu Hunderten von Pogromen. Während des russischen Bürgerkrieges töteten Russen und Ukrainer sowohl seitens der Weißen wie der Roten Armee Tausende von Juden. Nach den Greueltaten unter der nationalsozialistischen Besetzung schätzte man die Zahl der Juden in der Sowjetunion auf etwa zweieinhalb Millionen, das heißt, daß zwischen zwei bis drei Millionen Juden, der größte Teil von ihnen auf ukrainischem Gebiet, umgebracht worden sind.

Piotr Rawiczs Kindheit stand unter dem Schatten eines mißglückten Abtreibungsversuches seiner Mutter. Stets bestimmte und bedrängte ihn das Gefühl, er sei nicht zum Leben bestimmt gewesen – noch weniger zum Überleben ... Als überragend begabtes Kind lernte er schnell mehrere Sprachen, mit siebzehn Jahren wandte er sich dem Sanskrit zu. Eine Symbiose östlicher und alttestamentarischer Weisheit prägte sein Denken, das trotz des erlebten Grauens, der unausweichlichen Einsicht in das Absurde und Todgeborene der menschlichen Existenz, sich stets als das eines »gläubigen Menschen« verstand.

Über seine Jugend berichtet er selber: »Zwei Dinge waren von Anfang an für mich wichtig: Schreiben und Lieben, in seinem hautnahesten Sinne. Lieben ist stets für mich ein Zugang zum Absoluten gewesen.«

Viel Zeit blieb dem kultivierten und sensiblen jungen Mann nicht dazu. 1942 wurde er im Rahmen einer vernichtenden Razzia gefangen genommen und nach Auschwitz verschleppt. Sein tadelloses Polnisch, seine unbestreitbare ukrainische Bildung, alle Anzeichen, der Beschneidung zum Trotz, einer »arischen« Herkunft bewirkten für den damals 23jährigen einen Aufschub der drohenden individuellen Ausrottung.

Drei Jahre Hölle – drei Jahre Zwangsarbeits- und Vernichtungslager. Dort lernte er, sich »an die Eingeweide des Seins zu klammern«. Ein unüberwindlicher Riß schnitt sich in ihm auf. Wie manch andere Überlebende sprach Rawicz von diesen drei Jahren aber auch als von den glücklichsten seines Lebens. Ist der erste Schritt ins Grauen vollzogen, so entsteht unter Umständen ein modus vivendi, eine Solidarität unter den Mitgefangenen, die uns, die wir diese alle sadistischen Wahnvorstellungen übersteigende Erfahrung, die im Opfer zunächst empörte Revolte, dann oft gebrochene Resignation hervorruft, nicht erlebt haben, unbegreiflich, verwirrend, ja herausfordernd vorkommt.

Als Piotr Rawicz 1945 aus dem Konzentrationslager befreit wurde, flüchtete er nach Paris, wo seine Jugendliebe, Anna Pawicz, die auch die Jahre des Entsetzens überstanden hatte, und zwar zunächst als Köchin einer deutschen Familie in der Nähe von

Warschau und danach in einem russischen Lager, auf ihn wartete. Bald heirateten sie. Kinder hat er sich nie gewünscht.

Als literarischer und diplomatischer Korrespondent einiger polnischer Zeitungen schlug sich der Emigrant ab 1947 einen Weg durch das dortige intellektuelle Milieu. Wie ein *mort-vivant* lebte er in der französischen Metropole, scheinbar zu zerschlagen, angeschossen, um einer kontinuierlichen bürgerlichen Arbeit oder einem eigenen literarischen Projekt nachzugehen. Stets wirkte er wie jemand, der sich am falschen Ort befand, verloren, in sich selber zusammengeschrumpft, als hätte ihm die Angst das Rückgrat gebrochen.

»Ich glaube«, bekannte er, »daß das Konzentrationslager das zutreffendste Abbild des Lebens und des Universums schlechthin ist. Wie habe ich überleben können? Vermutlich, weil das Entsetzen mein ureigenes Element ist.«

Sein Ratschlag an alle, jung und alt, Mann oder Frau, Exilierte oder wohlige Franzosen, die er an sich zog, denn seine brillante Intelligenz, sein änigmatischer Charme, um so änigmatischer als der innere Riß schmerzhaft-lässig stets wie ein basso continuo durchklang, faszinierte viele, war: »Nie etwas aus seinem Leben zu machen«. Dies war keineswegs ein dandyhaftes Spiel, sondern die Widerspiegelung seiner inneren Verfassung. Er erwartete nichts mehr vom Leben, einige fragten sich, warum er eigentlich noch da sei, nicht Selbstmord begehe, zumal er die Ansicht vertrat, diejenigen, die Hand an sich legen, seien Privilegierte ersten Ranges: In einer anderen Welt würden sie zwangsläufig zu einem aristokratischen Club gehören.

Piotrs Lebensantrieb war gebrochen, aber keineswegs seine Intelligenz, sein Durchblick, die eine eigene Art von Zynismus heraufbeschwörten. Seine tiefe, monochorde Stimme äußerte oft, er habe den Eindruck, sehr wenig zu existieren, während die anderen durchaus real seien. Diese anderen, die er so an sich fesselte, wurden manchmal die Marionetten seines ambivalenten, manchmal grausamen Spiels. Es verursachte ihm großes Vergnügen, »kleine Weltdramen« zu inszenieren, deren abgründiger Spielführer er selber war.

Die erfahrene Apokalypse drängte aber zur Niederschrift. »Es war die grausame Einsamkeit in der Großstadt, besonders hier im Westen, die mich bewog, diesen Text zu veröffentlichen. Es war ein wenig wie ein Hilferuf.«

Der schlechthin Entwurzelte, auf immer Wurzellose, wählte dafür die Sprache des Landes, das ihn Aufnahme und Schutz gewährt hatte: die französische. »Blut des Himmels« ist ein episches Gedicht, keineswegs ein Dokument im engeren Sinn, der dreijährigen Auschwitz-Erfahrung. So stellt der Autor selbst es vor: »… jede Anspielung auf bestimmte Epochen, Gegenden oder Völker ist als rein zufällig zu bezeichen.«

Ein bestürzender Text, der eine metaphysische Verzweiflung ohnegleichen kundtut. Der psychologische Tiefgang, der halluzinatorische Realismus, die fast gespensterhafte Poesie bringen Genie-Blitze zum Aufleuchten.

»Piotr Rawicz wird aufs unerträglichste von der Einsamkeit, der Leere, der seelischen Einkerkerung heimgesucht. Er ist das Opfer jenes unentrinnbaren Gefängnisses, in dem das menschliche Wesen gegen alle Feindseligkeiten ankämpfen muß, auch gegen die der Sprache, die, wie alles übrige, auch verraten oder uns im Stich lassen kann.« Dies schrieb damals die Feuilletonleiterin von »Le Monde«, die nicht scheute, das »Blut des Himmels« als »révélation« zu bezeichnen.

Pogrome, Hinrichtungen, Folterungen, Selbstmorde werden darin beschrieben ohne Empörung, ohne Wut, ohne Verurteilung der Henker, die teilweise als die verantwortungslosen Instrumente des Schicksals dargestellt werden. Rawicz hat der Erfahrung des Unsagbaren ein poetisches Äquivalent geschafffen, in dem alle Mittel des schwarzen Humors, des Surrealistisch-Barocken, des Absurden, der gegenstandslosen Revolte, ja des Sakrilegs zusammenfließen.

Der Roman »Blut des Himmels« und sein bisher kaum bekannter Autor Piotr Rawicz wurden auf einmal, als die Éditions Gallimard sich 1961 entschlossen, diesen Text zu veröffentlichen, weltbekannt. Die Übersetzungsrechte wurden innerhalb eines Jahres an 16 ausländische Verlage verkauft. Die französische Presse rühmte *das* Buch zum »Martyrium des jüdischen Volkes und zur Mythologie der Verzweiflung« (Le Monde, 21. 10. 1961). Eben diese Zeitung bat ihn, regelmäßig Beiträge zur östlichen und jüdischen Literatur und Kulturgeschichte zu schreiben. Sein Buch und seine literarischen Artikel, die sehr klugen, einfühlsamen Einführungen in die Werke von W. Witkiewicz, Adolf Rudnicki, Danilo Kiš (der ihm nach seinem Tod eine biographisch-fiktive Erzählung widmete: »Yuri Goletz«) u.a. verhalfen ihm zu einem ungeahnten Durchbruch. Dieser Überlebende, für den die Müdigkeit eine Gnade war, allein den Auserwählten vorbehalten, der Schlaf die Gnade schlechthin, galt plötzlich in Paris als große »Entdeckung«. Die Salons, Künstler aller Gattungen, die Damen der Gesellschaft rissen sich um ihn. Damals zog er aus der Wohnung seiner mit medizinischen Werbefilmen sehr erfolgreichen Frau aus und ließ sich in eine kleine, graue Wohnung im 14. arrondissement nieder. »Ich fühle mich hier so wohl, weil ich das Gefühl habe, in einem kleinen, schwarzen Ei zu hocken«, bekannte er. Bald breitete sich dort eine Flut von Staub aus, besonders auf seinem bis zur Decke mit Manuskripten überladenen Schreibtisch. Piotr sah dem blasiert zu. »Der Staub ist ein Verbündeter«, meinte er, »er verwischt die Spuren unseres Vorbeiziehens auf Erden.«

Illusionslos und leicht höhnisch frequentierte er die Pariser Schriftsteller, besonders die großen Ausländer, die wie er die französische Sprache zur Heimat gewählt hatten: Ionesco, Cioran, u.a. Im Kreis um Marc Chagall verkehrte er freundschaftlich.

Als Alexander Solschenizyn in der Sowjetunion 1974 ausgebürgert wurde und ins amerikanische Exil zog, gewährte er in Zürich den französischen Korrespondenten ein einziges Interview und erkor sich Piotr Rawicz als Gesprächspartner. Dieses wurde ihm von der eben noch ihn umjubelnden Pariser Intellektuellen-Szene nicht verziehen. Die Realität des sowjetischen Gulags war ihr damals noch so fern …

Die Ereignisse im Mai 1968 führten ihn dazu, ein kurzes Notaten-Buch zu veröffentlichen, »Bloc-notes d'un contre-révolutionnaire ou la gueule de bois« (Notate eines Kontra-revolutionären oder der Katzenjammer), in dem er sich keineswegs zum Richter aufwarf, nichts war ihm fremder und verhaßter. Er versuchte darin, den Leser einzig an den Punkt zu führen, an dem es »schwierig ist, in sich selber eine Überzeugung zu finden, die man nicht sofort durch die entgegengesetzte Überzeugung zerschlagen möchte«. Hélène Cixous schrieb damals dazu: »Rawicz läßt die Stimme jener hörbar werden, die Auschwitz als Mai gehabt haben und sich nicht dazu durchringen können ›C.R.S. = SS‹ zu skandieren, weil diese Erinnerung weitaus schmerzlicher ist als die an den Mai 1968« (CRS, compagnie républicaine de sécurité, ist eine Sondereinheit der französischen Polizei). Rawicz' Text in den »Notaten« hat etwas Apokalyptisches: »›C.R.S. = SS.‹ dieses Schlagwort ist allgegenwärtig, auf den Wänden, in der Straße, in der U-Bahn, in den Pissoirs. Die Studenten fordern die Polizisten heraus mit einem Hitler-Gruß. Wer von diesen Buben hat jemals die wahre SS gekannt, sie am Werke gesehen? Natürlich sind die C.R.S. verärgert. Aber wären nicht die echten SS, die »meinigen« ebenso verärgert? Wären sie nicht in ihrer Berufseitelkeit verletzt? Der liebe Unterscharführer Schürze, der Hauptscharführer Pannicke, all die Kratzmann, Heiling und sogar der arme Riermaier, der in der Ausübung seiner bescheidenen Funktion nur 900 Menschen ermordet hat, wo der doch von 1000 träumte? Und der kleine schüchterne Bachar, der sich damit vergnügte, die Gefangenen in Heizkessel zu tauchen, die mit kaltem Wasser gefüllt waren, und die er langsam zum Sieden brachte? All diese unvergeßlichen Kompagnons meiner langen schlesischen Ferien 1942, 1943, 1944 und 1945, würden sie es ertragen, mit diesen sensiblen armen Teufeln von CRS verglichen zu werden, mit diesen Amateuren, die während all dieser Kämpfe und all dieses Lärms keinen einzigen ›unzweifelhaften‹ Toten gemacht haben?«

Nein, die Mai-Revolte wurde von Piotr Rawicz nicht übersehen oder lächerlich gemacht. Mit einem seiner seiner Lieblingsbilder, sie sollen nicht glauben wie es das kochende Wasser tue, es sei das erste Wasser überhaupt, dem solch ein außergewöhnliches Abenteuer zuteil werde.

In diesem kurzen Büchlein, das von sehr unterschiedlichen und hochinteressanten Begegnungen während der 68er-Revolte erzählt, befindet sich auch ein Bericht über eine Reise in eine »verbotene Stadt«, der Wesentliches über Piotr Rawicz, seine Herkunft, sein Schicksal, seine seelische Tonlage preisgibt.

»Ich war in B., in der Ukraine, in der kleinen Stadt, in der mein Vater zur Welt kam. Ich war mit einem Pariser Freund dort, und der war vollkommen verloren in dieser chagallschen Landschaft. Die Dämmerung wich der Nacht. Da ich mich verantwortlich fühlte für das Wohlergehen meines Begleiters, setzte ich ihn irgendwo, in einer ältlichen Herberge ab und war mit mir selbst unzufrieden, aber zugleich konnte ich ihn nicht brauchen, diesen Freund, diesen Zeugen meines falschen Lebens, meines westlichen Stadtlebens. Die alte, aus Holz gebaute Synagoge, von der ich noch wußte, daß sie niedergebrannt war, stand wieder da. Und der riesige See, schlafend, von nächtlichen Seerosen bedeckt, die kurze klagende Laute ausstießen, dieser See, oberhalb der Stadt gelegen, die sich hinter einen Damm duckte. Der Damm war im sechzehnten Jahrhundert von den gefangenen Tartaren erbaut worden. Um ihn herum undurchdringliche Wälder. Wie sehr fühlte ich mich der Landschaft meiner Ahnen verbunden, besonders in diesem Augenblick der alten, sehr jüdischen Geschichte! Das verirrte Kind, der verlorene Sohn, der heimkehrte aus der ›großen, weiten Welt‹, und seine Wiege wiederfand und die Wiege seiner Wiege, seinen Keim und den Keim seines Keims … Ich erinnerte mich an die Familie G., die mit der meinen verwandt war. Ich wußte, daß Hitler sie ausgerottet hatte, aber ich suchte ihr Haus trotzdem und fand es auch, und auch sie selbst fand ich in dem riesigen Haus. Man führte mich durch einen Pferdestall, einen weiteren Stall, durch den Heuschober und entlang einer Vielzahl von dunklen Korridoren hinein in das Schlafgemach meiner Tante Myriam, einer üppigen, stattlichen Vierzigjährigen, die mir, dem fünfzehnjährigen Knaben, einst lüsterne Schauder über den Rücken jagte. Sie umarmte mich glücklich, schien aber nicht im geringsten erstaunt über meine Anwesenheit. Plötzlich tauchten ein paar kleine, unausstehliche Hunde auf, grotesk, redend, kläffend, ironisch, machten Männchen, trugen rote Mäntel mit weißen Stickereien und weißen Schürzen. Ihre Dressur und ihre weißen Mäntel … Waren das die übertriebenen Träume einer leicht überdrehten kleinstädtischen Hausfrau? Oder war es die Hölle, die Macht des Bösen? Die fiebernde Erregung, die boshafte Ironie dieser ekelhaften Hunde gaben mir das Gefühl, ich sei wirklich »auf der anderen Seite«, hinter dem Dasein, hinter dem Double des Daseins. Wir waren in Rußland, eine beruhigende Vorstellung, in meinem jüdischen Rußland aus alten Zeiten. Die Heimkehr war gelungener, als ich gedacht hatte, aber dennoch unvollständig, fragmentarisch, löchrig. Der Himmel atmete langsam, schwer, ein kranker Himmel. Die Kerzen in den Kandelabern brannten herunter. Kupfer und dunkles Holz, das zu Licht wurde. Warum nur war ich fortgegangen von hier, der einzigen Welt, die ich jemals besessen hatte?

So viele Schlupfwinkel, so viele Windungen zwischen den schweren Möbeln des niedrigen Zimmers. In einer Ecke gewahrte ich einen großen Gegenstand, eine Tuchrolle. Ich glaube, es war schwarzer Samt, schillernd, spiegelnd. Mir kam ein Verdacht: sollte meine Tante Myriam auf dem Schwarzmarkt spekulieren? Dieser Gedanke verletzte meine Eitelkeit. Worauf reduziert denn der Tod, dieses Regime anständige Leute? Plötzlich begann das riesige Stück Samt sich zu bewegen, erst ganz langsam, dann immer schneller und schneller. Da erkannte ich, daß es in Wahrheit ein gewaltiger Vogelflügel war. Aber von welchem Vogel? Der Flügel war intelligenzbegabt und suchte nach seinem nicht sichtbaren, vielleicht auch nicht existierenden Träger. War es eine Hydra oder ein riesiger, prähistorischer Vogel, den die Sehnsucht nach diesem verwaisten Flügel bald, mittels magischer Bewegungen, aus dem Nichts würde erscheinen lassen? (Ein kurzer, soeben formulierter Gedanke: nach dem Vorbild der Ontologie sollte ich, parallel zu dieser, eine andere Wissenschaft ins Leben rufen: die Nichtontologie …) Plötzlich tauchte ein schwarzes Schaf auf und begann in unregelmäßigen Abständen zu wachsen und zu schrumpfen, so daß es einmal das gesamte Zimmer mit seiner Gegenwart auszufüllen drohte, um sich bald darauf wieder zu Spielzeuggröße zu verkleinern. Der Flügel, der inzwischen zu mehreren Flügeln geworden war, ›adoptierte‹ das Schaf, das zum schwarzen Guckloch flog, die Fensterscheiben zertrümmerte und mit höllischem Getöse zum Mond hinaufflog. Der grünliche, übergroße Mond barst laut wie eine Panzergranate. Das Klingeln des Telefons weckte mich aus dem Schlaf.

Beim Aufwachen fand ich die kleinen unausstehlichen Hunde nicht mehr an meiner Seite, und im Halbschlaf glaubt ich, diese unzusammenhängenden Worte in mir zu hören: ich denke oft an Gott und an meinen Tod. Ich denke oft an die ›andere Seite‹. Die Hölle gibt es wohl dort drüben. Und wenn ich so weitermache, werde ich aller Wahrscheinlichkeit nach dort landen. Und ist mir auch egal. Je früher, desto besser. Dies unmäßige, nie gestillte Verlangen bei mir ... nach der Vergangenheit.«

In »Blut des Himmels« stehen folgende Zeilen: »Die Stadt wird in euch zu einem Splitter werden. Im Innern, zwischen den Wänden dieses immer größer werdenden Splitters, wird die Stadt neu entstehen.« Der Splitter gewann in Piotr Rawicz immer mehr Raum, erreichte schließlich sein ganzes Ausmaß. Die Vergangenheit holte ihn ein. Nicht die Ironie des Schicksals, oder das Schicksal schlechthin, über das er so oft mit Cioran sprach. Der Tod seiner Frau, mit der er seit der Trennung eine ambivalente, nach außen freundschaftliche, im Innenraum sehr komplexe, an die Grenze des Sado-Masochismus ausufernde Beziehung unterhielt, kristallisierte den seit jeher vorhandenen Riß. Mit Anna verlor er seine Vergangenheit, die blutige Komplizität der Geschundenen. Ihre Lebenswege waren auseinander gegangen, aber ihre Vergangenheit kleisterte sie Jahrzehnte hindurch zusammen.

Sechs Wochen lang wohnte Piotr Rawicz in der fast luxuriösen großen Wohnung seiner verstorbenen Frau am Boulevard Saint-Michel mit Ausblick auf den Jardin de Luxembourg. Freunde kamen und leisteten dem Sprachlosen Gesellschaft. Er war nicht mehr da, wartete oder ersehnte das Ende herbei. Er, der nie vor Mittag erwachte, rief kurz vor seinem Tod eine Freundin gegen 10 Uhr morgens an und bat sie, gegen 11 zu ihm zu kommen. Ob sie ihm ein Gewehr verschaffen könnte? Andere hatten versucht, ihn zu überwachen, das Schlimmste zu verhindern. Sie nicht. Sie verstand, daß nach so langer Zeit des qualvollen, in Alkohol und flüchtigen Sex-Abenteuern getränkten Überlebens, so etwas wie seine Stunde gekommen war. Natürlich verschafft sie ihm nicht die erwünschte Waffe. Er wiederholte mehrmals: »Er hatte nicht das Recht, mir das anzutun. Trop c'est trop«, und klagte den Gott an, an den er wie auch immer nie aufgehört hatte zu glauben.

Piotr Rawiczs Beziehung zum Leben hatte etwas Verwirrendes. Nach der Ankündigung in der für ihn so früher Morgenstunde seines baldigen Freitodes bot er der bestürzten Besucherin ein frugales Mahl an. Fast genüßlich biß er in den Hühnerschenkel.

»Iß doch, mein Kind, und sei nicht so traurig. Jede Sache zu ihrer Zeit.«

Einige Tage später schoß er sich eine Kugel in den Kopf. Er war 63 Jahre alt, hatte das Grauen überlebt, vermutlich aber immer auf diese Stunde der Befreiung gewartet.

Cioran schrieb über ihn einen seiner ergreifendsten Aphorismen: »Niemand besaß so wie er einen Sinn für die universelle Komödie. Jedesmal, wenn ich darauf anspielte, zitierte er mir mit einem komplizenhaften Lächeln das Sanskritwort *lîlâ,* nach dem Vedânta das absolute Spiel, die Erschaffung der Welt aus göttlicher Kurzweil. Wie haben wir zusammen über alles gelacht! Und jetzt liegt er, der jovialste der Durchschauenden, in diesem Loch da aus eigenem Verschulden, weil er sich einmal herabgelassen hat, das Nichts ernst zu nehmen.«

INHALT

ANZEIGEN

Jean Giono zum 100. Geburtstag am 30. März 1995
Jean Giono »Gehorsamsverweigerung« (1934)

»Ich weiß, ich habe nie jemand getötet. Ich machte alle Angriffe ohne ein Gewehr mit oder vielmehr mit einem Gewehr, das nicht ging. (Alle Überlebenden des Krieges wissen, wie leicht es war, mit ein bißchen Erde und Urin ein Lebelgewehr in einen Stock zu verwandeln.)

Ich schäme mich nicht, aber wenn ich genau betrachte, was ich getan habe, war es eine Feigheit, daß ich am Krieg teilgenommen habe, es sah so aus, als wäre ich mit ihm einverstanden. Ich hatte nicht den Mut, zu sagen: ›Ich will nicht zum Angriff antreten.‹ Ich hatte nicht den Mut, zu desertieren. Ich habe nur die eine Entschuldigung, daß ich jung war. Ich bin kein Feigling. Ich wurde durch meine Unreife irregeführt und ebenso durch jene, die wußten, daß ich unreif war ...

Der Krieg ist keine Katastrophe, er ist ein Mittel der Regierung.
Der kapitalistische Staat erkennt die Menschen nicht an, die das suchen, was wir Glück nennen, die Menschen, deren Natur es ist, das zu sein, was sie sind, Menschen von Fleisch und Blut — er betrachtet sie nur als Material für die Hervorbringung von Kapital. Um neues Kapital zu schaffen, braucht er zu gewissen Zeiten den Krieg ...

Die Nutznießer des kapitalistischen Staates ziehen nur Nutzen aus Blut und Gold. Darum verkünden seine Gesetze, seine Professoren, seine beglaubigten Journalisten, es sei *Pflicht, sich zu opfern. Es sei nötig, daß du, ich und die anderen*, daß wir alle uns opfern. Für wen?

Der kapitalistische Staat verbirgt vor unseren Augen höflicherweise die Straße zum Schlachthaus. Man opfert sich nämlich für das Land (das wagt man schon nicht mehr zu sagen), aber schließlich *für seinen Nachbarn, für seine Kinder, für zukünftige Generationen.* Und so weiter, von Generation zu Generation. Wer genießt dann schließlich die Früchte dieses Opfers?

Ich spreche objektiv. Hier haben wir einen gut funktionierenden Organismus. Er heißt kapitalistischer Staat, oder man könnte ihn auch Hund, Katze oder Raupe nennen. Er liegt da auf meinem Tisch mit geöffnetem Bauch. Ich sehe, wie seine Organe funktionieren. Wenn ich aber den Krieg aus ihm entferne, nehme ich ihm ein so wichtiges Organ, daß er nicht mehr lebensfähig ist, genauso, als entfernte ich einem Hund das Herz oder durchschnitte das Bewegungszentrum der Raupe.

Wir wollen weiter objektiv bleiben. Was für einen Zweck hat mein Opfer? Keinen! *(Ich höre schon! Schreit da nicht so laut im Dunkeln. Öffnet eure garstigen Mäuler nicht, ihr Opfer der Fabrik. Schweigt, die ihr da sagt, eure Arbeitsstätte ist geschlossen und es ist kein Brot im Hause. Tobt nicht aufrührerisch gegen das Tor des*

Schlosses, wo getanzt wird. Ich höre!) Mein Opfer dient zu nichts außer zur Lebensverlängerung des kapitalistischen Staates.

Verdient dieser kapitalistische Staat mein Opfer? Ist er gütig, geduldig, liebenswürdig, menschlich, anständig? Sucht er Glück für alle? Bewegt er sich in seiner Sternenbahn auf das Gute und das Schöne zu und trägt er den Krieg nur so in sich, wie die Erde in sich ihr glühendes Herz trägt? Ich stelle diese Fragen nicht, um sie selbst zu beantworten. *Ich stelle sie so, daß jeder sie selbst beantworten kann.*«

»Und dann, nach einem Jahr, nach dreißig Jahren, wurde die Zahl der Leute, die sich gesagt hatten *nie wieder* kleiner, die einen, weil sie vergessen haben, andere aus Opportunismus, andere aus Nachlässigkeit, andere, weil ihre Überzeugung nicht deutlich genug zum Ausdruck kam, wieder andere, weil sie, je mehr der Krieg in die Ferne rückte, nur mehr die großartige Landpartie sahen, die sie fernab ihrer Frauen unternommen hatten; und dann gab es die, die immer noch sagten *nie wieder.* Das waren die Hartnäckigen, die Idioten, zu denen auch ich gehöre, oder vielleicht gehörte: Jetzt habe ich viel weniger Illusionen als in jenem Alter. Man kann *nie wieder* sagen, soviel man will, es wird Kriege geben, es wird die ganze Zeit welche geben. Man wird immer wieder damit anfangen… Das hat einen guten Grund: Es ist ein wunderbarer Zeitvertreib. Selbst für normale Leute, wie Sie und ich, wie alle, die um uns sind. Es gibt immer einen Augenblick im Leben, wo man die Versuchung zum grundlosen Mord verspürt; nicht zum Mord aus Leidenschaft oder zum Raubmord, oder weil man eifersüchtig ist, oder weil die Frau, die man liebt, einen verläßt, überhaupt nicht … grundlos, um des Blutes willen, um zu sehen. Das Schauspiel. Der Anblick eines Menschen, der stirbt ist etwas, das einen gleichzeitig abstößt und anzieht.

In *König Artus' Tafelrunde* sieht Lanzelote auf einer weiten Schneefläche einen Blutfleck. Es ist eine Wildgans, die soeben verblutet ist. Und plötzlich begreift er die Brutalität des Mordes. Es gibt nichts Schöneres. Nehmen Sie einen Unfall, alle stürzen hinaus. Man sagt, man tut es um zu helfen, natürlich tut man es zum Teil um zu helfen … vor allem aber, um herumzustehen und um den wohligen Schauer zu spüren, wenn man sich abwendet und sagt: ›Oh! Wie schrecklich…‹ und wieder sieht man hin!

Ich habe kein Vertrauen ins Menschliche. Überhaupt nicht. Ich liebe die Menschen, ich liebe sie sehr, aber ich habe kein Vertrauen…« (1960)

Jürgen von der Wense
Epidot
Herausgegeben und mit einem
Nachwort von Dieter Heim.
192 Seiten, Broschur,
DM 29,80/sFr. 29,80/öS 233,–
(ISBN 3-88221-363-9)

Romane, Erzählungen

Botho Strauß
Kongreß. Die Kette der
Demütigungen
192 Seiten, gebunden mit
Schutzmschlag,
DM 29,–/sFr. 29,–/öS 266,–
(ISBN 3-88221-759-6)

Pierre Gripari
Kleiner Idiotenführer durch die
Hölle
Aus dem Infernalischen übersetzt
von Cornelia Langendorf und Hans
Therre. Mit einem Anhang von Jot
Es. 150 Seiten, Klappenbroschur,
DM 22,–/sFr. 22,–/öS 172,–
(ISBN 3-88221-782-0)

Pierre Gripari
Göttliche und andere
Lügengeschichten
Mit einem Aufsatz von Pierre
Gripari. Aus dem Französischen
übersetzt von Cornelia Langendorf.
194 Seiten, Broschur,
DM 29,80/sFr. 29,80/öS 233,–
(ISBN 3-88221-785-5)

Jean Giono
Jean der Träumer, Roman.
Nebst einem Gespräch mit dem
Autor. Aus dem Französischen
übersetzt von Käthe Rosenberg.
360 Seiten,
gebunden mit Schutzumschlag,
DM 36,–/sFr. 36,–/öS 281,–
(ISBN 3-88221-777-4)

Jean Giono
Die große Meeresstille
Aus dem Französischen übersetzt
von Hety Benninghof und
Ernst Sander. Mit einem Essay von
Stefan Broser. 360 Seiten,
gebunden mit Schutzumschlag,
DM 39,80/sFr. 39,80/öS 311,–
(ISBN 3-88221-784-7)

Jean Giono
Bleibe, meine Freude. Roman
Aus dem Französischen übersetzt
von Ruth und Walter Gerull-Kardas.
Mit einem Divertimento von
Stephan Broser. 540 Seiten, gebun-
den mit Schutzumschlag,
DM 49,80/sFr. 49,80/öS 389,–
(ISBN 3-88221-794-4)

Raymond Roussel
Eindrücke aus Afrika
Roman. Aus dem Französischen
von Cajetan Freund. Mit 21 Radie-
rungen von Markus Raetz und
einem Nachwort von Bernd
Mattheus. 304 Seiten.
Englische Broschur.
DM 46,–/sFr. 46,–/öS 359,–
(ISBN 3-88221-213-6)

Die chronique scandaleuse Justines und Juliettes (…) ist das homerische Epos, nach dem es die letzte mythologische Hülle noch abgeworfen hat: »die Geschichte des Denkens als Organ der Herrschaft.

(Adorno/Horkheimer)

D. A. F. de Sade

Die erste vollständige deutsche Edition von **Justine und Juliette** Herausgegeben, neu übersetzt und mit Anmerkungen versehen von Stefan Zweifel und Michael Pfister.

D. A. F. de Sade
Justine und Juliette, 1
Mit elf, zum Teil farbigen Illustrationen von Arnulf Rainer sowie mit Essays von L. F. Földényi, Bernd Mattheus und den Herausgebern. 320 Seiten, Leinenband mit Schutzumschlag, Fadenheftung.
(ISBN 3-88221-764-2)

D. A. F. de Sade
Justine und Juliette, 2
Mit 12 farbigen Zeichnungen von Martina Kügler sowie mit Essays von Viktor Jerofejew und Michel Delon. 316 Seiten, Leinenband mit Schutzumschlag, Fadenheftung.
(ISBN 3-88221-772-3)

D. A. F. de Sade
Justine und Juliette, 3
Mit 12 farbigen Zeichnungen von Károly Klimó sowie mit Essays von Thibault de Sade und Andreas Pfersmann. 384 Seiten, Leinenband mit Schutzumschlag, Fadenheftung.
(ISBN 3-88221-783-9)

D. A. F. de Sade
Justine und Juliette, 4
Mit Bildern von Maria Lassnig, Essays von Hans Leyser, Georges Bataille und Catherine Cusset. 368 Seiten, Leinenband mit Schutzumschlag, Fadenheftung, (ISBN 3-88221-792-8)

D. A. F. de Sade
Justine und Juliette, 5
Herausgegeben und neu übersetzt von Stefan Zweifel und Michael Pfister. Mit Zeichnungen von André Masson, Essays von Elisabeth Lenk und André Pieyre de Mandiargues sowie einem Dialog Sades. 312 Seiten, Leinenband mit Schutzumschlag, Fadenheftung, DM 68,–/sFr. 68,–/öS 531,– (Subskriptionspreis DM 58,–/sFr. 58,–/öS 453,–) (ISBN 3-88221-799-5)

Ladenpreis jeweils:
DM 68,–/sFr. 68,–/öS 531,–
Subskriptionspreis jeweils:
DM 58,–/sFr. 58,–/öS 453,–
(Bei Subskription der insgesamt 10 Bände je Band eine Ermäßigung von 15 Prozent auf den Ladenpreis.) Anmeldung zur Gesamtsubskription bis zum 31.12.1995.
(ISBN 3-88221-768-5)